A VIDA DE VERNON SUBUTEX

VIRGINIE DESPENTES

A vida de Vernon Subutex

Volume 1

Tradução
Marcela Vieira

Copyright © 2015 by Virginie Despentes et les Éditions Grasset & Fasquelle
Publicado mediante acordo com Casanovas & Lynch Literary Agency S.L.

Cet ouvrage a bénéficié du soutien des Programmes d'aides à la publication de l'Institut Français.
Este livro contou com o apoio à publicação do Institut Français.

Grafia atualizada segundo o Acordo Ortográfico da Língua Portuguesa de 1990, que entrou em vigor no Brasil em 2009.

Título original
Vernon Subutex #1

Capa
Tereza Bettinardi

Revisão da tradução
Maria Emilia Bender

Preparação
Ana Martini

Revisão
Jane Pessoa e Luciane Helena Gomide

Dados Internacionais de Catalogação na Publicação (CIP)
(Câmara Brasileira do Livro, SP, Brasil)

Despentes, Virginie
  A vida de Vernon Subutex, volume 1 / Virginie Despentes ; tradução Marcela Vieira. — 1ª ed. — São Paulo : Companhia das Letras, 2019.

  Título original: Vernon Subutex #1
  ISBN 978-85-359-3249-2

  1. Ficção francesa I. Título.

19-26999   CDD-843

Índice para catálogo sistemático:
1. Ficção : literatura francesa 843
Cibele Maria Dias – Bibliotecária – CRB-8/9427

[2019]
Todos os direitos desta edição reservados à
EDITORA SCHWARCZ S.A.
Rua Bandeira Paulista, 702, cj. 32
04532-002 — São Paulo — SP
Telefone: (11) 3707-3500
www.companhiadasletras.com.br
www.blogdacompanhia.com.br
facebook.com/companhiadasletras
instagram.com/companhiadasletras
twitter.com/cialetras

Non omnis moriar
…
para Martine Giordano,
Joséphine Pépa Bolivar,
Yanna Pistruin.

As janelas do prédio em frente já estão com as luzes acesas. As silhuetas das faxineiras se movimentam no amplo loft do que deve ser uma agência de comunicação. Elas entram às seis da manhã. Em geral Vernon se levanta um pouco antes. Ele tem vontade de um expresso e de um cigarro de verdade, e adoraria uma torrada para acompanhar a leitura das principais manchetes do *Parisien* na tela do computador. Faz algumas semanas que ele não compra café. Os cigarros que enrola de manhã aproveitando as bitucas da véspera são tão finos que é como tragar papel. Na despensa não tem nada pra comer. Pelo menos ele não cortou a assinatura da internet. A cobrança automática cai no mesmo dia do auxílio-moradia. De uns meses para cá o auxílio é depositado diretamente na conta do proprietário do imóvel, e até agora tem dado certo. Tomara que continue assim.

A linha do celular foi suspensa e ele não se preocupa em comprar créditos. Diante da falência, Vernon mantém uma estratégia: faz o tipo que não liga pra nada. Assistiu a ruína em câmera lenta, depois o colapso se acelerou. Mas ele não perdeu nem a fleuma nem a elegância.

Pra começar, seu seguro-desemprego foi cortado. Recebeu pelo correio a cópia do relatório, redigido por sua própria conselheira. Os dois se davam bem. Ao longo de quase três anos eles se encontraram repetidas vezes num cubículo apertado onde ela deixava as plantas morrerem. Já perto dos trinta, graciosa, ruiva tingida, rechonchuda, os seios fartos, a sra. Bodard gostava de falar dos dois filhos, que lhe davam muita dor de cabeça; ela os levava com frequência ao pediatra, na esperança de que ele diagnosticasse uma hiperatividade que justificasse um tratamento com calmantes. Mas o médico os considerava em plena forma e a enquadrava em seu devido lugar. A sra. Bodard lhe contou que, quando pequena, foi ao show do AC/DC e dos Guns N' Roses com os pais. Mas hoje em dia ela preferia Camille e Benjamin Biolay, e Vernon se policiou para não fazer um comentário desagradável. Conversaram durante um bom tempo sobre o caso dele: fora vendedor de discos entre os vinte e os quarenta e cinco anos. As ofertas de emprego nesse ramo eram mais escassas do que se ele tivesse trabalhado em minas de carvão. A sra. Bodard recomendou uma recolocação. Juntos, consultaram os estágios disponíveis nos centros de formação profissional de adultos e se despediram em bons termos, combinando se ver mais tarde para um balanço. Três anos depois, seu nome no processo seletivo para uma especialização em serviços administrativos foi recusado. Ele, por seu lado, considerava ter feito o possível, tornando-se especialista em dossiês, que preparava com uma eficácia extraordinária. Com o passar do tempo ficou com a sensação de que seu trabalho consistia em primeiro zanzar pela internet à procura de vagas que correspondessem a seu perfil, para em seguida enviar currículos e então receber as negativas. Quem se habilitaria a treinar um sujeito beirando os cinquenta? Até conseguiu estágio numa casa de shows na periferia, outro num cinema independente — porém, embora pelo menos saísse um pouco, se inteirasse dos problemas do metrô e visse pessoas, isso só lhe provocava uma sensação desagradável de perda de tempo. Na cópia do relatório que a sra. Bodard redigiu para justificar o cancelamento do seguro-desemprego, ela mencionou coisas que ele lhe disse quando estavam apenas batendo papo, como a pequena quantia de dinheiro que ele tinha desembolsado para ver The Stooges em Mans ou os cem euros que tinha perdido no pôquer. Enquanto folheava seu dossiê, em vez de se preocupar com o benefício que deixaria de receber, ele ficou muito constrangido por ela. A conselheira devia ter trinta anos. Ela ganhava quanto — quanto ganha uma mulher dessas? —, uns dois mil brutos? No máximo. Mas as pessoas daquela geração tinham sido criadas ao som de um reality show em que o telefone podia tocar a qualquer momento dando ordens para demitir metade dos colegas. Eliminar o próximo é a regra de ouro do jogo que lhes ensinaram antes mesmo de tirar as fraldas. Como exigir, hoje, que achem isso mórbido?

 Ao saber do cancelamento, Vernon pensou que talvez o corte o motivasse a encontrar "alguma coisa". Como se a piora de sua situação já precária pudesse exercer influência benéfica em sua capacidade de sair do buraco no qual estava atolado…

 Não foi apenas pra ele que as coisas se deterioraram rapidamente. Até o início dos anos 2000 muita gente se virava bem. Não era raro ver um motoboy se tornar gerente de um selo de uma gravadora, jornalistas freelancers conseguirem uma colocação como diretor de programa de TV, e até um cretino era promovido a chefe de uma seção de discos na Fnac… No fim da fila, os menos ambiciosos se safavam entre um bico e outro num festival, como *roadie* numa turnê, colando cartazes nas ruas… De todo modo, Vernon tinha condições de assimilar a importância do tsunami Napster, porém nunca imaginou que o navio afundaria de uma vez só.

Alguns diziam que era cármico, que a indústria tinha tido muito sucesso com a operação do CD — revendendo à clientela toda a sua discografia, num suporte cuja fabricação era mais barata e que poderia ser comercializado pelo dobro do preço nas lojas... sem nenhuma vantagem para os amantes da música, já que nunca ninguém reclamou do vinil. A falha nessa teoria do carma é que, com o tempo, descobriríamos que se comportar como um filho da puta seria sancionado pela história.

A loja dele se chamava Revolver. Vernon começou como vendedor aos vinte anos e logo se apropriou do ponto quando o dono decidiu partir para a Austrália, onde comprou um restaurante. Se, desde o primeiro ano, alguém dissesse que ele passaria grande parte da sua vida naquela loja, Vernon teria respondido é claro que não, eu ainda tenho muita coisa pra fazer. É só quando envelhecemos que compreendemos que a expressão "puta que pariu, como passa rápido" é a que melhor define o espírito das coisas.

Teve que fechar em 2006. O mais complicado foi encontrar alguém que assumisse o contrato de arrendamento e renunciar à perspectiva de lucro com o imóvel; mesmo assim, seu primeiro ano de desemprego sem indenização — já que o patrão era ele — tinha corrido bem: um contrato para escrever alguns verbetes numa enciclopédia de rock, uns dias trabalhando sem registro na bilheteria de um festival de subúrbio, resenhas de discos para revistas especializadas... e ele pôs à venda na internet tudo o que tinha resgatado da loja. A maior parte do estoque fora liquidada, mas ainda restavam alguns vinis, boxes de CDs e uma grande coleção de cartazes e camisetas que ele se recusou a vender na primeira leva. Em leilões no eBay, conseguiu fazer o triplo do que esperava, e isso sem a chateação de ter que emitir notas fiscais. Bastava honrar os compromissos, ir ao correio na mesma semana e caprichar na embalagem. O primeiro ano foi intenso. A vida costuma se apresentar em duas rodadas: na primeira ela te distrai, te fazendo acreditar que você está no comando; na segunda, ao perceber que você está relaxado e indefeso, ela se volta contra você e te fode.

Vernon mal teve tempo de reencontrar o prazer das longas manhãs de preguiça na cama — durante mais de vinte anos, fizesse chuva ou fizesse sol, havia levantado a porra da porta de ferro da loja, rigorosamente, seis dias por semana. Confiara as chaves a um colega em apenas três ocasiões ao longo de vinte e cinco anos: uma gastroenterite, uma cirurgia de implante dentário e uma crise do ciático. Levou um ano para reaprender a ficar na cama de manhã lendo um livro, se quisesse. Sua maior diversão era pesquisar sites pornô escutando rádio. Conhecia toda a carreira de Sasha Grey, Bobbi Starr ou Nina Roberts. Também gostava de tirar um cochilo à tarde, ler uma meia hora e depois capotar.

No segundo ano se dedicou à iconografia de um livro sobre Johnny Hallyday, inscreveu-se no seguro-desemprego e começou a vender sua coleção de objetos. Ele se virava bem no eBay, nunca poderia imaginar que aquela loucura fetichista movimentava tanto o mundo virtual — vendia-se de tudo: brindes, gibis, bonequinhos de plástico, cartazes, fanzines, livros de fotografia, camisetas... No início, quando a gente começa a vender, é normal se refrear, mas você logo toma gosto e sente prazer quando se desfaz das coisas. Aos poucos foi eliminando da casa qualquer resquício de sua vida pregressa.

Ele não deixava de valorizar a satisfação das manhãs em que ninguém vinha torrar seu saco. Tinha todo o tempo do mundo para escutar música. The Kills, White Stripes e vários Strokes poderiam enfim lançar todos os discos que quisessem, ele não precisava esquentar a cabeça. Não aguentava mais a obrigação de ficar por dentro dos infindáveis lançamentos; para acompanhar tudo, só mergulhando na internet e consumindo todos os novos sons, sem trégua.

Por outro lado, ele não havia previsto que, com o fechamento da loja, iria penar tanto com as mulheres. As pessoas sempre dizem que rock é coisa de homem, mas as pessoas falam merda o tempo todo: ele tinha suas clientes, e elas sempre se renovavam. Ele e as mulheres tinham um acordo tácito. Ele não era fiel, e por mais que se esquivasse, elas continuavam rastejando a seus pés. Bastava uma garota passar uma única vez com o namorado à procura de um CD, para dali a oito dias ela voltar sozinha. Sem contar as que trabalhavam nas imediações. As esteticistas do final da rua, as moças da loja em frente, as do correio, do restaurante, as que trabalhavam no bar, as da piscina. Um tremendo viveiro do qual se viu privado assim que entregou as chaves.

Teve poucas namoradas. Como muitos caras que conhecia, vivia da lembrança da mulher que o abandonou. A que realmente importava. A dele se chamava Séverine. Ele tinha vinte e oito anos. Sempre preocupado em manter a reputação de *serial lover*, não percebeu a tempo que ela era diferente. Ele era um predador, selvagem e independente, seus amigos todos admiravam a elegante desenvoltura com que ele encadeava um caso atrás do outro. Pelo menos era essa a ideia que Vernon fazia de si mesmo. O sedutor que só quer trepar, que não se prende, aquele que as garotas não dobram. Ele não se enganava: como muitos outros sujeitos com baixa autoestima, ganhava confiança ao confirmar que podia pisar nas mulheres.

Séverine era alta e ligada no duzentos e vinte, tão ligada que ficava cansativa; suas pernas eram intermináveis, tinha o charme da parisiense rica, do tipo que pode usar casaco de carneiro e mesmo assim parecer sofisticada. Ela abraçava tudo com energia, sabia fazer o que quer que fosse numa casa, e nem trocar um pneu no acostamento a intimidava — era do tipo filha de rico acostumada a se virar sozinha sem reclamar de nada. O que não a impedia, contudo, de saber relaxar na intimidade. Quando pensa nela, Vernon a revê nua, na cama, onde ela adorava passar fins de semana inteiros. Ela havia acomodado o som no piso, ao lado do colchão, para não ter que levantar para trocar de CD. Em volta da cama, ela se cercava de cigarro, de garrafa de água e do telefone com o fio sempre enrolado. Era seu reino. No qual ao longo de meses ele teve permissão de entrar.

Era o tipo de garota que tinha aprendido com a mãe que não deve cair em prantos quando descobre que foi traída. Séverine aguentou firme. Vernon tinha sido flagrado por puro descuido — e ficou surpreso que ela não o tivesse abandonado imediatamente. Disse apenas "estou indo" e o perdoou. Vernon deduziu que ela não podia viver sem ele e começou a sentir um leve desprezo por sua fraqueza de caráter. Isso posto, podia repetir a dose. Já tinham brigado feio umas três ou quatro vezes e ela falava toma cuidado pra não exagerar, eu vou embora, você não está me dando opção, e Vernon estava convencido de que ela não faria isso. Ele nem sonhava. Quando soube que ela também tinha outro, enfiou as coisas dela numa caixa e deixou tudo lá embaixo na calçada. A imagem das roupas, dos livros e perfumes dela sendo remexidos pelos transeuntes, espalhando-se em frente à sua porta, iria assombrá-lo durante anos. Nunca mais ouviu falar dela. Levou um bom tempo para entender que nunca mais ia se recuperar. Vernon tem o dom de ignorar as próprias emoções. Mas às vezes se pega imaginando como seria sua vida se tivesse ficado com Séverine. Se tivesse tido coragem de renunciar ao que sempre tinha sido, se soubesse que, de um jeito ou de outro, qualquer um pode perder o que ama, e por isso é preferível planejar a recuperação com antecedência. Ela teve filhos, com certeza. Era esse tipo de mulher. Que se vira bem.

Sem perder o charme. Não uma megera. Mulher delicada, ela deve comer orgânicos e se interessar pelo aquecimento global, mas ele tem certeza de que ainda ouve Tricky e Janis Joplin. Se tivessem ficado juntos, ele teria encontrado trabalho assim que fechou a loja, já que teriam tido filhos e ele não teria outra escolha. E hoje eles se perguntariam o que fazer a respeito da maconha do garoto ou da anorexia da caçula. Enfim. Ele prefere pensar em termos de redução de danos.

Hoje em dia Vernon trepa menos que um homem casado. Nunca imaginou ser possível aguentar tanto tempo sem sexo. Ainda que o Facebook e o Tinder sejam ótimas ferramentas para um flerte no conforto do lar, em algum momento é preciso sair para encontrar a garota, a menos que a pessoa se contente com um *date* virtual no Second Life. Escolher uma roupa que lhe confira um ar vintage e não a aparência de mendigo velho, dar um jeito de não ir parar num café, num cinema ou, pior ainda, em algum restaurante.... e sobretudo não levar a garota pra casa, pra ela não ver a despensa vazia, o estado lamentável da geladeira e a bagunça insalubre — que não combina em nada com o caos simpático do solteirão convicto. A casa recende a chulé, o odor característico do adolescente velhusco. Ele pode abrir as janelas, passar perfume. Aquele cheiro caracteriza seu território. Por via das dúvidas, xaveca as garotas pela internet e fura quando elas marcam um encontro.

Vernon conhece muito bem as mulheres, fez um estudo profundo delas. Essa cidade está cheia de mulheres desesperadas dispostas a limpar a casa e ficar de quatro presenteando-o com longos boquetes pra levantar seu moral. Mas ele passou da idade de imaginar que tudo isso não venha acompanhado de uma porrada de exigências. Não é porque uma mulher é velha e feia que ela é menos chata e exigente do que uma gostosa de vinte anos. O que caracteriza as mulheres é que elas podem se passar por discretas durante meses até revelar suas verdadeiras intenções. Ele desconfia do tipo de mulher que se sentiria atraída por ele. Já com os amigos é diferente. Ouvir discos juntos durante anos, ir a shows e falar sobre bandas, laços como esses são sagrados. Ninguém deixa de se ver só porque mudou de casa. O que mudou é que agora era preciso telefonar pra marcar um encontro, enquanto até então bastava que eles empurrassem a porta da loja quando passavam pelo bairro. Ele não estava acostumado a planejar jantares, idas ao cinema ou noitadas fumando baseado... Aos poucos, sem que ele se desse conta, muitos se mudaram para o interior, fosse porque tinham mulher e filhos e não podiam mais viver em trinta metros quadrados, fosse porque Paris era cara demais e eles prudentemente retornaram a suas cidades natais. Depois dos quarenta, Paris só acolhia filhos de proprietários de imóveis, o resto da população devia seguir seu caminho em outro canto. Vernon tinha ficado. Talvez tivesse cometido um erro.

Só mais tarde tomou consciência dessa ruptura, quando a solidão o havia enclausurado vivo. Depois veio a sequência de tragédias.

Tudo começou com Bertrand. Recidiva do câncer. Um nódulo na garganta tinha voltado. O primeiro já tinha sido barra. Achava que tinha vencido. Em todo caso, os amigos comemoraram a cura como uma vitória definitiva. Só que da segunda vez tudo aconteceu tão rápido que foi como um soco no queixo, só depois do enterro é que caiu a ficha. Nos três meses entre o diagnóstico e a partida definitiva, a doença o devorou. Bertrand usava camisas pretas com o colarinho virado pra cima. Desde 88. Com o tempo, ficou difícil abotoá-las de tanto que a barriga estava inchada de cerveja. Tinha uns quarenta e poucos, cabelo comprido e branco, óculos escuros Ray-Ban, belas botas de pele de cobra e uma expressão mal-encarada. Apesar das manchas na pele, até que o cara era bem conservado.

Tinha sido um choque vê-lo com pijama de velho. A queda dos cabelos até que passava. Mas o pijama ridículo deixava Vernon de coração apertado. Bertrand não conseguia se alimentar e nem a melhor erva do mundo fazia efeito. Perdeu o porte que o caracterizava. Muito proeminentes sob a pele amarelada, os ossos começavam a ficar obscenos. Ele insistia em usar seus anéis de caveira mesmo que escorregassem dos dedos. Via que estava sucumbindo, dia após dia, e tinha plena consciência de tudo.

Depois veio a dor incessante, o corpo debilitado e o aspecto de esqueleto. Eles não paravam de fazer piada com a bomba de morfina, pois zoar era a única forma de comunicação entre eles. Vez ou outra Bertrand se referia à morte à espreita. Dizia que, à noite, o medo o despertava, e "o pior de tudo é que minha cabeça está perfeita, mas sinto meu corpo se despedaçando e não posso fazer nada". Vernon era incapaz de responder "força, vai dar tudo certo, segura firme, velho". Então eles ouviam The Cramps, The Gun Club e MC5 e bebiam cerveja enquanto Bertrand ainda aguentava. A família ficava furiosa, mas, sinceramente, o que mais eles podiam fazer?

E então veio o anúncio de sua morte, numa manhã, por mensagem de texto no celular. A princípio Vernon se limitou, como os outros, a manter a compostura no enterro. Óculos escuros. Todos usavam óculos escuros e vestiam um elegante terno preto. Foi só depois que o pânico se instalou. O pânico e a saudade. O gesto reflexo de ligar pra ele, a impossibilidade de apagar seus últimos recados de voz, a impossibilidade de acreditar que aquilo tinha acontecido. Passada uma certa idade, não nos separamos mais dos mortos, continuamos no tempo deles, na companhia deles. No dia do aniversário de morte de Joe Strummer, Vernon fez exatamente o que fazia quando Bertrand ainda estava ali: ouviu todos os álbuns do The Clash tomando cerveja. Nunca se interessara muito por essa banda. Mas a amizade faz essas coisas: aprende-se a jogar no campo dos outros.

Naquele dia de dezembro de 2002, os dois estavam na fila para comprar salmão porque Bertrand ia passar o réveillon com uma norueguesa e queria impressionar a garota com sua sofisticação culinária. Meteu na cabeça que o salmão defumado só podia ser comprado naquela loja do Vème arrondissement e em nenhum outro lugar. Depois de um longo trajeto de metrô, aguardavam a vez deles. A fila se espraiava pela calçada, ia levar no mínimo quarenta minutos. Vernon foi comprar cigarros no café e ouviu o anúncio da morte de Strummer. Voltou para encontrar Bertrand. Não é possível, tá de sacanagem! Você acha que eu ia brincar com isso? Bertrand ficou pálido, mas mesmo assim comprou seu salmão e duas garrafas de vodca. Viraram a segunda garrafa ouvindo "Lost in the Supermarket", lembrando da vez que viram Strummer num show solo juntos. Vernon tinha ido só para acompanhar Bertrand, mas quando chegou lá uma emoção inesperada o invadiu, então apoiou o ombro no amigo e chorou. Nunca comentou aquele fato, mas, no dia da morte de Joe Strummer ele contou tudo, e Bertrand disse sim, eu sei, eu vi, mas não queria te encher o saco com isso. Que merda, logo Strummer? O que pode existir de bom depois dele?

Três meses depois foi a vez de Jean-No. Nem bebida nem excesso de velocidade. Uma rodovia, um caminhão, uma curva e neblina. Voltando de um fim de semana com a mulher, foi trocar a estação de rádio. Ela se salvou, só arrebentou o nariz. O que reconstruíram era mil vezes melhor que o original. Jean-No nunca pôde desfrutá-lo.

Naquele domingo Vernon estava na casa de uma amiga, largado em cima de um colchão dobrado e encostado na parede, e recoberto de um tecido indiano com tanto furo de baseado que até parecia uma estampa. Eles estavam fazendo uma maratona de *Alien*, assistindo a série completa no projetor. A garota morava num quarto no sótão perto da estação Goncourt. Não muito longe da casa dela ficava uma das últimas locadoras de DVD. Já tinham visto *Alvo duplo* e *Mad Max*, *O poderoso chefão* e *Uma história chinesa de fantasmas*. A amiga era um verdadeiro achado, viciada em baseado e mangá. Não do tipo que queria sair o tempo todo. Com ela, a única encheção de saco era Gato, você pode ir comprar um docinho pra mim na padaria, por favor? Cinco andares, sem elevador. Vernon não gostava da ideia de ser um bichano servil. Ela tinha acabado de trazer uns copos de coca-cola cheios de gelo numa bandeja enorme, o filme estava pausado e Vernon atendeu o celular quando ele tocou, coisa que raramente fazia aos domingos. Mas como Emilie não telefonava havia muito tempo, desconfiou que podia ser algo importante. Ela tinha acabado de receber a notícia pela irmã mais nova de Jean-No. Vernon se surpreendeu que ela tivesse se encarregado de avisar os amigos. Afinal de contas, Jean-No tinha mulher. Que estava no hospital naquele momento, tudo bem, mas a amante tomar a iniciativa de espalhar a notícia? Ele tinha convivido bastante com ela, depois perderam contato e a ocasião não era propícia para botar a vida em dia.

Vernon insistiu em continuar assistindo o filme. Será que a notícia não o afetara? Ficou assustado. Talvez estivesse ficando insensível. Encontrava Jean-No toda semana e, depois da morte de Bertrand, tinham se aproximado ainda mais. Almoçavam juntos no turco perto da Gare du Nord e sempre pediam o mesmo prato de doze euros regado a cerveja gelada. Jean-No tinha parado de fumar a duras penas. Se o coitado soubesse que seria em vão, teria programado o despertador para tocar de madrugada a fim de fumar ainda mais. Casou com uma mulher chata pra caramba. Muitos homens se sentem mais seguros sob cabresto.

Só mais tarde, no meio da madrugada, que a ficha caiu de

verdade. Minutos antes de pegar no sono, foi atravessado por um frio na espinha. Teve que se vestir e sair — caminhar na noite gelada, ficar sozinho, ver as luzes que cruzavam os corpos se fundirem ao movimento e sentir o chão sob os pés. Estava vivo. Foi difícil recuperar o fôlego.

Sempre saía para caminhar sozinho à noite. Havia adquirido esse hábito no fim dos anos 80, quando os roqueiros começaram a ouvir hip-hop. Public Enemy e os Beastie Boys pertenciam à mesma gravadora que o Slayer, isso acabou estabelecendo uma relação. Na loja fez amizade com um fã de Funkadelic, um branquelo taciturno e intragável; pensando bem, talvez ele usasse heroína, mas na época Vernon não se deu conta. O cara era pichador, saía escrevendo "Zona" por onde passava. A afinidade entre eles teve curta duração, Zona não aguentava mais dar rolê na rua, "os metrôs, sim, são o canal" — ele queria foder com os vagões, queria destroçar tudo e Vernon não tinha vontade de acompanhá-lo. Vernon não foi contaminado —, não conseguia se interessar pelas narrativas heroicas do 93 MC ou dos MKC, pelo grafite *wild style* ou *throw up*... Sabia que havia um lance ali, mas não era o dele. O negócio do cara era correr o risco de quebrar a coluna escalando um prédio e ficar duas horas entre o silêncio das latas de spray, fazendo pausas pra fumar e vendo as pessoas lá embaixo, que nem cogitavam erguer os olhos e se deparar com sua silhueta de vigia silencioso.

Na primeira noite de sua vida sem Jean-No, Vernon caminhou até a sola dos pés arder e não parou. Pensava nos filhos dele, e aquilo não fazia sentido. Órfãos de pai. A palavra não combinava com o que ele conhecia daqueles três pentelhos que ficavam o tempo todo pedindo atenção, doces ou brinquedos novos.

Jean-No se comportava como um imbecil por livre e espontânea vontade. Era arrogante. Sempre tinha ouvido músicas esquisitas, na adolescência gostava de Einstürzende Neubauten e de Foetus, mais tarde foi se interessar por hard-core *punk straight edge*, era fã de Rudimentary Peni e se apaixonou por Minor Threat, bebia feito um gambá. Só gostando muito dele pra passar a noite a seu lado, já que ele se esforçava para ser inconvenientemente amargo. Aos quarenta anos, querendo se aburguesar, Jean-No começou a se interessar por ópera. Vestia-se como um playmobil engomadinho e falava idiotices de gente de direita dez anos antes que isso virasse moda. Naquela época, a coisa era tão atípica que até que tinha certa graça.

Agora Vernon vivia num mundo em que Ian MacKaye poderia começar a fumar crack e Jean-No não estaria mais ali para opinar.

Então foi a vez de Pedro. Menos de oito meses depois. Parada cardíaca. Pedro se chamava Pierre, mas cheirava tanto pó que ganhou o apelido sul-americano.

Vernon estava na frente do Élysée Montmartre, que ainda não tinha pegado fogo, e onde os Libertines iam tocar. Estava tentando pegar uma improvável estagiária que trabalhava no programa de TV do Ardisson; ela só falava do apresentador, fingia detestar o cara mas no fundo estava fascinada. Ele avistou um amigo, de longe, na frente da sala, e o chamou, contente em exibir a garota, uma morena de franja, jeans, cigarro e salto agulha, como as que Paris produzia aos montes no início do milênio. E o amigo, ao vê-lo se aproximar, caiu em lágrimas. Repetia Pedro Pedro Pedro, sem conseguir explicar, e então uma imensa letargia invadiu Vernon.

Pedro tinha cheirado, fácil, três casas, duas Ferraris, todas as suas histórias de amor, amizades, qualquer possibilidade de carreira, sua aparência e todos os dentes. Ele não contava isso com vergonha, alegando que não tinha problema com a coisa, nada disso, ele se vangloriava do vício com uma histeria feliz, era uma paixão totalmente assumida. Ele passava pó na gengiva, deixava cair na jaqueta, conhecia todos os banheiros de todos os bares de Paris e escolhia onde beber exclusivamente em função da praticidade dos toaletes. Chegava na casa de Vernon e esticava carreiras por todos os lados, ia embora dois dias depois, deixando o anfitrião destruído. Pedro curtia Marvin Gaye, Bohannon, Diana Ross e os Temptations. Vernon adorava ser convidado para ir à casa dele, som incrível, poltronas confortáveis, uísques sensacionais — faziam você se sentir um gângster, um detetive particular, um dândi inglês.

Vernon encontrou uma foto em que estavam os quatro. Ele e os três mortos. Posavam ao lado dele, comemorando seus trinta e cinco anos. Era uma bela foto, dessas tiradas com câmera analógica e das quais se faziam cópias para os amigos. Quatro rapazes meio chapados mas esbeltos, cabeludos, de olhar vivo e sorriso sem amargor. Brindavam, Vernon se sentia deprimido naquela noite, chegar aos trinta e cinco anos estava acabando com seu moral. Quatro belos espécimes, orgulhosos de serem idiotas e desinformados, e sobretudo alheios ao fato de que viviam o melhor que a vida lhes tinha reservado. Ouviram Smokey Robinson durante boa parte da noite.

Depois de enterrar Pedro, Vernon não saiu mais nem retornou as ligações. Achava que era uma fase, que ia passar. Era natural que sentisse necessidade de se recolher após uma sequência de lutos tão próximos.

Foi por volta dessa época que o dinheiro acabou de verdade, reforçando ainda mais sua tendência ao isolamento. Jantar na casa de alguém sem ter como pagar uma garrafa de vinho o desencorajava a aceitar os convites. Noiava só de pensar que alguém pudesse propor uma vaquinha pra comprar pó na balada. Que não conseguisse ludibriar a entrada do metrô para entrar sem pagar. Que o tênis que usava estivesse com a sola solta. Noiava com detalhes para os quais nunca tinha dado bola, cismava com eles obsessivamente.

Então ficava em casa. Bendizia o passado. Baixava músicas, séries, filmes. Aos poucos foi deixando de ouvir rádio. Desde os vinte anos seu primeiro reflexo de manhã sempre tinha sido ligar o rádio. Mas agora aquilo só servia para angustiá-lo, não lhe despertava nenhum interesse. Perdeu o hábito de ouvir as notícias. Quanto à televisão, tudo aconteceu naturalmente. Havia muita coisa pra fazer na internet. Dava uma olhada nas manchetes on--line. Mas onde passava mais tempo era nos sites pornográficos. Não queria ouvir falar da crise, do islã, do aquecimento global, do gás de xisto, dos orangotangos maltratados ou dos ciganos barrados nos ônibus.

Sua bolha é confortável. Nela, ele sobrevive prendendo a respiração. Reduz cada ação ao menor gesto. Come menos. Passou a deixar o jantar mais frugal. Sopa com macarrão instantâneo. Não compra mais carne, proteína é coisa de esportista. Come arroz, basicamente. Compra sacos de cinco quilos no supermercado asiático e estoca. Está diminuindo os cigarros — economiza o primeiro, espera até o segundo e, depois do café da manhã, se pergunta se tem mesmo vontade do terceiro. Guarda as pontas, nada de desperdício. Conhece as portas dos escritórios da vizinhança, onde as pessoas saem para fumar, e às vezes quando do passa na frente delas ele diminui o passo e recolhe as bitucas maiores. Ele se sente como um velho fogo cujas brasas às vezes reacendem com o vento, mas nunca o suficiente pra queimar a madeira. Uma fogueira agonizante.

De vez em quando tem seus cinco minutos. Entra no LinkedIn e faz listas dos conhecidos que parecem ainda ter emprego e promete procurá-los. Imagina a história que vai contar, provavelmente começaria por um lance de mulher. Sua fama de garanhão deixa os homens num estado propício para conversas simpáticas. Então ele diria isso — eu estava fora de Paris, comendo uma gata húngara que me arrastou pra Budapeste, ou uma bela americana que não parava de viajar, enfim, a nacionalidade pouco importava, contanto que passasse a impressão de que ele se divertiu horrores, e cá estou eu de volta à procura de trabalho, qualquer coisa, por acaso você não teria nada para mim. Daria uma de descontraído, tranquilão, sem estresse. Já quanto à grana, não tinha como inventar nada, estava na cara que ele não tinha um centavo no bolso. De qualquer modo nunca havia nadado em dinheiro. Na sua época, dava credibilidade. Mas isso foi antes dos anos 2000, quando os frequentadores de shows, como quem não quer nada, passaram a ostentar roupas novas e caras, de marca, relógio da moda no pulso, um jeans que vestia bem e com um corte que atestava que tinha sido comprado naquele ano. A miséria acabou perdendo sua aura poética desde que surgiu a Zadig e Voltaire, ao passo que, durante décadas, ela servia pra validar o artista, o verdadeiro, aquele que preferiu não vender a alma. Hoje é a morte dos derrotados, mesmo no rock.

Só que ele nunca liga pra pedir ajuda. É incapaz de identificar o que o impede. Teve tempo para pensar a respeito. O enigma continua. Procurou na internet conselhos para os procrastinadores patológicos. Redigiu listas do que tinha a perder e do que estava pondo em risco, comparou com a lista do que tinha a ganhar. Não faz a menor diferença. Ele não telefona pra ninguém.

Alexandre Bleach morreu. Vernon, ao ver o nome dele pipocar no Facebook, não se abala de cara. Foi encontrado morto num quarto de hotel.

Quem vai pagar seus aluguéis atrasados? É a primeira pergunta que lhe vem à cabeça. Os e-mails e inboxes que enviou nessas últimas semanas não tiveram resposta. Seus pedidos de ajuda. Estava acostumado com a demora de Alex pra responder. Vernon contava com ele. Como toda vez que a coisa ficava feia. Alexandre sempre acabava por salvá-lo.

Vernon está sentado em frente ao computador — sentimentos contraditórios ou desconectados fervilham em seu peito, gatos jogados num mesmo saco pela mesma mão ágil e implacável. Na internet, a notícia se espalha como uma lepra. Faz um bom tempo que Alexandre pertencia a todos. Vernon pensava estar acostumado. Quando ele lançava um disco ou iniciava uma turnê, impossível ignorar. Absolutamente nenhuma hora do dia sem vê-lo se exibir, se contorcer em algum lugar, falar besteira com sua bela voz grave de vocalista junky. Alexandre tinha sido atingido pelo sucesso como quando se é atropelado por um caminhão: ele não dava a impressão de ter saído ileso. Seu problema não era a arrogância, mas um desespero selvagem que acabou cansando os mais próximos. É duro ver alguém conquistar o que todos desejam e ainda por cima ter de ser consolado.

Ainda não vazaram fotos do presunto em seu quarto de hotel. Mas é questão de minutos. Alex morreu afogado. Numa banheira. Numa coprodução champanhe e comprimidos, ele apagou. Vai saber o que estava fazendo numa banheira, sozinho, num hotel, no meio da tarde. Vai saber, de todo modo, o que deixava aquele cara tão desesperado e infeliz. Alex conseguiu foder até com a sua morte. O hotel era medíocre demais para chegar a dar inveja, mas não podre o suficiente para ser exótico. Ele costumava alugar um quarto na cidade por alguns dias, bastava avistar um fotógrafo na porta de casa e ele procurava outro lugar pra dormir. Gostava de ficar em hotel. Tinha quarenta e seis anos. Que tipo de gente espera o início da andropausa pra morrer de overdose? Michael Jackson, Whitney Houston... vai ver era coisa de preto.

Bleach adorava rever velhos amigos. Isso o arrebatava como uma urgência de mijar, e acontecia com certa frequência. Não dava notícias durante um ano inteiro, às vezes até dois, depois começava a telefonar desesperadamente ou bombardeava e-mails, era capaz de chegar de supetão na casa de um ou de outro. Sentar com ele num café era pagar mico. Qualquer conversa era interrompida por um fã depois de cinco minutos, e os fãs podem ser agressivos. Ou completamente lesos. Em geral todo fã que se intromete na conversa alheia é um mala. Quando batia a vontade de encontrar Vernon, Alexandre ligava e se convidava pra ir à casa dele. Tomavam cerveja e fingiam que nada tinha mudado. Até parece. Alexandre lucrava com uma única música o que um cara como Vernon tinha acumulado em mais de vinte anos de loja. Como esse pequeno detalhe poderia não afetar a relação deles?

Alex fez vários amigos no circuito VIP. Mas estava convencido de que sua "verdadeira vida" tinha sido interrompida pelo sucesso. Vernon tentava argumentar que tudo dependia do ponto de vista: por volta dos trinta, as coisas começam a perder o brilho, não importa se a pessoa é um zé-mané ou um superstar, nada mais dá muito certo pra ninguém. A diferença é que não existe recompensa para quem não pega carona no sucesso. Não é porque a juventude ficou pra trás que vamos sair dando a volta ao mundo de primeira classe, comendo as mulheres mais lindas, andando com os traficantes mais descolados e comprando Harley Davidson. Mas Alex não queria saber. Parecia de fato estar se sentindo tão mal que era difícil convencê-lo de que tinha sorte.

Na primeira vez que entrou na loja, Alexandre ainda era um garoto. Os olhos redondos, emoldurados por cílios longos e delineados, lhe davam uma expressão infantil. Ele aterrissava com uma cerveja encorpada, se instalava num banquinho e pedia para escutar os discos. Para Alex, Vernon tinha sido o responsável pelo feitiço: foi ele quem lhe mostrou pela primeira vez o disco duplo ao vivo dos Stiff Little Fingers, os Redskins, o primeiro EP dos Bad Brains, o Peel Session de Sham 69 ou o *Fight or Die*, do Code of Honor. Alex era menor de idade, tinha as bochechas roliças e não fazia o tipo rebelde. Seu sorriso sem dúvida havia contribuído significativamente para sua ascensão meteórica — aquele sorriso provocava o mesmo efeito de vídeos de gatinhos no YouTube. Só a couraça de um psicopata não se abalaria. Ele arranhava na guitarra e cantava desafinado, como todo mundo, passando de uma banda a outra. Como costuma acontecer, a fama o alcançou quando ninguém esperava. Havia heróis nos palcos daquela época, pessoas nas quais todos teriam apostado. Mas que praticamente evaporaram. A paixão de Alex pelas drogas apareceu tardiamente e arrebatou tudo. Mas esse rapaz sempre teve um punhal invisível apontado contra o peito. Embora risse de qualquer coisa, havia algo perdido em seu olhar, uma fissura que nada impediria que não se aprofundasse.

Uma pergunta de um vil pragmatismo não parava de rondar Vernon: quem vai pagar seu aluguel? Começou pouco depois da morte de Jean-No. Eles se cruzaram por acaso, perto da estação Bonsergent. Alexandre se atirou em seus braços. Fazia muito tempo que não se viam, desde o show de Tricky no Elysée Montmartre. Passado o desconforto dos primeiros minutos, durante os quais tinham que representar o papel de velhos amigos que têm muito o que conversar, como se as histórias de Vernon sobre vendas no eBay fossem tão interessantes quanto as noitadas de esbórnia num iate com Iggy Pop, no fim era sempre legal encontrar Alexandre.

Alex estava superdescompensado naquele dia. Tinha o entusiasmo confuso e a fala acelerada de quem não volta pra casa havia tempo, mas que deveria pensar em fazê-lo. A neve encobria as calçadas e era preciso segurá-lo pelo cotovelo para evitar que se esborrachasse no chão. Empolgado como sempre, insistiu para que Vernon subisse com ele até a casa de seu traficante, que morava ali do lado. Um sujeito cheio de cerimônia, com cara de melhor aluno da classe, que compunha músicas com o GarageBand. Fumava uma erva holandesa tão forte que dava dor de cabeça na hora. Queria mostrar seus "últimos sons" a qualquer preço. Foram submetidos a uma série de efeitos de sintetizador marcados por batidas de segunda classe. Alex já estava bem louco, escutava aquelas merdas com o maior interesse, explicando pro cara que ele estava estudando os hertz, ondulações do som por segundo, e que se os harmonizasse de tal e tal jeito seriam capazes de alterar os cérebros. Tinha metido na cabeça essa história de sincronização de ondas cerebrais e o traficante prestava a maior atenção em tudo o que ele dizia. Mas todos sabiam a verdade — fazia anos que Alex não conseguia compor uma música. Conformava-se com as "alpha waves", já que não conseguia alinhar três acordes ou escrever um refrão que colasse.

Já estava escuro quando saíram de lá. Poucos carros circulavam e as ruas estavam estranhamente brancas e silenciosas. Vernon morreu de rir de um cartaz três por quatro que estampava uma atriz toda de preto rebolando em cima de uma moto. Disse alguma merda do tipo "essa aí é totalmente sem sal, prefiro comer uma boneca de plástico" e Alexandre deu um riso amarelo. Evidentemente ele a conhecia. Vernon se perguntou se já tinham saído. Alex agradava às mulheres, e nunca teve que vender discos pra isso. Muitos de seus amigos eram VIPs, esses caras que a gente conhece o nome e a cara sem nunca ter encontrado. Ele registrava os números de telefone com codinomes, caso perdesse o celular ou alguém o roubasse. A ideia de que sua lista de contatos pudesse cair nas mãos de qualquer um o deixava paranoico. Muitas vezes, quando seu telefone tocava, ele olhava perplexo para a tela, incapaz de lembrar a quem correspondia o nome afixado. "SB", por exemplo, o deixava confuso: seria Sandrine Bonnaire, Stomy Bugsy, Samuel Benchetrit, ou um codinome ainda mais complexo, como Safada Biliosa ou Sodomita Barraqueira? Impossível lembrar até ouvir a mensagem de voz e resgatar na memória: "SB", de "sala de banho", pois foi lá que discutiu durante horas com Julien Doré. No momento deve ter achado a ideia brilhante. Como um monte de coisa obscura que a gente faz depois das três da manhã. Vernon perguntou "e você lembra de Jean-No?". Como não. Tinham tocado juntos por um breve período, nos Nazi Whores, no início da década de 90. Não se viam havia mais de dez anos. Jean-No detestava Alex e tudo aquilo que ele representava — o rock com textão, a militância mauricinha e sobretudo o sucesso fulminante, que não se podia atribuir a seus contatos e que deixava Jean-No puto das calças. Tinham operado em dobradinha, tinham semeado o mesmo campo — um disparou e o outro ficou comendo poeira. Jean-No não suportava a comparação — difamar Alex era uma atividade que lhe tomava um bom tempo. "Tá sabendo que ele morreu?", e Alex ficou pálido, desnorteado. Vernon ficou abalado diante da emoção não dissimulada do outro, mas não teve coragem de dizer "não fica assim, sinceramente, ele nunca te engoliu". Alex fez questão de levar Vernon pra casa de táxi e depois subiu com ele. Não demorou para entrarem em sintonia — dois hamsters frenéticos pedalando pra girar a mesma roda. Recurvado no sofá, Alex se sentia dentro de um ovo. Adorava o espaço reduzido do apartamento, ficava encolhido e se sentia protegido naquela casa. Escutaram Dogs, coisa que nenhum do dois fazia havia vinte anos. Alex passou três dias ali. Estava obcecado por aquilo que chamava de sua "pesquisa" sobre as batidas binaurais e fez Vernon escutar vários tipos de ondas, as quais supostamente causariam um profundo impacto no inconsciente, mas que na prática não provocaram sequer uma enxaqueca. Alex estava com cinco gramas. Cheiraram sem pressa, como dois veteranos. Vernon costumava snifar com certa frequência — a cocaína o relaxava e o ajudava a dormir — e Alex meteu na cabeça que ia se autoentrevistar, ali, sentado no sofá. Tinha levado uma câmera velha, empilhou três fitas VHS de uma hora ao lado da TV, e quando Vernon voltou a si, Alex lhe apresentou um número inacreditável — "é o meu testamento, cara, tá entendendo? Tô deixando pra você. Confio demais em você". Já estava um pouco fora do ar. Depois retomou suas histórias de ondas delta e gama, do processo criativo e da ideia de fazer uma música que funcionasse como uma droga, alterando os circuitos neurais. Vernon estava desesperado, Alex botava pra tocar uns sons podres e o obrigava a escutar com fone de ouvido.

Vernon desceu pra comprar coca-cola, cigarro, chips e uísque com o cartão de crédito do amigo. "Mas não tem nada pra comer nesta casa, do que que você tá vivendo? Quer que eu te deixe um pouco de grana?" Ele estava com dois aluguéis atrasados, batalhava para não acumular o terceiro, uma lenda urbana rezava que até três meses de atraso não existe risco de despejo. Foi assim que começou. Alexandre transferiu pra sua conta o equivalente a três aluguéis — te juro que o prazer é todo meu. Ao ir embora, ainda insistiu "se precisar de grana é só dizer, você sabe que eu tenho... Promete que me procura?".

E foi o que Vernon fez. A princípio pensou em se virar de outro jeito, mas no quarto mês de atraso procurou o amigo. Alex o ajudou. Sem pestanejar. Passados alguns meses, Vernon lhe telefonou. Era constrangedor, mas ao mesmo tempo era como um mergulho de volta à infância. Aos tempos em que seus pais ainda estavam vivos e ele podia contar com eles, in extremis, para livrar sua barra. Havia algo de infância protegida nessa lógica de ajuda fraterna. E Alex o salvava. Registrou o número da conta de Vernon em sua lista de favoritos para as transferências — e com três cliques o tirava do buraco. Vernon resistia, adiava o momento de pedir ajuda. Oscilava entre culpa e agressividade, gratidão e alívio. O dinheiro vinha tão fácil para Alexandre e tão difícil para os outros. Vernon enviava um cheque ao proprietário e em seguida preparava um estoque de cigarros, de comida, e guardava com zelo numa caixinha um trocado para a cerveja diária. Era assim que sobrevivia.

A campainha toca. Vernon não atende. Deve ser o carteiro com uma carta registrada. Ele não costuma assiná-las. Está pouco se lixando para as burocracias. Aos poucos foi ficando mentalmente paralisado — cada vez mais se acumulam tarefas relativamente simples com as quais é incapaz de lidar. Abaixa o volume do som e espera. Insistem. Agora batem na porta. Vernon está sentado na cama, com as mãos cruzadas sobre os joelhos, já está acostumado — espera até que desistam. Mas um barulhinho na fechadura revela que estão forçando para abrir do lado de fora. Imediatamente entende o que acontece. Sem dizer nada, corre para vestir uma calça e uma malha limpa. Está amarrando os cadarços de um velho par de Doc Martens quando a porta se abre. Sente-se febril como numa viagem de anfetamina ruim. Quatro homens entram e o encaram. O que lidera o grupo toma a palavra: "O senhor poderia ter aberto a porta". Vernon o mede de cima a baixo, avaliando-o. Tem um elegante cachecol azul-marinho enrolado no pescoço e óculos de armação vermelha. Seu casaco cinza é curto demais. Ele lê com um tom neutro, num tablet — blá-blá-blá morador do número blá-blá-blá, o senhor é o senhor blá-blá-blá, e o locatário do imóvel...

Faz dez anos que está pagando essa merda de aluguel. Dez anos. Mais de noventa mil euros. Direto no bolso de um sacana, um dinheiro jogado no lixo. O proprietário deve ser um desses herdeiros que reclama de pagar muito imposto. Em dez anos, nenhuma reforma — teve que ficar buzinando no ouvido dele pra consertar o aquecedor. Noventa mil euros. Nenhuma mísera reforma, nenhuma melhoria, nenhum investimento. E agora o enxotam.

Os olhos de Vernon se fixam na calça do oficial de justiça, na altura em que ela aperta suas coxas. Vernon espera que o pequeno grupo de homens faça um levantamento de seus bens e vá embora, dando um tempo pra ele se arrumar. Se não estivesse com a conta de banco bloqueada há anos, ofereceria um cheque para adiar o procedimento. No fim, tudo daria certo — o cara que ele identifica como chaveiro parece ser simpático. Seu bigode espesso e cinza, cortado à moda antiga, lhe dá um ar de sindicalista. Vernon torce para que ele não tenha estragado a fechadura, pois não tem como substituir. Pode acontecer de às vezes ele precisar sair de casa, cinco minutos que sejam. Não sobrou nada que possa ser roubado ali — nem mesmo um kosovar arruinado se daria ao trabalho de carregar aquilo que lhe serve de computador. O monitor e a torre pesam toneladas e cheiram a naftalina. O oficial de justiça sugere que ele junte as coisas de que vai precisar nos próximos dias e dê o fora. Nenhum deles diz vamos, deixa pra lá, depois a gente volta, damos dez dias pra ele se virar e vemos o que acontece. Os dois grandalhões que até aquele momento não tinham aberto a boca se instalam no meio do aposento e o aconselham, sem a menor hostilidade, a obedecer o mais rápido possível, sem criar caso.

Vernon observa o cômodo — será que poderia negociar um objeto em troca de um prazo extra? Sente os primeiros sinais de ansiedade e inquietação — os homens temem que ele reaja com violência. Estão acostumados com gritos e lamentações. Vernon pede quinze minutos, o oficial de justiça suspira — e no entanto está aliviado: o sujeito não é nenhum desequilibrado.

Vernon sobe num banquinho pra pegar de cima do armário sua mochila mais resistente. Ao descer, ninhos de pó caem em seus ombros. Ele espirra. Algumas situações são tão insólitas que nos recusamos a crer que de fato estejam acontecendo. Ele enche a mochila. Os fones de ouvidos, o iPod, um jeans, a correspondência de Bukowski, duas malhas, todas as cuecas, uma foto autografada de Lydia Lunch, o passaporte. O terror impede qualquer tipo de reflexão. Como tinha acabado de saber da morte de Alex, lembra de pegar no fundo da estante, escondida atrás das pilhas impecavelmente organizadas de *Maximum Rock 'n' Roll*, *Mad Movies*, *Cinéphage*, *Best* e *Rock & Folk*, a caixa com as três fitas VHS que Alexandre filmou na última visita que fez a sua casa. Quem sabe poderia vendê-las... Depois Vernon troca o Doc Martens por sua bota preferida. Pega um despertador amarelo de plástico comprado num chinês há dez anos e que tem aguentado o tranco. A mochila está pesada. Ele deixa o apartamento em silêncio. O oficial de justiça o aguarda, no hall, não, ele não tem preferência por nenhum guarda-móveis, isso mesmo, um mês para retirar as coisas, tem que assinar aqui, sem problema. Depois desce as escadas, convencido, no fundo, de que aquilo não está acontecendo de verdade, ele logo estará de volta.

Na escada, cruza com a zeladora. Ela sempre foi muito simpática. É um locatário perfeito, solteiro, que está sempre fazendo comentários sobre o tempo, sobre o barulho das reformas nas ruas, e algumas piadas — conversas despretensiosas que não levam a lugar algum, mas que encantam essa mulher de sessenta anos. Ela pergunta se está tudo bem — não tinha entendido que o chaveiro havia subido na casa dele. Ele não encontra palavras nem coragem pra lhe contar. Ela não se abala ao vê-lo descer com uma mochila tão grande, tantas vezes já o vira saindo carregado para ir ao correio. É aí que ele se dá conta da vergonha que está sentindo daquela situação. A última vez que alguém o expulsara de algum lugar havia sido o diretor do colégio. Ele tinha ido à aula sob efeito de ácido com seu amigo Pierrot, que mais tarde se enforcaria debaixo de uma ponte, num domingo ao amanhecer — e eles foram mandados para a sala do diretor, que os expulsou. Essa lembrança o remete à cozinha da residência familiar. Seus pais morreram jovens. Ele não tem certeza se eles o teriam ajudado. Eram duros. Tinham uma preocupação com o caminho correto, nunca engoliram aquelas histórias de rock 'n' roll. Queriam que ele prestasse um concurso público. Sempre repetiam que ele não ia dar certo como comerciante. No final tinham razão.

Na rua, a lembrança dos objetos que havia deixado no apartamento mas que deveria ter trazido lhe dá uma pontada no peito. Ele toca com a ponta dos dedos o documento administrativo dobrado em quatro no bolso traseiro. Suas mãos tremem, não o obedecem mais. Ele precisa parar, refletir com calma e encontrar uma solução para tudo isso. Mil euros. É muito, mas dá pra arranjar. Suas coisas não estão perdidas — ele tem muito mais coisas materiais às quais se sente apegado do que poderia imaginar. O relógio que ganhou de Jean-Noël. Os testes de impressão do primeiro álbum dos Thugs, que pegou por acaso quando o diretor do selo Gougnaf Mouvement passou um tempo em sua casa. A garrafinha de bolso do Motörhead que Eve tinha trazido de uma viagem a Londres. A impressão original de uma foto de Jello Biafra que Carole tirou em Nova York. E o Selby com dedicatória.

A ameaça de despejo pairava sobre sua cabeça havia tanto tempo que ele acabou acreditando que se tratava do velho alarme de uma guerra que ele sempre venceria. Se Alexandre ainda estivesse vivo, Vernon saberia o que fazer: ficaria na entrada da casa dele e moveria céus e terra para encontrá-lo. Não teria vergonha nenhuma de fazer isso — seu velho camarada ficaria feliz em livrá-lo dessa. No final das contas, era para isso que Vernon servia: para conferir ao dinheiro dele um valor real.

Se pelo menos tivesse metido na cabeça que deveria ir atrás de Alexandre em vez de enviar um e-mail educado de tempos em tempos à espera de que ele acordasse. Se Vernon tivesse se aboletado na casa de Alex, tudo seria diferente. Eles se drogariam juntos, tranquilos, em casa — e Alex não teria saído para tomar banho num hotel de merda. Em vez disso, teriam escutado o disco do Led Zep ao vivo no Japão.

Já faz um bom tempo que Vernon sabe o que é vivenciar a cidade sem nenhum dinheiro. Salas de cinema, lojas de roupa, restaurantes, museus — existem poucos lugares onde se pode sentar para se aquecer sem ter que pagar nada. Restam as estações, o metrô, as bibliotecas e as igrejas, e alguns bancos na calçada que ainda não foram arrancados para evitar que pessoas como ele passem muito tempo sentadas gratuitamente. As estações e as igrejas não têm aquecimento, a ideia de pular a catraca do metrô com sua mochila o desmoraliza. Ele sobe a avenida de Gobelins em direção à Place d'Italie. Está com sorte, um solzinho ilumina as ruas, embora tenha chovido todos esses últimos dias. Dali um mês e seria o início oficial do inverno.

Ele tenta manter o ânimo observando as mulheres que passam. Na sua época, ao primeiro raio de sol elas vestiam o que tinham de mais curto, celebrando o acontecimento. Hoje usam menos saias, mais tênis e a maquiagem ficou discreta. Ele vê muitas mulheres com mais de quarenta fazendo o que podem, com roupas de liquidação que as seduziram nas vitrines, coisas baratas e que parecem cópias honestas de roupas de marca. Mas quando as vestem, só se vê a idade delas. E as meninas, essas sim continuam lindas, mas agora se arrumam pior. Verdade seja dita, a volta da moda anos 80 não lhes fez bem.

Às quintas a biblioteca só abre às duas da tarde. Vernon está de saco cheio de ficar ao ar livre. Ele sobe a avenida de Choisy e se instala num ponto de ônibus. Sua intenção era ir ao parque, mas a mochila está pesada demais. Senta ao lado de uma quarentona que lembra vagamente o cantor Jean-Jacques Goldman. Seus pés entre uma sacola de pano volumosa, cheia de comida natureba. Tudo em sua atitude exala inteligência, conforto, seriedade e pretensão. A mulher evita seu olhar a todo custo, só que o primeiro ônibus que passa não é o dela. Ela tira um cigarro do bolso do casaco, ele puxa conversa, sabendo que ela vai achá-lo um mala, mas ele precisa falar com alguém.

— A senhora não acha contraditório comer comida orgânica e fumar?

— Sim, mas tenho o direito de fazer o que bem entender, não acha?

— E será que poderia me dar um cigarro?

Ela vira a cabeça, bufando, como se ele a estivesse importunando havia três horas. Ela não devia se achar tanto, pensa Vernon, não é tão gostosa nem tão novinha assim, com certeza faz suas compras sem levar cantadas a cada cem metros. Vernon insiste, sorrindo e apontando para a mochila:

— Fui despejado de casa hoje de manhã. Me deram cinco minutos pra juntar as coisas e ir embora. Esqueci de pegar o cigarro.

Ela parece não acreditar, depois muda de atitude. Ao ver seu ônibus se aproximando, tira um maço de cigarro da sacola e lhe entrega. Ela o olha nos olhos, Vernon percebe que está emocionada. Ela deve ser sensível, está à beira das lágrimas.

— Eu não posso fazer muito pelo senhor, mas...

— Está me dando o maço? Maravilha. Vou poder fumar um monte. Muito obrigado.

Pela janela do ônibus ela faz um sinal com a mão, algo como não se preocupe, vai dar tudo certo. Essa compaixão desprovida de desprezo que ele lhe inspira é mais devastadora do que se ela o tivesse ofendido com os palavrões mais cabeludos.

Em uma hora ele acabou com os cinco cigarros do maço. O tempo está passando com uma lentidão insuportável. Vernon adoraria poder deixar a mochila em algum lugar. Se pelo menos os bagageiros das estações ainda existissem.

A biblioteca finalmente abre. O cenário lhe é familiar. Já tinha pegado emprestado vários quadrinhos e DVDs ali. Antes que os jornais estivessem todos on-line, tinha o hábito de folhear a imprensa diária lá. Ele senta ao lado de um aquecedor e abre um exemplar do *Le Monde*, que não tem nenhuma intenção de ler. No entanto, se fosse mulher teria vontade de conversar com um homem que lê o *Le Monde*, sobretudo se ele parecer concentrado, com a expressão de quem se informa mas não se deixa convencer de todo.

Ele repassa mentalmente uma agenda imaginária, organiza de A a Z a lista de pessoas que poderiam socorrê-lo. Com certeza conhece alguém a quem poderia recorrer, alguém com um sofá ou um quarto pra emprestar. Daqui a pouco vai lembrar de um nome.

Ele repara numa morena na mesa ao lado. Tem o cabelo preso e usa brincos fora de moda, pingentes dourados com pedrinhas brilhantes. Está bem-arrumada, mas alguma coisa em sua elegância destoa — é muito datada. Ela parece absorta em sua solidão. Abriu alguns livros de medicina sobre a mesa. Pode ser que esteja sofrendo de uma doença muito grave. Talvez os dois pudessem se dar bem. Vernon a imagina sozinha num apartamento espaçoso, seus filhos já grandes estudando no exterior e só voltando no Natal, ela gostaria de sexo e de homens imaturos, teria sofrido o suficiente para saber que, quando uma mulher encontra um cara que vale a pena, ela faz de tudo para mantê-lo, mas também não aceitaria nada muito devastador. E vai ver ela está sozinha porque mergulhada demais no trabalho, ou porque acaba de ser abandonada por um cara ainda mais rico que ela, que teria se apaixonado por uma garota jovem e que por isso se sentiu tão culpado que lhe teria deixado uma grana preta. Orgulhosa por ter um homem em casa, ela liberaria um cômodo do seu apartamento, que Vernon transformaria num estúdio de música, mobiliado sem esmero mas com um som caprichado, e de vez em quando, à noite, os dois se sentariam ali, ela tiraria um sarro da sua coleção de discos piratas mas no fundo gostava que ele tivesse uma paixão tão nobre. As mulheres curtem os caras que gostam de rock, é marginal o suficiente para assustá-las mas ao mesmo tempo combina bem com o conforto burguês.

Esses pensamentos o distraem e o animam por alguns minutos, depois passam. Vernon se recorda das vezes que, no metrô, ele reparava nas pessoas que fingiam se passar por passageiros mas permaneciam na plataforma, enquanto ele as observava do vagão. Na estação Arts et Métiers, na linha 11, em direção ao Hôtel de Ville, tinha aquele rapaz negro que sempre dormia no mesmo banco, um quisto enorme deformando sua bochecha. Ele ficou por ali mais de dois anos. Tinha também a cigana da Place de la République, ele a viu dando de mamar pra sua filhinha, então a menina aprendeu a andar e tempos depois estava tomando coca-cola debaixo da saia da mãe.

Ainda não descobriu quem vai hospedá-lo, mas sabe que não vai dizer a verdade. Seria muito deprê. Vai inventar uma história mais leve. De qualquer maneira, as pessoas preferem ser enganadas. É sempre assim. "Estou morando no Canadá, só vim pra organizar a papelada, procuro um teto pra dormir três noites — será que você me emprestaria um canto na sua sala?" Três noites no máximo. Mais do que isso já seria abuso. A desculpa do Canadá funcionaria bem — é um destino que não interessa a ninguém, não fariam perguntas difíceis de responder. Eu tomo *maple syrup*, os Hells Angels continuam os mesmos filhos da puta, o preço da coca é maneiro, as mulheres são gostosas mas é preciso se acostumar com o sotaque.

Emilie! Como não pensou antes, sabe chegar na casa dela de olhos fechados. Um apartamento de dois cômodos no quinto andar, sem elevador, logo atrás da Gare du Nord, que seus pais tinham comprado quando ela fez vinte anos. Quantas festas memoráveis. E várias noitadas em *petit comité*, onde ele dançou, bebeu, vomitou, transou no banheiro, jantou, fumou maconha e ouviu o The Coasters, Siouxsie e Radio Birdman. Emilie era baixista. Adorava L7, Hole, 7 Year Bitch e outras merdas que só as meninas conseguem ouvir. No palco era empertigada e metida, parecia nova-iorquina. Na vida real era doce. Talvez até demais. Não era necessariamente feliz no amor. Enrubescia com facilidade, ele achava aquilo sexy. Usava bota de cano alto como Diana Rigg na série *Os vingadores*, e quando estava no palco seus quadris desenhavam círculos lânguidos e bizarramente convulsivos, ela segurava o baixo na altura dos joelhos e batia nas cordas virando a cabeça para trás à procura dos olhos do baterista, parecia uma putinha dando de quatro. Até que tocava bem. Ninguém entendeu por que parou depois que a banda se separou. Quando ela lhe telefonou, aos prantos, pra contar que Jean-Noël tinha morrido, ele sentiu pena dela. Porque continuava dormindo com caras casados. Depois do enterro, ela queria encontrá-lo o tempo todo, mas Vernon estava meio pra baixo e não deu as caras. Emilie despejou uma avalanche de comentários maldosos em sua página do Facebook. Ele não respondeu. Não guarda nenhum rancor, sabe que às vezes as pessoas perdem a cabeça.

Vernon fecha a porta do banheiro. Empertigada contra o encosto da cadeira, Emilie belisca o lábio inferior com o polegar e o indicador, o olhar perdido. Ao tomar consciência desse gesto, puxa pra baixo a blusa apertada, que sobe pelas costas. A vida inteira tinha visto a mãe beliscar o lábio olhando para um ponto fixo, dando a impressão de estar com a cabeça nas nuvens. Ela se serve de um segundo copo de vinho branco e escuta Vernon no chuveiro. O jantar vai ser rápido, depois ela vai se recolher com o iPad e a garrafa de vinho, quanto mais cedo melhor. Quando o viu à sua porta, foi tomada por uma cólera vulcânica, mas apesar dos dois anos de análise ela ainda é incapaz de dizer o que realmente pensa. Reprovações não têm trânsito livre por entre seus lábios. Ela ensaiou muitas contra Vernon, vislumbrou a cena inúmeras vezes: alguém daquele grupo pedia ajuda e ela cuspia na cara. Em vez disso sentiu o canto dos lábios murchar quando ele perguntou se podia colar ali uma noite, sua expressão piorando ainda mais quando ele tentou falar sobre Alex pra animar o ambiente. Ela não tem a menor vontade de falar sobre o Alex, nem de desenterrar o passado. Pega os copos e seus descansos, e com movimentos bruscos enche uma tigelinha de amêndoas torradas, com gestos hospitaleiros mas cheios de má vontade, a fim de deixar bem claro o desconforto. Ficou de olho para ver se Vernon não deixaria nenhuma mancha na mesinha sueca que tinha custado seiscentos euros na promoção da loja Sentou. Emilie virou a louca da limpeza. Antes ela não dava a mínima pra isso. Hoje seria capaz de enforcar alguém por causa de migalhas debaixo da mesa ou vestígios de calcário na torneira. Mas existe uma contrapartida — ela sente um enorme prazer quando tudo está limpo e em ordem.

Vernon finge não notar a tensão e pergunta: "Você não quer cortar meu cabelo? Lembra que você dava um jeito no cabelo de todo mundo?". Mas, em vez de mandá-lo à merda, ela responde: "Hoje? Tem certeza?". Depois do segundo copo, seu humor fica mais leve. Quando ele contou que tinha vendido todos os discos, ela lembrou do apartamento em que ele morava, num anexo da loja. Essa lembrança lhe despertou simpatia. A raiva passou. Isso sempre acontece, não é apenas efeito do vinho. Seus humores com mais arestas derretem e são substituídos por emoções perfeitamente opostas.

Vernon mudou muito. Agora tudo nele trai sua vulnerabilidade. Fisicamente, no entanto, ele está em forma. Homens de belos olhos sempre levam vantagem. Os cabelos embranqueceram, só as entradas estão calvas. É um cara de sorte, continua magro. O maior problema são os dentes. Seu sorriso com uma pátina amarela chega a ser nojento.

Mas Emilie está se lixando pra isso. Não existe o menor risco de beijá-lo. Não foi só Vernon que mudou. Em dez anos, ela ganhou — quanto, uns vinte quilos? De tanto mentir, acabou perdendo a conta, como se declarar o peso mudasse alguma coisa em sua silhueta. No início ela batalhou muito — regimes exercícios talassoterapia massagem cremes e seções anticelulite que custavam o olho da cara e lhe davam a sensação de ter passado num triturador. Mas valia o esforço, ela mantinha tudo sob controle. Depois largou mão. Era evidente que seu metabolismo tinha saído do controle. Não se reconhece mais no espelho. Transborda por todos os lados, não importa o que esteja vestindo, tem sempre uma dobrinha escapando. É sobretudo quando chega a algum lugar onde não conhece ninguém que mais percebe o quanto mudou. Quando podem escolher, as pessoas se dirigem a qualquer um que esteja ao seu lado, evitando interagir com uma gorda.

Seu apartamento também mudou. Ela percebeu a surpresa no rosto de Vernon no momento em que ele entrou. Surpresa e decepção. Não se vê mais nenhum pôster de show. Antes ela os colava direto na parede, na sala e no quarto, a cozinha era reservada para fotos de homens bonitos. Fugazi, Joy Division, Die Trottel, Dezerter... acabaram perdendo o posto para uma foto emoldurada da Frida Kahlo e uma reprodução de Caravaggio. As paredes foram pintadas de branco. Assim como na casa de todos os adultos que ela conhece. Ela se transformou no que seus pais sempre desejaram que ela fosse. Passou num concurso, trabalha numa repartição pública, trocou o moicano por um chanel discreto. Usa roupas da Zara, quando encontra algo do seu tamanho. É apaixonada por azeite, chá verde, assinou *Télérama* e troca receitas com os colegas de trabalho. Fez tudo o que seus pais queriam que ela fizesse. Mas não teve filhos, então tudo o mais é ofuscado. Nas refeições em família, ainda se sente deslocada. Seus esforços foram vãos.

A água continua escorrendo no chuveiro. Emilie espia dentro da mochila enorme. Nenhum nécessaire. Ele só trouxe barbeador, quando foi tomar banho declarou que homens de verdade não viajam com nécessaire. Ela tem certeza que ele não estava no Canadá. Será que está morando na rua? Não combina com ele. Um cara tranquilo, que sempre evitou problemas, não um doido que chegaria ao ponto de ir morar na rua. Uma separação difícil, talvez? Mas Vernon é popular demais pra ir parar na casa de uma amiga que não vê há tanto tempo. Tem alguma coisa que não bate nessa história, e está na cara que ele não quer tocar no assunto.

Subutex era um cara afável, sempre com um sorrisinho atrás do balcão da loja de discos. Debochado — bufão, não, mas sempre com uma tirada na ponta da língua. Sabia extrair o elemento divertido de uma conversa e valorizá-lo, um bom malabarista do verbo. Num universo onde os moleques competiam pra ver quem mija mais longe, Vernon ficava na sua, como se não precisasse fazer muita coisa pra provar que era alguém. Exercia uma função, era o vendedor de discos. É verdade que tinha menos prestígio que o guitarrista, mas de qualquer modo ocupava uma posição melhor na hierarquia que o babaca mediano. Vernon fazia as mulheres sofrerem. Ao encontrá-las, primeiro as cobria de elogios, elevando-as a um pedestal maravilhoso, a setecentos metros do chão, mas depois sua atenção se desviava e ele as deixava ali, carentes de belas palavras e olhares de admiração.

Emilie era como um cara da banda. Quando subia num caminhão, carregava junto seu amplificador. Sentia orgulho por não ficar bêbada fácil, era bem-humorada, tinha uma coleção de discos de respeito e nenhum medo de se expor no palco. Foi logo adotada por eles. Depois a banda se separou. A loja de discos fechou. Um ou outro tomou um rumo na vida. E aos poucos os amigos se esqueceram dela. Quando marcavam uma cerveja antes de algum show, quando organizavam uma noitada de filmes, quando saíam pra jantar, quando comemoravam qualquer tipo de coisa, ela sempre ficava de fora. Então começaram a fazer cara feia quando ela queria ir ao backstage depois do show. Uma cara que ela conhecia muito bem — mas que até então nunca tinha sido dirigida a ela. Era a expressão destinada às gordas chatas que grudam e eles não sabem como se livrar delas. E quando conseguia ser convidada para um jantar, tinha a impressão de que sua voz era a que menos importava. Não lhe davam ouvidos. Mas isso nem chegava a ser hostil. Teria sido preciso que eles se dessem conta de sua presença para que houvesse agressividade. Quando tocava nesse assunto com Jean-No, ele dizia que ela estava ficando louca, que o que queria mesmo era monopolizar a conversa e que ainda não tinha digerido a separação da banda. O que não era completamente mentira. Sébastien, o líder guitarrista, escolheu jogar tudo pro alto no dia que um cara da Virgin propôs à banda um contrato. Em nome da integridade. Ele, porém, era o único do grupo que trabalhava pra uma grande gravadora. E seu raciocínio foi justamente este: não tinha fundado uma banda para que funcionasse como um emprego. Não queria compromisso nem plano de carreira. Só rock e integridade. Desejava um hobby que o fizesse se sentir radical à noite, depois do trampo. Por isso nada de TV nem empresários, nada que soasse muito profissional. Aquilo devia continuar um troço de raiz, entre amigos, turnê com furgão sem banco e refeições à base de tabule. O gosto de Sébastien pela integridade equivalia à rebeldia que os burguesinhos obedientes se permitem. Ele tinha uma quitinete razoável, na Rue Galande, presente dos pais. Passava a maior parte do tempo analisando os que estavam à sua volta, para então provar que não passavam de uns vendidos, de uns amigos falsos, traiçoeiros e impostores. Sébastien sempre se incomodou com a presença de uma mulher na banda. Estragava o clima. O punk rock devia continuar de cueca, um esporte de homem. Vinte anos depois, quando se reencontram, ela viu um cara que até que aguentou o tranco, profissionalmente, para um purista hard-core. Virou redator de um canal de cultura na TV a cabo e os diretores sempre o adoraram — ele é responsável por certa dose de radicalidade viril, só que sem os inconvenientes de um durão.

Quando os Chevaucher le Dragon se separaram, nenhuma outra banda ligou pra Emilie propondo que substituísse alguém. Ela ficou decepcionada. Tocava bem, não tinha a menor dúvida de suas qualidades. Guardou o contrabaixo no estojo, levou tudo para o porão e começou a fazer outra coisa. Nunca se distanciou de seus antigos amigos. Ela foi descartada. É muito diferente. Apenas Jean-No continuou a encontrá-la. Normal: ele trepava com ela sempre que tinha vontade. No início, parecia um desses casos que não terminam nunca, porque tem muita paixão envolvida. Depois virou um vício. Que nem quando se usa uma substância não mais por prazer, mas para aliviar a crise de abstinência. Ele teve o primeiro filho. Com outra. Como era amiga da oficial, Emilie foi uma das primeiras a saber da gravidez, e teve que brindar e forçar o sorriso. Da segunda vez, só soube meses depois do nascimento. Quando encontrou um ursinho dentro da mochila dele. Emilie passou a ser a mulher que nunca tinha um namorado para apresentar, a mulher gentilmente abandonada que está sempre sozinha nas festas da firma, que tem muitas amigas, já que ficar perto de alguém tão *loser* faz bem pra autoestima de qualquer um. Agora já era, não tem como reviver a juventude, e foi assim que Emilie passou por ela, esperando que um cretino a procurasse, mentisse para a mulher para ir encontrá-la, fizesse dela a outra e que ela fosse incapaz de interromper a engrenagem para fazer a fila andar, ela não sabe o que fazer com a tristeza que tudo isso lhe provoca. Por que algumas pessoas se fodem tanto enquanto outras têm tanta facilidade para fazer o que deve ser feito? A verdade é que quando não era ele quem a fazia sofrer, era um outro qualquer.

Quando Jean-No morreu, ela tentou conversar com alguém. Sua condição de amante não mudava nada — era o cara com quem ela transava havia mais de dez anos. Uma das pessoas que ela procurou foi Vernon. Mas ele nunca deu as caras. Como se eles mal se conhecessem e ela tivesse sido inconveniente telefonando sem parar para falar da morte de Jean-No. Hoje, se depender dela, ele pode morrer de fome, ela está decidida, não quer mais ouvir falar dele. Cada um tem o que merece.

Ele sai do chuveiro e ela puxa uma cadeira, estende uma toalha no chão para os fios que serão cortados, e assim que passa o pente morde os lábios para não chorar. O mau humor desaparece de vez e dá lugar a uma melancolia feroz, com a qual ela não contava. Quando era criança, cortava os cabelos do avô todo domingo, enquanto assistiam *Le Petit Rapporteur*, e sua mãe erguia os olhos para o céu: "Ela consegue convencê-lo a fazer tudo o que ela quer". De pé atrás da cadeira, precisava levantar os braços para alcançar as três mechas mais compridas que ficavam na altura da nuca. A pele de homem maduro, o cabelo finíssimo cheio de fios brancos, um cheiro específico. Com a ponta dos dedos ela toca o alto da cabeça de Vernon para que ele a incline pra frente. Puxa as mechas e corta as pontas tentando criar volume, mas não resta muita matéria para trabalhar, a não ser livrá-lo do rabicho que desce pelas costas como um rabo de rato. É invadida por uma ternura que nada tem de desejo, e que também não é a mesma que a gente dedica às crianças. É a ternura de uma mulher adulta cujo caráter sucumbe diante da fragilidade do outro. Ela se esforça pra não chorar. Faz pouco tempo que tem esse autocontrole. Nos dois primeiros anos de depressão caía em prantos a troco de nada, havia perdido a capacidade de se conter: assim como algumas pessoas não controlam as pernas bambas, suas lágrimas rolavam numa espécie de incontinência. Retomou essa capacidade no fim do verão. Certa manhã levantou e decidiu não chorar. Não que a tristeza tivesse ido embora, mas pelo menos não teria mais que retocar a maquiagem no elevador do trabalho porque tinha chorado sem motivo durante todo o trajeto de metrô. De tanto chorar, o sal das lágrimas queimou a pele das pálpebras inferiores. Era irreversível. Vernon tem pele de homem velho. A pele de um homem da sua idade. Ela já havia notado a mesma coisa em Jean-Noël. Dizem que os homens envelhecem melhor que as mulheres, mas não é bem assim. A pele deles perde a elasticidade mais rápido, sobretudo quando fumam e bebem. Fica flácida, dando a impressão de que poderia se desmanchar ao mais leve toque. Ela nunca entendeu como é que as garotas dormem com homens mais velhos. A pele firme e macia dos rapazes é tão mais gostosa. Os homens da sua idade dão asco, as bolas ficam penduradas que nem cabeças de tartarugas esclerosadas. Seria capaz de vomitar se tivesse que encostar numa delas. Ela detesta homens que têm falta de ar quando trepam, ou que precisam virar de costas depois de cinco minutos porque não aguentam mais e deixam a parceira terminar sozinha. Ela detesta suas barrigas inchadas e suas coxas brancas.

As mulheres evoluem com a idade. Se dispõem a entender o que está acontecendo com elas. Os homens ficam estagnados, heroicos, e depois descambam de vez. Quanto mais velhos, mais o amor e o sexo ficam ligados à infância. Sentem vontade de abordar com palavras infantis moças que parecem crianças, de fazer as besteiras que em geral os garotos fazem no recreio. Ninguém quer ouvir falar do desejo de um velho, é muito embaraçoso.

Quanto mais ela bebe, mais tem a impressão de que Vernon está envelhecendo bem. Ele sempre foi um homem fácil. Bastaria abrir uma garrafa de uísque e pronto. Ela sabe que, se fica bêbada, esquece do corpo, de como ele se tornou indesejável. Mas se por um lado a ideia de sexo ainda a seduz, por outro, sua prática a desencoraja. Perdeu a libido há alguns anos e a verdade é que tem passado muito bem assim. Eles estão ouvindo *Trans-Europe Express*. Emilie não sabia qual disco pôr. Enquanto selecionava, percebeu, incomodada, que fazia anos que não escutava nada de novo ou de interessante. Tinha perdido completamente o interesse.

— Lembra que você não parava de ouvir Edith Nylon?

— Nunca mais tive notícias dela. Nunca encontrei seus discos na internet.

— Não conhece Snapz Pro? Vou baixar pra você assim que terminar de cortar meu cabelo.

— Os teus vinis ficaram em Québec?

— Vendi tudo pelo eBay. Depois que a loja fechou, foi assim que me sustentei. Hoje em dia dá pra encontrar tudo na internet.

— Ainda tenho um pouco de tinta castanho-mel, quer que passe nos fios brancos?

— Quero sim. Adoro quando você toca meu cabelo.

Eles jantam na frente da televisão, um do lado do outro. O corte e a tintura lhe dão uma aparência melhor. O desgraçado tem os mesmos olhos cinza de antigamente, sempre atraentes. Ela não espera o final da refeição para se servir de um copo e, com a desculpa de que está exausta, arruma o sofá-cama e vai se trancar no quarto. Vinte anos atrás, ela teria se sentido culpada por Vernon estar na rua enquanto ela estava muito bem instalada na sua toca. Se sentiria obrigada a oferecer abrigo por alguns dias. Tinha servido de hotel para amigos que não tiveram escrúpulo em lhe virar as costas quando não precisavam mais dela. Não suporta mais esses poetas de merda. Homens frágeis demais para trabalhar. Ninguém nunca deu a mínima para a fragilidade dela. Emilie agradece à terapia, que a ensinou a fechar a porta de vez em quando, e é graças a ela que continua na luta. Não lhe convém hospedá-lo, não tem que se justificar e muito menos se culpar.

O entorno de Barbès está agitado desde cedo, ele abre caminho com a mochila no ombro. Os corpos estão à espreita, buscam dinheiro. Maços de cigarro, perfumes, bolsas falsificadas, eles lhe tomam o braço para mostrar as coisas, ele finge estar com pressa para não cruzar os olhos com quem o intercepta. Avança rapidamente, sabe que depois de Pigalle a circulação começa a ficar mais tranquila. Os ônibus dos japoneses, dos chineses e dos alemães ainda não estacionaram. O Moulin Rouge parece um cenário de papelão. As marcas do incêndio ainda revestem o Elysée Montmartre. As ruas de Paris são uma máquina automática de lembrancinhas. Ele sempre odiou a Place de Clichy, entupida de carros, um verdadeiro caos.

O sol do dia anterior desapareceu, faz frio e ele está com fome. A sensação de barriga vazia já lhe é familiar. Quando podia ficar em casa, isso não era problema. O café da manhã de Emilie consiste em cereais de mulherzinha, essas coisas com gosto de feno que dão vontade de ir ao banheiro; ele engoliu algumas colheres, resignado, mas teve medo de ficar com muita vontade de cagar. Na véspera tinha dado um jeito de ir ao banheiro num McDonald's. Mas agora a maior parte deles tem portas com código, justamente para evitar que pessoas como ele entrem e saiam quando bem entenderem.

O rancor de Emilie foi uma punhalada. Ele acreditou até o último minuto que ela lhe entregaria as chaves da casa. Pelo menos naquele dia. Ela sabia muito bem que ele estava passando por maus bocados. Na calçada, enfiou na mão dele duas notas de vinte euros, evitando encará-lo, e praticamente correu até a estação de metrô. Emilie se transformou na pessoa mais triste que ele já tinha visto. Tem uma coisa rançosa no ar que ela respira, algo que deu errado, que se infiltra e contamina toda a energia do ambiente. No entanto, é verdade que com a idade ela ficou mais sedutora. Está menos jovial, é claro, ganhou formas arredondadas, mas agora tem atitude. Sua confiança lhe confere algum charme, antes ela era muito mais insossa.

Negociou como um louco para que ela lhe emprestasse o MacBook. Se envergonhava por ter insistido tanto no café da manhã, mas não teve outra escolha. Precisava se conectar. Implorou. Tirou da mochila as fitas VHS com a entrevista de Alex e as brandiu como se fossem os Dez Mandamentos — "É o testamento dele, Emilie. Está entendendo? Eu não queria te contar, mas esse é um dos motivos pelos quais voltei pra Paris. Deixo com você como garantia — você me empresta o computador por uns oito dias, no máximo, e quando devolver eu pego as fitas de volta. Elas são as coisas mais importantes que tenho".

Ela nem ia precisar daquele computador — já tem um iPad, um iPhone e um troço gigantesco que ela usa como TV. Ela foi reticente, ele continuou insistindo. No fim ela concordou, cansada de vê-lo se humilhar. Ele conhecia muito bem aquele olhar — era o mesmo que ele fazia quando seus colegas viciados vinham na loja encher o saco porque precisavam de um trocado "que iam devolver amanhã, palavra é palavra", e Vernon acabava cedendo, na esperança de que dessem o fora dali o mais rápido possível. Quando estavam na rua e ela tirou as duas notas de vinte do bolso, ele quase perguntou "o que você está fazendo?", mas aceitou, desviando o olhar.

Ela o odiava, e muito, por ele não ter telefonado depois da morte de Jean-No. Francamente, nem lhe passou pela cabeça que aquilo pudesse ser uma coisa importante pra ela. Jean-No não a mencionava. Jamais.

Ao passar em frente a um Starbucks, pergunta-se pela enésima vez o que esses cafés têm de tão especial para se multiplicarem tanto por Paris. Ele entra, parece uma versão aconchegante do McDonald's, o cheiro de batata frita substituído pelo cheiro de muffin recém-saído do forno. Tudo o surpreende, do uniforme dos garçons ao sistema de pedidos. Mas reconhece que acaba de entrar no paraíso dos maconheiros: docinhos, grandes poltronas, música suave e luz indireta — se a lei permitisse, eles poderiam se transformar logo em *coffee shops*, e aí todo mundo ia querer morar lá. Como não tem ninguém atrás dele na fila, aproveita para fazer perguntas para a moça no balcão, que deve ter uns vinte anos, uma negra linda com maçãs do rosto salientes, sobrancelhas finas demais e voz sedutora. Vernon quer saber tudo sobre os cafés do cardápio. Ela responde pausadamente, sem dar margem para cantadas. Comporta-se como se ele fosse um velho safado recém-saído do asilo da esquina que está descobrindo o terceiro milênio. Ele adoraria provocar o interesse dela, sentir que é capaz de desestabilizá-la, adoraria mudar pra casa dela e passar o inverno inteiro na cama com ela. Mas nada na atitude da moça o autoriza a insistir. Ele sai com um enorme café preto que custou dois euros e sessenta centavos.

Largado num sofá, pluga o computador e vê seu próprio

reflexo de relance na tela. Pelo menos Emilie fez um corte bom. Ele observa o local. A principal diferença entre um café de verdade e aquilo ali é o balcão. O que faz um café é o balcão. Senão ia parecer salão de chá. Num café, graças ao balcão todos sabem que podem entrar sozinhos, sempre tem lugar. Na loja, ele tinha um balcão. Dava pra apoiar os cotovelos e passar horas de papo pro ar. A antítese do psicanalista: de pé, na frente do interlocutor, sem nenhuma limitação de tempo. Só Deus sabe quanta bobagem ele ouviu em mais de vinte anos de loja.

Abre o Facebook, posta uma música do The Cramps, um vídeo ao vivo num hospital psiquiátrico, música de charme incomparável, capaz de despertar o máximo de simpatia. As declarações em torno da morte de Alex pipocaram durante a noite. Que ele descanse em paz, que vá pro inferno com suas músicas caretas, que encontre o outro lado do arco-íris, e todos estão postando fotos com ele, contando casos — uma vez cruzei com ele num bar, ele estava lendo Novalis, eu transei com ele, fui eu que inspirei essa música, ele me deu um chiclete, eu comprava papel higiênico onde ele comprava presunto, certa noite eu o vi bebendo e ofereci uma cerveja, eu o vi caído na merda e fiquei com dó, era um grande poeta, meu coração está em pedaços.

Parece complexo escolher alguém na sua lista de amigos. Ele tem muitos. Os vendedores de discos costumam criar laços. Vê passar no feed uma foto maravilhosa de Harley Flanagan Jr., o post já tem três meses e não para de receber comentários — Harley Flanagan Jr. esfaqueou o cara que o substituiu quando os Cro--Mags voltaram. Ele distribui likes loucamente. O café até que estava bom, ele toma meio litro e isso acaba com o seu estômago.

Depois de cinco minutos dentro do Monoprix, Xavier já estava querendo mandar tudo à merda. O Monoprix do bairro é administrado por uns filhos da puta. É uma coisa sistemática: eles esperam a loja ficar cheia pra ordenar os funcionários a abastecer as prateleiras. Eles se organizam para garantir o máximo de incômodo na passagem dos carrinhos. Poderiam fazer isso de manhã, quando o supermercado está fechado, poderiam fazer isso nos horários de menor movimento. Mas não, preferem o horário de pico: por favor, coloque três páletes ao longo das prateleiras, os babacas dos consumidores têm que sofrer pra fazer compras.
Fica puto com aquelas merdas de embalagens retornáveis. Só de pensar que existem caras que passam semanas inteiras dentro de um escritório discutindo a cor da etiqueta de um vidro de pepino em conserva... inteligências totalmente desperdiçadas. Marie-Ange encheu seu saco para ele ir fazer compras — que ele nunca ajuda, que todo o trabalho sobra pra ela e é sempre ela que precisa fazer tudo etc. Todo dia a mesma ladainha, caralho. A lista de compras que enviou por telefone é tão detalhada que

ela deve ter passado mais tempo escrevendo do que se tivesse feito as compras sozinha. Minha nossa, não é possível que se preocupe tanto com a marca do pão de fôrma... Pois lá está ele, como um imbecil, procurando iogurte zero gordura sem aspartame, porque madame não quer engordar, mas o aspartame a faz peidar como uma usina de gás.

Xavier tem vontade de meter um formidável pé na bunda da árabe gorda de hijab que está se pavoneando bem na sua frente. Seria possível, pelo amor de Deus, andar duzentos metros na rua sem ter que dar de cara com hijabs, com aquelas mãozinhas de Fátima penduradas no retrovisor, ou com a agressividade de seus fedelhos? Raça imunda, não é à toa que são tão odiados. Quanto a ele, está fazendo compras em vez de trabalhar porque sua mulher não quer ser confundida com uma empregada, e enquanto essas vadias imundas andam de cá pra lá, seus maridos ficam numa boa, sem fazer nada, são uns desempregados mamando nas tetas do governo, passam o dia nos cafés enquanto suas mulheres estão na lida. Não contentes em cuidar de tudo em casa sem nunca reclamar, e ainda em trabalhar para agradá-los, elas precisam usar hijab pra deixar bem clara sua submissão. Aquilo é uma guerra psicológica: tudo é feito para que o macho francês se sinta desvalorizado.

O mais deprimente é que as magrebinas fazem isso por livre e espontânea vontade. Nos anos 80 e 90 várias assumiam os mais variados cargos e se davam bem — ainda que, de modo geral, dava pra ver que estavam em busca de um marido rico, elas são zero burras. Mas trabalhavam e tinham mais sucesso que a maior parte das outras. Só que retrocederam. Preferiram se retirar do mercado de trabalho e se cobrir com hijabs só para garantir que não humilhariam seus irmãos. Ah, sua mulher nunca pararia de trabalhar para atestar a virilidade dele... Caralho. Se bem que eles não estariam na merda se ela tivesse feito algo do tipo...

Ele passou dos limites. A noite de ontem acabou com ele. Os aditivos perniciosos fermentaram toda a madrugada. Jantou com Serge Wergman, que o convidara para trabalhar no roteiro de uma série. Ambos sabem que se trata de um plano furado — o negócio está sendo escrito há anos, mas o canal não marca o início da filmagem, aquilo nunca vai sair do papel. O argumento está cagado desde o início — uma cirurgiã se apaixona por um traficante cujo coração ela acaba de operar. Wergman é um cara honesto, Xavier sabe que vai ser pago. Aceitou. Ele vai ajustar uns detalhes e reescrever dois diálogos, então seu trabalho será, essencialmente, aguentar reuniões frequentes, intermináveis, inúteis e cansativas, com os imbecis do canal... filhinhos de papai de vinte e quatro anos totalmente analfabetos que vão ficar apontando seus dedos de unhas roídas para as linhas grifadas: "Isso aqui, tá vendo, isto aqui não funciona". Como se esses bostinhas tivessem alguma ideia do que pode conquistar uma audiência. Só estão no comando porque seus pais acionaram uns e outros.

Mas é um trabalho. Pelo menos tem um. Ficou contente por ter sido convidado para jantar num ótimo restaurante italiano ao lado do canal de Saint-Martin. Eles discutiram sobre a nova convenção coletiva que ia ser assinada, sobre o modo como os sindicatos estavam acabando com o cinema de autor... E Xavier, sabendo que Serge também produzia dramas intimistas e sociais, se absteve de dizer o que realmente pensava sobre o cinema de autor. Não foi uma noite ruim. Até Elsa chegar. Com Jeff. Xavier não sabia que estavam juntos. Disfarçou bem, mas sentiu o esôfago queimar logo em seguida, não ia conseguir digerir aquilo.

Jeff também era roteirista. Mas dois anos antes começara a dirigir. Cento e vinte minutos de trator sob um céu cinza, fábricas cheias de proletas calados, de pele suada e cabeça baixa.

Nenhuma música, porque é caro demais, nenhum roteiro, porque se trata de um filme seco para satisfazer os críticos — como é entediante e bastante feio, eles acabam convencidos de que aquele é um retrato fiel do mundo operário. Quando o filme entrou em cartaz, Xavier não podia abrir um único jornal sem se deparar com uma enxurrada de asneiras e uma úlcera fulminante roeu suas entranhas. Não esperava que Jeff, aquele fracassado, lhe tomasse a dianteira. Nenhum dos roteiros que Xavier havia escrito ao longo de quinze anos recebera financiamento.

Jeff está preparando seu segundo filme. Ofereceu um papel para Elsa. Eles chegaram juntos, acompanhados de uma morena de cabelo oleoso que se apresentou como assistente do diretor. Todos deram gritinhos eufóricos por estarem se encontrando por acaso, mas na verdade eles não se suportavam. Só a alegria de Jeff não era fingida. Devia ser incrível pra ele rever um cara com quem sempre trabalhou e poder humilhá-lo com sua vitoriazinha nojenta. Estava triunfante. Ah, ele jamais teria deixado passar em branco uma oportunidade como aquela. Ao contrário, chafurdava nela como um porco.

Xavier nunca tinha transado com Elsa. Ele não trai a mulher. Não faz o tipo que sai por aí dizendo "eu sou um bom cristão, senhor", pra depois meter a piroca numa boceta que não seja a da sua mulher. Ele tem princípios. Já foi jovem e aproveitou tudo a que tinha direito. Agora é casado, pai, então segura a onda. Mas com Elsa foi mais difícil do que com qualquer outra. Não é que ela o excite: ela o faz perder a cabeça. Tem vontade de protegê-la de dormir de conchinha de perguntar como foi seu dia vontade de beijar suas costas de cima a baixo dar pra ela ler *Sympathy for the Devil* e escutar blues ele tem vontade de pegar um trem com ela dormir num quarto com vista pro mar tem vontade de sentir seu cheiro de manhã tem vontade de acompanhá-la aos testes de elenco e consolá-la caso não seja escolhida tem vontade de comemorar as notícias boas com um abraço. Tem vontade de tudo com Elsa. E a vontade nunca passa. Existem arroubos que são muito intensos mas que depois vão embora, um dia você encontra a garota e não sente mais nada. Pior ainda, descobre que ela tem um bafo dos infernos, uma pele péssima, uma voz desagradável, ou então implica com o jeito dela. Mas Elsa e ele, o destino insiste em aproximá-los, sempre. Ele sabe que é recíproco. Ela simplesmente espera que ele tome a iniciativa. Sente o mesmo que ele e sabe por que ele se resguarda. Ela respeita. Porque, além de tudo, é uma moça decente — e não uma vagaba que destrói casamentos com a justificativa de ser livre. É uma garota adorável, legal demais para ser atriz, aliás ela tem dificuldade em emplacar apesar de ser bem mais bonita e ter muito mais presença do que a maioria das piranhas anoréxicas que desfilam pelos sets de filmagem. E foi por causa de Elsa que quando o mala do Jeff disse "vamos pra minha casa — eu acabei de comprar um apartamento — vamos pra lá, aqui não tem espaço, a gente pede um delivery", Xavier os acompanhou. Jeff tinha comprado um apartamento de merda. Mas tem algo errado nessa história, o cara é um mentiroso, está na cara que é herança, e ele querendo fingir que não deve nada a ninguém, mas é claro que o apartamento era da família, nem um imbecil como Jeff teria comprado algo tão podre. Mesmo assim ele repetiu várias vezes que custou quatrocentos mil euros, só pra deixar bem claro que tinha grana para dar em cima de quem bem entendesse. Foi uma noite horrorosa. Tiraram sarro de Delarue, como se todos tivessem acabado de descobrir que o cara era um canalha cercado de bajuladores servis capazes de assassinar pai e mãe só pra sair nas manchetes do dia seguinte. Xavier ficou de boca fechada — não queria se queimar com Serge, vai que se esquentasse. Nem queria que Elsa percebesse o quanto estava enojado. Queria levá-la para um canto e abrir o coração — dizer como gostava dela, que pensava nela mesmo quando passavam seis meses sem se ver... O problema é que quando se diz eu tô a fim de você é como se perguntasse posso te dar um beijo. Só existe um jeito de continuar sendo fiel, a distância física. Mantidos três metros de distância do corpo desejado, as chances de degringolar caem consideravelmente.

Jeff passou a noite humilhando Xavier com seu jeito simpaticão. Xavier segurou a onda. Ouviu os intelectuais do cinema francês tecerem elogios a si mesmos pela qualidade de suas obras, regozijarem-se por concorrer em Cannes. Cannes é a festa da uva com umas putas de Louboutin, pensava Xavier. Todos arrotavam caviar com o nariz cheio de padê, depois de terem premiado o cinema romeno. Os intelectuais de esquerda adoram ciganos porque é possível vê-los sofrer sem nunca tê-los ouvido falar. São vítimas adoráveis. Mas no dia em que um deles tomar a palavra, os intelectuais de esquerda vão procurar novas vítimas silenciosas. O grande herói desse bando de incompetentes, segundo Xavier, era Godard, um cara que só pensa em dinheiro e que só se expressa por trocadilhos. Porém, mesmo partindo desse patamar tão baixo, eles tiveram a manha de piorar. Se é que era possível.

Xavier voltou pra casa bêbado o suficiente pra não se sentir tão mal. Bateu uma punheta no banheiro pensando em Elsa, depois lavou a mão e desmoronou ao lado da mulher. Ele detesta fazer isso, mas só assim pra conseguir dormir. De manhã percebeu o quanto aquela noite seria difícil de digerir. E olha que ele já tinha suportado muitas noites humilhantes, tinha tido sua cota. Passou a manhã sem se concentrar no que precisava escrever, repassando monólogos em que tentava se convencer de que não, de jeito nenhum, não sentia inveja de Jeff. Quem é que quer estar no lugar daquele palhaço? Não conseguia se desligar daquela discussão imaginária, durante a qual explicava a Elsa a farsa que é dirigir um primeiro longa que recebe três críticas elogiosas. Sofria, retrospectivamente, com a ideia de que Elsa pudesse pensar que a comparação com Jeff lhe fosse desfavorável. Inventava infinitas alternativas para explicar tudo o que despreza em Jeff, e como não se sente ultrajado vendo-o preparar um novo filme. É sério, não se sente nada ultrajado.

Agora, por exemplo, no Monoprix, adoraria ter trazido sua pistola. Na loirona de shorts e coxas nojentas que se veste como se fosse gostosa mas não passa de uma vaca: um tiro na cabeça. No casalzinho estilo Kooples tendência católica ultradireita, ela de óculos retrô e cabelo penteado pra trás e ele com cara de galã e fone de ouvido bluetooth fazendo ligações entre as prateleiras enquanto escolhem apenas produtos caríssimos, ambos de capa de chuva bege pra não deixar dúvidas de que são de direita: um tiro na boca. No muquirana obeso que fica secando a bunda das moças enquanto escolhe carne halal: um tiro nas têmporas. Na judiazinha de peruca e peitos asquerosos que batem no umbigo, ele odeia mulheres com seios que vão até a barriga: um tiro no joelho. Atirar pra todo lado, observar os sobreviventes debandando como ratos e tentando se esconder entre as prateleiras, toda essa gentalha de merda reunida ali pra se empanturrar, com sua propensão para mentir, furar fila, trapacear, passar na frente, ostentar. Dar um fim em tudo aquilo. Só que ele é pai, um homem casado, adulto, então fica na sua, enche o carrinho e espuma de raiva, e ainda, chegando em casa, vai ter que guardar as compras ou então Marie-Ange vai ficar de cara amarrada e será mais um dia sem escrever uma linha. Sente dor na mandíbula de tanto serrar os dentes.

Tem fila pra pagar, pois no Monoprix, como se não bastasse o dinheiro que ganham às custas dos clientes, eles ainda economizam nos funcionários dos caixas. Ele escolhe o caixa da indiana porque já conhece a moça: ela é rápida. Até que enfim alguém que faz bem o seu trabalho... ela não perde tempo sorrindo como se estivesse ali pra chupar o pau de todo mundo, não, não enrola, não fica verificando um produto durante cinco minutos quando só precisa passá-lo no leitor de código de barra. Tem as coisas sob controle. Ele seria capaz de quebrar a cara do imbecil que está à sua frente, de cavanhaque e colete cor de merda, cabelo sujo e cara de fuinha, detesta jovens de barba. São os mesmos que, alguns anos atrás, usavam chapéus peruanos e dreadlocks. Pensam que são os melhores alunos da classe e acham que podem medir todo mundo de cima a baixo. Aquela barba de homem branco, certeza que aquela merda fede, dá pra ver que está imunda. Pelos longos e nojentos, é claro que fede, está cheia de resto de comida dá vontade de vomitar só de olhar, um tiro na nuca imbecil pra aprender a se barbear de manhã pra ficar limpo. Xavier fuma um maço por dia, da última vez que tentou parar achou que fosse ficar louco quando descobriu o cheiro das pessoas. Basta que levantem o braço e ele sente o fedor, nem precisa virar pra trás pra saber que estão se aproximando. Viu-se forçado a voltar a fumar.

Xavier pega o celular e abre o Facebook. Adoraria que Elsa tivesse deixado uma mensagem, mas, pensando bem, talvez fosse melhor não — o que ele ia responder? Que foi legal o encontro? É o tipo de mensagem que eles costumam se enviar. Mensagens que parecem não ser nada de mais, mas que estão carregadas de subentendidos picantes. Elsa não postou nada, mas por outro lado ele fica feliz ao ver que Vernon escreveu. Subutex. Taí um cara legal. Como eram jovens... Vernon foi atrás de uma mulher no Canadá e está de volta, procurando onde dormir. Xavier não espera pra responder você não poderia ter chegado em melhor hora, meu velho, temos um sofá-cama que custou o olho da cara e que não serve pra nada, e estávamos justamente procurando alguém pra ficar com nossa cachorra a partir de depois de amanhã. Você não tem alergia a pelo de bicho, né?

Ele se sente desconfortável por ter se comprometido sem antes consultar Marie-Ange. Ela não gosta que fiquem no apartamento quando eles não estão lá. Mas Vernon é um velho amigo, é diferente. É praticamente da família. E além disso alguém tem que tomar conta da cachorra. Senão vão ter que cancelar o fim de semana em Roma e Marie-Ange vai ficar emburrada alegando que nunca fazem nada divertido juntos. Então envia uma mensagem animada pra ela, dizendo que encontrou uma solução e pergunta o que ela acha. Como ela não responde, Xavier relaxa — vai dizer que precisava resolver logo, por isso tomou a iniciativa sem esperar sua reação.

A perspectiva de rever Vernon o deixa empolgado. Vernon é louco por música. Homens como Xavier devem muito a ele, que lhes ensinou muita coisa. E ele é uma dessas raras pessoas que, só de encontrar, qualquer um fica de bom humor. Ambos compartilham várias lembranças preciosas, das quais, aos poucos, vêm se tornando os últimos detentores. Festas, shows, festivais, algumas roubadas. Toda uma época em que tinham menos preocupações: os problemas se resolviam na base de tapas. Vernon fez parte daquela vida, ele é a prova de que, na juventude, Xavier não era um cara complicado: qualquer um que ousasse olhar atravessado pra ele logo perdia dois dentes. Depois, bastava uma cerveja no balcão para acertar os ponteiros e todo mundo ficava feliz. Era uma outra época, um outro contexto. Agora tudo aquilo ficou pra trás.

Viril e afetuoso, Xavier aperta Vernon contra o peito. Depois se afasta para deixá-lo entrar, dando tapinhas na própria barriga:
— Tá vendo como eu engordei?
— Verdade, mas fica bem assim, meio grandalhão.

Na sala, uma menina de maria-chiquinha pedala loucamente em volta da mesa numa bicicleta de rodinha. Tem um rostinho feio mas engraçado. Difícil imaginar que talvez um dia seu nariz vá parecer com o do pai. Vernon sorri e pisca pra ela. Não liga para os filhos dos outros, mas sabe que deve demonstrar interesse. A cachorra logo vem cumprimentá-lo e ele lhe oferece a mão para que ela a cheire. Também não se importa com os cachorros dos outros, mas é graças a ela que vai passar o final de semana ali. Tudo naquela sala cheira a luxo, calma e langor. Ele caiu no lugar certo, não resta a menor dúvida.

— Papai, posso jogar video game?

Xavier se agacha pra mostrar onde vai estar o ponteiro grande quando for a hora de desligar e se aprontar para o banho. Ela concorda, muito séria e concentrada naquela história de relógio, depois corre pro quarto pra não perder nenhum segundo do jogo.

— Ela já sabe jogar video game?

— Sim, jogo de tabuleiro é coisa do passado. Mas, por outro lado, ela não pode acessar a internet sozinha...

— Por causa de filme pornô?

— Não. Por causa dos jogos. Você precisa ver o tipo de coisa que eles inventam para as meninas — é jogo baixo. Meu maior medo não é o que vão enfiar na cabeça da minha filha na escola... A internet, para um pai, é como se te roubassem a cria antes mesmo que ela aprenda a ler. Você não pensa em ter filhos?

— Agora não. Ainda tenho tempo...

— É a coisa mais bonita que já me aconteceu.

— Ainda não encontrei a mulher certa.

As pessoas que têm filho sempre atormentam as que não têm. Mas elas não suportam ouvir a verdade — quando examino a sua vida de perto, francamente desejo qualquer coisa menos uma vida parecida. Não são as crianças que incomodam Vernon. Mas tudo o que acompanha essa amolação. Os presentes de Natal, a escolinha, assistir dezenas de vezes o mesmo DVD, os brinquedos, os lanchinhos, as rubéolas, os legumes, as férias em família... e tornar-se pai. As pessoas do seu círculo entraram nessas roubadas de adulto com certo entusiasmo. Vernon perdeu a conta de quantos amigos viu desfilando com bolsas floridas a tiracolo cheias de fraldas, o aquecedor de mamadeira entre os dentes e o carrinho de mil euros, sujeitos que de um dia pro outro tentam te convencer de que até os mais resistentes acasalam. Só que não é bem assim. Um cara com um bebê está fodido. Se pelo menos a gente pudesse criá-lo longe da mãe talvez existisse alguma possibilidade de continuar viril mesmo sendo pai. Daria pra educar os filhos numa cabana, no meio da floresta, ensinando a fazer fogueira e observar a migração dos pássaros. A gente os atiraria em rios gelados, mandando-os pescar com as mãos. Jamais receberiam carinho. No máximo um olhar significativo, "da próxima vez presta atenção, meu filho".

Mas do jeito como estão as coisas, a única estratégia sensata continua sendo a fuga. A não ser que você estivesse completamente enganado quando ouvia Slayer aos vinte anos. Ou está enganado hoje. Mas que não venham te encher com sutilezas do tipo todo mundo tem suas contradições. Também tem que saber escolher. Se bem que hoje um moleque cairia bem. Sobretudo um que já fosse grande, com casa e trabalho, que o chamaria de papaizinho querido enquanto lhe prepara o quarto de hóspedes.

Eles saem pra fumar na varanda — essa fera do asfalto nunca fuma dentro de casa e Vernon aposta que quando não recebe visitas usa pantufas pra não sujar o assoalho.

A porta de entrada abre e Marie-Ange atira a bolsa no sofá da sala, afaga a cachorra, que festeja sua chegada, faz um breve sinal com a cabeça pra Vernon, de longe, fria o suficiente para deixá-lo sem graça, depois desaparece no quarto da filha. Não é bonita. É seca, tem a expressão dura e os lábios finos demais. Se veste mal. Tipo mulher desesperada resgata do lixo de senhora de idade três blusas esgarçadas e as veste uma sobre a outra por cima de uma calça preguada que bate na altura do tornozelo. Vernon sabe que aquele é um estilo de mulher rica. Tinha uma namorada parecida, frágil mas atraente. Usava vestidos cáqui que pareciam ter sido desfiados por um estilete solto dentro da bolsa — ou longos casacos marrons desabotoados. Mas ele, que sempre a via pelada, sabia que ela era uma foda e tanto. Difícil adivinhar quando a víamos vestida. Bem-nascida, era bailarina clássica, ágil e musculosa, os pés terrivelmente deformados.

Um dia, enquanto conversavam, Vernon entendeu que ela gastava uma fortuna em roupas. Não estava em depressão, como ele tinha imaginado, nem era vítima de um traumatismo sexual tão violento a ponto de ter decidido esconder o corpo, não se vestia com cortinas só pelo prazer de ficar feia. Muito pelo contrário, era só trapo caro, que ela escolhia com cuidado e orgulho e usava com a convicção de estar defendendo uma verdadeira filosofia de vida. É esse o problema quando as mulheres se trancam num diálogo privado com outras mulheres, elas chegam a conclusões que escapam a qualquer bom senso, e não podemos dizer que, no fundo, exista aí uma hostilidade profunda em relação à libido masculina.

Xavier liga a TV num canal de notícias e se dirige a Elisabeth Lévy como se ela estivesse ali com eles, e sem escutar uma única palavra do que ela diz, ele começa:

— Se você não gosta da França, faça as malas e volte logo pro teu país, sua vaca. Os sionistas me irritam, só se fala sobre eles. Nós não somos um país cristão? Eu nunca fui antissemita, mas se alguém perguntasse minha opinião, eu espalharia napalm em toda aquela área lá, Palestina Líbano Israel Irã Iraque, a mesma arma contra todos: napalm. Depois é só construir terrenos de golfe e circuitos de Fórmula 1. Eu ia resolver esse problema num minuto... Enquanto isso, é um pé no saco ficar ouvindo uma judia árabe falando da França como se estivesse no seu país.

Xavier sempre foi um imbecil de direita. Não foi ele quem mudou, foi o mundo que se alinhou com suas obsessões. Vernon evita fazer coro com ele. No que lhe diz respeito, ele gosta de Elisabeth Lévy. Dá pra ver que é uma mulher que gosta de sexo. E de cocaína — o que não é nenhum problema. Ele prefere mudar de assunto:

— Você viu o que aconteceu com Alex? Que idiotice, ele era tão jovem...

— Sim, mas sempre foi um idiota, dá um alívio saber que

não vamos mais ver sua cara de playba... você não acha? Você ainda se encontravam?
— Às vezes.
— Pra mim não vai fazer nenhuma falta... Se bem que pelo menos ele não tocava hip-hop.

Marie-Ange ressurge com um copo na mão, bem mais relaxada. Xavier começa a falar de rap, essa não música manipulada por um grupo de investidores judeus com o objetivo de lobotomizar o povo de origem africana. Marie-Ange escuta com um sorriso, com uma cara de adoro que você conte besteiras pra me fazer rir, e Vernon logo entende o que ela pode ter de excitante. Seus olhos, de um verde-esmeralda incrível, dão a seu rosto uma expressão de tranquilidade e poder — o atributo da riqueza. Uma elegância que se aloja nos pulsos, na postura da cabeça, uma força que talvez possa ser frágil. Homens como eles não resistem a trepar com uma mulher daquelas.

Ela recebe Vernon educadamente, "então é você o sr. Revolver?", como se ele tivesse brincado de trenzinho até os quarenta anos. Depois se serve de um segundo uísque e mostra pra eles, no seu celular madrepérola, uma foto que tirou de um mendigo com um filhote de cachorro. Está preocupada com o destino dos filhotes, quer saber o que fazem com eles depois que crescem. Será que eles os comem? O "eles" designa os ciganos, que são famosos por ter uma dieta obscura. A foto mostra um homem no Marais sentado na frente de uma butique, encostado num cartaz imenso com o rosto de uma mulher maquiada, uma morena elegante, muito bonita. Alguém colou uma estrela de davi violeta no olho dela. Nada fácil de fazer a três metros de altura. Ou o sujeito andava com uma escada de mão ou um amigo precisou servir de apoio para que ele fizesse a merda.

Impossível adivinhar a idade do homem sentado no chão, que parece estar dormindo no frio. Deve ter entre trinta e setenta anos. Marie-Ange não se interessa por ele, só tem olhos para o cachorro, que ela aproxima com um zoom na tela. Parece uma raposinha de orelhas compridas, é bonitinho mesmo. Vernon busca alguma coisa simpática pra falar sobre o cãozinho que tanto a comove.

Marie-Ange consulta o relógio e decreta que está na hora do banho de Clara, ela abrevia a conversa pondo a mão nos ombros de Xavier: "Vocês não querem sair pra tomar uma cerveja? Posso pôr a Clara pra dormir — depois preciso fazer uma reunião por Skype com Los Angeles, não devo ficar muito tempo com vocês... Vai ser melhor se ficarem só entre homens, não acha?".

Xavier não perde um segundo, sente-se como um menino a quem deram carta branca, já começa a procurar as chaves e o cartão de crédito. No elevador, enquanto abotoa seu coturno caríssimo, não para de falar um segundo:

— Quando nos mudamos, o bar da frente era um boteco embolorado, estava sempre cheio, nossa, como eu me divertia. Marie-Ange descia pra me buscar quando não aguentava mais me esperar, eu estava lá todo dia. Agora o bar é de umas bichonas, virou um negócio de burguês, mas a gente tem que se adaptar, né?

— É legal ver você e Marie-Ange juntos, vocês parecem se dar bem.

— Não é fácil estar casado há tanto tempo. Tem que se esforçar muito pra dar certo. Mas eu quero que dê certo com Marie-Ange. E ela também. A gente não teve uma filha pra depois se separar. Uma criança é uma responsabilidade muito grande. Só que a gente tem que se adaptar, por exemplo, uma vez que tua mulher é qualificada como mãe ela vira outra pessoa. Quando o pico hormonal da gravidez chega ao fim, você se vê diante de uma desconhecida. Entendi por que tantos caras dão um jeito de dar o fora quando chega o primeiro filho: as mulheres não têm nenhuma piedade, até então elas só pensam em te agradar, mas depois de dar à luz não precisam de você pra mais nada. Você passa a ser mero figurante. Você não sabe o que fazer, não é da sua conta: se manda, cara. De qualquer forma, quando o assunto é dinheiro, elas te prendem, e não se preocupe, porque elas sabem disso — durante o resto do tempo podem te encher o saco com esse papo de feminismo, uma vez que a criança está no berço, elas sabem que a guarda e a pensão estão garantidas. E que você vai pagar, meu caro. No meu caso, quando Marie-Ange começou a querer botar ordem no território e restringir o acesso ao quarto da menina, eu tive que interferir. Você tá de brincadeira, eu até aprendi a trocar fralda e a medir a temperatura da mamadeira. É a batalha dos sexos, e é aí que a coisa pega, se você não fica atento é nocauteado. Filhos: é esse o verdadeiro ringue. Com a Clara eu soube desde o primeiro minuto que seria um bom pai. Você pega o bichinho no colo e ele é tão frágil que isso te destrói, você vira outro homem. Mas eu soube me impor. Pego todo dia no portão da escola, e vou fazer isso até ela ir para o colegial. Marie-Ange quer outro filho. Um menino. Mas não temos pressa. Eu sou um ser humano, caralho, não um baú de esperma. No começo, o sexo entre nós — não vou entrar em detalhes, mas era... uma coisa de louco. Eu era um babaca: fazia ela gozar e por isso achava que ela era todinha minha. Só de imaginar uma mulher com sangue de baronesa chupando meu pau — eu ficava nas nuvens, cara. Você tem que ver a família dela — antes da Clara nascer, eles não iam muito com a minha cara, mas agora que perceberam que todo mundo tá se separando, menos nós, meu moral subiu. Ganhei os velhos. Os pais dela nunca trabalharam na vida, acredita? Vivem de renda até hoje. Nunca trabalharam. O pai administra a fortuna da família e a mãe ajuda. São uns mãos de vaca, como todos os ricos, atentos a cada centavo. Você precisa ouvir eles falando dos assalariados... E olha que eu sou liberal e pragmático, você me conhece, tenho baixíssima tolerância para o fantasma bolchevique. Mas um dia você precisa ouvir os velhos pra acreditar no que estou falando. Como os empregados são sortudos! Pra começo de conversa, eles têm muito menos responsabilidade. Meu sogro nunca trabalhou na vida, mas pra ele todos os desempregados são uns preguiçosos que não querem suar a camisa. E eles acham isso mesmo — estão convencidos de que é uma questão de mérito. É lógico que os que têm menos são os que menos merecem. Eles acham que se amanhã acabassem ficando desempregados, bastaria arrumar o cabelo direitinho e ter boa vontade para encontrar um emprego, e como iriam se dedicar e seriam merecedores, tomariam conta de tudo. Os ricos ainda acreditam no mérito. É impressionante. Cá entre nós, não vou esconder que às vezes a coisa fica feia — como roteirista eu não ganho como achava que ia ganhar... no final do ano, quando fecho as contas, dá um salário mínimo por mês e olhe lá. É por isso que pegamos o apartamento mais podre do parque imobiliário dos velhos: eles acham que a Marie-Ange poderia ter se esforçado por um casamento melhor. O velho está sempre repetindo "não tem nada pior pra uma mulher do que dormir com um homem inferior a ela", mas daí ele toma um susto se eu fico puto ao ouvir isso. É duro ser roteirista, você sabe como é. Tive muita sorte no início, e como era só o começo achei que ia ser sempre assim. Não sabia que meu tempo de glória ia acabar aos vinte e cinco anos... Mas minha filha me dá muita força, eu vou à luta, eu vou atrás.

Xavier empurra a porta do bar e se instala no balcão. Não cumprimenta ninguém e nem para de falar. Vernon já tinha visto vários clientes exaltados, com a verborragia típica de quem se sente obrigado a sustentar a conversa sob o risco de ser confrontado com ideias que, de tão angustiantes, poderiam acabar dissolvendo o sujeito por completo. O menino travesso que se tornou um falastrão parece uma criança girando a espada no ar pra afugentar os pensamentos ruins. Ele está chateado com a vida e fala como se estivesse apostando corrida. Vernon não tem nenhuma objeção em ser um receptor passivo.

Faz meses que ele não passa uma noite inteira no bar. Tinha esquecido o prazer de fincar o cotovelo no balcão. Quando você bebe sozinho em casa não pode falar que aquele é um álcool alegre, que você é um bon vivant, pois de um modo ou de outro você vai ser confrontado com o aspecto obscuro daquilo que está buscando. Eles entornam um copo atrás do outro e Vernon se sente em casa. Gosta do barulho, dos corpos passando entre as mesas, das gargalhadas, da música flamenca que ele nunca teria escutado se estivesse em casa, do cheiro refrescante do álcool dos perfumes e dos produtos de limpeza; no fundo do bar uma morena o observa de longe, como numa dança — um flerte de olhares enquanto fingem que estão distraídos com outra coisa, um interesse oscilante e persistente. Ela tem lindos olhos claros, maçãs do rosto salientes e a pele branca. Uma tatuagem de galhos floridos sobe por seu pescoço, ressaltando ainda mais sua delicadeza. Ele espia a moça com a esperança de que ela se levante pra fumar... Xavier, como fundo sonoro, só cala a boca quando é para esvaziar o copo.

— Eu, por exemplo, estou cagando e andando pros gays. Está vendo aqueles dois ali atrás do balcão? Um negão desmunhecado e uma bichinha magrebina? Tudo bem andar desse jeito em Belleville, dou a maior força. Não posso dizer que não.

Mas às vezes cruzo com os dois de mãos dadas. É igual as russas do Femen, que ficam o tempo todo de peito de fora — bem, quanto às russas, não é nenhuma surpresa, quando não são putas fazem pornô, não sou eu que vou reclamar se elas estão com os peitos de fora. Daí elas ficam em plena Goutte d'Or berrando que as mulheres de hijab deveriam se despir. Beleza, gata, dá pra ver que você tem colhão. Tem todo o meu respeito. Mas o que eu queria mesmo era arrebentar esses caras que fingem ser homens mas não passam de uns veadinhos — aqueles que ficam dando uma de machão, por exemplo, nos corredores do Canal Plus ou em Cannes. Os bad boys de salão. Você deu a bunda para o produtor, não vem querer dar uma de durão. Se soubesse o preço que pago por me recusar a ser o empregadinho... Na França, ser roteirista é um tiro no pé. Todos os diretores querem que seus projetinhos de merda passem na televisão, mas ninguém quer dividir os lucros... cinema de autor meu cu, cinema de sanguessuga, isso sim. Não são capazes de escrever uma linha sequer, não abrem um livro desde que saíram do colégio, mas se rola grana pro roteiro eles não deixam passar batido. Você não sabe, eles pegam cem contos pra fazer um filme e só depois saem correndo atrás de tudo, e não se preocupe porque, quando recebem outros cem mil porque a porra vai passar na televisão, eles não dividem com ninguém. Mas é claro, não podemos esquecer que são de esquerda... mas uma hora eles vão superar isso. É fácil entender, todos querem estar por cima. Quando se derem conta de que a grana vai vir da extrema direita, aposto meu saco que vão mudar de tom — vão virar a casaca rapidinho... é só esperar uns quatro, cinco anos, e os mesmos caras que estão escrevendo roteiro sobre os sem-teto vão estar fazendo obras-primas sobre banqueiro judeu, cigano ladrão e russos achacadores... É claro que vão se adaptar, não vou perder o sono por causa deles... Marie-Ange odeia que eu volte pra casa bêbado. Ela tem razão, fico insuportável quando bebo, nem eu me aguento. Depois de uma certa idade é um saco comprar briga em bar... Mas eu nunca traí Marie-Ange. Nunca. As coisas têm o valor que damos a elas, eu não traio a mãe da minha filha, nem a mulher com quem me casei. Ela é uma boa mãe. É decente, firme, responsável. Se amanhã eu cair morto, a menina vai estar em boas mãos. Guarde essas palavras: a mãe é que interessa. Você não pode fazer um filho com uma mulher só porque ela te dá tesão. Não importa se a mãe do teu filho tem uns peitões. E a tua canadense, como ela é? Ela não tá querendo um moleque? Se é uma mulher decente, vá em frente. Não tem nada mais prazeroso do que quando minha filhinha apoia a cabeça no meu ombro pra dormir. A gente não tem mais vinte anos, é preciso ir à luta. Hoje meu futuro ficou pra trás, como dizia Tai-Luc naquela música. E por falar no diabo, quer dizer que você continuava encontrando Alex? Esse sim foi um cara ridículo até o dia em que morreu.

— Eu fiquei passado com a notícia. Sim, a gente se via.

— Em Québec?

— Ele foi tocar lá várias vezes. Ele é bem conhecido no Canadá.

— Com todo o respeito, mas os canadenses têm um péssimo gosto. Vamos falar a verdade, é impressionante que, de todos nós, foi logo o Alex que conseguiu fazer algo com a "arte" dele... Ele era o menos talentoso, o menos sincero...

— Mas era bonito.

— Era um baita negão, sim, concordo. Podem dizer o que for, mas as minas brancas estão sempre dispostas a topar um gang bang com leões indomáveis de Camarões.

— O Alex não era camaronês, era?

— Ele era negro. Era um imbecil. Como aquele cara era imbecil...

— Por falar nisso, eu estava pensando se entre teus amigos

diretores você por acaso não conhece alguém que se interessaria em rodar um documentário sobre ele... tenho quatro horas de uma autogravação de entrevista que ele fez na minha casa... Não sei o que fazer com isso. Às vezes me passa pela cabeça se não poderia tirar uma grana com esse material...

— Um documentário sobre um idiota que canta música pra burguês... não devo ter nada desse tipo nos meus contatos... Você queria vender isso?

— Vai que interessa a alguém...

— Que essa anta padeça no inferno.

Com essas palavras, Xavier — mais bêbado do que sua fala dava a entender — morde o copo que está segurando. Em seguida cospe uns cacos transparentes com manchinhas de sangue e fica fitando o vazio, os olhos incapazes de se fixar num ponto. Depois é um sufoco pra ele encontrar o cartão de crédito, os dois barmen têm um ar blasé, com certeza já viram aquela cena e sabem que aquilo não vai muito longe. Vernon fica chateado, gostaria de ficar até mais tarde, queria ter conversado com a garota que não parou de encará-lo, queria ter discutido com um cara sentado sozinho na outra ponta do balcão, que está de gorro laranja fluorescente, enfim, queria ter aproveitado a noite. Mas Xavier se pendurou nele, sem prestar a menor atenção em quem estava em volta. Precisou ampará-lo para atravessar a rua. Sempre tinha sido assim com aquele gordo. Sensível e delicado. Mas a partir do momento em que começa a pôr tudo pra fora, fica incontrolável. O filho da puta pesa, fácil, uns cem quilos, as costas de Vernon ficam imprestáveis depois que ele o enfia no elevador.

A família parte ao amanhecer, o avião decola cedinho. Vernon se levanta, está de ceroula e com uma camiseta amassada, mas tem que passar uma boa impressão — como se sob sua cabeça não estivessem ressoando todos os sinos do apocalipse —, enquanto Marie-Ange detalha, palavra por palavra, a interminável lista que redigiu para ele, com uma caligrafia segura e caprichada, com instruções de como cuidar da cachorra. Aquilo era muito mais complexo do que ele poderia imaginar: o animal come em horários específicos uma significante mistura de legumes frescos, bolinhas de carne branca e patê orgânico, ele tem que passear com ela quatro vezes por dia segundo um protocolo muito rigoroso, pois o itinerário do passeio da noite é diferente do da manhã etc. A cachorra se chama Colette. Vernon se esforça para não rir ao saber disso. Sentada ao lado da bagagem, ela supervisiona os preparativos da partida com um olhar melancólico. Xavier carrega a filha adormecida nos braços, ele suporta a ressaca em silêncio e com heroísmo. Depois a porta bate e, antes de entrar na cozinha, Vernon aguarda alguns minutos para se certificar de que não esqueceram nada. Está morto de fome. Cede à tentação do suco de laranja gelado e imediatamente se arrepende – foi uma escolha contraintuitiva que seu estômago reprova. Então passa para o queijo, corta um grande pedaço de comté e o devora de pé enquanto continua a examinar o que tem pra comer. Um frango criado ao ar livre e alimentado com os melhores grãos — antes de ir embora, Marie-Ange avisou que o frango estava perto do vencimento e o aconselhou a prepará-lo, mas nem pensar em oferecer os ossos para Colette, só a carne e a pele, que ela adora. Ele vai dar um frango de dezenove euros para a cachorra. O preço está na embalagem. Dezenove euros. Filhos da puta. E iogurtes de chocolate Sveltesse que não engordam nenhum grama. E pequenos Kiri — ali não tem nenhuma marca de segunda categoria —, sem falar do mel de castanha, ele então avista o preço de uma garrafa de suco de cranberry — doze euros e oitenta. Vernon acaba com o comté.

A cachorra está sentada a seus pés, muito paciente e atenta. "Você não desgruda, né?" Ela inclina a cabeça ao escutá-lo. Ele acaba entendendo que ela quer um pouco de queijo. Oferece toda a casca pra ela, torcendo pra que ela não fique doente. Satisfeito por ter percebido o que ela queria, ele a afaga pela primeira vez. Depois volta a deitar, a cachorra sobe no sofá e em dois segundos já está roncando.

Vernon costuma manter um controle rígido sobre seus pensamentos. A alma é um navio imponente que precisa ser manobrado com prudência. Ele faz isso muito bem, não é um cara que se deixa surpreender por um obstáculo quando menos se espera. Mas tem alguma coisa ali que está fragilizada, ele não sabe se é por causa do silêncio ou do conforto. Precisa se esforçar para não ceder à tentação masoquista da autopiedade. Fica repetindo para si mesmo que até no fracasso ele é um cara de sorte. Tem muitos amigos. O plano de cuidar de cachorro foi inesperado. O apartamento é grande, agradável, ele vai poder ficar vendo filme o fim de semana inteiro e ainda forrar a pança. No entanto, sente um peso apertando seu peito. Se estivesse em casa, daria uma organizada nas coisas. Sempre foi o rei da organização. Precisa impedir a todo custo qualquer pensamento que comece por "se eu estivesse em casa", mas as palavras são mais rápidas do que sua vontade. Ele sente um tranco no tórax, curto, breve, um dilaceramento, seguido de um gosto amargo de cinzas que não tem nada a ver com a ressaca.

Abre uma cerveja e faz um tour pelos cômodos. É uma casa de família, com um monte de objetos inúteis, coisas que ele nunca pensaria em comprar. Xavier, ele sim, tinha entendido a vida: é preciso encontrar uma mulher cheia da grana. Antes eles eram jovens, queriam mulheres guerreiras, taradas, figuras oníricas, eles queriam rock 'n' roll e putinhas que só pensassem nisso, queriam gostosas, pecadoras especialistas e amazonas que eles pudessem levar para a cama. Mas uma vez que você envelhece, desencana de tudo isso. Ele custou a entender que o mais importante é uma mulher disponível, com um apartamento desses, longos fins de semana ao sol e uma geladeira que faça jus a tudo isso.

Depois Vernon cai no sono em frente à televisão. *Paris, Texas* dublado, comédia sobre futebol, enquete sobre crime, obeso que inicia regime, casal de cretinos, ele um sujeito odioso, ela, masoquista. A cadela se aninha em sua barriga e ronca. Vernon cogita trancá-la num quarto para evitar encheção de saco, mas, pensando bem, ela só quer dormir. Ele faz outro carinho e promete a si mesmo que vai levá-la para passear, mesmo não estando muito convencido disso.

Ao tentar descobrir onde conectar seu iPod no amplificador, ele sem querer liga o rádio. A voz de Alex invade o cômodo. "... *et si je dors entre tes bras c'est qu'une autre que toi n'a pas voulu de moi*". Ele costumava cantar umas merdas sádicas, dava uma de Gainsbourg das suburbanas. As caixas espalham um som de contrabaixo — suave, aquático, com *slaps* que se arredondam como bolhas, meio que influenciados pelo funk mas marcados com um pedal fuzz. A voz de Alex nesse primeiro disco é ridícula, zombadora, agressiva. Sexy, mesmo para os garotos. Alex ainda não sabia que tocaria para milhões de ouvintes, ele cantava na cozinha pra divertir os amigos. Esse disco era uma jogada de gênio. Um ganido que excitava as meninas e fazia com que os meninos sonhassem ser iguais a ele. Um gentleman tortuoso, desenvolto e ferido. Canções despretensiosas, com uma maldade gratuita. Isso Alex também deixaria pra trás, com o tempo passaria a ser um valentão na vida e um bunda-mole nas composições. Como alguém pode ser infeliz com toda essa atenção, viagens, boas notícias e oportunidades incríveis é algo que não faz sentido pra quem está em volta. Seja como for, Alex não é o primeiro rock star a demolir o castelo que construiu. O cara estava totalmente perdido no final da vida. Durante mais de dois anos não foi capaz de escrever uma música sequer. Vernon não tinha a menor pretensão de medir o tamanho da queda. Se ele tinha sido um bom amigo? — é claro que não. Porém, dada a sua situação, parecia impossível não pedir ajuda a um cantor prestes a se tornar milionário. Os delírios de Alex sobre a sincronização das ondas cerebrais voltam à sua memória. Ele lhe havia apresentado um longo discurso sobre os hertz — gama alfa beta, uma extensa cosmogonia de bobagens baseadas em batidas binaurais e neurodinâmicas... Na falta de um novo disco, Alex meteu na cabeça que iria programar os humanos. No começo da conversa, Vernon se perguntava por que ele não ia fazer música de hippie, tinha tudo a ver — mas quando Alex começou a dizer que os blocos de granito das pirâmides do Egito tinham se movido graças às ondas do som... Vernon se assustou. Ao mesmo tempo, não fez nada pra impedir que ele mergulhasse nessa viagem.

Morto. Mais um. Vernon sente o corpo enrijecer, algo ressoa em seu íntimo e o deixa em pânico. A cachorra apoia a cabeça na sua mão de modo tão doce que ele fica paralisado, sem ousar se mexer. Todas as lembranças são uma armadilha. A capa que ele manteve esse tempo todo para esconder a angústia começa a escorregar — a pele fica exposta. Sua bolha era hermética, reconfortante e bem equipada. Estava vivendo no formol, num mundo que havia ruído — atracado a pessoas que já não estavam mais lá. Ele poderia atravessar o planeta, fumar plantas raras, ouvir os xamãs, decifrar mistérios, estudar as estrelas — os mortos não estão mais ali. Nem nada do que desapareceu.

Vernon solta um gemido. Até ele se assusta com o som que produz. A cachorra se apoia nas patas de trás e, muito agitada, começa a lhe lamber os olhos. Ele tenta empurrá-la, ela não deixa. A única criatura viva que se preocupa com seu sofrimento é uma cadela, ele tenta se torturar um pouco com essa ideia mas a cara engraçada dela acaba lhe arrancando um sorriso. Colette parece uma palhacinha. Ela pula do sofá e corre para a porta, fica agitada diante da coleira e olha pra ele como se estivesse propondo um plano demente do tipo "vamos, me leva pra passear, você vai ver, vamos nos divertir".

Na rua, ela faz força para puxar a coleira, ele se deixa guiar. Ela conhece o itinerário do parque.

Na entrada do Buttes-Chaumont, um homem sentado no primeiro banco come um iogurte e fala sozinho. Ri por algum motivo, calça sapatos descosturados presos no tornozelo pelo cadarço. A cachorra fareja todo aquele trecho do caminho e se curva pra fazer cocô. Não existe a menor possibilidade que ele recolha do chão o que quer que seja. Ele olha ao redor com um ar despreocupado, dando a entender que eles não estão juntos. Pensando bem, é muito comprometedor pra sua virilidade se exibir com uma cadelinha daquelas. Com essa atitude, ele pretendia deixar claro que não é o dono dela — não importa quão simpática ela seja, ainda é difícil assumir isso.

Um homem de uns trinta anos plantado na porta parece furioso. Uma mulher se aproxima acompanhada por duas menininhas. A maior usa tênis com rodinhas acopladas na sola, a menor segura um Noddy de pelúcia. Elas andam rápido, estão com pressa. A mulher entrega para o homem uma bolsa de pano verde e disforme, decerto com as coisas delas. O homem segura as mãos das meninas e se afasta sem dizer nada. Elas o seguem, viram pra trás e acenam para dar tchau.

Vernon continua seu trajeto. Ele não sabe nada de cachorros, ignorava, por exemplo, que aquela raça agradava tanto às mulheres. Não importa se estão correndo, batendo papo, deitadas na grama ou fumando num banco: parece que elas foram harmoniosamente dispostas ao longo do seu percurso para admirar "que gracinha", "olha, é um buldogue francês", "eu amo essa raça", "que linda". Vernon sorri, radiante, retarda o passo, concorda e avança com alegria. As ideias nebulosas se evaporam. Colette é afrodisíaca. Agora sim ele entende por que Xavier a vê como a menina de seus olhos. Vernon nunca foi determinado a ponto de ficar deprimido pra valer. Foi isso que sempre o salvou. A gravidade de sua situação já não o preocupa mais.

Lindas pernas. Ele reconhece a morena de shorts. De cabelo comprido e tatuagem. É a menina que o encarou no bar e com quem ele não trocou ideia porque Xavier estava muito bêbado e eles tiveram que ir embora. Ela é mais alta e muito mais jovem do que ele tinha imaginado na véspera. Está falando no telefone, seus olhares se cruzam mas ela não reage, ele diminui o passo. A cachorra, boa companheira, escolhe esse momento para deitar de costas e se coçar à vontade rolando na grama. A garota olha pra ela e sorri. Ele se abaixa e coça Colette atrás da orelha, fingindo ser um cara que sabe aproveitar a vida sem esperar nada em troca. A garota não desgruda do telefone, é difícil uma abordagem sem parecer perseguição. Deveria ficar estancado na frente dela, devorando-a com os olhos à espera que ela terminasse a conversa, mas sabe muito bem que a tática pode desencorajá-la. Vernon passa na frente dela, contrariado. Dessa forma, não poderia ser coincidência: paqueraram-se no bar, encontraram-se no dia seguinte no parque, seria uma pena se se perdessem de vista. Mas a garota o alcança, continua com o telefone no ouvido, dá um sorriso e se curva ao lado de Colette. Suas coxas ficam ainda maiores dobradas, sua pele é apetitosa, ela o faz pensar num bolo. Ela continua ouvindo alguém do outro lado, olha para o céu fazendo um sinal de que a conversa não acaba nunca, mas se ele puder esperar um pouquinho tem algo que queria lhe dizer. Ela não precisa ter pressa, imagina. Com dois dedos na boca ele faz um sinal: ela por acaso teria um cigarro? Ela afasta as mãos, desculpa, ela não fuma, ou então não tem cigarro com ela. Ele olha para as árvores ao longe. O tempo se arrasta. Ele contempla as árvores com tanta concentração que ela deve pensar que aquilo faz parte de sua atividade profissional.

Por fim ela diz: "Olha, posso te ligar mais tarde? Estou entrando no metrô, tenho que ir — te ligo em seguida, pode ser?". Pelo tom, é evidente que está conversando com um homem, e com um homem com quem tem intimidade. Só de mentir pra ele já é um bom sinal.

— Nós nos vimos ontem, não é?

— Pra falar a verdade, eu te reconheci. Adoro cachorro, morro de vontade de ter um. É fêmea? Quantos anos ela tem?

— Três. Só que não é minha. Estou tomando conta dela prum amigo. Ela chama Colette. Mas você tem certeza de que nós já nos conhecíamos?

— Sim, você tinha uma loja de discos um pouco acima da Place de la République...

Anticlímax, decepção. Não foi por ter se sentido atraída por seu carisma de garanhão que ela ficou olhando pra ele. Porém, por outro lado, nem tudo está perdido — ela lembra da loja, vai ver não vê nele um velho perdedor, mas um cara com a energia do rock. Depois, com uma ingênua bajulação que não deve ser de todo inocente, ela praticamente o castra:

— Fui várias vezes à loja com o meu pai. Aos sábados, quando eu estava na casa dele, era quase religioso: íamos ao mercado de pulgas de Clignancourt ver os vinis, comíamos mexilhão com batata frita e visitávamos sua loja. Meu pai te adorava. Você não lembra mesmo de mim? Eu era desse tamanho. Ela indica uma altura pra mostrar como era alta. Vernon belisca a base do nariz entre o polegar e o indicador — ele costuma fazer esse gesto quando a situação parece complexa mas ainda está sob controle. Ele aproveita a informação para encará-la, como se tentasse resgatar a lembrança no fundo da memória. A garota inclina a cabeça para o lado, achando graça por vê-lo perplexo. Vernon suspeita que ela não está avessa à possibilidade de ser xavecada.

— Quem era o seu pai?
— Bartholemy Jagard. Policial. Fã de metal.

Não foi difícil lembrar. Um bigodudo, animado e cientologista. Completamente doido. Estava sempre querendo encomendar vinis de metal finlandês, Vernon conhecia seu gosto de cor e salteado. Amava conversar. Depois de um tempo, era sacal escutá-lo, pois ele começava a contar histórias de depredação de túmulos, necrofilia romântica e mortes por sacrifício com um largo sorriso de júbilo. Bartho frequentava a loja como se ela fosse um sex shop: teria preferido se interessar por outra coisa, gastar seu dinheiro em livros que o instruiriam a respeito dos problemas geopolíticos do mundo. Mas não conseguia. Estava sempre acompanhado da filha, que cantava músicas do *Rei Leão* agachada entre as caixas de discos. Sua cabecinha tentava alcançar o balcão enquanto o pai se lançava em descrições detalhadas sobre animais degolados por vikings esfuziantes. Vernon olha bem nos seus olhos.

— Agora sim estou lembrando de você. Como está seu pai? Continua ouvindo metal?
— Não. Sua nova mulher não gosta de guitarra. Ela finge

que gosta de teatro e literatura medieval, mas na verdade passa a vida consumindo chips e reality show.

Não é difícil se apaixonar. Pra começar, seu olhar fixo no dia anterior, sua juventude e uma leve insolência que não era nada vulgar mas bastava para estimular sua curiosidade. E além disso, a maneira como se comporta, a vontade de tocar suas costas, passar os lábios na parte interna das suas coxas, e também o tom da sua voz, o ar sapeca quando se dirige a ele, levemente precipitada — mas nada que destoe demais. E essa facilidade inconsciente, que provavelmente se deve à sua extrema juventude — ainda alheia aos infortúnios que destruirão parte dela. Depois dos quarenta todo mundo parece uma cidade bombardeada. Ele se apaixona quando ela ri — ao desejo acrescenta-se uma promessa de felicidade, uma utopia de tranquilidades perfeitamente combinadas —, ela só precisa virar a cabeça e se deixar beijar, e então ele acessará um mundo completamente diferente. Vernon conhece a diferença: quando está excitado, o púbis palpita, quando está apaixonado, os joelhos bambeiam. Uma parte de sua alma desaparece — e a sensação de flutuação é boa e aflitiva ao mesmo tempo: se o outro se recusa a segurar o corpo que cai em sua direção, a queda será muito dolorida, já que ele não é mais um rapaz. Com a idade, sofremos cada vez mais, como se nossa pele emocional se tornasse fina e frágil, incapaz de suportar a menor pancada.

Ela se chama Céleste. Ele está se esforçando. Ela usa expressões adolescentes e nem desconfia como são ridículas. Ela fala, por exemplo, "te juro", "da hora", "tá ligado?", e ele reconhece uma imbecilidade entusiasta de quem sempre quer empregar as mesmas gírias em qualquer tipo de frase. Ela propõe que sigam caminhando até o McDonald's e que ele a convide para um sorvete de chocolate. Ele não consegue decifrar — será que está fazendo um pedido como a menininha que acompanhava o pai à loja de discos, você me paga um sorvete? Ou como uma garota sedutora acostumada a ser paparicada? Vernon diz que não tem um tostão, nem pra comprar um sorvete, e mesmo se tivesse não a convidaria a ir ao McDonald's, tenha dó. Como assim, ele não pode pagar um café? Ele percebe que está perdendo. Mas insiste: a falência não interfere em sua elegância, se ela pretende escolher as amizades em função do poder de compra, vai passar batido pelo que realmente importa na vida. Ela está desconfiada: me desculpa, mas na sua idade não ter dinheiro pra pagar um café, bem, é normal que eu fique surpresa. Ela não passa de uma putinha imunda. Ela o agrada muito. Ela dá importância ao dinheiro de um modo tão na cara que pode ser que esteja falando isso só de provocação. Mas ao mesmo tempo uma franqueza atroz joga seus planos por água abaixo e o faz acreditar que ela está sendo sincera. Vernon estagnou no século passado, numa época em que as pessoas ainda acreditavam que ser era mais importante do que ter. O que nem sempre era uma hipocrisia. Tinha passado a vida com mulheres que nem ligavam se ele estava bloqueado no banco. Durante a conversa, Colette é abordada por um cão gigante, de uns oitenta quilos, que cheira seu traseiro insistentemente — Vernon toma um susto, já começa a imaginar o monstro devorando a pobre cadela e não sabe muito bem como interferir. Durante uns dez segundos, Colette fica rendida, imóvel, depois arreganha os dentes e começa a latir, obrigando o rottweiler a recuar uns três metros, como se fosse um cão de colo qualquer. O cão gigantesco mantém uma distância respeitosa, depois se empolga e volta à ativa. Colette mostra os dentes e o coloca novamente em seu lugar. Céleste fica eufórica, com a mão no bolso, ela elogia a cachorra: "Como ela é dominante". Vernon finge ser um cara tranquilão que acha graça naquela história. Não consegue entender como um animal que parece um ursinho de pelúcia poderia dominar alguma coisa, a única justificativa é que também para os cachorros trata-se de uma questão mental.

Céleste diz que precisa ir, tem o que fazer. Ela pede o número de seu telefone e Vernon suspeita que ela esteja fazendo isso mais pra se livrar dele do que pra enviar mensagens picantes. "Não tenho número francês, eu não moro aqui. Mas me adiciona no Facebook e daí ficamos em contato." "Ah, eu não gosto do Facebook." "Você tem uma conta? Meu nome é Vernon Subutex." "Qual é a desse apelido horrível? Você roubou do *Harry Potter*?" "Você não sabe de nada, tô falando, não sabe nada de nada. E qual é o seu nome?" "Céleste. Vou te adicionar como amigo, você vai lembrar quem eu sou?"

Ele lhe dá uma piscadela e vira de costas, sem saber ainda se passa a impressão de um cara viril e confiante ou de um cara perdidaço.

Sai do parque com a cabeça cheia de imagens nítidas e cruas, pensando como a deitaria na mesa da sala de jantar de Xavier, como tiraria sua calcinha com um gesto brusco e preciso pra poder enrabá-la violentamente, e como levantaria sua blusa pra ver seus peitinhos de menina esmagados contra a mesa, e os gemidos graciosos que ela faria implorando para ele não parar quando ele ameaçasse sair de dentro dela.

Uma sensação persistente, desagradável e muito precisa atrapalha sua respiração. Uma agitação entre a garganta e o peito. Laurent entrega o casaco para a moça da recepção, pede uma mesa longe das correntes de ar e examina seu reflexo no grande espelho que recobre a parede da sala do fundo. Está magro. Perdeu quase dez quilos em seis meses. Surpreende-se com sua imagem — está orgulhoso e aliviado por seu corpo parecer vigoroso. Ainda não se identifica com essa silhueta, quando se projeta no espaço se vê com o corpo dos últimos dez anos. Agora precisa ganhar músculos. Sempre teve corpo de mulher. Com barriga, isso fica bem menos evidente — sua gordura é grotesca, mas masculina. Mas é só entrar em forma que seus ombros se estreitam, as nádegas se arredondam, sua aparência geral fica feminina. Ele pensa em Daniel Craig no último James Bond que ele viu não faz muito tempo. Venderia a alma pra ficar parecido com ele de smoking.

    Com um gesto cortês, aponta o assento para Audrey. Ela poderia ter se esforçado um pouco. Nem se maquiou. Blusa larga de gola alta, um par de tênis, uns três centímetros da raiz meio cinzenta, não deve ir ao cabeleireiro há meses. A criatura mal dá um sorriso. Ela está dormindo com Bertrand Durot e ninguém em Paris se atreve a contrariar o nomão da TV francesa. Laurent não poderia se furtar a um encontro. Não tem nenhuma intenção de produzir o filme dela. Só vai dar dor de cabeça. O que ele faria naquele furdúncio? Se for bem, o filme vai vender trinta ingressos, se tanto. Essa é a nova moda entre as diretoras — histórias de mulheres na pós-menopausa que passam o tempo fumando e conversando com personagens paspalhos. Ele adoraria ser franco, perguntar você tá ligada que eu não tô nesse trampo pra ficar indo em set de filmagem com um bando de histéricas ranzinzas que não me dão nenhum tesão, né? E até que se prove o contrário, o público assina embaixo: todo mundo quer um pouco de fantasia.

Audrey trata justamente do tema das mulheres diretoras, sabidamente discriminadas na França. E mais ainda no exterior. Um pé no saco. Ele não menciona como vêm a calhar as inúmeras vantagens da feminilidade quando servem a seu propósito. Ela ainda nem abriu o menu, ele queria fazer logo o pedido — pra acabar com aquilo de uma vez. Poderia escolher no lugar dela: ela vai pedir o prato mais caro.

Mas não é a presença da diretora que o faz se sentir mal. Precisa relembrar quais foram os acontecimentos daquele dia e também da véspera para situar exatamente o momento em que tudo começou. Reconhece a sensação, mas tem que se concentrar para lembrar o que foi dito e quando, e quem o deixou tão desconfortável. São tantas coisas que acontecem no mesmo dia e tanta gente que ele encontra. Aprendeu o método em suas sessões de programação neurolinguística — tem que se concentrar e se abstrair da realidade diante dos primeiros sinais de opressão. Encontrar o ponto nevrálgico da coisa. A festa de encerramento do último filme de Podalydès. Um pseudorroteirista cujo nome não lembra, que estava atracado a uma taça de champanhe — Fred, do filme *Meu ódio será sua herança*, falava sobre a morte de Alex Bleach e o cara se pronunciou: "Por falar nisso, um amigo meu tem uns takes exclusivos de uma última entrevista dele, parece que é uma coisa bombástica. Ele queria desenvolver isso, mas ainda não encontrou produtor". Pronto. Foi assim que tudo começou. Laurent se aproximou do roteirista, perguntou se ele conhecia Alex, contou que trabalharam juntos num projeto que nunca foi concluído, era uma pessoa excepcional, quanto desperdício, quanta dor, uma morte acidental, a pouca-vergonha da mídia, a bela despedida dos verdadeiros fãs. Estava pisando em ovos. O roteirista era um gorducho feio, com a cabeça raspada e cara de imbecil. Disse que não tinha visto os takes em questão, mas que conhecia Alex muito bem e, percebendo que Laurent estava cada vez mais interessado, usou a palavra confissão: "Meu amigo disse que essa entrevista é coisa da pesada, Alex estava bêbado mas tinha muito o que falar, talvez já soubesse que não ia durar muito, é tipo seu testamento...". Laurent, um pouco inebriado pelo álcool, pensou que demonstrar muito interesse era um troço que poderia ser contraproducente, por isso instigava o roteirista a falar, sem fazer nenhuma proposta direta — fala pro seu amigo me ligar assim que possível. Sabia que se entregasse o cartão de visitas o morto de fome entenderia como um convite para o assédio. Conhece muito bem esse tipo de sujeito. Tem uns quinze projetos no HD. Tem certeza que são todos obras--primas de inteligência e originalidade. Está encantado com a própria audácia e mais ainda com seu humor. Atribui os feedbacks negativos sobre os roteiros a cérebros doentes de vigaristas rancorosos. Ele pode ouvir cinquenta vezes a mesma justificativa, e cinquenta vezes ele vai inflar o ego e repetir as mesmas merdas. Em geral a falta de talento desses caras é acompanhada por uma grande alergia ao esforço. Se Laurent lhe der o número para ele repassar ao amigo, o cara não vai ter nenhum escrúpulo em ligar vinte vezes por dia no escritório tentando submeter um projeto. O morto de fome é sincero, daí o perigo: ele não vê diferença entre seu rascunho insignificante e o último blockbuster. Toda quarta-feira ele comparece à sua sessão de flagelação, escolhe o filme sobre o qual todos estão falando e se convence de ter escrito o mesmo filme dez anos antes, só que muito melhor, na verdade aquela ideia era dele, tinham roubado. Quanto a Laurent, nunca ouviu falar de um roteirista quarentão cujo talento teria passado batido. Existem os intragáveis, os drogados, os de mau caráter — mas talentos desconhecidos são muito raros. Esses caras distribuem suas joias em larga escala, não poupam nenhum produtor, nenhum diretor. Se tivessem algum projeto que valesse a pena, todos já estariam sabendo. Laurent se entediou durante boa parte da noite, fez o que pôde para levar adiante a conversa sobre o tal amigo e a autoentrevista de Alex Bleach, mas o rapaz era ardiloso, não desistia de discorrer sobre seus próprios projetos tentando fazê-lo engolir uma aula particular de cinema, olha só, pra você é de graça, o babaca comentou todos os filmes franceses recentes que tinha visto, sabe-se lá Deus onde encontrou tempo pra ir tanto ao cinema. Laurent prestava atenção, magnânimo, e pensava, seu idiota, se não houvesse diferença entre a merda que você faz e o ouro que eu produzo, você não estaria fazendo essa dança do ventre pra mim há meia hora. Você já estaria na minha lista, meu caro, a gente já teria se conhecido, já teríamos feito algo juntos.

Mas não teve tempo de pensar melhor nessa história de entrevista testamentária. No táxi de volta pra casa, Amélie fez uma cena. "Não estou te acusando de estar dormindo com ela, só queria saber por que você está se comportando assim. Nunca te vi desse jeito." Referia-se a uma atriz barriguda, indicada para um projeto que ele está produzindo, que passou a noite inteira esfregando os peitões na cara dele, o que só lhe provocou no máximo um bocejo, mas Amélie tem suas obsessões. Suas cenas de ciúme sempre focam a pessoa errada. Para tranquilizá-la, Laurent destruiu de tal forma a atriz que, na manhã seguinte, ao se levantar, às sete, ligou para o diretor pra dizer que aquela atriz era péssima e que ele não queria mais ouvir falar dela para o elenco.

Desde então não consegue se livrar da sensação de ter uma enorme agulha enferrujada enfiada na garganta. É comum sentir angústia. Às vezes as crises são tão fortes que ele precisa se isolar. A saúde está perfeita. É a pressão. Aprendeu a respirar profundamente usando a musculatura do abdome. Vez ou outra seu terapeuta o atende por Skype, em sessões de hipnose de emergência. Laurent se tranca no escritório, deita na poltrona reclinável, pega os fones de ouvido, nem sempre está plenamente relaxado mas aquilo funciona, na maioria das vezes os batimentos cardíacos voltam ao normal.

A diretora conta que vai recusar a filmagem em Luxemburgo — não quer mais esse tipo de coprodução, acha que acabou prejudicando seu último filme. Sua criatividade teve que se adaptar a restrições absurdas que lhe foram impostas. Na cabeça dela, ainda estamos nos anos 90. Sua criatividade. Naquela época ainda acreditavam nisso, é verdade. Quando Laurent começou, tinha que ouvir os diretores falando em inventar novos planos e as pessoas achavam normal que isso custasse os olhos da cara. Achavam razoável investir fortunas num filme sem bilheteria, só pelo prestígio. Hoje a pergunta é quem está em primeiro lugar nas bilheterias, ninguém vê prestígio onde não existem números. E até os filmes bons têm dificuldade. O público só quer saber de porcaria. Mas Audrey não se deu conta de que o tempo passou. Se está achando que vai conseguir impressioná-lo recorrendo a fórmulas rebuscadas, está redondamente enganada.

Laurent investiu muito na carreira. Sabe por que escolheu essa profissão. Está com cinquenta anos. Tem plena consciência de aonde quer chegar. Ama o poder. Passou da idade de tentar se enganar. Tem bom faro, só aposta em projetos bem-sucedidos, sabe elaborar um bom orçamento, tem uma ótima rede de contatos, é obstinado e duro na negociação. Está atrás do sucesso. Gosta da efervescência que vem junto com ele. Do ambiente eufórico e estressante da equipe, dos telefonemas que não param, dos números que fogem ao controle, aquela constante alta voltagem, a ideia de que tudo pode acontecer e que tudo acontece, a começar pelo impossível. Gosta de sentir que a equipe disputa o privilégio de estar próxima a ele. Gosta de sorrir para os elogios hipócritas dos colegas e desprezar os que exageram na dose. Gosta de voltar tarde para casa, ser a única pessoa acordada, servir-se de um último uísque, olhar Paris da janela e repetir "deu certo", tentando sentir o ritmo do sucesso no corpo e nas artérias da cidade. Quer experimentar a sensação de poder com a mesma intensidade com que sente a mordida do fracasso, quando ele ocorre. Mas também gosta de perder, de comer poeira e de sentir a raiva correndo solta em suas veias com uma determinação implacável de vingança.

Quem não exerce o poder não pode imaginar o que isso significa. Tem gente que acha que basta sentar a bunda no escritório e ficar dando ordens sem nunca ser contrariado. Pensam que é moleza. Ao contrário, quanto mais a pessoa está perto do topo, mais difícil é a luta. Quanto mais alta a posição, maior o preço das concessões. E muito mais tem que ser feito. Ter poder é manter o sorriso quando alguém mais poderoso te esmaga as costelas. No topo as humilhações são ainda mais violentas, e ninguém está lá para te dar ouvidos se você quiser ficar se lamentando. Lá é a área dos grandes, não uma caixa de areia para criancinhas. Só os pequenos chefes se deleitam com o poder, acima deles só existe o medo de ser apunhalado pelas costas, a raiva das traições e o veneno das promessas falsas.

O pior é o sucesso dos outros. As estreias consecutivas de *Os intocáveis* e de *O artista* acabaram com seu ano. Tudo aquilo que correu bem no seu quadrado parecia uma piada. Mergulhou no esporte — uma hora, cinco vezes por semana, com seu personal a domicílio, um negro lacônico que só sorri quando vê Laurent sofrer de verdade. O mais importante é não esquecer que os outros estão submetidos às mesmas regras que ele: são os reis do mundo até a próxima rodada.

Ele sabe que não deveria ficar tão perturbado só porque na véspera alguém falou de uma entrevista com Alex. É pensamento mágico, que dá crédito a intuições baseadas no vento. Não tem motivo para se preocupar. Deve buscar, em si mesmo, um ponto de ancoragem que o permita atravessar tudo isso. Contenta-se em esvaziar a cesta de pão à espera das ostras. Mas como se entedia...

Alex Bleach era um cretino, arrogante e frágil, o protótipo do poeta boçal — um merdinha que só pensava em grana mas que se fingia de engajado nas capas dos discos. O artista em todo seu esplendor: aquele que pensa que pode tudo e que despreza os que vivem às custas do trabalho, do trabalho pra valer. O problema do público é que eles elegem os líderes mais patéticos. As pessoas amam ser enganadas. Esse era um princípio que Alex sacou muito bem. Mentia nas entrevistas e o pessoal adorava. Laurent bateu de frente com ele várias vezes. Não contente em se ridicularizar insultando-o em público, Alex conseguiu seu número do celular e um dia, totalmente bêbado, ligou pra ele em plena madrugada para ofendê-lo. O cara estava avariado, não falava nada com nada. Quando Laurent soube que ele morreu, ficou aliviado. Nunca se sabe até onde esse tipo de louco é capaz de ir, e ele não tinha nenhuma intenção em ter esse tipo de inimigo. Fraco demais pra sua categoria. Mas precisava ter certeza.

— Você ainda está me ouvindo?

— Sim, estou, desculpa... estou meio confuso esses dias, desde que soube que Alex Bleach morreu...

— Vocês eram próximos?

— Nós fomos. Fazia um tempão que a gente não se via, a morte dele mexeu muito comigo... Mas estou te escutando. Pode continuar.

Ele esfrega a ponta dos dedos. A diretora nem se dá ao trabalho de se mostrar solidária. Ela funciona como uma escavadeira — encerrada dentro do barulho que produz, obcecada por seu objetivo. Antes Laurent achava que os jovens diretores eram mal-educados — ninguém tinha ensinado àquela mulher que é educado fingir compaixão quando a pessoa que está falando demonstra emoção? Depois ele entendeu que não se trata de educação. Na época dele, cobravam das crianças que elas fossem sociáveis, simpáticas. Que respondessem com empatia caso o interlocutor manifestasse tristeza, por exemplo. Se o sujeito fosse esperto, entenderia rápido que a simpatia pode ser remunerada, sobretudo se você quiser algo de alguém. Mas daí veio o Facebook e essa geração de trintões agora é composta de psicopatas autocentrados que estão no limite da demência. Uma ambição crua, sem qualquer preocupação de legitimidade. Ela retoma o que estava falando. Quer fazer um filme sobre uma cinquentona que trabalha numa perfumaria. A mulher perde a mãe, de quem era próxima, e não suporta que o pai tenha refeito sua vida menos de três meses depois do enterro. O pobre velho encontrou alguém e a filha fica em pé de guerra com a nova madrasta. Exasperante. Audrey está convencida de ter escrito uma comédia. Não acredita que consegue filmar com um orçamento inferior a três milhões. Bom, é o que veremos! Uma cinquentona desequilibrada que não suporta que o pai se case de novo. Excelente tema de comédia. Se no guichê o público tiver que escolher entre Scarlett Johansson pelada e uma coroa mofada e desequilibrada, é óbvio que vão ficar em dúvida sobre qual ingresso comprar.

Ele rega as ostras com vinagre e cebolinha. Tem apreço por aquele restaurante — é a sua cantina, todos o conhecem, os garçons são muito atenciosos. Isso o ajuda a relaxar. Não é nem um pouco materialista. O dinheiro não o interessa enquanto dinheiro. Poderia se contentar em comer numa pizzaria e ir para um camping nas férias. Mas o restaurante fica ao lado do escritório, é prático.

Não acha que Alex Bleach estivesse tão obcecado a ponto de tentar feri-lo em toda entrevista. Tenta raciocinar com calma. Bateram boca, que seja, mas muita água já rolou depois disso, mesmo pra um ignorante como Alex. De qualquer modo, quem acreditaria nos delírios paranoicos de um imbecil como ele?

Audrey consulta o menu de sobremesa, ele tenta encurtar a conversa: "Não tenho tempo, desculpa, você vai pedir um café?". Ela pede um café gourmand e não se preocupa em esconder sua decepção. Que mulher intragável. Ele a olha atentamente e fecha os olhos, concordando, como se estivesse de fato interessado na história da esteticista que não suporta ver o pai feliz sob o pretexto de que as coisas estão indo rápido demais — ela ainda não aprendeu que os homens não conseguem viver sozinhos? Então pra que repreendê-los por isso? Laurent diz que as coisas estão complicadas nesse momento, inclusive pra ele. Dá uns tapinhas no roteiro, como se não visse a hora de voltar para o escritório para devorar aquela história da cinquentona atordoada. "Está tão difícil produzir cinema de qualidade, eu me sinto obrigado a ser extremamente seletivo. E uma coisa que eu odeio é criar falsas expectativas. Se eu te falar que sim, vamos em frente, pode confiar que vou me virar pra resolver. Mas se tiver alguma dúvida sobre minha capacidade de produzir o filme eu te direi na mesma hora. Talvez minha empresa não seja hoje a mais indicada pra produzir filmes baratos — você sabe como é, os técnicos não sabem de nada, não estão dispostos a me dedicar os mesmos esforços que dedicam aos produtores mais... acostumados com filmes autorais. Mas em breve eu te dou uma resposta."

Ele consulta o relógio, assume uma expressão devastada e levanta de repente, entrega uma nota de dez euros para a garota da chapelaria, corre para o frio e se sente aliviado. Ao chegar ao escritório, lembra que tem uma reunião com Castafiore. Não está no seu melhor dia, deve ser Mercúrio retrógrado. Ele aperta a mão úmida e frouxa do jovem. Nem todos os gays são bonitos. Vestido de Prada da cabeça aos pés, Castafiore sempre parece que acabou de sair de um caminhão de lixo. O físico não colabora. Não é de admirar que seja tão rancoroso. Laurent se pergunta se Castafiore imagina que ele está planejando trapaceá-lo. Prometeu que o deixaria produzir o filme mais recente de Canet se ele assumisse a coprodução de Bayona, mas na verdade já ofereceu o Canet para Mars — não que eles trabalhem melhor, é só pra contrariar Castafiore. Se pudesse fazer algo para arruiná-lo o mais rápido possível, faria com o maior prazer. Conheceu tantos iguais a ele. Instala-o no escritório, oferece café, deixa-o com Justine, que está ali pra isso. E pede desculpas. Tem uma coisa muito urgente pra resolver, logo estará de volta.

Ele bate à porta de Anaïs. Ela está vendo um filme — imagem de vídeo, uma merda, mal enquadrada, parece que os jovens adoram esse tipo de coisa. Ele pede pra ela dar uma pesquisada no gênero, gostaria de saber se não valeria a pena apostar em filmes produzidos por uma equipe de apenas quatro pessoas, que custam menos de cem mil euros e que as crianças fazem fila pra assistir na internet. Vale a pena dar um passo à frente. Ele não pode depender de filme feito pra família inteira, à moda antiga. É preciso inovar, estar onde menos se espera e chegar antes dos outros. Anaïs é ótima pra isso. Ela tem o olho e o espírito da juventude. Dentro de dez dias vai apresentar um dossiê dos três ou quatro melhores diretores da nova geração — e ele sabe que pode contar com ela, fará uma boa seleção. Laurent Dopalet decidiu contratar uma jovem da geração dela quando a própria filha meteu na cabeça que viraria "uma youtuber de beleza". Ele se interessou pelo que ela estava fazendo porque morria de medo que, assim como os filhos de uns amigos, ela postasse *sex tapes* de si mesma em ação com meninos menores de idade. E descobriu, embasbacado, um universo de garotas que sabiam posar perfeitamente para a câmera, se enquadrar e montar as próprias imagens, e que postam "tutoriais de maquiagem" que chegam a ter cinquenta e seis milhões de visualizações, sendo que filmam em seus quartos. Ele concluiu que estava perdendo alguma coisa e que precisava de alguém no escritório sondando a internet à procura de novas tendências. Cinquenta e seis milhões de meninas não podem estar enganadas.

Senta no braço da poltrona. Não existe nada entre eles, mas ele adora aquela proximidade. Adora a calma dela, seu sorriso, um jeito que ela tem de tranquilizá-lo. Anaïs é radiante. Não é mais bonita do que as outras, mas é mais radiante. Ele diz, suspirando:

— Acabo de sair de um almoço com a rainha do pé no saco... e estou com Casta no escritório, você não pode imaginar o quanto isso é penoso pra mim. É bem capaz que eu corte os pulsos para não ter que chegar até o final do dia...

— Quer que eu te chame em vinte minutos?

— Trinta. Tenho umas coisinhas pra resolver com ele sobre a estreia do Bayona.

— Não vai dar certo. O filme é duro demais. As pessoas não querem saber desse tipo de coisa agora.

— Escuta... Ontem à noite reencontrei um jovem roteirista... quer dizer, não tão jovem... mas alguma coisa nele me chamou a atenção... eu queria que você preparasse um relatório pra mim. Será que você consegue encontrar o sujeito? O nome dele é Xavier. Esqueci o sobrenome.

— Não vai me dizer que você quer que eu procure um roteirista que estava na festa de ontem cujo nome é Xavier.

— Bem, na verdade é isso mesmo. Jeff me disse que ele escreveu um roteiro há dez anos e que o filme tinha ido bem, mas esqueci o título...

— O.k. Isso talvez já ajude.

— É coisa rápida, você só precisa me dizer quem ele é exatamente — ver se encontra um projetinho em que ele esteja trabalhando... pra me dar uma ideia, sabe? Gostaria de saber onde ele mora, com quem anda, trabalha... um relatório curto, sabe?

— Tinha pelo menos umas trezentas pessoas na festa de ontem...

— É. Não vai ser fácil. Mas você vai conseguir. E é por isso que eu gosto de você.

— Mas você quer encontrá-lo para que exatamente?

— Não sei se quero encontrá-lo. Gostaria somente de... sondá-lo.

A Hiena se instala na sala do fundo e automaticamente verifica se recebeu alguma mensagem. Como sempre, o Globe está vazio à tarde. É um café de bairro, durante o dia a gente cruza com jovens barbudos de jelaba e tênis esportivos fluorescentes, velhas alcoólatras de bom humor e uns comerciantes locais. Na hora do *apéro*, perto do happy hour, fica lotado de jovens bêbados decididos a ficar até que o café feche e impedir que os vizinhos durmam enquanto eles fumam na calçada.

A Hiena consulta as horas no celular, irritada com o atraso de seu interlocutor. Laurent Dopalet gosta que ela marque encontros em bares que pareçam exóticos, longe dos bairros que ele costuma frequentar. Ele sobe a Rue Sainte-Marthe na sua scooter, basta avistar três manos pra se sentir no Bronx. Eles sempre se encontram em lugares insólitos. Ele prefere que ninguém os veja juntos.

Ela renasceu profissionalmente nas redes sociais. Já faz um tempo que vive disso. Tudo aconteceu meio por acaso. Ela encontrou um velho amigo, Tarek, que comia sozinho numa pizzaria em Abbesses, e sentou pra tomar um café com ele. Haviam se conhecido quando ele trabalhava como jornalista numa revista mensal pornô, era o início dos anos 90, a indústria estava no auge. Tarek havia sido convidado para Cannes, para as grandes festas do Canal Plus, estava cercado de amigos atores. Todos o queriam em suas mesas, ele era o que tinha de mais chique. Depois que a internet explodiu, o mercado pornô sofreu uma revolução e Tarek, incapaz de encontrar emprego, aproveitou sua lista de contatos e se reinventou como assessor de imprensa para filmes tradicionais, nos quais ninguém teria apostado um centavo, mas era a década em que a cultura underground fazia muito sucesso e eles estouraram. Foi assim que ela o encontrou, em ótima forma, ainda frequentando Cannes, mas muito mais estressado do que quando escrevia artigos sobre os filmes de John B. Root.

Quando soube que a Hiena tinha bastante tempo livre — ela estava entre dois trabalhos —, ele propôs que ela o ajudasse num filme que estava divulgando, queria alguém que trabalhasse as redes sociais. Tinha grana na parada. Basicamente, o que ela precisava fazer era produzir um manancial de críticas positivas, fazendo-se passar por espectadores seduzidos espontaneamente. Demorava um bocado — mas naquela época dava para entrar dozes vezes consecutivas no mesmo site com identidades diferentes, desde que se criassem e-mails fictícios. A Hiena pisou na bola aqui e ali, mas Tarek se encantou pelo serviço dela. Ele não era besta — o filme tinha provocado reações animadoras, "pessoas de verdade" postaram comentários sinceramente positivos —, mas gostou de trabalhar com ela e preferiu continuar acreditando que todo aquele burburinho positivo era obra dela. Depois partiram pro segundo filme. E a Hiena logo sacou que tinha uma boa grana ali, mas talvez ficar escrevendo críticas positivas não fosse a tática mais lucrativa.

Ela comprou um repertório de identidades falsas de um antigo colega que tinha se enchido de postar comentários imbecis sobre temas imbecis. Comprou uns cinquenta pseudônimos — para serem verossímeis, as mensagens devem ser enviadas por internautas inscritos há muito tempo num site, e que tenham conta no Facebook e no Twitter. Que pareçam existir de verdade caso alguém se dê ao trabalho de procurá-los no Google. Quanto ao resto, o segredo era não ter medo de trocar de ip e rastrear quem diz o quê em que tom de um comentário a outro. Ela não opera com o truquezinho adolescente da ortografia cifrada — boto "k" em tudo e esqueço sistematicamente de fazer a concordância dos adjetivos. É sua única idiossincrasia, quanto ao resto, costuma fazer o que pedem. E faz tudo muito rápido, basta lhe entregarem duas ou três notas de cem, como na época da cocaína, com a diferença de que nesse caso a polícia pode investigar o quanto quiser, ela não guarda nada que possa lhe causar problemas, o máximo que faz é espalhar fel. Ela é capaz de acabar com um artista, um projeto de lei, um filme ou uma banda de música eletrônica, basta que a paguem. Sozinha, em apenas quatro dias faz o trabalho de um exército. Ela ampliou seu catálogo de falsas identidades e, sem querer se gabar, suas besteiras viralizaram rapidinho. Ela pode te arruinar em quarenta e oito horas: não conhece ninguém na praça, em Paris, com a sua eficácia. Depois a coisa avança por conta própria — os jornalistas leem o tuíte com os comentários e se sentem obrigados a discutir as merdas que encontram. Assim, qualquer coisa que ela postar vai perdurar como que inscrita em mármore. Pelos raros pedidos de campanhas positivas que ainda aparecem, ela contrata os serviços de antigos colaboradores — que impulsionam artificialmente o número de visualizações, dando "likes" —, e recebe valores ultrajantes; é semelhante a uma corrida atrás de ouro, ninguém sabe como fazer, mas todos querem uma pepita. É o trabalho mais idiota que ela já fez. Mas é bem pago se considerarmos a pouca dedicação que ele requer. Ela prende seus clientes pelas vísceras — pra quem tem grana para bancar seus serviços, arruinar a concorrência não tem preço.

Disparar um linchamento midiático é muito mais fácil do que alavancar um burburinho positivo — ela garante que sabe fazer os dois, mas o momento atual privilegia a brutalidade. O homem que agride é o homem que se faz ouvir — é crucial escolher um perfil masculino para maltratar alguém. O único som que acalma os descerebrados que assombram os corredores da internet é o do carcereiro quebrando os ossos de um detento. Três comentários elogiosos sobre o primeiro episódio de uma série e os internautas começam a desconfiar que estão sendo manipulados, trinta comentários cruéis e todos acreditam. E o parvo sempre pode se dar uns tapinhas no peito "a mim não enganam", e a partir daí já incorporou o que estavam querendo lhe transmitir. O desprezo se alastra que nem sarna.

Na aldeola parisiense logo se espalhou que aquela moça era pau pra toda obra. Sempre com discrição, as pessoas a convidam para um café em locais que em geral não frequentam, onde dificilmente serão vistas. Pedem para ela aprontar para um concorrente, um amigo, um adversário. Por duzentos euros ela pode quebrar uma perna virtual, pelo dobro, arruína uma reputação, e se o orçamento permitir, pode literalmente destruir a vida de alguém. A internet é o instrumento da delação anônima, da fumaça sem fogo e do burburinho que corre sem que ninguém saiba onde começou. Esse mala do Laurent Dopalet, por exemplo, que desde a véspera não para de telefonar, torra fortunas inimagináveis para que ela derrube a atriz que não correspondeu a suas expectativas, os colegas que têm ou que ameaçam ter sucesso, os sócios antigos que lhe deram as costas... Sua lista negra vai ganhando cada vez mais nomes e ela é sua bruxa vodu. Tornou-se indispensável. Encontram-se todos os meses.

Dopalet é totalmente voltado para si mesmo. Pode ser amargo, lúcido, às vezes engraçado, descontrolado ou alucinado — está sempre falando de si. E no entanto seu ego é frágil — a mais leve crítica o ofende, um arranhãozinho em sua reputação o deixa puto da vida. Se um colega é elogiado no rádio, ele toma isso por um modo insidioso de dizer que ele não passa de um merda. Dopalet lê jornais, assiste TV, acessa a internet, e sofre. Os atores são mais bem pagos. Os diretores são mais bem avaliados. Os distribuidores o arruínam. O público deseja sua morte. Todos recebem dinheiro público, menos ele. Todo mundo se diverte, todo mundo arrasa, menos ele, pobre homem, que trabalha como um mouro mas só leva porrada em troca. Tudo isso se passa num apartamento de duzentos metros quadrados com vista para o Sena, pois ele casou com uma mulher extraordinariamente rica, mas isso não o consola. Ele sofre. É um excelente cliente. A Hiena se tornou indispensável para seu equilíbrio, no qual ele investe valores insanos... O professor de ginástica, o psicólogo, o hipnoterapeuta, o professor de meditação, a massagista, o acupunturista, a magnetizadora, o osteopata disputam um butim mensal considerável, e pairam dúvidas se Dopalet encontra tempo para trabalhar, entre os finais de semana e as amantes. Ele entrega somas exorbitantes para a Hiena. De seus anos de traficante, ela ainda lembra que no fundo o viciado gosta que o vendedor seja durão. É isso que faz dele um semideus.

Ela se especializou no meio cinematográfico. Desse modo evita se sobrecarregar com campanhas políticas, que não são mais bem remuneradas e no fim acabam exigindo um esforço muito maior. Em 2014, só os profissionais se interessam pelos filmes. Ninguém mais quer perder dez minutos discutindo a movimentação da câmera, defendendo um suspense ou falando mal de um drama psicológico. Ela costuma trabalhar para atrizes. Nem todas são mesquinhas e interesseiras. Em geral são inseguras e dispõem de muito dinheiro. Boa dobradinha. Estão prontas a pagar por mensagens de amor, fotos, declarações fervorosas e depoimentos que atestem como são acessíveis e elegantes se as abordamos no café da esquina. Mas o grosso de seu trabalho consiste em fazer com que as concorrentes se digladiem por um papel que a contratante cobiça. Ou impedir que uma principiante ascenda rápido demais. Só por prazer. Os conflitos de interesse logo aparecem: pode-se aceitar uma cliente mesmo quando já nos comprometemos a destruí-la para uma outra? Claro que sim. Este é o terceiro milênio, baby, tudo é permitido.

Ela tem sua agenda. Um bloquinho preto escolhido pelo formato e pela maciez do couro falso, um objeto fácil de carregar. Ela o preenche de modo bastante enigmático para não ter problemas em caso de investigação. Para decodificá-lo é preciso dedicar um esforço totalmente desproporcional em relação ao interesse da coisa. Os números ao lado dos pseudônimos não existem, o prefixo 06 quer dizer que ela pode postar a partir de seu próprio computador, 01 que ela os envia da internet do café embaixo da casa dela, 04 que ela precisa mudar de bairro. Um número que termina com 3 remete a comentários banais do cotidiano, os que terminam com 7 equivalem a comentários sobre cinema. O segundo número corresponde ao ano de criação da identidade e assim por diante. Às vezes ela varia — mas os números falsos, decodificados, indicam os que ela pode usar. Não são códigos sofisticados o bastante a ponto de resistirem a uma investigação séria, mas se o olho examinador não estiver atento a coisa pode passar batida.

Dopalet, como de praxe, está trinta minutos atrasado, para ele a incivilidade é um princípio. Veste uma roupa de domingo, como quem vai passar a tarde jogando futebol de várzea com os filhos. Casaco de moletom esgarçado, um jeans que nem é do seu tamanho, mas é claro que, como sempre, dá pra ver que ele foi à manicure. Em geral chega sozinho. Hoje, porém, antes de atender uma ligação, ele avisa com um sinal que precisa de mais uns dois minutinhos: "Dessa vez é um tanto particular". A garota que o acompanha é o elemento mais interessante daquela aparição. Ela parece um hit de sucesso, uma música que toca no rádio, que você nunca ouviu mas reconhece de cara, uma música que sempre existiu, gruda na cabeça o dia todo, e você quer escutar sem parar. Bem, aí sim, valeu a pena vestir gorro e luva, enfrentar o dia cinzento e mexer a bunda até ali. A gostosinha se apresenta: Anaïs. A Hiena finge que não se perturbou.

Dopalet volta e senta, parece de mau humor. Os olhos são fundos, mas não a ponto de lhe conferir uma expressão rude, o nariz é bem arrebitado, com narinas largas e peludas, os lábios são finos, o corpo de modo geral parece flácido. É um homem atarracado. Mesmo quando está mais magro, anda como uma esfera, os braços separados do tronco. Anaïs toma a palavra. Ao escutá-la, Dopalet move o maxilar para um e outro lado e fita o vazio. Faz caretas em intervalos regulares para demonstrar que está acompanhando tudo e concordando.

Pelo que diz a assistente, parece que o produtor quer achar em Paris um "sujeito" de quem não sabe o nome nem o endereço. Só que esse "sujeito" teria dito a um outro "sujeito" — Xavier, a quem eles se referem como "roteirista" — que conseguiria uns teipes pra ele. O chefe quer ver esses teipes. Precisam encontrar o cara. Ele pesa uns cem quilos e tem a cabeça raspada. Por isso chamaram a Hiena. Ela olha fixo pra eles e pergunta se estão de brincadeira.

— E como vocês querem que eu faça isso?

— É exatamente isso que quero saber — responde a assistente estonteante, afastando as mãos em sinal de impotência. Dopalet começa a ficar incomodado, se agita na cadeira. A Hiena esfrega as pálpebras, sem tentar esconder o desconcerto:

— E que tipo de filmagem é?

Ela espera que a pergunta tranquilize Dopalet, que ele procure palavras para explicar que às vezes discute geopolítica com rapazes muito jovens e que pretende evitar que isso seja descoberto. A gente conhece o zé-povinho: não entende nada dos sofisticados desejos da sua equipe. É a assistente quem responde:

— Uma entrevista. Não sei se você já ouviu falar de um cantor chamado Alex Bleach... Parece que existe uma gravação em que ele pode ter sido manipulado...

A Hiena interrompe Anaïs e se dirige ao chefe, obrigando-o a olhar pra ela.

— Não tem nada a ver com o trabalho que eu costumo fazer pra você.

— Todo mundo sabe que você fazia isso antes.

— Mas agora estou em outra... e mesmo que essa ainda fosse a minha, lamento informar que esse troço não tem pé nem cabeça. Não vou perder meu tempo procurando um cara chamado Xavier em Paris...

— E que é roteirista...

— Se ele fosse de fato um roteirista que você tivesse encontrado numa festa, não ia ter que pagar alguém pra descobrir o nome dele... Ninguém conhece esse cara?

Anaïs retoma a palavra, comporta-se como uma estudante, toda empertigada e com a palma das mãos sobre a mesa.

— Eu liguei pra algumas pessoas que estavam na festa... mas não deu em nada. Acho que ele não frequenta nosso círculo de amigos.

— Vocês são uma dúzia de pessoas nesse negócio. Então ele deve ser tão roteirista quanto eu sou bordadeira. Conclusão: você está me dizendo que está atrás de um cara em Paris chamado Xavier, e que ele é gordo e careca. Perfeito. Acabei de ter uma ideia por onde começar.

* * *

Anaïs ergue as sobrancelhas, não gosta que falem com Dopalet nesse tom. Mas no fim das contas sua expressão significa que ela entendeu o conceito: é muito pouco como ponto de partida. Dopalet guarda o iPhone no bolso do casaco — se depender dele a reunião está chegando ao fim.

— Tudo bem que você não saiba por onde começar, mas posso te dar uma razão para topar esse trabalho: você dá o preço. Em segundo lugar, você não vai procurar "um Xavier qualquer" na cidade, mas um cara que foi bem próximo de Alex Bleach.

— Isso você não tinha falado.

— Do preço ou de Alex Bleach?

— Dos dois.

— Eles se conheciam. E o cara que tem as gravações encontrava ele até pouco antes dele morrer.

— Alex Bleach...

— Ele me detestava. Era quase uma obsessão. Uma obsessão ridícula. Não sei por quê. E olha que eu arrumava bastante trabalho pra ele... preciso me antecipar e descobrir o conteúdo dessa entrevista antes que ela caia na roda... e tenho ótimas razões pra acreditar que você é a pessoa certa para me ajudar.

Ele não sabe por que Bleach o odiava tanto... A Hiena olha pra ele com atenção: quantas vezes ele a contratou para que cuidasse do caso Bleach? Se a hostilidade de Alex era uma ideia fixa, pode-se dizer que era recíproca. Ela conhece a reputação do sujeito melhor do que ninguém — criminoso, violento, antissemita, investigado por alianças islâmicas e desvio de dinheiro público. Ela está na origem de toda aquela história, eles participaram de vários episódios. Se Bleach estivesse vivo, só faltaria tachá-lo de pedófilo. Ela conhece seu histórico de cor e salteado. Se Bleach soubesse quem era o responsável pelas campanhas hostis que o tinham como alvo, teria bons motivos para desejar a aniquilação completa do pequeno império Dopalet. Alex era um alvo perfeito — famoso o bastante para que qualquer besteira a seu respeito se espalhasse com facilidade, mas não tão protegido a ponto de que não fosse possível derrubá-lo. Os jornalistas sabiam como tirar proveito disso. Ele representava tudo aquilo do século passado que devia ser destruído, o que chamam de "pensamento único", aquele que procura barrar a brutalidade a partir de alguns pontos de ética, ou de algum esforço de generosidade... um pensamento único que não é defendido por mais ninguém da indústria do espetáculo, com exceção de três ou quatro beatniks exaltados como Alex Bleach. Dá pra contar nos dedos de uma única mão, eles lançam disco a cada cinco anos, o que é quase uma ditadura. A mídia partia pra cima de tudo o que pudesse ameaçar a imagem dele. Não se conformavam que aquele negão tivesse se dado tão bem. Sem contar que, com aquela cara de anjo e aquela voz de crooner, ele devia comer mais mulheres do que todos os editores da cidade de Paris. E não seriam as acusações de estupro ou de violência que fariam as meninas recuar, todo mundo sabe que as héteros adoram esse tipo de coisa. Agora que está morto, todos elogiaram seu talento, mas deu pra perceber certo alívio em cada obituário. Era um a menos. Alex Bleach fazia parte daquela ínfima minoria de artistas que não é filho de alguém do meio.

    Dopalet encara a Hiena nos olhos e diante de uma testemunha assume a mentira, como se Bleach nunca tivesse sido assunto entre eles antes.

    — Bleach me telefonava, me insultava, me ofendia por e-mail... cogitei prestar queixa, mas por causa da popularidade dele foi muito difícil... você é capaz de imaginar o que a mídia faria se descobrisse que ele estava perdendo o controle?

— E mesmo assim você nunca desencanou dessa história.

A insolência, mesmo em doses homeopáticas, é algo que ele não suporta. Ela pode ler em seus olhos "você não perde por esperar", mas por enquanto ele sabe que precisa dela. Levanta e, sem lhe dirigir o olhar, diz: "Quero que você resolva isso rápido".

Depois sai sem pagar a conta, sem se despedir, com o celular grudado no ouvido. Filho da puta. A Hiena se abriria de bom grado para a assistente, mas a única coisa que vê em seus olhos é o orgulho de ter um patrão tão seguro de si.

Sentada em posição de lótus na grande poltrona do escritório, Sylvie lê o horóscopo de Rob Brezsny, do *Village Voice*, do *Huffington Post*, do *Figaro Madame*, e o da Susan Miller. Ela faz isso há anos. Sua vida é regrada como um relógio. Agora vai precisar mudar tudo. Antes se levantava às seis da manhã, preparava um chá preto, ligava o computador e escutava rádio bem baixinho. Abria seus perfis no Facebook — tem três. Os dois falsos servem para postar comentários que ela não quer assumir com sua identidade real, para verificar a fidelidade de seus amantes ou preparar armadilhas para conhecidos. Criou o primeiro perfil falso para se vingar dos meninos que atormentavam seu filho na escola. Cumprida a missão, ela manteve o gosto pelas identidades mutantes. Às sete e meia já estava preparando o café da manhã de Lancelot, Nescafé e bagel tostado com cream cheese, e depois ia acordá-lo. Abria as cortinas e dava a largada no dia.

Lancelot ia para a faculdade e ela ia jogar no computador. Candy Crush, Ruzzle, Criminal Case — era assim que passava a manhã. Dedicava as tardes aos compromissos — pilates, manicure, hidroginástica, cabeleireiro... Dava um jeito de estar em casa quando Lancelot voltava, não gostava que o filho encontrasse a casa vazia.

Faz quinze dias que ele saiu de casa. Empacotou suas coisas cheio de entusiasmo. Justo ele, para quem era preciso pedir dez vezes para fazer uma coisa, mesmo a mais simples, até que enfim a executasse, bufando. Ele separou as roupas, empilhou os livros, jogou fora os papéis acumulados havia anos. Ela não precisou ajudá-lo em nada, sua eficácia doeu. O pior de tudo era sua alegria. Legítima, compreensível, previsível. Mas tão difícil de encaixar.

Quando o filho era pequeno, nada a consolava mais do que seus beijos. As lembranças da infância dele são tão nítidas que ela não se surpreenderia caso o flagrasse num banquinho atrás da porta da cozinha, fuçando no armário atrás de chocolate. Ela precisava esconder os doces no alto, senão Lancelot comia tanto que passava mal. Agora tudo isso acabou. Aquele corpinho que ela devorava de tanta ternura. Os pezinhos minúsculos, os edredons do *Dragon Ball Z*. Ficou mais difícil quando ele fez dezesseis anos. Nunca deixou de amá-lo, mas poderia tê-lo matado entre os papos de futebol e as merdas machistas e reacionárias que ele passou a falar com o passar do tempo. Sentia-se ferida e traída, eles sempre tinham se dado tão bem. Três anos de tensão, depois passou. Seu filho é de direita. No começo ela achou que era só para encher o saco, mas depois acabou aceitando: os jovens inteligentes não são mais necessariamente de esquerda.

Ele está apaixonado. Por uma nulidade, que dá uma de esposa mas não é capaz de tirar uma pizza do forno. A garota é cristã praticante. Que pelo menos não arranje um bebê logo de cara... Eles acharam um quarto e sala no $xix^{\text{ème}}$ arrondissement. Um bairro de uma tristeza tremenda, onde ninguém desejaria morar. Os dois pombinhos são supersensíveis às questões islâmicas e judaicas, então pode ser que se divirtam em Crimée. Lancelot mostrou o apartamento com aquela alegria imbecil que passou a exibir desde que se apaixonou. Ela sabe que é provável que ele se distancie dela. Os filhos não matam a mãe, eles a abandonam. Nunca foi tão generosa com nenhum outro homem, porque nenhum outro homem a fez tão feliz. Nem tão dilacerada, ao deixá-la.

Vernon veio a calhar. Tantas lembranças ressurgiram desde que ele chegou a sua casa. Quando visitava a loja, ele abria a porta do escritório, nos fundos, para que ela pudesse enrolar um baseado discretamente. Ela fechava a porta, preparava umas carreiras de heroína mas não mandava na hora. Não falava disso, no rock tudo era permitido, menos a melhor das drogas. Ficou limpa durante toda a gravidez mas teve uma recaída logo nas primeiras mamadeiras, e só quando Lancelot estava aprendendo a ler ela conseguiu parar de verdade, numa clínica de recuperação na Suíça. É difícil ser uma drogada exemplar, pouca gente consegue. Os bons drogados, assim como os bons alcoólatras, são os que sabem administrar o consumo. É um ponto de equilíbrio difícil de encontrar — controlar a substância que você adora porque ela te faz perder a cabeça. Ela pertencia a essa elite. Mas aos trinta anos percebeu que não bastava administrar a dependência: estava envelhecendo mais rápido do que os outros. Parou. Passados quinze anos, ela ainda sonha com as colherinhas, os traficantes atrasados, as dosagens do líquido. Não sabe como vai ser na menopausa. Se for tão difícil quanto costumam dizer, ela cogita voltar às drogas pesadas — agora que Lancelot saiu de casa e ela já perdeu toda a beleza —, por que não se divertir um pouco? Sempre sonhou com asilos para a terceira idade nos quais seria possível escolher o medicamento — MDMA, cocaína, haxixe, morfina ou crack... já que tudo estava perdido, por que não aproveitar?

Nos tempos de Vernon, Revolver escrito em letras vermelhas na fachada preta da loja. Era outra vida. Ela ainda não era mãe. Se naquela época alguém dissesse que um dia ela perderia a cabeça por Vernon Subutex, teria dado de ombros... Ela era encantadora, engraçada, todos os rapazes rastejavam a seus pés. Ela gostava do vendedor de discos, mas tinha outras prioridades. Preferia os músicos. As groupies têm má reputação, mas é só porque elas podem fazer o que os meninos desejam mas não se permitem: chupar a banda inteira dentro da van. Se Alex não tivesse morrido dias antes, talvez ela não tivesse dado uma chance a Vernon. O nome dele não lhe trazia grandes lembranças. Mas quando viu o link para o filme *La Brune et moi* no Facebook, ela deu um like e logo em seguida ele lhe enviou uma mensagem privada e ela achou gracinha. Quando soube que ele estava procurando um lugar para passar umas noites, primeiro ela se esquivou — meu filho acabou de sair de casa e eu vou começar uma reforma... Só que como Vernon tinha continuado a encontrar Alex, talvez ele pudesse ajudá-la a entender o que tinha acontecido.

Alex Bleach tinha sido uma experiência marcante. Ela nunca mais foi a mesma depois dele. Mas com o tempo passou a pensar menos nisso.

Estava convencida, porém, de que um dia voltariam a se encontrar, ele pediria desculpas e finalmente entrariam num acordo. Não fazia sentido terem sido tão próximos e ficarem sem se falar. Mas Alex estava morto, um final feliz estava fora de cogitação. Ela nunca poderia lhe dizer você sabe o quanto eu te amei, não guardo mágoas, mas esse amor assassinado, que terrível. Ele não responderia eu sempre lamentei que tenha acabado tão mal. Nunca fui tão feliz com uma mulher como fui com você. Ela não vai saber. Em que momento ele começou a mentir pra ela. Sylvie tinha certeza de que ele não a deixou por outra. Ele a deixou por uma carreira de heroína ou um cachimbo de crack. Foi embora porque ela nunca teria permitido que ele se destruísse como ele fez. Sua amante não tinha corpo nem número de telefone, nem libido, sua amante era a substância. Sylvie sabe muito bem como é essa paixão. Nada pode livrar a angústia como a droga, nenhuma mulher pode ser tão doce e confiável quanto a heroína.

Alex era o tipo de cara que se afundava na depressão quando lhe diziam que seu primeiro single tinha vendido cem mil cópias. Era um legítimo filho de operário, morria de medo do sucesso. Era um homem que tinha vergonha. Chamava isso de integridade. Tudo o que era sofisticado o feria. Convidá-lo para beber num hotel de luxo podia ser perigoso — clc chorava de raiva. Tudo o feria. Sylvie lhe havia ensinado o que ela sabia do mundo. Sentir-se em casa em qualquer lugar, não se deixar impressionar, nunca revelar sua intimidade.

Sylvie amou Alex sem nenhuma reserva. Entregou-se a ele sem nunca imaginar que ele pudesse traí-la. De qualquer modo, ser sua namorada só trazia vantagens. Tinha um lado divertido — passar na frente de todo mundo nas filas, flagrar os rostos se transfigurando quando entravam em algum lugar, só ter que dizer o nome dele para que os melhores quartos se liberassem... mas seu maior momento de glória era quando ele descia do palco e a procurava pra saber a sua impressão. Foi bom? Foi maravilhoso. Enquanto ela não desse a sua opinião, a opinião dos outros — os aplausos de uma sala lotada no Zénith — não tinha a menor importância. Ser indispensável para ele era uma droga pesada. Ela adorava o paredão de flashes, o ciúme daquelas garotas lindas, os berros dos jornalistas, a atmosfera de exceção e perigo. Nunca reclamou da sua posição — sempre fingia não ouvir as críticas desprezíveis dirigidas àquela que foi alçada a favorita do herói do momento. Nunca poderia imaginar que o status de "oficial" atrairia tanta hostilidade — as pessoas em torno de uma estrela discutem por qualquer tipo de coisa e só concordam num ponto: a namorada não faz bem pra ele. Ela serrava os dentes e sorria, ignorando os rumores e as críticas cochichadas no ouvido do príncipe. Estava ali para apoiá-lo. Ele chorava de soluçar desde a hora que acordava, e ela reunia toda sua força pra botá-lo de pé, como um treinador de boxe se agitando em torno do lutador. Nunca se viu monstro tão frágil quanto ele. Ninguém poderia imaginar que aquela besta-fera arrogante que destruía todos os palcos da França se transformava num filhotinho agonizante quando se afastava das luzes do palco.

Ele desapareceu de um dia pro outro. Terminou com ela deixando um recado na caixa postal. Ela descobriu o rosto da nova namorada nos jornais de fofoca. Nunca mais se viram. Nunca entendeu o que aconteceu. Teve que inventar sozinha uma história plausível que lhe permitisse passar para uma nova fase. Fez o que pôde — quando a pessoa é jovem, ela acredita que o tempo cura: no seu caso, teve que aprender a se amputar para sobreviver.

Aos poucos passou a pensar menos em tudo aquilo. Até a morte de Alex. E daí Vernon Subutex reapareceu. Foi tudo muito natural. Ela entendeu o que ia acontecer assim que abriu a porta. Mas nunca imaginou que tudo acontecesse tão rápido. Logo na primeira noite ele foi para o quarto dela, e quinze dias já haviam se passado. Desde então não se desgrudaram mais.

Essa noite Sylvie recebe umas amigas para um jantar que já estava marcado havia algum tempo. Vernon deu o fora assim que ficou sabendo. Não queria se envolver. Pegou a mala e disse que precisava encontrar um amigo, só voltaria no dia seguinte. Deu risada quando insistiu para que ele voltasse pra dormir com ela e lhe perguntou a que horas poderia voltar. Deu-lhe um longo beijo antes de sair. Ela se derrete toda só de encostar nele. Fazia muito tempo que não sentia algo parecido. O sabor do couro e da blasfêmia, do homem selvagem e perigoso. Vernon é doce, Vernon a fode divinamente, Vernon é um pouco estranho. Vernon tem tudo que a agrada. Ela desce pra pegar um táxi em direção à Place d'Iéna. A embaixada da Somália está cercada, como sempre, a fila se estende pela calçada. A torre Eiffel parece tão perto que daria para tocá-la bastando esticar a mão. Se sente enjoada ao entrar no carro, que cheira a homem sujo. Tecla mensagens carinhosas para Vernon em seu Samsung. Ele não responde imediatamente. Ela se inquieta. Havia esquecido a que ponto a pessoa se torna idiota quando está apaixonada. Sol de inverno no fim da manhã, o bairro da Madeleine está deserto, as ruas são gigantescas e Sylvie não se cansa da beleza da capital. Ela nunca morou no exterior por muito tempo — alguns meses em Nova York, algumas semanas em Los Angeles, ela adorava os Estados Unidos, como todo mundo, nos anos 80. Mas quando volta o entusiasmo não é o mesmo — o Onze de Setembro anunciou o fim da brincadeira. Adora Roma, ama Londres e se diverte na Andaluzia. Mas nada se compara a Paris. Sylvie observa de longe, pela janela do táxi, três meninas andando lado a lado. Três ciganinhas. Ela vê quando uma delas enfia a mão na mochila de uma japonesa, a cena acontece longe demais para que ela possa fazer alguma coisa. Passa em frente à Marcolini, um grupo de russas filma os chocolates. Na Printemps, ônibus abarrotados de turistas despejam grupos de chineses aos montes. Ela não passeia mais entre as prateleiras de luxo das lojas de departamentos.

Na seção gourmet das Galerias Lafayette ela compra uma caixa enorme de doces Sadaharu: sabe que essa noite elas vão trocar olhares meio jocosos meio escandalizados ao flagrarem Laure devorando um por um. Como se a sua bunda já não fosse grande o suficiente... Se Laure vai jantar na casa dela, Sylvie a dirige discretamente para o sofá, com medo que seu traseiro imenso estrague sua linda poltrona. Quando falam sobre homens, Laure participa da conversa como se fizesse parte do grupo. Mas com um rosto tão feio e seus modos de caminhoneira, o etilismo vigente é a única chance que ela tem de trepar de vez em quando. Deve ser horrível ter um físico que nenhum regime, nenhuma musculação ou intervenção cirúrgica seja capaz de tornar desejável.

Marie-Suzanne provavelmente vai monopolizar boa parte da noite lendo as mensagens que recebe de Bernard. Faz tempo que mantém uma relação adúltera com aquele velho charmoso, e ela salva todos os e-mails e mensagens de texto para que as amigas disputem a melhor interpretação. Elas evitam dizer o que todas já sabem: querida, ele está te passando pra trás, está na cara que ele traça qualquer coisa que cruze o caminho dele.

Quando Sylvie descreveu suas amigas para Vernon, ele a interrompeu com um gesto e cantou "Stop! In the name of love!", depois perguntou: "Mas você realmente gosta de alguma delas?". Ela é uma vaca. É parisiense. O que mais gosta nas amigas é poder destruí-las assim que viram as costas. Se o papo não for ácido, seria difícil que alguém se interessasse. De certo modo, é conveniente que Vernon não fique. Ela quer contar que tem um novo amante, que ele está hospedado em sua casa porque mora em Québec atualmente — diante das amigas, vai fingir que acredita nele, mas no fundo sabe que ele está mentindo. Vernon não conhece nada do Canadá. Ela suspeita que tenha sido expulso da casa da ex-namorada e acabou inventando uma história para ser hospedado por alguém... Ele vai contar a verdade quando se sentir mais seguro. O que também não é tão grave, os homens estão sempre mentindo.

Ela pode apostar que, assim que chegarem, as meninas vão falar: "Nossa, você está ótima!". Porque isso se vê — uma boa trepada é mais eficaz do que uma sessão de talassoterapia, então depois de quinze dias de sexo frenético pode-se dizer que ela rejuvenesceu uns dez anos. Realinhamento instantâneo dos chacras. Sylvie vai lhes dizer que ele tem mais ou menos a sua idade — ela sabe, pois alguém ventilou discretamente, que aquelas vacas acham que ela prefere sair com homens mais novos porque morre de medo de homens maduros... é simples: se uma delas estivesse saindo com Brad Pitt as outras desdenhariam, alegando que ele não é nem a metade do que foi um dia. Mas o que quer mesmo é deixá-las loucas de inveja com seu amante roqueiro, selvagem e amoroso.

Ela vai esperar que todo mundo já tenha chegado, vai deixar as amêndoas torradas bem na frente da Laure, e assim que as meninas começarem a se impacientar — e aí, conta pra gente, por que você está tão radiante? Ela vai dizer que ele é apaixonado por ela desde os vinte anos mas que passou todo esse tempo tomando coragem pra se declarar. Achava que ele tinha envelhecido superbem, e ela estava a fim de aproveitar a vida de solteira agora que Lancelot tinha ido embora, nossa, meninas, só posso dizer que nunca me comeram tão bem, impossível não me apaixonar.

O que de certa forma era verdade. Ele manda bem na cama. Tem pegada, mas também tem o defeito dos caras que já cataram muita mulher, quem transou demais acaba perdendo o feeling. O que esses caras ganham em técnica perdem em intensidade. Mas ela não vai tratar desses pormenores. Em vez disso, vai apresentar a teoria do relógio biológico: a partir de um momento, o corpo entende que só restam alguns anos de esplendor e então ele se abre para os últimos fogos de artifício — ela tem gozado como nunca antes. Pelo menos é isso que ela vai contar.

Achou legal que Vernon não tenha querido ficar, pelo menos ela pode desfrutar da profunda falta que sente dele depois de apenas algumas horas de ausência. E ela se sentirá mais confortável se tiver tempo de levá-lo a um dentista para uma limpeza radical antes de apresentá-lo a quem quer que seja. Fora isso, tudo está em ordem. Ele é bem-apessoado e sua conversa é dotada de certo charme. Da próxima vez que organizar um jantar entre amigas ela se dará ao luxo de apresentar o animal.

Mas vai ficar bem esperta. Porque ela mesma já traçou a maioria dos namorados das amigas. O cara tem que ser muito asqueroso ou ter graves problemas de higiene para que ela nunca tente alguma coisa. O que pode ser mais excitante do que o namorado de uma amiga? Sobretudo quando eles parecem felizes juntos. Uma chupada no elevador cura qualquer inveja provocada pela felicidade alheia.

Sylvie para diante da vitrine da Eres, o conjunto de lingerie de cetim amarelo bordado chama a sua atenção. Não foi de caso pensado, mas lhe parece decente comprar uma roupa íntima que nunca vestiu pra nenhum outro. Não tirar a pessoa da cabeça. Seus gestos quando eles trepam. A ideia da coisa é quase mais impactante do que a coisa em si. Um calor, constante, de fundo, imagens sem pudor, ainda mais excitantes agora que a acompanham pela rua. Há quanto tempo não tinha um caso com um homem que a interessasse e que estivesse realmente disponível? Há quanto tempo não planejava uma viagem com um rapaz que não fosse seu filho? Vai propor que eles passem uma semana na beira da piscina do Château Marmont, pelo menos ele vai entender do que ela está falando. Alugar um carro, passear com ele por Amoeba. Os homens sempre dão a entender que detestam ser cuidados, mas sua experiência tem provado o contrário. Eles adoram ser mimados pelas mulheres com quem estão saindo. Uma fantasia de gigolô, talvez, mas de qualquer forma eles amam ser paparicados.

Ela escolhe várias combinações e se tranca no provador. Um mês atrás, experimentava roupas o mais rapidamente possível, mas o desejo de Vernon a reconciliou com sua imagem. Hoje ela se acha uma linda mulher quando se vê com a lingerie de cetim. Seus esforços foram finalmente recompensados. O bíceps e o peitoral estão musculosos, o peito, empinado. A barriga está impecável, os glúteos volumosos parecem firmes, as panturrilhas, esculpidas, deixam os tornozelos mais finos. Sylvie vira de costas e se olha no espelho — uma bela fêmea. Ainda não está preparada para encarar o rosto por muito tempo. As primeiras aplicações de botox foram milagrosas mas não duraram muito. O aplique no cabelo ajuda a disfarçar a apatia do rosto oval. Ainda não fez nenhuma intervenção mais pesada. Só daqui a dez anos.

Quando a gente é jovem, não conhece a crueldade do que inevitavelmente vai acontecer. No entanto a pessoa sabe. Mas não se dá conta. Como todas as garotas, Sylvie pensava que sua beleza era uma qualidade que lhe pertencia: ela envelheceria mas continuaria linda. Estar presa em sua própria pele passou a ser uma tragédia, uma terrível injustiça da qual ela não pode se lamentar com ninguém. Durante muito tempo acreditou que os exercícios dariam conta do recado.

Isso acabou num verão. Estava embaixo do chuveiro para se refrescar do queimado de sol e retirar o sal do corpo. Ao se enxugar, levou um susto ao sentir um pouco de areia sob os seios. Depois se apavorou com a comprovação do fato. Ficou estupefata, transpassada por uma flecha invisível. Direto no coração. Tinha acabado de se dar conta: uma vez que eles caem, é preciso levantá-los para lavá-los. Lembrou do teste do lápis — quando era pequena, as mulheres falavam: se um lápis posto sob o peito não cair, já era. Ela encarou seu reflexo no espelho embaçado — fazia tempo que não se via nua. Sempre de lingerie ou de maiô. Foi assim que começou. E o verão em questão não foi o ano passado.

Hoje, no entanto, ela vai aproveitar aquele corpo: eles vão se agarrar com um furor diferente de quando ela era jovem e desconhecia a urgência do que lhes restava a aproveitar.

Quer estar com Vernon o tempo todo. Acaba se arrependendo por não ter cancelado o jantar com as amigas — quando solteira, a pessoa fica repetindo que nunca mais vai querer passar as vinte e quatro horas do dia colada a alguém, que a fusão não existe e deve ser desprezada, mas a gente só a despreza quando acontece com os outros. Sylvie tira várias fotos, em diferentes combinações, sob ângulos convenientes, pelo menos dessa vez a luz joga a seu favor. Antes de passar no caixa, envia por inbox os melhores cliques. Depois escreve: "Na verdade eu queria muito te encontrar na minha cama hoje à noite, eu deveria ter te deixado as chaves. Tem certeza que não quer voltar pra casa?". Ela quer a bunda dele, suas mãos, suas piadas, quer assistir TV com ele, quer sentir seu perfume, quer sua pegada... Não sabia que estava pronta para uma história dessas.

Ela tem que largá-lo, pelo amor de Deus, ela tem que largá-lo! Está ouvindo Johnny Cash no fone de ouvido e tomando uma cerveja. Respira. Ele a suportou por dez dias consecutivos. Aquela mulher fala desde que acorda. Monopoliza todo o ar. Na primeira noite ele achou aquilo fofo, mas logo percebeu que ela grasnava, empoleirada no seu ombro e atenta a qualquer gesto dele. Sem chance deixá-la buzinando e pensar em outra coisa. Ela não suporta que os outros se distraiam. Não suporta muita coisa. Ele fuma demais, come mal, tem um humor duvidoso, está engordando, passa tempo demais no banheiro, não leu o suficiente... e quantas cervejas você já tomou?, então quer dizer que você fuma desse jeito e não quer abrir as janelas, vai, fecha logo essas janelas, está muito frio, você faz muito barulho e eu não consigo dormir, então você é incapaz de pôr seu prato na pia depois de comer... O quê? Agora você está ouvindo essa merda? Você gosta desse Stromae? Preciso te apresentar meu filho, assim podem ouvir juntos essas merdas. Me ajuda aqui, estou cozinhando, fica aqui na cozinha, você pode descascar isso e levar o lixo pra fora, e você sabe como consertar um armário? Não? E aquele sorrisinho irritante dela, ah, os homens, tudo igual: não servem pra nada. E aqueles trejeitos de menininha quando vem beijá-lo — tenha dó, você tem cento e sete anos, para de imitar criança quando vem me beijar, e por favor para de me beijar o tempo inteiro, não sou seu ursinho de pelúcia...

No começo ele levava na brincadeira. Queria muito acreditar que ia dar certo. Quando chegou, flertou com o pânico: ela era estonteante, parecia saída de um filme do Hitchcock, vestido preto clássico abaixo dos joelhos, salto alto e cabelo preso. Ele logo sacou que eles iam transar e ficou com medo de não estar à altura. Sylvie tinha sido uma das grandes fantasias da sua juventude. Vernon achou o apartamento dela um tanto quanto deprimente: tapete espesso, detalhes dourados, quadros de paisagem — um jeito de casa de tia conservadora em meados dos anos 80. Mas tinha um sofá confortável e uma tela de TV gigantesca. O dinheiro faz bem para as mulheres, e os leves estragos do tempo a deixavam ainda mais sexy, com certo toque de vulnerabilidade. Ela cruzava e descruzava as pernas olhando-o de modo oblíquo, morria de rir de cada coisa que ele falava, inclinava-se para ouvi-lo com um ar apaixonado. Ele tinha esquecido como as pessoas se sentem vivas nesse tipo de situação: quando você percebe que alguma coisa bateu e que todos os gestos vêm confirmar essa impressão. Sentiu as veias incharem com uma euforia estranha e característica: a deliciosa embriaguez que antecede a primeira transa.

Sylvie tem uma memória de elefante. Vernon ficou lisonjeado por ela se lembrar das festas e dos shows em que eles tinham se cruzado. Sylvie o consolava de uma tristeza de cuja intensidade ele desconhecia. Não tinha se dado conta do quanto estava se sentindo sozinho nos últimos tempos. Ouviram John Lee Hooker e Cassandra Wilson. Rolou alguma conversa sobre Alex, ela ficou mexida com a morte dele, ele percebeu que ainda era uma história dolorosa para ela e teve o cuidado de não mencionar que Alex raramente falava dela, que ela não tinha sido uma das garotas que o marcaram. Depois ela disse: "Está tarde, você deve estar com fome, vou ver o que tem na cozinha". Vernon levantou para procurar Thee Oh Sees no iPod — eles ficaram cara a cara, ela avançou um passo, ele se inclinou em sua direção e até as quatro da manhã nenhum dos dois pensou em jantar.

Na primeira noite foi um êxtase. Ele a despiu lentamente, entre dois abraços. Seus gestos eram sensuais, em câmera lenta. Ele descobriu uma pequena pantera-negra tatuada entre o umbigo e o púbis dela. Suas peles entraram em harmonia, a voz de Sylvie ficou mais rouca no escuro. Fazia anos que Vernon não transava — levantou para pegar um cigarro e vislumbrou seu reflexo no espelho da porta de entrada: estava sorrindo como um pateta e nem tinha se dado conta. E o mais divertido é que era incapaz de segurar o sorriso. Sentia velhas forças ressurgirem.

Eles se davam bem. Havia um lugar pra ele naquela casa. Ela gostava de cozinhar pra ele, ele adorava sua cama gigantesca, a latinha vermelha em forma de coração cheia de maconha, ela gostava que ele escolhesse a música, que se encarregasse do controle remoto e decidisse o que assistiriam na TV, eles gostavam das mesmas séries e passaram alguns dias abraçados, com as cortinas fechadas. Ele tinha a impressão de que ela vinha curar suas feridas e que ele poderia cuidar das dela. Ele a maltratava com carinho, manipulava seu corpo, sentia que ela fingia cada vez menos e gozava cada vez mais. No entanto sabia, por experiência, que se deve desconfiar das mulheres que sentem necessidade de repetir dez vezes por dia que gostam de homens. Em geral isso esconde algo sinistro.

Mas muito rapidamente esse bombardeio desenfreado de opiniões negativas acabou com ele. O espírito crítico de Sylvie, que a princípio o divertiu, aos poucos foi aniquilando seu bom humor. Só algumas coisas bem antigas — os filmes de Billy Wilder, a música de Coltrane ou os romances de Flaubert — não provocavam a hostilidade dela. E algumas marcas de luxo. No mais, não importava qual era o assunto, e sem nunca fechar a boca, ela despejava uma lista de impostores, hipócritas, imbecis, arrivistas, idiotas e falsos talentos... Vernon passou a se trancar no banheiro. A cada meia hora, em busca de um pouco de tranquilidade — mas ela colava na porta e continuava a importuná-lo. Ele não ousava se mexer — o terror de ser repreendido travava suas costas. Vernon se levantava às seis para conseguir tomar um café tranquilamente antes que ela surgisse.

 Não que Sylvie seja apenas negativa como uma chuva fina que te congela o dia inteiro: ela pode ser realmente ameaçadora se contrariada. Certa tarde, quando estava aos prantos depois de visitar o filho no novo apartamento porque achou péssimo ser tratada como uma desconhecida, Vernon tentou ponderar: "Sei, mas você lembra como gostávamos de encontrar nossos pais quando tínhamos a idade dele?". Ela o olhou com uma cara deformada de ódio, depois começou a xingá-lo pesado — o que ele sabia sobre a maternidade? por que tinha que meter o bedelho? — antes de lhe dar uns pontapés e ele sair do quarto. Ele esperou que ela se acalmasse e foi vasculhar o armário de remédios no banheiro, no qual já tinha visto alguns ansiolíticos. A partir daquele dia, toda manhã tomava um comprimido ao escutá-la se levantar. Vinha-lhe à mente a lembrança do blog de uma garota que contava que tomava meio Lexotan antes de cada sodomia. Nunca mais opinou sobre nada. Sylvie havia estabelecido um ritmo: alternava fases de euforia amorosa com crises insanas de agressividade, depois pedia carinho e sexo como se nada tivesse acontecido. Vernon se adaptava a suas exigências com a sensação cada vez maior de estar se acovardando, fingindo cordialidade para evitar dor de cabeça. Contava as estocadas do sexo pensando em como proteger a lombar — as trepadas passaram a ser um suplício, mas era o único jeito de fazer ela calar a boca por cinco minutos.

Trancado agora em seu quarto de hotel, quarenta euros a noite, Vernon pode enfim respirar. Ele age como se estivesse em casa. Entra nos sites de jornais e toma nota dos nomes de todos os discos resenhados, que depois ouve bebendo cerveja. Ninguém diz: "Quantas cervejas você já entornou hoje?" ou "Não vai pôr as meias sujas em cima da cama, hein?".

Falta pouco para recuperar suas coisas. Não conseguiu conversar sobre isso com Sylvie. No início ficou esperando o momento apropriado, depois entendeu que se ela o ajudasse com grana seria como se tivesse adquirido um cãozinho: nunca mais tiraria sua coleira. Se pergunta se os oficiais de justiça acomodaram suas coisas em caixas de papelão ou se guardaram tudo em sacos de lixo... Toda sua vida material, o pouco que possui — as facas Laguiole que trouxe da casa da mãe, as panelas que comprou na Ikea certa vez que o levaram até lá, o edredom de penas de ganso verdadeiras que o acompanha desde os trinta anos. Esses objetos que ele limpou, preservou, usou. E os papéis, que passou a vida inteira organizando. Algumas fotos. O título de eleitor. Jamais utilizado. As cartas pelas quais ele nutria apreço. Tudo nas mãos de outra pessoa, mãos que não eram nem hostis nem bondosas, mãos cuja função era liquidar a vida dos endividados. É estar morto em vida, o passado confiscado. Está tão vulnerável que se sente ligado a essas coisas por uma corda invisível, de modo que, caso se dispersem, ele poderá se dissolver no espaço.

Se tivesse aberto o jogo sobre sua situação, Sylvie poderia ter arranjado mil euros, tão fácil quanto ele compra um café macchiato. Mil euros no mundo de Sylvie equivale a um par de sapatos. Uma bolsa custa mais. Ela vive dizendo "eu não ligo pra dinheiro" como se isso fosse uma qualidade excepcional. Dinheiro, no entanto, nunca lhe faltou — ela ficou com o apartamento do divórcio, ganhou uma pensão alimentícia equivalente a dois salários mínimos e continua torrando a grana das propriedades administradas pelos pais. Quem não iria se lixar para o dinheiro nessas condições? Vernon também seria um poeta convicto se não tivesse de pagar aluguel.

Ele poderia escrever no Facebook "Meu amor, estou pensando em você, quero muito te ver", deixar Sylvie em banho-maria e reaparecer no dia seguinte com dois croissants, fazer cara de arrependido e confessar: "Eu menti pra você, não tenho onde morar e não tive coragem de te contar". Depois, era só deixar acontecer. Ela ia cuidar de tudo. Discretamente ele botaria no lugar uns livros da Pléiade que tinha pegado emprestado, bem como o relógio de ouro que provavelmente pertencia ao filho. Enquanto ela estava no banho, ele apanhou o que pôde antes de ir embora. Inventa uma história para se tranquilizar e promete comprar tudo de novo assim que possível. Ele se justifica: não foi premeditado. Ela comentou sobre o jantar e ele logo entendeu que daria o fora, se viu na rua sem nenhum centavo no bolso, por isso passou a mão em duas ou três coisas. Um ato de vingança mesquinha. Mas pragmática: ele vendeu os cinco volumes na livraria Gibert Jeune, dois Stendhal e três Karl Marx: cem euros. Cash. A baixeza do gesto não se comparava ao prazer que experimentou ao descer o boulevard Saint-Michel à procura de um hotelzinho onde pudesse passar uma noite tranquila. Está se virando.

O quarto de hotel com wi-fi mais barato fica atrás da Bastilha. Ele conhece aquela rua. Céline morava lá. Era o verão de "Groove Is in the Heart". Céline era louca, não podia beber mas bebia todos os dias. Antes que o botasse na rua aos berros porque suspeitava, com razão, que ele havia xavecado outra mulher na sua cara — coisa que ele nunca admitiu —, eles tinham passado um verão bem divertido juntos. O bairro ainda estava abandonado. Iam diariamente ao cinema. Céline era projecionista, tinha uma carteirinha que dava direito a entrar com um acompanhante em qualquer sala. Fazia muito calor, eles procuravam aquelas com ar-condicionado. Adoravam a sala com tela grande na Place d'Italie, mas os melhores filmes não passavam lá. Ela adorava Carax e Téchiné, ele preferia Scorsese e De Palma. Vernon nunca mais pensou em Céline. Ela e seus peitos maravilhosos.

 Ele encontra três mensagens em sua caixa postal de uma jornalista, Lydia Bazooka, que não julgou necessário esperar quarenta dias para mergulhar na biografia de Alex. Os abutres se aproximam do cadáver ainda quente, reservam os melhores lugares antes do alvoroço da comilança. A tipa está entrando em contato com todo mundo que conheceu Bleach e Vernon fica surpreso que ela já o tenha localizado. Ele nunca apareceu nas fotos oficiais. Como muitos da sua idade, Alex ficou marcado pelo cometa Cobain. Repetia sempre que o ideal, para a indústria do disco, era trabalhar com um cantor morto. É por isso que os empurram com entusiasmo para a sepultura. Lydia Bazooka lembra que Alex costumava citar a Revolver em suas entrevistas. Quando a loja ainda existia, isso era útil para divulgação, ainda que o efeito fosse passageiro. Pensando agora, era estranho Vernon não ter percebido como Alex tentou apoiá-lo, ele nunca entendeu o gesto como uma coisa legal, mas sim como uma afirmação de poder. A jornalista é insistente. Dá vontade de mandar à merda. A morte lhe desperta uma ternura que não sentia havia muito tempo. Resolve não responder, mas em seguida muda de ideia e envia: "Aposto que você está ganhando uma bufunfa pra mijar no túmulo dele". Ela faz isso pelo prazer de assinar seu nomezinho num livro, e acha perfeitamente legítimo explorar o que cai em suas mãos.

Vernon espera que ela se ofenda ou tente se justificar. Ela responde imediatamente: "Costumo ser mal paga, não se preocupe. Venha aqui em casa pra gente conversar, eu te pago um café pelo deslocamento". E como ele demora para responder, ela acrescenta: "Adoro os teus olhos nas fotos, adoraria vê-los pessoalmente". É engraçada. Ele procura fotos de Lydia Bazooka no Google e só encontra duas. Baixinha, o nariz arredondado e muito largo, cabelos finos e pele branca. Mas ela compensa na apresentação, decote profundo, unhas compridas e uma saia bem curta. Uma pinup esforçada, que dá o máximo de si. Perfeita. No caso dela, a feiura se transforma em vantagem, os esforços que faz são comoventes. Ele pergunta onde ela mora.

Na internet encontra vários artigos que ela publicou sobre Alex. Sua abordagem é precipitada, mas é mais legítima do que ele poderia imaginar. Uma autêntica fã que acompanha Alex desde o início da carreira. Em suas buscas, ele se depara com uma infinidade de textos em homenagem ao cantor morto. Agora o assunto já é outro, não se fala mais dele nas redes sociais. Mas nos três dias que sucederam sua morte, todos tinham algo a dizer. Alex foi entregue a mandíbulas que mordem o vazio e produzem palavras que ninguém lê.

Depois se interessa pelas mensagens afetuosas enviadas por Louis, um antigo cliente da loja de quem não se julgava tão próximo. O cara escreve com um entusiasmo suspeito — Vernon lembra de um menino jovial e mal-humorado, uma coisa não exclui a outra. Fica preocupado com os posts na página dele, clipes e fotos de GBH, Exploited e Kortatu... Quantos anos deve ter agora? Quarenta? Quando percebe que Louis está morando em Cergy-Pontoise, decide manter a conversa num tom cordial, sem lhe contar que não tem onde cair morto. Louis é livreiro, gosta de livro policial barra-pesada e de dar sua opinião sobre o mundo. É apaixonado pela Síria, está convencido de que Baschar al-Assad é vítima de uma propaganda asquerosa do Ocidente, orquestrada entre Israel e Washington pela famosa frente comum judaico-franco-maçônica. Pertence a uma extrema esquerda virulenta, claramente envolvida com o lado obscuro da força. O que mais fascina Vernon, de Xavier a Sylvie, passando por Louis — que não têm muita coisa em comum —, é que eles não duvidam de nada. Perfeitamente conscientes de que ninguém concorda a respeito de nada, poderiam se perguntar o que vão fazer com essa explosão de lucidezes contraditórias. Ao contrário, a adversidade parece reforçar a convicção de que estão certos.

O Facebook de hoje não tem mais nada a ver com a farra divertida da qual Vernon havia participado cerca de dez anos antes. Ninguém sabia se se tratava de um gigantesco fodódromo, de uma balada, de um depósito de todas as memórias afetivas do país. A internet inventa um espaço-tempo paralelo onde a história é escrita de modo hipnótico — num passo muito rápido para que o coração insira uma dimensão nostálgica. Quando menos se espera, já estamos em outra paisagem. Vernon repassa seus contatos como se estivesse percorrendo um cemitério, os últimos ocupantes não passam de zumbis furiosos que vociferam como cobaias engaioladas, esfoladas vivas e tratadas no sal grosso.

A única diversão nessa galeria de horrores continua sendo Lydia Bazooka. Vernon acaba com um pacote de chips, abre uma cerveja e procura alguma coisa para assistir na televisão. Já sabe que vai deixar Lydia em banho-maria. Se respondesse de imediato, a agradável tensão erótica que se forma entre eles iria se desfazer na hora, como um elástico desgastado. Ele bloqueia Sylvie, que não para de enviar mensagens cada vez mais preocupadas e histéricas. Espalha migalhas por todo lado e pensa em Sylvie, que estaria aos gritos se o visse fazendo aquilo, e o aniquilaria com ameaças e palavrões, para depois se aninhar em seus braços como uma menininha que quer ouvir eu te amo. Ele se sente bem sozinho. Tem como pagar uma segunda noite, sem contar que com o relógio que ainda não vendeu ele terá abrigo por mais alguns dias. A pequena Lydia Bazooka terá que esperar.

I fink u freaky and I like you a lot — o som de Die Antwoord toca baixinho, ao fundo. O bar está cheio. Na tela do celular, trincada por uma queda, sendo que ela havia acabado de consertá-la, Lydia acompanha simultaneamente as atualizações do Instagram, do Facebook e do Twitter. É uma compulsão. Infobesidade. Esta noite, em especial, está esperando uma mensagem de Vernon Subutex. Coisa de trabalho. Ele meio que aceitou encontrá-la. Mas não é por causa de trabalho que ela está tão animada. Quer ficar com ele quer ficar com ele quer ficar com ele, e não é coisa da sua cabeça: ele também está flertando. Ela passou quarenta e oito horas colada na sua página do Facebook — um simples like tinha efeito de um movimento pélvico, um comentário era equivalente a um orgasmo, cada inbox a deixava em êxtase. Não tinha nada de explícito nas mensagens deles, mas Lydia poderia jurar que estavam na mesma sintonia: sexo sexo sexo. Mas desde ontem, sábado, ele mal apareceu no Facebook para deixar um like rapidinho. Fica espionando o perfil dele, curiosa para saber o que está aprontando. Torce pra que ele não mude de ideia. Além de se sentir excitada, precisa encontrá-lo pra falar sobre o livro. Porque neste momento, no quesito trabalho, ela não tem nada garantido.

Na mesa a conversa gira sobre as operadoras de telefone, todos têm uma história desastrosa com a central de atendimento — e zoam dos sotaques dos técnicos. A escalação não é a ideal. Lydia não gosta de ser vista com pessoas que não admira. Ela não acredita mais nas relações confortáveis, nem na superioridade de um Nike sobre o salto agulha. Os tênis podem ser mais confortáveis e melhores para as costas, mas um par de salto agulha causa muito mais impacto. O mesmo ocorre com as amizades: se, quando vistas de fora, as pessoas não te fazem sonhar, então você não está na mesa certa. Ali, por exemplo, ela não passa de uma tipa qualquer sentada entre anônimos malvestidos. Impossível ser valorizada.

Mensagem de Cassandre — eles estão no Mécano. Como sabe que a informação não basta para que Lydia mexa a bunda e se junte a eles — e já que quer que ela vá porque supõe que tenha cocaína ou pelo menos o telefone de um traficante —, Cassandre insiste com uma segunda mensagem: "Paul acabou de chegar. Sozinho".

Certo. Lydia bloqueia o iPhone e o guarda no bolso externo da Balenciaga que sempre deixa no colo, sua única bolsa de grife lhe custou um rim, se manchar ou se alguém a roubar ela é capaz de se imolar.

Ela não tem cocaína. Seu traficante ainda está de férias. Quando não está na Normandia para um casamento, está no sul na casa da mãe, em Amsterdam fazendo compras, em Berlim visitando um amigo ou em Toulouse para um casamento. Sem contar que ele dá um tempo no Natal, viaja na Páscoa e durante seis semanas no verão. Da última vez, o grama de pó custou cento e dez euros. Não espanta que os traficantes nunca se manifestem a favor da legalização. Se a droga for legalizada, será bem mais difícil triplicar as tarifas a cada seis meses. Cento e dez euros o grama — achou que os amigos para quem comprava o pó iriam excluí-la da festa. A verdade é que o cara vendia o grama a cem euros, mas Lydia calculava que, já que ia até Saint-Ouen para comprar e depois saía por aí com dez gramas, era justo que os outros se cotizassem para pagar a parte dela. Mas cento e dez euros, eles olharam feio. Se bem que o pó até que era bom. De resto, chamavam aquilo de cocaína por puro capricho, porque na realidade era anfetamina. Às três da manhã precisaram recorrer a várias caixas de lenço de papel, as pessoas estavam prestes a sofrer um colapso nasal. Vai saber o que estava misturado. Mas naquela noite ela não tem o contato de nenhum traficante.

Lydia sai do bar como se fosse só fumar um cigarro, sem se despedir de ninguém. Amanhã ninguém vai estar em condições de lembrar que ela fugiu como uma ladra. Se anunciasse sua saída, correria o risco de ter que arrastar um deles até o Mécano.

É preciso certa dose de arrogância para ir da Bastilha até Oberkampf a pé, sozinha, de salto alto e saia curta depois das onze da noite. Todos os tipos de filhos da puta estão a postos. Os tiras se sentem no dever de importunar a vida de qualquer garota que estiver sozinha. Evitar contato visual. Andar rápido. Empertigar-se, como se levasse uma espada dentro da Balenciaga, igual a Beatrix Kiddo. Prosseguir de boca fechada. Os estalos de língua para chamar a atenção dela. Os xingamentos — vadia, quenga, piranha, bucetão, vem aqui, aonde você está indo? volta aqui, racista vagabunda, patricinha de merda, a gente vai te arrombar, olha que rabo, toma cuidado meu bem, que boca boa pra me chupar. Nunca diminuir o passo. Ela gosta dos homens, ela gosta deles com pragmatismo, com energia, gosta deles com toda a sua epiderme e todas as vísceras. Mas também gostaria de matar alguns. Deveria haver uma licença — legítima defesa.

Você está de pau duro, está me seguindo e me ameaçando — então empunho minha espada e te degolo. Lydia já está acostumada. É preciso ter colhão para ser uma gostosa. Não se tem apoio de ninguém nesta terra. Nem dos caras com quem você anda, nem das tuas amigas, nem dos caras que você não vai chupar. Certo dia, em Sébastopol, um mala a pegou pelo braço e a obrigou a segui-lo, ela puxou a mão e disse "vaza" e o cara ficou vermelho, ela viu que ele estava prestes a perder a cabeça e bater nela. O balofo a obrigou a se desculpar. Ela pediu desculpas e deu o fora. Durante todo o tempo em que ele a segurou, ameaçando-a, Lydia não viu ninguém diminuindo o passo nem olhando para ver o que estava acontecendo. Poderia matá-la a chutes, em plena calçada, e as pessoas teriam olhado para o outro lado.

Ela entra no bar. Ty Segall na caixa de som. Lydia avista Cassandre, Paul sorri ao vê-la. Não tem onde sentar na mesa, ele se espreme contra o vizinho de banco para abrir um lugar. Lydia desliza ao lado dele com cuidado para não demonstrar o prazer que sente com isso. Ele não é exatamente bonito. Mas é sexy. Não tem muita explicação pra isso, mas tem uns caras que te dão vontade de transar. Ela gosta do seu atrevimento quando está flertando. Não é agressivo, não é apressado. Mas vai direto ao ponto. Lydia parece não dar a mínima pra ele, seu corpo está voltado na direção de Cassandre, para quem ela conta como foi o show dos Chacals, um som de merda, uns adolescentes desajeitados dançando um tipo de pós-pogo, patético mas comovente, uma música igual à outra, a primeira é um soco no estômago, porque eles mandam bem, né, mas na sexta o efeito já passou e você vai comprar uma cerveja. Sob a mesa, protegida dos olhares, sua perna encontrou um lugar ao lado da perna de Paul. Suas coxas se apertam uma contra a outra sem que os rostos manifestem qualquer emoção. Ela olha à sua volta, sorridente, tranquila. Sente como que uma cavalgada na barriga, tem

vontade de chupá-lo, um misto de excitação e gratidão — que ele deseje o mesmo que ela, ela acha maravilhoso. Mesmo assim espia seu iPhone, nenhuma notícia de Vernon. Que saco. Paul percebe seu gesto:
— Está esperando alguém?
— Não. Só estou dando uma olhada. Você sabe, né, eu estou escrevendo a biografia de Alexandre Bleach e espero a resposta de um amigo dele, temos que nos encontrar para uma entrevista e ele está me dando o cano...

Eles cruzam os tornozelos, as mãos estão em cima da mesa, não participam da cena. Ela adora os olhos dele, seu jeito de sorrir com o olhar. Faz tempo que estão de olho um no outro, mas nunca tiveram uma oportunidade. Ela se sente molhada, fica ainda mais excitada. Nunca pensou que ele seria tão direto. Ela aguenta bem os caras tímidos, tem suas técnicas para ajudá-los a dar o primeiro passo, mas acha incrível quando o cara sabe o que quer. Cassandre está atenta, nada na atitude deles revela o que está acontecendo fora do enquadramento. Ela acha o fim da picada Lydia enganar Olivier, o namorado, com tanta frequência. Acontece que Cassandre é bonita demais pra trepar com qualquer um. Ela é seletiva, sua aparência lhe permite. Mas acaba com a sensação de cair numa armadilha. De não aproveitar. Ela tem razão. Se for para ser obrigada a representar a santa inatingível e passar as noites sozinha pra ser virtuosa enquanto o fodão do namorado superyuppie está sempre viajando para o exterior a negócios — mais vale ser uma tipa como qualquer outra que pode se divertir e transar com todos os caras comíveis e soltos na praça. Elas não serão jovens a vida inteira, e agora se encontram na única idade em que a safadeza é dissociada de uma dose de paixão.

Paul cochicha em seu ouvido, num tom neutro:
— Desculpa, faz tempo não que te escrevo no Facebook, minha mulher fica tomando conta para eu não falar com outras.

— Ela é ciumenta?
— O inferno na terra.
— Ela está certa. Meu namorado também é.

Debaixo da mesa suas pernas se encontram e se esfregam devagar, cada milímetro de contato anuncia que eles vão se agarrar loucamente. Mas a contagem regressiva é uma provação. Lydia nunca teve tanta consciência do seu joelho como agora, que está à procura de outro joelho. Cassandre se debruça sobre a mesa e pergunta, em voz baixa:
— E você tem... *farlopa*?

Desde que passou seis dias de férias em Barcelona, ela não consegue mais falar pó, padê ou simplesmente cocaína — é só *farlopa*. Lydia também se debruça e faz sinal negativo:
— Não tenho nada aqui comigo. Você está a fim? Tenho um amigo no bairro, trabalha num bar a duas ruas daqui. Quer que eu vá falar com ele?

Sim, Cassandre adoraria. Ela não consegue curtir uma noitada sem cheirar umas carreiras. Diz que é consumidora esporádica. Mas quando está sem vira a cidade do avesso até conseguir. A desculpa é perfeita, Paul pega o casaco:
— Se você tem esquema, eu também tenho interesse. Posso ir com você?

Cassandre está tão fissurada em dar um teco que não percebe a armação. Ela costuma ser mais perspicaz. E perversa. Mas a vontade de mandar uma carreira é tanta que ela nem saca o que está rolando.

Lá fora eles caminham um pouco, ainda comentando sobre o último show dos Gossip, depois dobram a esquina e Paul avista um casal entrando num prédio, ele segura a porta da entrada enquanto continua a falar com Lydia, como se um deles fosse entrar em casa e estivesse terminando a conversa antes de chamar o elevador. O casal nem percebe, eles sobem as escadas sem virar para trás. Paul puxa Lydia para o hall, tem um cantinho atrás do elevador. É a primeira vez que se beijam, e estão alcoolizados na justa medida para que os gestos fluam, mas nem tanto a ponto de tudo desandar. Amanhã ela vai lembrar de cada flash desse momento. Porque essa não é a única coisa que a interessa na vida, mas isso a interessa profundamente: o primeiro beijo, a primeira vez que ele levanta sua blusa e toca o sutiã, tateando com a ponta dos dedos para abri-lo, livrar-se dele, a primeira vez que ela pôs a mão na bunda dele, mesmo que por cima da calça, e que ele estava com o pau tão duro que ela achou que ia desmaiar, a primeira vez que ele dobrou o pulso para enfiar a mão na sua boceta, e depois dois dedos deslizaram para dentro dela, e ele a comeu com os dedos como nunca ninguém tinha comido antes e ela gozou imediatamente, de pé, com a pelve voltada pra ele, os olhos pregados nos dele para que ele pudesse acompanhar o efeito que estava provocando nela. Queria chupá-lo ali mesmo, na entrada do prédio, mas ele cochichou: "Dá pra ir pra sua casa?". E ela respondeu sim, você pode vir, meu namorado não está lá. Saíram à procura de um táxi. A loucura e o cotidiano começavam a se embaralhar. Durante a corrida, Paul elogiou seus textos. Ela não pensou que ele seria assim, um bom rapaz. O tipo que diz coisas educadas quando você o convida pra cama. Ele é adorável. Isso se confirma logo que chegam na casa dela e podem tirar a roupa antes de transar. É doce, paciente e atento. Ela se decepciona. Excesso de preliminares. Mas também não é um fiasco tão fenomenal, ela gosta dos gestos e do cheiro dele, as peles sabem se esfregar uma na outra. Mas se era pra ser delicado... melhor seria terem se pegado rapidinho quando saíram do bar, antes de cada um voltar pra casa. O que ela mais gosta no sexo com homens que não são os oficiais é a sensação de perigo, a impressão de que algo incontrolável a domina. Ela é sempre fofa com os caras com quem transa, não é o tipo de vagaba que fica dando bandeira de que está entediada. Ela finge, pacientemente, às vezes fingindo ela acaba se convencendo, às vezes não.

Ainda bem que ele goza rapidinho. Vai ver também se entediou. Ela tinha pensado que com ele seria mais interessante. Troca o baby-doll que pinica por uma camiseta velha dos Ramones e enfia um par de meias grossas. Senta na frente do computador. Nenhuma notícia de Subutex. Frustrada, fica navegando na internet.

Gérard Depardieu é russo. Era o que faltava. Perfeito. A França talvez seja mesmo um país de merda, mas até aí, trocar o passaporte por um passaporte russo... aliás, Depardieu, na entrevista, não parece tão preocupado assim, ele se diz francês, russo e em breve belga. Está tudo bem, querido, tá tudo em ordem? Talvez tenha achado que enfiar a família inteira na indústria cinematográfica não seria o suficiente para azucrinar o mundo. Você está certo, meu querido, teu filho viciado teria sido mais bem tratado num regime de ditadura. Fazer parte do seleto grupo apparatchik francês talvez não tenha sido chique o bastante para o gosto dele. Lydia ficaria feliz em ser filha de alguém do meio. Eles estão por toda parte — os Bedos, os Higelin, os Sardou e os Audiard e os Lennon e os Coppola — e agora são os pais que reclamam que as pessoas não se esforçaram o suficiente. Ela precisa clicar em outra coisa senão vai cair no choro. Bom, pelo menos o Putin é sexy. É sexy principalmente por ser um filho da puta montado no poder, mas, mesmo que não fosse, ainda assim seria sexy. Sem camisa em cima de um cavalo, é impressionante. As pernas musculosas apertadas contra a sela. Dá o que pensar. Como todas as fêmeas, ela é sensível aos argumentos falsos. Nunca transou com um russo. A estrada é longa.

* * *

 Lydia costuma conversar consigo mesma, baixinho, diante da tela do computador. Paul já enviou três mensagens. Ela nunca imaginou que ele faria isso. Um mala.
 Levanta e vai até a despensa. Chocolate ao leite, salgadinho, amendoim torrado, bolo pronto de supermercado Dia para seis pessoas, uma Nutella genérica. Gasta a metade do salário com isso. Precisa de coisas gordas. Até nos doces tem que ter gordura. Ela começa pelo chocolate. Uma barra inteira enquanto olha para o computador. Devora sem pressa, mas também sem parar. Gastaria menos com crack do que com todas essas crises de bulimia. Até um mês atrás, encarava essas sessões como picos de gulodice mórbida. E provocar o vômito várias vezes durante a noite parecia ser a única maneira de poder comer tudo sem engordar. Ela é magra. Não tem escolha: não é exatamente bonita. Então precisa no mínimo segurar a onda.
 Ela ouviu pela primeira vez a palavra bulimia da boca de Sophie, uma garota da sua idade que trabalha na *Grazia*. Estavam num hotel magnífico em Seattle, como assessoras de imprensa: encontraram-se no café da manhã, diante do bufê. Vendo que Lydia enchia o prato várias vezes, Sophie sorriu, dando a entender que estava sacando: "Você vomita? Eu também". Lydia nem teve tempo de negar, surpresa com a pergunta. Sophie brincou: "Duas bulímicas no self-service, vamos nos divertir horrores". E organizaram um ataque metódico: croissants, muffins, queijos e frios. Foi quase preciso arrancá-las pelos cabelos do salão — a cada dois pratos elas iam ao banheiro provocar o vômito. Bulimia. Lydia nunca tinha associado o que fazia na intimidade a essa palavra. Bulímica. Merda. Só faltava essa...

A cada trinta segundos ela abre a aba do Rosaliethatslife e consulta o Facebook. Só lhe interessa saber quando Vernon Subutex vai aparecer e desestabilizá-la com seus likes, lhe oferecer uma ejaculação virtual deixando alguns comentários na sua página. Faz quatro dias que ela só faz isso, procura na internet coisas capazes de provocar uma reação dele. Silêncio profundo. Ela agoniza.

Acaba abrindo o Word, por despeito. Precisa começar o livro. Então verifica o extrato bancário, confere os débitos um a um e faz uma pausa para procurar um disco do God Is My Co-Pilot, em seguida acompanha uma discussão no Twitter, da qual não entende nada, tira as cartas no site tarot.com e lembra que tem que pagar o aluguel, preenche o cheque e o enfia num envelope, que deixa aberto, pois está com preguiça de procurar o endereço da imobiliária. Tem uma capacidade de concentração igual à de um feijão saltitante. Volta para o arquivo no Word, em branco.

Desde que começou o livro, dedica a maior parte do tempo ao cronograma de trabalho. O editor que a procurou não faz a menor ideia de quem era Alex. Ela não conseguia entender de onde ele havia tirado aquela ideia. Pesquisou a editora no Google antes da reunião, mas parece que ela não é muito rock in the Casbah. Ele tem uma filha de quinze anos que ficou enchendo seu saco por causa de Alex. Queria publicar um livro que ela quisesse ler, pra variar um pouco.

No almoço, ela pirou. O sujeito vestia uma roupa superbrega, só faltava a gravata, parecia alguém anterior à Primeira Guerra Mundial. Tinha se informado a respeito de Lydia antes de entrar em contato, ou seja, havia procurado fotos na internet. E tinha gostado dela. Lydia não se intimida, mas quando achou que ele estava dando em cima com aquele seu jeito afetado, teve dúvidas se ele estava de brincadeira. Quem seria capaz de dormir com um cara daqueles? Ela nem quer imaginar que tipo de meias ele usa.

O editor é divertido. Não assiste TV nem navega na internet. Explicou sobre os direitos digitais: "Que tal assinar os direitos digitais nas mesmas condições do livro impresso? Os autores sempre acham que podem levar alguma vantagem com o livro eletrônico, argumentando que já não tem custo de estoque, nem custo de frete, nem com livrarias... Mas vocês sabem quanto custa desenvolver uma tecnologia de ponta? Nós temos um papel vital nessa pesquisa". Ela ficou aliviada ao saber que a Apple e a Amazon poderiam contar com a solidariedade dos editores e seus autores. A ideia de que essas pequenas empresas têm que se virar sozinhas a faria perder a cabeça. Genial. O sujeito nunca deve ter ouvido falar da indústria do disco. Senão, quem sabe se questionaria se queria realmente participar do massacre.

Então esse cara não ouve nem pop nem rock nem funk e quer um livro sobre Alex Bleach. Aproveitando-se da situação, ela conseguiu tirar três mil euros de adiantamento na assinatura do contrato. Recebeu o documento por e-mail no dia seguinte. Assinou imediatamente. Dessa vez o envelope não ficou quinze dias jogado num canto da mesa. Ainda restam três mil euros para embolsar, quando entregar o manuscrito. Tem que escrever rápido.

Foi Kemar que a instruiu. Sem ele, ela nunca teria ousado pedir um valor tão alto. Ele apareceu para encorajá-la na véspera da reunião. Não manja do assunto, trabalha como técnico na Numéricable. Lydia o adora. Na sua lista *top ten* de amantes, ele é, fácil, o terceiro. Não é mole manter escondido um amante por tanto tempo. Ou você começa a namorar ou dá umas três ou quatro bimbadas, mas uma situação intermediária é difícil de administrar. E também não é nada agradável. A não ser com Kemar. Ele tem o humor afiado, solta duas piadinhas a cada segundo e elas são de morrer de rir. É forte como um cão de guarda, seu pau é menor que um rolinho primavera, ele é mais feio que um anão safado, mas é a foda do século. Ele mete tão bem que a gente esquece como era com os outros. Ela não é a única que acha isso. Os caras se perguntam qual o segredo dele com as mulheres. Estão certos em ficar curiosos. As mulheres também ficam. Quando ele sai da casa de uma delas, essa uma se sente melhor do que depois de duas horas de sessão de bikram yoga: as energias fluem. Fica nas nuvens até o dia seguinte. Ele não a procura, mas tampouco a esquece completamente. E além do dom que tem para o sexo, é ótimo para dar conselhos. Por exemplo, fez todo um treinamento com Lydia antes da reunião: dez mil euros. Quando o assunto é Alex Bleach, ela é especialista, tem contatos que ninguém tem, o cara é um monstro sagrado, suas fãs são obsessivas, é claro que vão comprar o livro. Dez mil euros no mínimo. Mas ela precisa pedir quinze. Deitada de bruços, com as mãos sob o queixo, ela ouve o que Kemar diz, cética e perplexa, nua sob o cobertor. Ele dá voltas ao redor da cama incentivando-a a pedir quinze, mas insistindo sobretudo que não abaixe para menos de dez. Ela pediu dez. Levou seis. Sem o precioso conselho dele, teria se contentado com mil.

Ela está trabalhando na mesa de Pierre. Nos trinta metros quadrados que dividem, conseguiram enfiar duas mesas de escritório. Todo o resto se passa na cama. Sentam na beirada para jantar na frente da televisão. Depois recuam dois metros para apoiar na parede e ficar assistindo TV debaixo do cobertor. Quando recebem visitas, acomodam as duas cadeiras de trabalho atrás da mesinha que fica ao pé da cama e sentam em seus lugares habituais. É raro receberem mais de duas pessoas, mas quando acontece todo mundo se ajeita como pode, entre as duas mesas de trabalho.

Adora trabalhar na escrivaninha dele. Sua bagunça é inspiradora. O duende atarracado de chapéu vermelho. O enorme Ice-Watch azul com a pulseira quebrada. Um isqueiro AC/DC. Ele viajou por quinze dias. Foi trabalhar num festival de dança em Dijon. É técnico de som. É isso que ele faz. Ela está sempre sozinha. Enfim, sempre sem ele. Não conta o que faz quando ele não está. Acha que ele desconfia, mas se não, não é grave. Funciona bem assim. Antes, quando saía com uns caras, era a maior confusão, sempre tinha uma noite que ela não voltava e não avisava. Pierre costuma ficar três meses fora em turnê, é quando ela aproveita pra dormir fora. Quando ele está em casa, sente tanta vontade de estar com ele que não se arrisca a ficar trepando por aí.

Ela é freelancer. A mídia impressa está agonizando, a indústria do disco também. Ela assina Lydia Bazooka. Quando publicou seu primeiro artigo, ficou eufórica durante meses. Depois passou. Uma mulher no rock. Não importa o que faça ou escreva, será sempre tratada como tarada e incompetente.

Nunca ficou com Alex Bleach. Sua morte a devastou. Sua voz. Seus acordes. Um deus. Nunca lhe passou pela cabeça transar com ele. Seria uma blasfêmia. Ele lhe inspira uma gratidão infinita. Antes de ouvir seus discos, não sabia que poderia sentir emoções tão profundas, Alex as liberou. Era uma outra Lydia Bazooka que ele convocava, numa conexão de forças espirituais misteriosas cuja presença ela amava, mesmo que a intensidade da emoção pudesse ser dolorosa. Uma porta aberta para o inaudito. Ela o encontrou várias vezes, para diversas matérias. Alex gostava dela. Até o dia em que ela publicou num site de música um artigo particularmente delirante — diante da indignação dos leitores, ela acabou admitindo que era de fato delirante, mas disse que apenas expressara o fascínio que sentia por ele. Alex Bleach leu — e pediu para nunca mais encontrá-la.

Anos e anos de bons e leais serviços, noites em claro para que os artigos saíssem tinindo, horas de espera em bares de hotel, voos para assistir seus shows do outro lado do mundo, ou em Quimper. Tudo para que um dia a revista *Match* a mandasse cobrir a gravação de seu novo álbum. Lydia foi feliz da vida — na mídia impressa, a *Match* era o paraíso dos freelancers. Depois veio o golpe de misericórdia: a editora telefonou pra ela na véspera do encontro. O empresário de Alex tinha dito: "Lydia Bazooka nunca mais". Ela recebeu a ligação enquanto esperava para ser atendida no Body Minute. O mundo desabou. Ninguém é capaz de imaginar o desespero do crítico do rock ao receber a desaprovação de seu ídolo.

Isso durou dois anos. Tendo que se contentar em ler as entrevistas dos outros, pagar seu ingresso para entrar nos shows e evitar fazer a ronda pelos camarins como uma alma penada. Dois anos de escuridão até chegar o dia em que uma assessora de imprensa propôs seu nome pra uma entrevista para a webcam oficial — a entrevista que seria publicada no site oficial do artista, e mesmo que ela não aparecesse era sua a voz que faria as perguntas, assim todos seriam testemunhas de que ela estava de volta. Enfim, eles retomariam aquela velha conversa.

Aquele seria seu último álbum. Lydia não sabia.

Entre seus conhecidos, é complicado tirar uma onda anunciando que está escrevendo uma biografia de Alexandre Bleach. O cara não passa de um playba para os fascistinhas da sua geração. Alex já era. Mas ela não liga. Ela segura a onda.

Numa entrevista para um jornalista da *Vogue*, feita dois anos antes de sua morte, Alex dizia: "Não tenho nenhum prazer em imaginar barcos cheios de jovens brancos que tentam vencer um mar enfurecido para chegar ao Egito, porque há rumores de emprego para os lados dos Emirados Árabes, não sinto nenhum tesão em imaginar todos eles sendo mortos pela polícia quando desembarcarem na praia, ou apedrejados por muçulmanos que julgam os loiros fedorentos e as loiras putas — não tenho nenhum prazer nisso. Mas é isso que vai acontecer. A Europa está acabada e amanhã os imigrantes serão vocês. Eu gostaria de pensar que poderíamos tentar outra coisa. Mas ao mesmo tempo não acredito que isso possa acontecer. Essa é a única vantagem da água contaminada — um tumor não dá a mínima se você reza de joelhos ou de pé, ou se você tem uma conta recheada no banco. Um tumor corrói o teu cérebro e pronto".

A entrevista fez um enorme sucesso nos sites nacionalistas franceses.

Lydia disseca todas as entrevistas dele, palavra por palavra. Como não pode escrever, mergulha em seu assunto. Ouve a voz de Alex no fone de ouvido. Adora passar o tempo com ele. Reorganiza diariamente a lista de pessoas que precisa encontrar. Aqueles que já procurou se recusam a falar. Cedo demais, dizem. Mas é sobretudo porque ela não é muito conhecida como jornalista. Lydia domina o assunto, sabe que Vernon foi de extrema importância para Alex, eles só têm três anos de diferença, mas foi na Revolver que Alex descobriu o rock, para nunca mais esquecer.

Ela queria saber quem foi o cretino que decidiu que todas as manchetes da primeira página do Yahoo! fossem charadas: "Descoberta surpreendente no aeroporto de Chicago" — um psicopata que encontrou a fórmula mais irritante possível de receber cliques de internautas sem nunca lhes dizer qual é o verdadeiro conteúdo do artigo.

Ela abre mais uma vez a aba do Facebook. Pronto. Vernon escreveu. Se ela topar, ele pode dar um pulo para um café e ela lhe explica o que está querendo. Ah, mas é claro que ela topa. Topa até mais do que isso.

Pamela passou na Rue de Marseille pra comprar o pão que Daniel adora. O frio chegou de repente, ela regula os aquecedores na temperatura máxima, a quitinete parece um útero aconchegante. Ele prepara o chá verde, é um ritual para abrir a garrafa de Jägermeister e enrolar os primeiros baseados — se preparam um fim de tarde de cuidados com o corpo. Pamela Kant fala de sua última ideia genial: escrever um livro para criança, um manual de educação para a pornografia. Já que devoram pornô na internet antes mesmo de aprender a ler, ela acha razoável explicar do que se trata.

— É ou não é verdade? Não dá pra baixar uma série sem ver uma mulher chupando um pau, alguém tem que falar sobre isso com as crianças, não acha? Para as ilustrações, pensei numa coisa bonitinha...

— Mas o que exatamente você quer explicar pra elas?

— Estou pensando em começar com um breve recorte histórico, falar dos anos 70, da censura do Estado, dos anos 80, do vídeo, dos anos 90, das primeiras câmeras... até chegar na internet. Desse jeito dá pra apresentar os filmes clássicos, para eles poderem começar com uns troços mais leves... depois eu queria explicar como a gente grava uma cena, como é a maquiagem, quantas pessoas participam da filmagem... Desdramatizar a coisa toda.

Daniel joga cuidadosamente o restinho do chá verde no lixo e passa uma água no coador. Sempre foi obsessivo-compulsivo. Mas ela sabe muito bem que quando ele demora pra responder é porque está evitando uma resposta sincera. Faz anos que Pamela quer escrever um livro. Todas as principais estrelas pornô publicaram pelo menos um. Ela não quer ser a única estrela pornô francesa que não frequenta as livrarias distribuindo autógrafos. Durante muito tempo flertou com a ideia de escrever uma biografia de Gypsy Rose Lee, mas acabou abandonando a ideia, vencida pela falta de entusiasmo que o projeto provocava. Daniel observa:

— Até que é uma boa ideia. Mas não acho que as pessoas estejam preparadas pra isso. Uma atriz pornô se dirigir a seus filhos pode deixá-las desconfortáveis... você sabe como as pessoas são.

— Sim. Justamente. Não são os pais que vão ajudá-las com isso. As pessoas são todas iguais, é só falar em pornô que a luz se apaga, as mentes escurecem, pode-se dizer que perdem a capacidade de pensar por um tempo. Você entra muito no Youporn?

— Nunca.

— Não me surpreende. Tudo o que você mais quer é fingir que nunca fez filme pornô.

Ela responde de modo agressivo porque até com Daniel é difícil conversar sobre isso. Ela sempre entra no Youporn. Sente-se como a madrasta má da *Branca de Neve*: entra nos sites de pornografia só pra ver se os filmes nos quais atuou continuam na lista dos mais procurados. Rede, ó, rede, existe alguém mais fodástica do que eu?... Faz dez anos que parou de gravar, permaneceu na memória das pessoas mais do que qualquer outra. Mas agora está decaindo. Já se acostumou. Foi-se a era das grandes estrelas da pornografia. Hoje no Facebook as meninas se declaram estrelas pornô, sendo que gravaram no máximo três filmes amadores... A última vez que deu uma olhada na internet acabou caindo nesse filme. A moça devia ser húngara. Estava amarrada numa cama. Um cara a obrigava a tomar um destilado. Ela não queria. Implorava, não precisava de legenda para entender o que ela estava falando. Era um gang bang, os caras que participavam tinham posto um saco de papel na cabeça para manter o anonimato. A garota chorava. Não estava fingindo pra deixar a cena mais excitante. Tinha acabado de começar e ela já tinha perdido o controle da situação. Desde o início da cena ela não queria. Pamela gostaria de falar sobre esse filme com Daniel, se existe alguém capaz de entender seu sentimento sem tentar humilhá-la para se vingar, esse alguém é Daniel. Mas ela se sentiu tremendamente suja por ter visto o que viu. Não consegue tocar no assunto. Essa é uma característica da vergonha. Ela te deixa sem palavras.

Imagina as vacas das feministas esfregando as mãos: estão vendo, bem que a gente disse, o sexo é sempre ruim para as mulheres. Todas essas peruas, mães exemplares, que só percebem que têm uma boceta quando dão à luz, isso as deixaria loucas de prazer, justo elas, que sempre se recusaram a ver a diferença entre querer ser uma atriz pornô e ser estuprada. Mas Pamela sabe que não é a mesma coisa. Essa é a primeira vez que ela vê um estupro e não tem nada a ver com o que ela fazia.

Ela entrou na pornografia no início dos anos 2000. Teve bastante sorte. Viveu os últimos momentos de glória da profissão. Ganhava bem — muito melhor do que jamais sonhou ganhar.

Tinha os babacas, é claro, como em todo lugar — mas de modo geral o ambiente era agradável. Naquela época ainda existiam estrelas pornô. Havia rivalidade entre as meninas, mesmo que se dessem bem, mas elas estavam ali para serem as melhores. Pam queria fazer seu nome. O que não era fácil, mas também não era tão complicado assim. Eliminar as concorrentes, conquistar a maior parte do mercado, valorizar suas vantagens competitivas — na escola, teve uma professora de economia que a marcou muito e que ensinou o que fazer para ser a melhor. Ela não se saiu mal.

Parar foi o mais difícil, para ela e para todas as garotas do ramo. As pessoas continuavam a reconhecê-la na rua, mas sentiu muita falta do ambiente das filmagens, das sessões de foto, da sensação inebriante de ser o foco das atenções e se sentir capaz de oferecer o que esperam de você. Ela adorava ser tratada como uma lenda. Como uma estrela de cinema.

Depois, o mais difícil foi perceber que você nunca para de verdade. Você sai de cena, perde os amigos, perde o dinheiro fácil — mas fica marcada pro resto da vida. Quando fazia pornô, só convivia com pessoas que trabalhavam no mesmo ramo, a desaprovação era um conceito muito remoto. Mas carregar a pecha de pornô entre pessoas comuns, dia após dia, é outra história. Ela preferia morrer a ter que admitir, mas os bons sempre acabavam vencendo: eles deixam tua vida tão insuportável que mesmo uma garota como ela um dia acaba reconhecendo — deveria ter ficado no seu canto. Dez anos depois, ainda não consegue fazer compras no supermercado sem que uma cretina a reconheça e a encare com austeridade — as mulheres são as juízas mais duras. Aquelas que se contentam com o que se espera delas odeiam as amazonas. Se pudessem, queimariam os ídolos de seus maridos. Ficam doentes por saber que eles ficam de pau duro por Pamela Kant. O pornô se tornou uma indústria sórdida, exatamente como em suas fantasias doentias.

Há dois meses aceitou ser maquiadora e cabeleireira num filme. Queria aproveitar a oportunidade para fotografar as garotas. As filmagens começavam às oito da manhã, a preparação das atrizes tinha início a partir das seis. Às três da madrugada ainda estavam no set. Das cinco atrizes, duas se entupiam de laxantes para ficarem magras, passavam o dia inteiro com dor de barriga e a pele delas estava acabada. Uma delas tinha um namorado que mandava mensagens o dia todo, pedindo fotos dela pelada durante a filmagem. Ela enviava. O namorado de uma outra dava piti no telefone porque tinha ciúme dos caras com o pau maior que o dele, mas depois de conversar com a garota, Pam ficou sabendo que tinha sido ele que havia providenciado a primeira filmagem dela... e ele tinha só trinta anos a mais do que ela. Com esta última estava tudo certo, mas ela está na roda há cinco anos e o pornô acabou com ela, trabalhou com todos os diretores, todos os produtores, já está na hora de sair de cena... Nesse tipo de trabalho é importante saber a hora de parar. Pamela aprendeu com as Coralie, Ovidie, Nina Roberts e outras Elodie... É importante sair antes de começar a aceitar filmagens que não devem ser aceitas. O que mais a chocou é que todas morriam de medo de sexo anal. Ninguém pode fazer esse trabalho se detesta sodomia. É como dizer sou alérgica a farinha mas pretendo ser padeira. Alô-ô — arruma outro trabalho, minha filha, pelo amor de Deus.

 Daniel ataca a caixa de marrons-glacês. Ele come como um porco e não engorda nadica. Ela não consegue viver sem ele, estão o tempo todo grudados, mas às vezes ele a irrita. E ele sabe disso. Daniel virou trans. Fez a transição FTM. Pamela desconhecia todos esses termos até que Déborah, sua melhor amiga, decidiu virar Daniel. Já a escolha do prenome foi uma confusão enorme. Deu os cinco minutos nela, como uma urgência de mijar. Déborah começou no pornô e parou na mesma época que Pamela. Eram boas amigas. Viveram muitas histórias juntas, algumas divertidas, outras mais pesadas. Um belo dia — bum. "Estou tomando hormônio." Caralho. De início, Pamela nem sabia do que se tratava. Achou que era alguma coisa para dar fim às cólicas menstruais ou para emagrecer — naquela época, Déborah tinha tendência a engordar. Nada anunciava ou justificava essa decisão. Ela queria — apenas — virar homem. Pamela pesquisou o assunto, geralmente as pessoas que fazem isso já vêm alimentando a vontade há algum tempo — tipo "eu sempre me senti um homem preso num corpo de mulher". Nesse caso, tudo bem — dá pra entender. Mas Déborah... francamente, era só pra encher o saco. "Mas por que você está fazendo isso?" "Quero tentar. Já tenho tatuagens. Já fiz filme pornô. Já usei crack. Por que não virar homem?" Porque não é a mesma coisa, sua cretina... Ninguém injeta testosterona todo dia só pra experimentar. Pamela foi logo avisando que seria o inferno na terra — doenças, depressão, remorso, sensação de estranhamento... sem falar do aspecto ético — pelo amor de Deus, mulher, você não sabe como homem é burro? E mesmo assim você quer ser um deles?

    Mas o mais irritante é ver como Daniel está feliz na pele de Daniel. As doenças, a depressão, o remorso e todo o resto talvez apareçam um dia, mas agora é só... gravata-borboleta, jeans com barra italiana, meias à mostra, musculatura imponente, bigodinho fino de hipster... Daniel simula tão bem a plenitude que é difícil não duvidar dela. Sem pensar duas vezes, fez uma cirurgia para retirar os seios, usando a mesma lógica absurda como justificativa: "Eu já coloquei silicone, então qual o problema em retirar os seios?". Se você sai por aí fazendo tudo o que é possível fazer, não vai ter fim, mas, enfim... Hoje ele está de camisa polo Fred Perry e um casaco preto Dior masculino. Com as tatuagens, seus traços delicados, seus olhões verdes e o cabelo preto com gel, até que tem estilo. E grana. Foi contratado por uma das primeiras lojas de cigarro eletrônico de Paris. Pamela também não teria apostado nenhum centavo nesse negócio de cigarro falso, quem ia querer fumar uma caneta-tinteiro? Mas foi um sucesso, não dava pra entender. E Daniel, em vez de continuar como vendedor, ganhando seu salário mínimo, logo se tornou responsável pela distribuição nos pontos de venda de Paris. Uma mina de ouro, na verdade. Pamela quase surtou: aquilo nunca teria acontecido se não fosse a transição. Pra começo de conversa, Déborah, como ex-atriz pornô, nunca poderia ser vendedora. Ou teria sido demitida assim que descobrissem, e vá então reclamar seus direitos, dizer que teu chefe te descrimina porque você está na internet chupando três imbecis ao mesmo tempo. E mesmo que Déborah tivesse mudado de aparência, feito plástica no nariz, mudado o corte de cabelo, ganhado uns vinte quilos — de modo que ninguém mais pudesse reconhecê-la —, ninguém teria confiado a uma mulher a responsabilidade de desenvolver os pontos de venda de um negócio tão próspero. Daniel explicou detalhadamente esse tipo de promoção meteórica, surpreso com o que havia descoberto, que tudo se deve a tapinhas nas costas, piadas masculinas e a satisfação de estar entre homens e passar noites inteiras fumando charuto...

O pragmatismo de Daniel deixa Pamela desesperada. Mas ele ainda é seu melhor amigo. Não pode viver sem ele. Pra completar, Daniel gosta de sair com meninas. Era só o que faltava. Déborah era supernamoradeira, gostava de todo tipo de homem, sem exceção, podia até se apaixonar por colegas de trabalho... mas Daniel se adaptou, é preciso dizer que faz um sucesso absurdo com as garotas. Assim, quando uma moreninha simpática lhe propôs passar suas camisas e fazer suas compras, ele pensou: "Os melhores garanhões da minha geração me foderam como uma cadela, tenho uma boa base, sei o que fazer para agradar uma menina que gosta de sexo". Todo seguro de si, um machão babaca. Pamela fica ferida em seu orgulho de cortesã de primeira classe: nunca havia utilizado cinta peniana, não fazia parte do seu arsenal. E agora suspeita que Daniel conhece coisas sobre sexo que ela mesma ignora. É uma ideia insuportável.

Nunca se sabe o que pode acontecer quando Daniel está por perto. Ele desfila no metrô, exibe-se nos cafés, dança nas festas — e ninguém, em lugar nenhum, é capaz de lembrar de onde conhece aquele rosto. A verdade é que é difícil reconhecer uma atriz de filme pornô, mesmo famosa, se ela não tem mais peito e está usando uma barbinha... Enquanto esse senhor se exibe pela cidade, Pamela é obrigada a ir ao correio no primeiro horário, quando está vazio, fazer compras pela internet e assistir filmes on-line em casa...

Pamela não é secretamente invejosa do sucesso que ele tem em tudo o que faz há meses: ela é assumidamente invejosa. O que leva Daniel às gargalhadas, já que ele a tolera até quando sua agressividade sai do controle. Porque se existe uma coisa que não mudou com a transição é que eles precisam um do outro. Pamela se acomoda no sofá enquanto ele lava a louça. Ela nunca teve muito ânimo para as atividades domésticas, ao passo que ele não suporta passar a noite numa quitinete bagunçada.

— Ah, eu tenho uma novidade. Adivinha quem me escreveu no Facebook.

— Quer dizer que agora você lê suas mensagens no Facebook?

— Não leio, mas às vezes eu abro... imagina se o Booba quisesse me encontrar e eu não tivesse visto.

— Booba te escreveu?

— Eu disse que tenho novidades, não disse que minha vida ia mudar, pronto, é isso, vou me casar.

— Então quem foi?

— É inacreditável. Estou passando os olhos pelas minhas

mensagens e de repente vejo a foto de uma garota de hijab que tinha me escrito quarenta e cinco vezes... no começo achei que era uma idiotinha árabe atrás de pornô halal querendo que eu passasse alguns contatos... ia bloquear mas ela me tirou do sério com tanta mensagem, então tive vontade de xingar. Adivinha quem era?

— Pam... como posso adivinhar?
— A filha de Satana. Aïcha.
— Satana tem uma filha? De quantos anos?
— Acabou de fazer dezoito. Satana sempre falava da filha... elas não moravam juntas, a garota ficou com o pai.
— É verdade. Estou lembrando.

Vodka Satana e Pamela Kant, quando estavam no auge, eram como o Oasis e o Blur, os Beatles e os Stones: duas estrelas gigantescas disputando o primeiro lugar. Se uma ia à boate Cauet na segunda-feira para mostrar os peitos e humilhar a concorrente, no dia seguinte a outra estava na TV, no palco do *Grand Journal*, megadecotada, pra tirar com a cara da outra. Jamais gravaram juntas — se Satana soubesse que Pamela estava participando de um filme, ela cobrava o dobro do cachê, e assim por diante até que o projeto caísse por terra. Sentiam um ódio cordial uma pela outra, até que, certo verão, se viram sem nenhum tostão em Los Angeles e foram obrigadas a dividir um apartamento... então, por um breve momento, tornaram-se inseparáveis. Satana teve uma carreira notavelmente curta. Era conhecida pelas pernas de um metro e vinte, longilíneas, perfeitas. Se dizia libanesa, mas sua família era de imigrantes magrebinos. Era a única atriz que Pamela achava mais arrogante do que ela. Os atores não gostavam de gravar com ela, tão grosseira que mesmo os mais durões penavam pra manter a ereção. Satana era castradora, e carinhosa se lhe conviesse. Tinha seus queridinhos.

Satana teve uma história com Alex Bleach, o cantor. Ela

saiu na capa da *Voici*. Pamela pensou que nunca iria superar isso. A rivalidade chegara ao fim — Satana atingira outro patamar. Bleach, na época, tinha uma beleza estonteante. Entrava num local e todas as garotas sentiam a mesma coisa — elas se rendiam. Testa alta, maxilar desenhado por uma barba de alguns dias, aparada, muito bem cuidada. No palco, logo tirava a camisa e exibia a barriga tanquinho e as costas musculosas, tinha um corpo de vender a alma ao diabo. Era raro Pamela ficar desconcertada — diante dela, eram os homens que se expunham ao desprezo. Mas Bleach tinha a beleza de uma mulher — consciente demais do efeito que provocava para se deixar seduzir.

Satana parou de filmar e correu o boato que estava fazendo shows privados. O que quer dizer que ela usava a fama para receber clientes a um valor altíssimo. Ao contrário do que os amadores possam pensar, ser prostituta é completamente diferente de ser atriz de filme pornô. A atriz se preocupa com a câmera, com a luz e com a postura, seu parceiro não tem a menor importância. A prostituta é uma adestradora. Precisa conhecer o animal, prever suas reações e saber levá-lo aonde bem quiser. Se ela se descuida, ao menor erro ele lhe arranca um braço. Satana adorava as feras, elas não a intimidavam. Pamela, por sua vez, nunca esteve realmente interessada nos homens. Eles se rebaixam com muita facilidade. Ela não conhece nenhum que seja incorruptível. Despreza-os, não por perversidade, mas porque se comportam como bezerros. Nunca entendeu como uma garota com a beleza de Satana continuasse se apaixonando por eles. Mas ela deve ter dado um passo em falso — suicidou-se jovem demais.

Daniel esfrega a cafeteira como se quisesse deixá-la novinha em folha — Pamela faz uma careta mas se cala —, o café vai ficar com gosto de detergente. Ele pergunta:

— E o que a filha dela queria com você?
— Aïcha disse que uma mulher foi conversar com o pai. Ela ouviu a conversa. Estava no quarto fazendo lição de casa, supostamente não era pra ouvir o que se passava na sala... A tal fulana estava fazendo uma pesquisa e queria falar sobre Alex Bleach, e eu não sei por quê, mas citaram meu nome na conversa...
— Por que vocês eram bem próximas, não pode ser por isso?
— De todo modo, a menina googlou meu nome, viu quem eu era... e me escreveu perguntando: "Eu queria saber qual a relação que você tinha com a minha mãe". Imagina como eu fiquei.
— E o que você disse?
— Você está entendendo o que estou dizendo? A garota não sabia o que a mãe fazia... O pai nunca disse nada.
— Quer saber? Eu faria a mesma coisa no lugar dele.
— Fiquei inconformada. A garota já é uma moça, quase adulta. Caralho, ela tem o direito de saber. Não é que a mãe dela fizesse parte das Waffen-ss.
— Tá vendo só? Podemos voltar ao assunto do teu guia pornô para crianças... Se ele já estivesse pronto, o pai poderia deixar o livrinho à vista, como quem não quer nada, na mesa da cozinha, e quando a filhinha perguntasse: "Papai, o que é um gang bang?", ele poderia responder: "É o que a tua mãe fazia de melhor na vida".
— Você está um pouco lúgubre esta noite.
— Estou falando sério. Deve ser complicado explicar para a filha que a mãe dela fazia filme pornô. Contar para a menina que a mãe se suicidou já é pesado... mas ter que entrar em detalhes... Eu consigo entender que ele não tenha tido pressa em contar pra ela.
— A gente conhece umas quarenta atrizes pornô que são mães e os filhos estão ótimos.
— Sim, mas elas estão vivas... Você chegou a contar que a mãe dela tinha um pseudônimo?

— Não. Vi as fotos da menina e entendi por que fiquei mal... Ela tem cara de quem faz lição de casa até tarde da noite, usa hijab, está sempre de cara amarrada... não sou eu quem vai contar isso pra ela.

— Ela usa hijab? Satana teria gostado de saber disso... Lembra o senso de humor dela?

— As coisas mudaram. Na nossa época, se quiséssemos mandar o mundo à merda, fazíamos pornô, mas hoje basta usar hijab.

— Não é bem a mesma coisa, pensa bem... Então, você driblou a pergunta?

— Driblei, disse que conheci a mãe dela porque ela gostava de dançar e eu também, e a gente se encontrava nas baladas... a menina pareceu chateada ao saber que a mãe saía pra dançar. Tá vendo, ela não está preparada pra isso. Essa geração é um pé no saco. Que venha o aquecimento global e morram todos de sede.

As moças sempre a deprimem com suas aparências de mórmons ou seus hijabs estúpidos. Quando não é a religião é a família, ou como chegar virgem ao casamento... o nível zero da fantasia. Vão passar a vida inteira preparando sopa e torta de maçã.

Daniel nunca vai se acostumar com a bagunça da casa de Pam. Ele arruma tudo sempre que passa a noite lá, mas quando volta já está um caos. Pam conversa com ele sem tirar os olhos da TV, está com o console na mão, jogando Tetris on-line com coreanos. Ela joga desde que ele a conheceu, adquiriu uma velocidade de arrepiar. Ambos se comportam como se suas relações não tivessem mudado nos últimos tempos. A diferença nada desprezível é que hoje eles poderiam formar um casal. Agora que ele está ficando com meninas, seu olhar em relação a ela mudou. Tem o cuidado de não lhe dizer que não a vê mais como antes. Ela tomaria como uma traição. Ele não pode lhe contar que a testosterona dá vontade de transar o tempo todo. Passam metade de suas noites em companhia um do outro. Vão acabar juntos. Pouco importa se ele é um homem, uma mulher ou um canguru de duas cabeças — é a única pessoa que ela suporta mais de três dias seguidos. Só é preciso dar um tempo para que ela entenda que está solteira há anos e que Daniel nunca vai permitir que alguém ocupe o seu lugar. Pam está demorando para digerir a escolha que ele fez.

Foi uma inspiração repentina. Certa noite, no 104, num show de Lydia Lunch. O som estava podre, fazia frio e Deb saiu pra fumar um cigarro. Do lado de fora haviam instalado banheiras de hidromassagem e a água quente exalava vapor na escuridão. Filmes eram projetados nas paredes. Ela notou uma roda em que se enrolava um baseado e se aproximou, como se quisesse se juntar à conversa, e ficou logo ao lado da pessoa que segurava o beque. Puxou papo com o vizinho à sua direita, um carinha bem bonito, todo tatuado. Já tinha ouvido a expressão trans pra menina que vira menino, mas não sabia diferenciar travesti e trans, e não dava a mínima pra isso, achava que era só uma menina vestida de homem. Ela não tinha nada a ver com isso. Mais tarde, nessa mesma noite, depois de ter fumado uns cinco baseados e bebido umas três cervejas, ela ainda estava conversando com ele, seduzida mas comportada, já que a namorada do cara estava de marcação. E quando os dois se afastaram para assistir o final do show, uma amiga lhe perguntou — Você não lembra dela? Quando a conheci ela ainda usava rabo de cavalo e se chamava Corinne.

Deb entendeu na mesma hora: ia fazer aquilo. Começou a pesquisar na internet na mesma noite. Ia fazer vinte e sete anos. Já tinha tido vários tipos de corpo. Até os dez anos tinha sido uma garota comum, não tinha nenhuma lembrança muito marcante. Depois se encerrou em si mesma. No início era gordinha, mas ainda podia ir à piscina sem chamar muita atenção. Sentia-se gorda como são algumas meninas, tinha pavor da sua monstruosidade mas ainda era a única a notá-la. Então na puberdade ficou enorme. Isso durou quatro anos, e todos os dias foram difíceis. As pessoas pensam que podem fazer o que bem entendem com os gordos. Desmoralizá-los na cantina, xingá-los se estiverem comendo na rua, dar-lhes apelidos horrorosos, rir quando estão andando de bicicleta, mantê-los à distância, dar-lhes conselhos de dietas, mandá-los calar a boca quando começam a falar, cair na risada se confessam que adorariam ser amados, fazer cara feia quando chegam a algum lugar. Podem empurrá-los, beliscar a barriga deles ou chutá-los: ninguém vai interferir. Talvez tenha sido nessa época que ela começou a renegar seu gênero: machos ou fêmeas, os gordos sofrem o mesmo tipo de exclusão. Todos se sentem no direito de desprezá-los. E se reclamam do tratamento que recebem, no fundo todo mundo pensa a mesma coisa: é só comer menos, seu balofo, e você se integra. Deb tinha com o açúcar a mesma relação que anos mais tarde teria com a cocaína: era um vício. Só pensava nisso. Os doces a chamavam durante a noite. Ela contava de um jeito engraçado, mas era exatamente isto: os armários da cozinha entoavam melodias sedutoras, ela precisava levantar e se empanturrar. Era um impulso soberano, não uma decisão. Chegava em casa o mais cedo possível, não tinha ninguém, seus pais estavam trabalhando e ela se imaginava um enorme e simpático panda jogado no sofá devorando tudo. Passava o dia na frente da televisão, pedia que lhe comprassem caixas de séries em DVD e se trancava no quarto para assistir. *Ally McBeal, Sex and the City, Buffy* estavam muito mais próximos da sua realidade do que a escola. Sentada diante da tela, ela se transformava numa garota americana magra e elegante.

 Quando tinha dezessete anos, uma nutricionista de personalidade ditatorial insistiu para que ela fizesse uma dieta draconiana. Como alguém que tivesse passado cinco anos na estação esperando o trem, sabe-se lá por quê, dessa vez funcionou: ela conseguiu pegar o trem e em seis meses virou outra pessoa. Naquela idade, a gente afina do mesmo modo como transbordou. Nova mudança de corpo. Ela vivera com sobrepeso desde garota, e daquele monte de gordura emergia uma jovem mulher bem bonita, que quando se comparava às modelos em fotos de revista constatava que era um mulherão. Os ombros bonitos, os seios altos e bem desenhados, uma cintura definida, pernas longas e tornozelos finos. Ao longo de quatro anos tinha evitado se olhar no espelho, agora era capaz de passar horas na frente dele, se redescobrindo. Mas mesmo assim não se reconhecia: a menina no reflexo nunca correspondeu a Deb. Na verdade, em toda sua vida, seu reflexo nunca a representou corretamente. Um corpo a encarava do espelho, e fosse ela obesa, bigoduda ou gostosona, seria sempre uma estranha.

Perdeu dezoito quilos em seis meses. Ficou enfurecida ao perceber que a atitude das pessoas pudesse mudar tanto segundo os quilos que acrescentava ou eliminava do esqueleto. Gorda, consentia em assumir o papel da pobre coitada, do bode expiatório, daquela que leva uns tapas, que é humilhada para fazer os outros rirem, aquela para a qual as pessoas se voltam quando sentem um cheiro ruim no metrô. O.k., ela era aquela pessoa — a gorda. Ela se adaptou ao papel da garota que precisa manter o bom humor e se interessar pelas histórias dos outros. Tinha se acostumado. Mas uma mudança tão radical em tão pouco tempo a deixou emputecida. Agora, do nada, ela podia ser tratada como uma garota bonita. Bando de filhos da puta. Escolher roupa antes era um suplício, ela praticamente precisava pedir desculpas às vendedoras ao perguntar se tinha o seu tamanho, e agora bastava esticar o braço e vestir — e a roupa lhe caía bem. A mesma coisa com as pessoas. Estava tão acostumada a ser mais gentil do que os outros para evitar os chega pra lá e ser excluída que era mais simpática do que uma vendedora de perfume. Agora tudo tinha mudado. Era só chegar e lhe lambiam as botas. Porque estava com um vestido bonito. Porque tinha entrado na linha.

Era convidada para as festas, as pessoas se apertavam para dar lugar pra ela nos cafés, os rapazes pediam seu número de telefone e enviavam textos tímidos. E sua raiva era um tumor que roía os ossos, uma raiva a princípio do tamanho de uma noz, depois do tamanho de um punho fechado, infeccionado, sufocando-a e ameaçando mandar tudo pro ar. E foi então que conheceu Cyril. Era um cara fechado, que raramente sorria, mas que se iluminava ao lado dela. Retrospectivamente, Daniel o vê como um sujeito bronco, tapado e egocêntrico, mas quando o conheceu foi como viver um conto de fadas. Era bonito, admirado, respeitado. Adorava que ela usasse vestidos pretos básicos e sapatos altos que custavam uma fortuna. Ele montava em cima dela e massageava suas costas falando dos livros policiais que mais o haviam marcado. Tinha muita lábia, proferia elogios num tom meio condescendente que a irritava. A raiva se transformou em paixão. Havia dias de sol, passeios de carro, fins de semana no campo, noites em que ele mixava e ficava rodeado de garotas, mas ele não entrava no jogo, estava com ela. Esses fragmentos de tempo brilhavam como pepitas de ouro, eram o oposto do que ela havia experimentado antes de conhecê-lo. Recusava a imagem que lhe vinha à cabeça quando, no conto de fadas, o pássaro perfura sua garganta com um espinho. Sabia que tanta delicadeza ensolarada não poderia ser real. Ele a tratava como uma princesa. Torrava dez vezes mais do que ganhava. Hotéis trens de primeira classe restaurantes de frutos do mar táxi champanhe no café da manhã. Ela sabia que às vezes ele mentia e que devia dinheiro pra muita gente. Percebia que alguma coisa estava fora do esquadro. Ele não tinha como bancar todo aquele romantismo. Ela evitava pensar nisso.

Cedeu rapidamente quando ele tocou no assunto das filmagens. Era pra lhe dar uma força. O coitado estava na merda. No momento em que implorou por ajuda ele era sincero, acreditava no que dizia: só uma vez, amorzinho, me perdoa, já tenho um plano para me reerguer. Uma única vez. E ela, com aquele corpo deslumbrante que agora era o seu, mas do qual ainda não tinha se apropriado, não via problema em ajudá-lo. Seria só uma vez. Pra ele. Além de tudo fariam as cenas juntos, não parecia muito complicado. Ele jurou que ninguém mais a tocaria. Conhecia o cara que alugava a própria casa em Saint-Germain-en-Laye para as filmagens. Tinham jogado pôquer juntos. Foi assim que ele teve a ideia. Mas às nove da manhã, quando foram filmar, Cyril não teve ereção. O veredito dos profissionais era definitivo: "Não levanta", esse parecia ser um caso bem conhecido na equipe, e não tinha jeito. Deb ainda não sabia que na indústria pornográfica existem os caras que levantam e os que mantêm a ereção, os que levantam e os que mantêm não correm o risco de desemprego. Tiveram que gravar a cena com outro. O diretor gostou do resultado. Disse que ela ficava bem na luz. Cyril não se sentia mais tão humilhado, sua mulher tinha dado conta do recado, ele estava orgulhoso.

 Ela fez sua segunda cena, estava mais relaxada e foi elogiada, ainda não tinha caído a ficha de que estava assumindo um novo personagem e que iria representá-lo por muitos anos. Mudar é sempre perder um pedaço de si. Que vai embora depois do período de adaptação. É um luto e um alívio ao mesmo tempo. Era sua viagem, que continuava.

 No carro, no caminho de volta para casa, Cyril estava atencioso. Botou o som a mil, um tecno psicodélico. Sua mão estava sobre a perna dela. Ele a amava. Não disse nada do que precisava ser dito. Ela observava a paisagem desfilando pela janela. Oito dias depois, ele tinha outra proposta de filmagem, disse que estava na maior merda, os caras iam quebrar a cara dele se não pagasse o que devia. Ela já esperava por isso. E era verdade, ele a adorava. Naquele momento, seus papéis se inverteram — a partir de então, a estrela era ela.

Na indústria pornográfica, ela media sua sorte pela hostilidade com que as outras atrizes a tratavam. Todos queriam trabalhar com ela. Cyril negociou um ótimo valor para sua primeira cirurgia nos seios. Outra transformação. Quando ela aparecia em algum lugar, não havia uma única pessoa que não pensasse em sexo. Só tinham olhos para o seu peito. Mas ela não conseguia perder os dois quilos que, na sua cabeça, a separavam da perfeição absoluta.

Sabia que muita gente usava cocaína nas filmagens, mas segurou a onda por um tempo. Entravam e saíam do banheiro passando uns aos outros pacotinhos de papel branco dobrado. Quando começou a usar, entrou de cabeça. Ficou mais magra do que jamais poderia sonhar. Ficava se namorando no espelho. Não conseguia acreditar na sorte que tinha de habitar o corpo daquela garota.

Logo que começou a cheirar, deu o fora em Cyril em menos de quinze dias, pondo um ponto-final nos romances masoquistas: ela não suportava que ele surrupiasse seu pó de emergência quando ia dormir. Aquilo a tirava do sério. Ele dizia que era seu empresário, mas na verdade não fazia nada. Não organizava sua agenda, não negociava seu salário, e assim que chegava no set ficava tomando cerveja e fazendo piada sem parar, às vezes até era útil indo fazer compras, mas nunca lhe ocorreria defendê-la se um diretor anunciasse, no último momento, o que pretendia com a cena — não, eu não vim aqui pra fazer um gang bang, você sabe muito bem, me disseram que seria uma cena clássica, nem pensar que vou dar o rabo pra quatro homens seguidos, não, eu disse não, você por acaso acha que sou uma amadora? Está vendo esses quatro filhos da puta? Você escolhe um, e eu

te faço um boquete, uma sodomia e uma ejaculação, e você se vira com isso. Estou falando que não é a mesma coisa. É isso sim, você vai foder com a minha carreira — nunca fizeram isso comigo. Cyril não servia pra nada. Com um grama de padê na bolsa, ela não precisava mais de ninguém. Que Deus o tenha. Então ela conheceu Pam numa feira erótica numa cidade do interior. Isso foi logo depois que Satana se matou. Falaram dela a noite inteira, cheirando cocaína. Quando amanheceu, Pam falou:
— Vou parar de usar pó.
— Eu também.
— Você tá falando sério?
— Bate aqui.

Pegaram o trem juntas e dois dias depois Pam telefonou: "Estou segurando a onda. E você?". "Eu também." No início ficaram se controlando sem fazer perguntas — ambas estavam convencidas de que na verdade era uma pausa. E depois passou a ser uma estranha competição: Você tá firme? Eu também. Elas se encontravam pra falar sobre isso, no início pra se gabar de como era fácil e incrível. E logo na sequência pra reclamar do quanto era difícil. Mas nem uma nem outra queria ser a primeira a desistir. Aquilo funcionava um pouco como uma exibição de força de vontade, um pouco por solidariedade uma com a outra. Mas também não se enganavam: a vida era muito mais interessante com pó do que sem. Era um presente que elas tinham oferecido uma à outra, inconscientemente. Porém, para ambas, aquela seria uma longa estrada.

Pamela estava levando a sério — passou a fazer esportes, comprou DVDs de treinamento e, na frente da televisão, mandava ver séries aeróbicas, abdominais, exercícios para os glúteos... Estava radiante. Já para Deb era mais difícil. Ela não estava dando conta de administrar simultaneamente o abandono das duas carreiras: a da profissão e a do pó. Começou a ganhar peso e não conseguia pensar em outra coisa. Desconfiava de todos os caras com quem saía. Não tinha mais dinheiro pro táxi e não conseguia pegar o metrô sozinha. Muitas vezes tinha vontade de chorar.

Então teve aquele show. Lydia Lunch. O pequeno transexual. Tão bonitinho. Deb percebeu na hora que aquela era a saída. Logo entendeu que ia pegar mal na comunidade trans se começasse um ciclo de testosterona só pra se livrar do antigo corpo. Mentiu para o endocrinologista, regurgitou todas as histórias que leu na internet e conseguiu se esquivar quando teve que explicar por que tinha feito implante nos seios, se sempre tinha se sentido homem. Não era uma entrevista simples, era praticamente uma inquisição. Por sorte o cara que a examinou não via filme pornô. Conseguiu enganá-lo. Gel, injeções. Não imaginou que também mudaria tanto por dentro. Seu caráter não mudou. Mas as emoções se transformavam com intensidade. Muito mais difusa do que os efeitos da droga, a readaptação foi radical. O que no início parecia uma fuga dos problemas, um gesto desesperado para escapar de uma situação que não conseguia mais administrar, acabou sendo, na verdade, a decisão mais inspirada da sua vida. Mentiu nas comunidades trans da internet — copiava e colava os comentários como se fossem seus. Daniel era um veículo tão descolado que ela costumava se questionar: por que tenho tanta sorte? Já tinha se divertido com Debbie, a estrela pornô, mas ser Daniel, o cara bonitinho e simpático que todo mundo gostava — essa sim era sua viagem em Rolls-Royce. O prazer de entrar numa loja e de ser levado a sério, conversar com outros caras e sentir que eles gostam de você. Até então nunca havia percebido como os homens gostam uns dos outros.

E agora Daniel está apaixonado por Pam. Vai ver Deb também estava, antes dele. Desde a primeira noite que passaram juntas. Mas Daniel é capaz de admitir isso. O próximo passo vai ser contar pra ela. Agora estão assistindo *Game of Thrones* e ele tem dificuldade para acompanhar a trama. Ele diz: "Mas é supercomplexo". Pam continua jogando Tetris, e responde sem olhar para a tela. "Não, é você que é uma anta. É tudo muito claro." Daniel lê a mensagem que acaba de chegar no seu celular. Pergunta:

— Me diz uma coisa, como é mesmo o nome da jornalista que foi à casa da filha de Satana?

— Ela não disse o nome. Queria conversar sobre Alex Bleach.

— Porque tem uma mulher aqui que diz que se chama a Hiena, perguntando se a gente pode se encontrar para falar de Satana.

— Sério? Deixa eu ver. Não é possível. Você trocou de nome, trocou de gênero, trocou de número de telefone setecentas e cinquenta vezes, como ela foi te encontrar? Você acha que tem algo a ver com Alex Bleach?

— Eles não vão querer acusar Satana, ela morreu há muito tempo.

— Isso seria muito injusto. O que você vai dizer?

— Pra uma mulher que diz que se chama Hiena? Nada. Não vou responder.

De jaqueta doudoune e com uma bolsa pink debaixo do braço, uma loira lê o último livro de Stephen King agarrada à barra do metrô. Uma morena de óculos masca chiclete, veste uma blusa preta de bolinhas brancas com os botões de cima abertos e usa brincos de pérola. Tem um ar de *giscardienne* atrevida. Um adolescente negro, de blusão vermelho, cabeça raspada e óculos de aro grosso, digita uma mensagem no celular, parece contrariado por algum motivo. Um quarentão de mochila e fone de ouvido amarelo fosforescente está sentado com as pernas escancaradas, parece não conhecer muito bem a cidade. Vernon desce toda a linha 5 do metrô. À medida que penetra no coração de Paris a população fica cada vez mais variada. Da Gare de L'Est em diante o vagão vai lotado. Ele observa os passageiros, tomando cuidado para não os encarar. Uma mulher abre caminho no meio da multidão, veste um casaco de lã marrom comprido e puxa um carrinho com um amplificador amarrado por uma cordinha vermelha, canta flamenco com uma voz linda e rouca.
   Deu tudo errado na casa de Lydia Bazooka. Vernon ainda

está abalado. Até então estava achando que poderia ter ficado tranquilo na casa dela por uns quinze dias, já que o namorado, técnico de som, estava viajando na turnê de M e não tinha previsão de folga. A área estava livre e Vernon ficou imediatamente à vontade. Lydia Bazooka era mais simpática do que ele imaginava. Ele tocou a campainha, como combinado, pra conversar sobre Alex Bleach, ela estava ouvindo repetidamente "Here Come the Munchies", do Kid Loco, em alto volume, na quitinete cheia de bichinhos de pelúcia. As mulheres têm cada ideia: o que passa na cabeça dessa daí pra colecionar tanto brinquedo? Ao chegar, Vernon observou que o sofá não era sofá-cama, e além disso estava coberto por uma montanha de roupa. Se fosse dormir lá, teria que ser na cama dela. Seu corpo era minúsculo e encantador, a pele, sem nenhuma tatuagem, era tão branca que parecia de mentira. Ela tinha providenciado umas cervejas. Havia feito de tudo para seduzi-lo quando se falaram pela internet, porém, quando se encontraram pessoalmente, ela se revelou um pouco tímida, enrubescendo com facilidade, o que a deixava ainda mais atraente. Vernon passou cinco minutos na defensiva, depois relaxou. Sacou o tipo dela imediatamente, tinha a impressão de que já a conhecia. Ela gostava de Jane's Addiction, Pixies, Hüsker Dü, Smiths e Oasis — uma velharia eclética que não o arrebatava, mas que também não o deixava desesperado. Era obcecada por rock, ele sabia bem como era — uma louca que foi se refugiar nos discos. Um pouco acima da mesa de trabalho ela havia pregado várias fotos de Alex. Aquela sim era uma legítima fã. O que Vernon não reprovava, já que o rock também existe pra isso. Dizem por aí que os fãs são suspeitos para falar dos artistas, mas Vernon discorda, afinal eles são os únicos capazes de passar duas noites seguidas de pé numa fila pra se certificar de que não se enganaram sobre a data da turnê.

Ele estava com fome e fritou ovos, um canto da cozinha

estava infestado de baratas, Lydia tinha dado apelido para cada uma delas. Ela era de natureza curiosa, fazia um monte de pergunta e sabia dar a impressão de que estava ouvindo. Não via problema em ele se instalar ali por um tempo.

Ele a ouviu falar sobre seu projeto de livro. Lydia tinha a verve característica de quem não consegue alavancar um projeto. Ele havia conhecido um monte de gente que discorria sobre o livro que pretendia escrever, com os cotovelos apoiados no balcão da loja — reconhecia de longe aquela verborragia que substitui a ação. Ela queria escrever algo bom. O que é sempre um problema. Não é porque a pessoa põe na cabeça que vai "desenhar um cavalo puro-sangue galopando" que ela vai conseguir. O mais provável é que acabe rabiscando algo que mais pareça um rato esmagado. A garota queria botar o livro em pé como se fosse uma catedral, mas provavelmente o máximo que sairia dali seria uma barraca de compensado.

Ele falou de Alex pra ela. Ficou surpreso por se flagrar pondo o cinismo de lado e fazendo um preâmbulo: "Nas últimas vezes que nos vimos, era evidente que ele estava pedindo ajuda, mas fingi que não percebi. Assim como todos os amigos mais próximos, imagino. Eu gostava dele, mas não me passou pela cabeça tentar fazer alguma coisa. Ele ficou louco demais. Nunca entendi por que estava tão mal. No final, tinha perdido totalmente a noção. Ele ainda estava aqui, mas o cara legal que vivia dentro dele tinha sido abduzido — só restou a carcaça. Ele se destruiu. Eu ouvia o que ele dizia e fingia que estava achando tudo perfeitamente normal". Lydia dizia: "Também é uma maneira de ser um bom amigo, tranquilizá-lo". Ela queria que ele contasse primeiro sobre a época em que Alex ainda tocava em bandas desconhecidas. Vernon se esforçava para encadear as ideias: "Ele sempre foi muito bonito. Fazia sucesso com as garotas. Esse era o maior diferencial em relação aos outros. Passava completamente despercebido, mas se revelava ao subir no palco. Para nós, Bleach era como quando o Nirvana estourou, enquanto todos estavam esperando por Tad ou Mudhoney — não era ele que esperávamos na linha de chegada. A diferença é que o Nirvana convenceu todo mundo. Bleach, não. Ninguém achava que ele fosse o mais talentoso, era injusto que tivesse emplacado. Ser amado por todos, aparecer em programas de televisão fez com que ele perdesse crédito. Isso era o suficiente para querermos ouvir outra coisa. Mas o sucesso é como a beleza, não tem o que dizer: dá certo e pronto. E acontece onde tem que acontecer. Será que ser negro jogou contra ele, em relação às pessoas que já o conheciam? Não. Jogou contra ele quando ele começou a falar demais desse assunto nas entrevistas. Tem gente que diz que ele perdeu a mão — o cara tem um sucesso desse e fica reclamando que é difícil ser negro... mas no início isso não era mais importante do que o corte de cabelo dele. Nem pra ele, nem pra nós, eu acho".

Vernon mencionou as gravações que Alex tinha feito em sua casa. Queria que ela dissesse que seu editor estava disposto a pagar por elas. Ele até contou a verdade, que tinha sido despejado e que precisava de mil euros pra ir buscar suas coisas. Lydia não conseguia esconder que estava se lixando se ele estava na rua, mas tremia de ansiedade diante da ideia das autoentrevistas inéditas de Bleach. Não acreditava que ele ainda não as tivesse escutado. Mas sobre a questão da grana, mostrava-se irredutível: "Isso não tem valor nenhum. A menos que ele revele que era amante de Hortefeux, aí sim a gente ia conseguir tirar alguma coisa... Mas você pode riscar o editor da lista, ele não vai oferecer nenhum centavo a mais. Por outro lado, pensando no livro, se eu tivesse trechos de entrevistas que nunca ninguém publicou, seria uma coisa que agregaria muito...".

Ele tentava baixar sua ansiedade explicando que seria indelicado ligar para Emilie e pedir as fitas VHS sem devolver o laptop. Ela ficou desapontada, mas convenceu-se de que encontrariam uma solução. Ligou para um colega e ele apareceu com um grama de pó para vender. Depois ela e Vernon ficaram falando sobre Alex e o passado. Estavam pensando em sexo, os dois sabiam que tinham isso na cabeça. Mas se sentir obrigado a transar com ela só pra poder dormir lá o desanimava. Tarde da noite, eles capotaram, com roupa e tudo, na mesma cama. Ela tentou se aproximar de Vernon depois de uns minutos, mas ele fingiu que estava dormindo.

Passaram o dia seguinte trancados no apartamento, embebidos por aquela plácida euforia da ressaca de padê. Lydia era mesmo muito divertida. Não fez cara feia por ele não ter querido comê-la. Contou que tinha descoberto os discos de Alex Bleach por meio de uma amiga de sua irmã mais velha, e que ficou tão obcecada por ele que não falou pra ninguém. Ao ouvi-la contar sobre a primeira entrevista que fez com Alex, dava a impressão que ela havia visto a imagem da Virgem Maria.

Depois Lydia parou de falar e se jogou pra cima de Vernon. Ela literalmente pulou nas suas costas tentando agarrá-lo, num gesto desajeitado demais para seduzi-lo. No início ele detestou o beijo dela — ela tendia a se apressar e com isso batia os dentes nos dele. Em menos de dez minutos ela montou em Vernon e começou a lhe tirar o cinto, com uma pressa mais desesperada do que sedutora. A garota era da geração pornô, simulava uma intensidade constrangedora e aceitava que a fodessem de todas as formas possíveis. Isso acabou por excitá-lo. Seu corpinho de ginasta satisfazia todos os seus desejos. Chupava como ninguém, não dava pra saber exatamente o que ela fazia com a língua e os lábios que as outras não sabiam fazer — talvez tivesse um sentido peculiar para o ritmo. Mas na hora de gozar ele não sentiu grande coisa.

Era gostoso conviver com ela. Tinha uma risada de menininha que explodia a todo instante. Vernon se sentia bem naquela casa. Entrou no Facebook para alimentar sua página com umas bobagens — tentava se garantir, uma hora o namorado dela iria voltar. Sylvie tinha enlouquecido. Ficou passado. Num estado de raiva quase demencial, ela havia trolado a página dele e a de todos os seus amigos: mentiroso, ladrão, impostor, psicopata, terrorista, estuprador de criança, fodedor de galinha. O que a deixava fora de si nem era tanto o que ele tinha roubado da sua casa, mas seu sumiço repentino. Felizmente ele podia contar com a misoginia enraizada da maior parte de seus conhecidos, que atribuiriam todos aqueles ataques a uma crise de histeria. Mas ficou chocado ao ver como ela se comportava, e sobretudo preocupado, pois não havia nenhum indício de que ela iria se acalmar. Bloqueou suas mensagens e o acesso dela a seus amigos, e ficou pensando em alguma mensagem descontraída para desarmar todo aquele furor. Gaëlle o contatou. "Oi, então quer dizer que você está namorando?", ele tentou explicar: "A gente só dormiu junto, eu acho que ela se empolgou", e Gaëlle respondeu: "Tranquilo, já saquei, ela passa o dia fodendo todo mundo. E aí, cara, o que você me conta?". Ao saber que ele estava procurando um lugar pra dormir em Paris, lhe deu o número de seu telefone — tinha um quarto livre onde ela morava. Lydia, para quem ele lia as mensagens, notou que ele sempre se hospedava na casa de mulheres. Ele a abraçou, ela se deixou beijar.

— Não me venha com ciúme. Não existe a mínima chance de eu transar com Gaëlle — ela vive falando que é bi, mas nunca a vi com um cara.

— De ciúme pelo menos eu não sofro. Não dá pra ter todos os defeitos, né? Mas por que são sempre as mulheres que te hospedam?

— Os homens casados não podem levar amigos pra casa. E

os que não têm família, nem filhos, nem trabalho... me fazem pensar demais na minha própria vida. Por isso prefiro ficar em casa de mulher.

Certo dia Lydia postou no Instagram uma foto de Vernon. Nada de comprometedor. Ele estava debruçado sobre o notebook procurando uma música em que Iggy Pop fazia cover do Yves Montand, a luz deixava seu rosto mais cavado, era um belo retrato, pra falar a verdade ele nunca tinha se achado tão bonito. Ao fundo, dava pra ver um espelho salpicado de cocaína e, ao lado, um canudo do McDonald's cortado pela metade, o que conferia à cena um caráter festivo.

Vai saber como Sylvie foi cair nisso aí. Nem como ela encontrou o endereço de Lydia. Deve ter passado a noite inteira na internet fazendo buscas. Mas ela mandou bem.

Na manhã seguinte, Vernon e Lydia estavam caídos um ao lado do outro, chumbados demais pra transar e acelerados demais pra dormir, quando a porta da frente começou a ser golpeada. Se estivessem sóbrios, aquilo já teria sido um choque, mas no estado em que se encontravam era como mergulhar diretamente num filme de Scorsese, com helicópteros rasantes, policiais e banho de sangue. E as coisas não melhoraram depois que Lydia abriu a porta.

É incrível o estrago que uma pessoa tão franzina pode fazer, tanto no plano sonoro quanto em termos de destruição material. Pela primeira vez desde que havia chegado, Vernon encontrou uma utilidade para aquela coleção atroz de ursinhos de pelúcia: a gente pode jogá-los contra a parede que eles não quebram nem fazem barulho. Porém, aquilo parecia alimentar a fúria devastadora de Sylvie.

Ela destruiu os dois computadores, desmontou a cama,

arrebentou o sofá, quebrou a louça e pisoteou os discos, parecia evidente que estava prestes a atacar as janelas antes de passar às fundações da casa, gritava, como que possuída, várias injúrias a Vernon, que iam muito além do âmbito da relação que tinham tido. Jogou na cara dele duas boas décadas de frustações e decepções. Ele representava todos os homens que a tinham humilhado. Vernon teve que dominar o medo para se aproximar e cochichar no ouvido dela, como se procurasse acalmar uma fera, mas assim que chegou perto, tratando-a educadamente, Sylvie se tranquilizou. Ele disse: "Vem, vamos tomar um café e conversar sobre isso, ela é só uma amiga que está me hospedando, não tem nada a ver com essa história, vem aqui comigo". Sylvie continuou protestando: "E o que você já roubou dela? Você também está trepando com ela, é? Querida, você sabe quem é esse cara que você está hospedando? Não, você não faz a menor ideia de quem seja esse sujeito, não é? Nenhuma ideia de quem seja Vernon Subutex!". Mas concordou em acompanhá-lo.

A ideia de ficar com Sylvie num café era pavorosa. Ela não parava de repetir que tinha ido à delegacia prestar queixa por abuso de confiança, roubo e delito. Vernon não sabia se ela estava falando sério. Tudo era tão desproporcional que ele não se surpreenderia se ela sacasse uma arma e lhe desse um tiro na testa. Estava possuída. Mas logo se deu conta de que tudo o que Sylvie queria era que ele voltasse pra casa com ela. Depois de uma cena dessas. Ele fingiu considerar a proposta, em seguida lhe propôs esperá-lo em casa. Precisava passar na casa de Lydia pra se desculpar e recuperar suas coisas. Sylvie acreditou nele e disse que queria acompanhá-lo, dizia estar arrependida do que tinha feito, estava disposta a reparar o estrago. Ele fez um aceno com a mão para dizer que não, eu prefiro ir sozinho. Sylvie sacou que ele mentia e entrou em nova fase colérica. Partiu pra cima dele para socá-lo, mas como ele se protegia sem revidar os golpes, ela lhe mordeu o ombro com toda a força. Ele a empurrou e saiu correndo. Sylvie estava de salto alto e não conseguiu correr atrás dele, então berrou "pega!", mas ninguém lhe deu ouvidos. Ele correu durante um bom tempo e finalmente desabou, perto do metrô Hoche. Teve que sentar na calçada e esperar longos minutos até recuperar o fôlego pra ficar de pé. Suas pernas ainda tremiam. Havia saído sem nada, não tinha o endereço de Lydia. No bolso de trás levava apenas o iPod, dois euros e o telefone de Gaëlle anotado numa seda de enrolar tabaco. Deu várias voltas em Pantin mas não conseguiu encontrar o apartamento de onde acabara de sair. Mesmo aterrorizado com a ideia de cruzar com Sylvie, que ainda poderia estar procurando por ele, percorreu todas as ruas em todos os sentidos. Sabia que tinha uma estação de bicicletas de aluguel em frente à casa de Lydia. Ela estava sempre supervisionando, de manhã, o estado da catástrofe. Comentava "os negros odeiam bicicleta, não entendo por quê", pois toda vez que via alguém tentando destruir uma bicicleta era um menino negro. "Por acaso te passaria pela cabeça sair por aí ateando fogo em bicicleta? Vai ver isso faz algum sentido…"

 Não conseguiu reconhecer a rua que procurava. Acabou ligando para Gaëlle depois de oferecer seus dois únicos euros a um adolescente pra pegar emprestado o celular dele, e o carinha entregou o aparelho e encurralou Vernon contra a parede pra ter certeza de que ele não sairia correndo. Ele ficou surpreso que Gaëlle tenha atendido imediatamente, dizendo que não tinha nenhum problema, que eles podiam se encontrar, ela o esperaria num bar do canal Saint-Martin para irem juntos ao apartamento.

Vernon atravessa a Place de la République. Encostados numa agência de banco, dois jovens ciganos estão sentados num colchão dobrado contra a parede — parecem apaixonados e preocupados, não pedem esmola, apoiados um no outro, conversam sobre alguma coisa importante.

Gaëlle não mudou nada. As tatuagens invadiram seus punhos e o pescoço, mas seu rosto só tem uma ou outra marca de expressão. O lance dela são motos, os Hells Angels, tudo o que envolva graxa na mão. Ainda era menina quando deu as caras na loja, Vernon nunca tinha ouvido a expressão "butch". No fim dos anos 80, costumava-se dizer que as *butches* tinham um visual de caminhoneira. Mas Gaëlle era muito loirinha e esguia pra ser uma delas. Quase nunca sorria. Gostava de Crazy Cavan, The Easybeats e David Bowie. Roubava discos aos montes, escondia debaixo da blusa, aprendeu isso em *Christiane F.*, mas não tinha nenhum talento para a delinquência, embora não lhe faltasse cara de pau para tentar. Vernon a repreendia mas ao mesmo tempo não tinha como impedir sua entrada na loja. Ela parecia um gatinho cheio de raiva.

Gaëlle o chama de meu velho e passa o braço em volta de seus ombros para apresentá-lo ao barman, enchendo o peito: "Tá vendo esse cara aqui? Fomos juntos pro Vietnã". Ela não faz nenhuma pergunta constrangedora. Conhecia Alex muito bem. Fala dele cortando cuidadosamente um descanso de copo de chope, junta os pedacinhos em pequenos montes irregulares.

— No fundo todo mundo sabia que um dia ia receber um telefonema com a notícia da morte de Alex. Mas isso não ameniza a dor quando esse dia chega. Ele era o homem que eu gostaria de ser. Ousado, bonito, talentoso, impetuoso... lembro do corpo dele nos shows, nos últimos anos ele não dava mais aqueles saltos arriscados, não estava mais em forma... mas lembra como era antes? Deve ser um dos caras mais bonitos que eu já vi no palco. Nos últimos shows... ele deixava os músicos sozinhos, ia pro camarim tomar alguma coisa. Era muito triste. Vocês se encontravam ultimamente? Os mortos não se comportam todos do mesmo jeito. Tem uns que desaparecem na mesma hora, parece até que só estavam esperando por isso. Outros ficam te rondando, aparecem nos teus sonhos, estão atrás de alguma coisa... Alex, por exemplo, está sempre me acordando no meio da noite — me dando umas broncas. Diz que eu nem tentei ajudá-lo. Eu me justifico — caralho, como vou conseguir salvar alguém se eu mesma estou afundando? Mas aquilo me arrepia. Arrepia.

— Ele te falou dos sons alpha?

— Pra você também?

— Ele me obrigou a escutar essa lenga-lenga uma noite inteira. Meus ouvidos ficaram zumbindo.

— Ele enchia o saco com isso.

Vernon explica que está penando por causa das malas, que trancou a porta de um apartamento com as chaves dentro e que sua amiga só vai voltar no dia seguinte... Gaëlle é muito gente boa e diz: "Hoje a gente dá um jeito, você vai ver, lá a gente arruma uma camiseta pra você trocar e algo com que se barbear". Em seguida ele diz que está em Paris só pra renovar o passaporte e resolver problemas com o seguro social, Gaëlle se compadece. Seguro social? Isso leva semanas, você é louco de achar que vai resolver rapidamente. "Sabe o que eles fazem lá, quando acham que estão com muito trabalho? Eles jogam fora os dossiês. Estou te falando, é verdade, foi um amigo médico que me contou. Você não vai conseguir nada muito rápido... Dá pra ver que você está fora da França há um tempão, as coisas mudaram muito por aqui... não, eu não tenho um apartamento só pra mim. Já faz tempo. Aliás, também não tenho seguro social, mas como nunca fico doente, estou me lixando... Você vai ver, meu canto quebra um galho. É bem grande, fica no VIIIème. Você tá ligado, né? Vou ficar feliz em te ajudar. Depois de tudo o que roubei na Revolver, é como se eu estivesse em dívida com você. Mas não vamos confundir as coisas: se você fizer alguma cagada, eu te quebro os dentes. Combinado? Não quero me arrepender por estar sendo boazinha... Estou te ajudando de coração. A gente até pode até acabar transando, finalmente, minha namorada não está aqui. Brincadeira, não estamos num filme do Kechiche. Ela é vinte anos mais nova do que eu. Só quer saber de sair o tempo todo, isso me cansa, você não sabe a energia que as meninas têm nessa idade... quando eu era mais jovem, era muito mais difícil ser lésbica. Mas as meninas de hoje têm toda uma vida, balada toda noite... são duas mil nessas baladas, fazem de tudo pra se exibir... você não imagina como essas putinhas trepam hoje em dia: vão chegando, pegando chicote e tirando a roupa com a maior naturalidade. Coisas que eu levei anos pra fazer, essas meninas fazem sem pensar duas vezes...". E ela começou a deixá-lo com tesão, fingindo que nem estava percebendo, descrevendo cada detalhe da textura doce e da praticidade das novas cintas penianas...

Ele nunca entendeu que tipo de trabalho Gaëlle fazia, ela não tem endereço fixo, não teve filhos, seu estilo de vida não mudou nada desde os vinte anos. Parece ter quinze anos a menos do que tem, diz que é porque nunca usou maquiagem. É uma filhinha de papai. Não leva pinta de ter muito dinheiro — o preço da cerveja a preocupa tanto quanto a Vernon. Mas tem atitude de princesa. Pra ela não existe fracasso. Pessoas como ela são boêmios, artistas — têm uma vida extraordinariamente intensa. Não são falidas. Mesmo com seguro-desemprego, mesmo na cadeia, não importa o que lhes aconteça — e a menos que decidam arrancar-lhes as tripas e obrigá-las a sofrer como pessoas comuns —, elas estão acima das contingências materiais. Não ter nada ajuda a continuar sendo superficial.

Gaëlle o leva para um apartamento de três andares, a área

total deve ter perto de trezentos metros quadrados, parece que estão num supermercado, cansa só de dar uma volta. Um grande terraço no último andar. Os telhados de Paris se alastram a perder de vista em tons de cinza, o céu está encoberto, o sol só aparece algumas horas por dia. É como se uma tampa cobrisse a cidade. O terraço é alto demais para se poder discernir as pessoas lá embaixo, o olhar se projeta em direção à abóbada do céu, e dá pra ver apenas os aviões passando incansavelmente. Vernon treme de frio. Gaëlle abre uma lata de cerveja e o som do lacre que se rompe liberando gás o tranquiliza na hora. Ela tem gestos de motoqueiro até pra fazer as coisas mais simples. Que ela torna curiosamente sensuais.

— Quem poderia querer um apartamento desse tamanho?
— Uma família com muitos filhos. O andar que a gente ocupa é o de serviço — no de baixo bastam quatro filhos e todos os quartos estão ocupados, em cima é o salão de festas...
— Por quanto se aluga um negócio desses?
— Não se aluga, se compra. Nesse caso, por capricho. Dada a vizinhança, pode chutar uns três milhões... e eles tinham a grana à vista, puderam até negociar um descontinho... Ele pode se dar ao luxo. Trabalha no mercado financeiro, a mulher está estudando. Os dois trabalham o dia inteiro, você vai ver, a gente fica numa boa aqui. Mas toma cuidado: não vai atacar a geladeira. Eles não suportam esse tipo de coisa. Se tiver fome ou sede, desce e compra alguma coisa.
— Desde quando você mora aqui?
— Tenho esse quarto faz um tempinho... mas evito passar muito tempo. É cansativo. Nos primeiros dias você vai achar divertido, mas depois vai ver que quando desce pra tomar café de manhã você encontra uma dúzia de desnorteados, sem ideia do que estão falando, repetindo sem parar a verdadeira mensagem de Cristo... isso cansa. Mas por uns dez dias você vai se sentir um rei.

— Isso vai me ajudar muito, você não tem ideia.

— Você só vai ter que botar o som esta noite. O dono vai dar uma festinha. A gente fala pra ele que você é dj.

— Eu trouxe o meu iPod. Você tem um Mac pra emprestar? Fica mais fácil pra fazer uma playlist… e preciso usar a internet, tenho que escrever para a amiga na casa de quem tranquei minhas malas.

Quando ele pensa em escrever pra Lydia pra explicar que não tinha encontrado o seu apartamento, a lembrança da cena daquela tarde fica entalada na garganta e ele sente o sangue gelar.

O som é do caralho, o cara é gênio. Sempre dá pra confiar em Gaëlle. Num primeiro momento todos se perguntaram quem era aquele coroa com cara de idiota, e então ele conectou o iPod e o sujeito virou um deus, água benta para os ouvidos. As caixas de som Klipsch tocam Rod Stewart, o cara é fodido, ousa tudo e não erra uma. É a Nadia Comăneci da playlist. A partir dessa noite ele passa a ser o DJ residente. Red Bull e padê, as meninas começam a chegar aos montes. Enchem a cara, são fáceis e vulgares, a noite está do jeito que o diabo gosta. Um imbecil vomita nas plantas. Kiko pega o cara pelos ombros e sussurra "sai da minha casa, vai embora agora, vai", o sujeito gagueja alguma coisa mas Kiko o empurra porta afora sem lhe dar ouvidos. Ele detesta os filhos da puta que não sabem beber. Uma loira diáfana, puro osso, se equilibra nuns saltos estranhos. Parece estar sobre uma corda bamba. Clavículas salientes, ele tem vontade de arrebentar um de seus ossos. Neurônios fritos. Por um instante considera subir no parapeito do terraço e pular. Só pra cortar a onda. De manhã, ao acordar, Kiko disse a si mesmo que pegaria leve à noite. Preciso descansar, comer um japa, assistir um filme e dormir pra me recuperar. Mas esqueceu que tinha armado uma festa em casa — poderia cancelar, mas isso daria mais trabalho do que deixar rolar. Claudia acabou de chegar. Está em Paris pra fazer a capa da *Vogue*. Ele adora estar rodeado de gente que tem sucesso no que faz. É um pessoal que transmite uma energia boa. Ela trouxe as meninas da sessão de fotos, hoje em dia as modelos são as *it girls* da década passada. Estão ultrapassadas. Muitas delas. Todas descartáveis. Até o mais bosta dos *losers* consegue catar uma mina de passarela. Acha a frase divertida e posta no Twitter. Está conversando com Jé, que está em Xangai — que horas são lá agora, não é possível que ele esteja postando a uma hora dessas: "Estou analisando o verde do meu vômito", e manda uma foto pra ilustrar. Que nojo. Vai saber o que ele está aprontando. Além de ficar doente. Desde que assistiu o último James Bond, Kiko prometeu a si mesmo que iria a Xangai. Não a trabalho — queria ir com tempo pra sair do hotel. Sentir a cidade. Mas não tem muitos dias de folga. É sempre assim. Você passa o tempo enchendo o cu de dinheiro e pra gastar precisa tirar folga. Só que isso não existe no trabalho dele. Seu trabalho é pura velocidade. Quem não mexe com isso não entende. As pessoas pensam que ele estuda as empresas. Kiko é um velocista. Reage num centésimo de segundo, funciona no ritmo das máquinas. Buracos negros. Um crash da Bolsa dura um segundo e meio. Os lucros são calculados em milhões. Os prejuízos também. E você é o responsável. É a instabilidade extrema. Não tem tempo de pôr os pés no chão, reage conforme o diapasão do logaritmo. Conectado a uma pulsação subterrânea que o comum dos mortais é incapaz de perceber. Ele reage na velocidade do som. São valores milionários calculados em segundos. Está o tempo todo alerta, é um guerreiro excepcional. Britney Spears, "Work Bitch". Subutex é da sua turma, consegue ler pensamentos, sabe o que precisa fazer pra botar as pessoas na pista. Música de treino de academia.

Jérémy está azucrinando a Marcia para que ela corte o cabelo dele agora. Kiko não aguenta mais o cara. Ele costumava ser engraçado e sedutor. Era seu melhor amigo. Se transformou num cara patético. Se conhecem desde pequenos. Mas Jérémy não entende que não é mais bem-vindo. Insiste. Está falido, o pai cortou sua grana desde que ele começou a torrar tudo em pó. Conseguiu ser mandado embora do conselho de administração, não dava mais. Destruiu o escritório do presidente a cadeiradas. Na hora, todo mundo deu risada. Mas depois, enfim. O cara tem que ser muito otário. É preciso manter um mínimo de compostura. Deixar a festa e a quebradeira pra de noite. Durante o dia tem que limpar o nariz e pôr a cabeça no lugar. O cara enche o saco. Desde o verão passado, quando insistiu para ir ao festival Calvi on the Rocks. Ele não tinha um puto. Estava definhando. Uma vergonha. Kiko deixou muito claro que eles eram dez na casa, a piscina também não era nenhuma piscina olímpica. Mas mesmo assim ele foi. Puta falta de respeito. Kiko tem horror a isso. Se você não dá conta da droga, então que vá se tratar. Durante muito tempo eles foram inseparáveis, concordavam em tudo. Agora não dá mais. Jérémy perdeu o discernimento. Já pertence à multidão da sarjeta que Kiko ignora — ele não vai se sentir culpado por ser um assassino. Sabe que as coisas não vêm de mão beijada pra todo mundo. Está sempre no ringue, pronto pra luta. A maior parte das pessoas que conhece já pendurou as chuteiras. O combate é longo, é difícil. Eles entregam o jogo fácil, Kiko vai ser o último a sair da pista. Jérémy não tem mais nenhuma chance. O pai não vai deixar que afunde completamente, mas ele já está acabado. Seu cérebro deve estar igualzinho a um guioza chinês. Frito duas vezes. Não dá conta de voltar pro ringue. Kiko se emputece quando vê ele dar em cima da

Marcia — que mulher, até hoje ela o deixa de pau duro. Puta que o pariu, como ela é tesuda! Não está mais na flor da idade nem faz muito o seu tipo. Ela sabe disso. Mas é que tem um jeito de se mexer, parece que está transando quando respira. Cheira a sexo. Uma mulher de verdade é como um cara. Ele digita a frase e posta no Twitter. Ele está dependurado num viaduto sobre a autoestrada. Os tuítes continuam chegando. Boule2Kriss está obcecado pela Barbie, a mulher, aquela que fez um monte de plástica pra parecer com a boneca. Ele fala coisas superpornográficas. Depeche Mode — esse cara é gênio. Não dá pra adivinhar que música ele vai tocar na sequência — mas é sempre perfeita. Tem a BPM no córtex cerebral. A festa continua esquentando, já dá pra sentir, quente, quente, quente. Janet Jackson, "All Nite". Tá virando uma putaria nos cantos da casa, é cósmico e imundo, do jeito que ele gosta. As meninas ficam secas quando estão drogadas demais, machuca para meter, rapazes, cuidado com os prepúcios. Isso ele também posta no Twitter. Pior pros desprepuciados, com seus paus que não sentem mais nada. Ele pode meter o seu entre as coxas de qualquer uma esta noite. Elas vieram pra isso, calculam o tamanho do apartamento e ficam louquinhas, querendo lamber a bunda de quem tem grana pra bancar tudo isso. Ele percebe. Está ligadão, com uma antena sensível e alerta. É a droga, mas não só isso — seu cérebro é um receptor gigante. Como o centro de Tóquio. As informações chegam a ele, ele tenta organizá-las. Durante o dia, controla oito telas enquanto passa ordens pelo telefone. Ele se multiplica. De tanto treinar, seu cérebro funciona cem vezes melhor do que o de um executivo comum. Um diretor de banco é um cara que sobe a montanha montado num burro, enquanto ele se desloca num foguete — dá a volta ao mundo três vezes por dia, todo dia, só que não são simples voltas ao mundo, com seus passos de gigante ele faz o mesmo trajeto num corte transversal — sintetiza as informaçoes, capta o que tem a ver e conecta tudo. Emissor receptor. Centro de seleção intergaláctico. Conectado ao horário do mundo. Num vilarejo na Sicília ou numa megalópole indiana, da tundra à floresta amazônica, não importa o horário, em todos os lugares o que vale é o horário do Mercado. Nosso valor é a rapidez, a ubiquidade é nosso dom. O bólido voa rápido demais para que algo possa alterar sua trajetória, é tudo intuição. Kiko sabe sentir o tempo, ele é o ponteiro maior do relógio. Está no tempo do mundo. É o mais rápido, o mais poderoso. E isso não tem nada a ver com a droga. Ele administra. De manhã fuma uma ponta e trabalha sem parar até fazer uma pausa às duas — então manda uma carreira. Ele administra, durante o dia só usa o necessário pra permanecer na crista da onda. Nunca é atropelado. É um surfista excepcional. Está à altura desse apartamento, das meninas que rebolam a bunda naquela sala, da droga pura. Está à altura de seus sapatos Berluti. Ele administra. Agora está em harmonia, está esquentando — todos dariam qualquer coisa pra ocupar o lugar dele. Caralho, um remix de Presley feito pelo Trentemøller, bem agora, era exatamente isso que tinha que tocar. É bem selvagem e as meninas adoram, elas podem requebrar o quanto quiserem. Esse cara é gênio. Kiko gosta dele. É igual a ele na sua área. Kiko é um virtuoso — um piloto de bólido, sendo que o bólido é seu próprio corpo. Pode ouvir o sangue em suas têmporas, o som do seu sangue, dá um tremor, é bom. Potente. Até os que botam pinta de recatados fazem isso por despeito, porque não conseguem ser como ele. Já que não podem experimentar um bom prato de comida, cospem no prato, mas se alguém viesse servi-los, eles mudariam de atitude. Ninguém gosta desses coitados. Por exemplo, esse coroa com jeito de imbecil, Vernon, ele quase botou ele pra fora — não gosta quando trazem pra sua casa alguém que não deveria passar da soleira. Quase enlouqueceu quando viu sua cara de zé-mané, e ainda por cima aquela história de não ter mala — teve que emprestar uma camisa pra ele. Kiko olhou atravessado para Gaëlle e ela fez aquela cara de velho caubói seguro de si, que ele tanto gosta. Ela sabia o que estava fazendo. O cara dá conta do recado. Não era nada de mais durante o dia, no meio da sala, mas agora, debruçado sobre as playlists, tem a desenvoltura perfeita. Quase não se move — homens de verdade não dançam —, mas acompanha o ritmo. O filho da puta faz uma virada brusca, bota uma música animada e kitsch, e dá certo. Kiko dá uma olhada no seu iTunes, "I'd rather Be an Old Man's Sweetheart", de Candi Station, caralho, como o desgraçado teve coragem de escolher isso bem agora. Era exatamente o que tinha que tocar, a música perfeita pra esquentar as meninas, mesmo com a cocaína. "Groovy Night", nunca tinha visto um filho da puta desses. Porque você é pobre, imbecil, você não passa de um pobre imundo. O cara deve ter crescido à base de amendoim em prato descartável, uma vida inteira comendo crepe congelado e carne de vaca com antibiótico. A cultura dos pobres lhe dá ânsia de vômito. Sua vida poderia se reduzir a isso — comida salgada demais, transporte público, trampar por menos de cinco mil euros por mês e comprar roupa em shopping. Pegar avião e ter que esperar no aeroporto em cadeiras duras, sem nada pra beber nem jornais pra ler, ser tratado como um merda e viajar em poltronas de segunda classe, ser um imbecil de segunda classe, sem espaço pras pernas e com os cotovelos da vizinha nas suas costelas. Trepar com uma carne cheia de celulite. Terminar a semana de trabalho e ter que limpar a casa e fazer compras. Conferir os preços das coisas pra saber se dá pra encarar. Kiko nunca chegaria a esse ponto, roubaria um banco, meteria uma bala na cabeça, encontraria uma solução. Não ia suportar. Se estão nessa situação é porque merecem. Caras como ele não suportariam o tranco. O que que os ricos têm de melhor do que os pobres? Eles não se contentam com o que lhes foi deixado. Caras como ele nunca se comportam como escravos. Ele nunca vai baixar a cabeça, não importa o que aconteça — melhor morrer do que se ajoelhar. O cara que se deixa dominar merece ser dominado. É a guerra. Ele é um mercenário. Ninguém vai choramingar quando a gente cai de testa no chão. Você está aí pra lutar. Perguntaram pro Kerviel, numa entrevista na televisão, há uns três dias: "Mas você tinha noção do que estava fazendo quando especulou sobre matérias-primas?", ou esse tipo de coisa idiota de quem não quer saber do que se trata o job — Kiko quase morreu de rir. Você acha mesmo que a gente tem tempo de examinar o buraco do próprio cu pra saber se tudo está bem. Quem é o mais forte. E o mais rápido. É só isso que interessa. Se você já tem a resposta, vá em frente. Os caras ficam reclamando dos mercados, convidam Kerviel para a entrevista e querem que ele responda quem é o responsável por tudo. É preciso fazer as perguntas corretas: Quem vende os programas? Esses são os donos do mundo. Pergunte-se o que o Google fabrica em vez de choramingar que não entende mais nada da indústria. Você está atrasado, meu chapa. Quem inventa os logaritmos, é isso que interessa. Os menos favorecidos estão com medo da ascensão da extrema direita. Isso não muda nada pros mercados. Não importa se são eles ou se são outros, não faz diferença. Não dá mais pra voltar atrás. Eles pararam nos anos 30. Kiko está conectado ao fluxo universal, ao poder puro, o dinheiro briga, incha e desaparece mas Kiko não cai do cavalo. Durante um bombardeio, quem vai pedir pro piloto do avião avaliar seu estado de espírito. Eles continuam defendendo a escola ou o plano de saúde. Retardados. Os desempregados precisam ler no tempo livre? Por acaso ele ganha dinheiro se não produz? Esse mundo acabou, já era. Quem é que se preocupa em educar as pessoas que não têm mais lugar no mercado de trabalho? Da próxima vez que convocarem os povos da Europa vai ser para a guerra. Ninguém precisa aprender literatura e matemática pra ir pra guerra. É isso que faria alavancar a economia. Uma guerra. Só que os desempregados letrados — vamos falar a verdade, é uma idiotice. As pessoas acham que, no pregão da Bolsa, os caras vão acompanhar os movimentos sociais — sério, acham que o pessoal vai se sensibilizar com um punhado de gente sem grana pra comprar pão? Sempre foi assim. É duro. É a guerra. Quando Kerviel quebrou, ninguém foi defendê-lo. Quando chegar a vez de Kiko — ele também estará sozinho. É um mercenário, tem plena consciência de que não pode contar com ninguém. As guerras, é preciso ganhá-las. É preciso sobreviver. Munir-se das melhores armas. Do logaritmo certo. O resto é poesia. Promessas falsas. Mas é claro que também tem o êxtase. Você acha que não me dá tesão ganhar um bônus de seis dígitos, seu bosta? Se falasse pro Subutex: "Sabe, hoje eu acrescentei milhões de euros ao meu patrimônio", ele não ia perceber que isso dá tesão? Dá um puta tesão. Ele é um touro no meio da arena, sabe lutar. Olha praqueles que se aposentaram aos quarenta anos. Mansões grana preta na conta as putas mais lindas, daí vão morar em países onde ninguém dá a mínima para os direitos humanos, onde eles estão à frente e ninguém enche o saco por causa de impostos. Nunca viu nenhum desses em lágrimas porque neguinho não está comendo direito. Experimenta fazer o que estou fazendo, você vai ver. Eu acompanho, especulo, duplico, antecipo, escamoteio. Sempre alerta. Má notícia para os franceses: a festa acabou. Mexam-se, não tem mais nada à venda. Liquidamos as geladeiras, os computadores e agora refazemos o estoque pra vender em outro lugar. E qual é o problema? Além de choramingar, o que mais vocês vão fazer? Vão se matar uns aos outros? Beleza. Também vendemos armas. Seus conterrâneos não passam de uns imbecis, ingratos e arrogantes. Umas bestas que ficam gritando na rua se achando importantes. Mas não são. De onde estamos, não dá pra ouvir nada. Não chega nenhum ruído aos nossos ouvidos. Já era. Ganhamos. Fiquem aí agitando seus cartazes. Não conseguimos ouvir nada, nem de longe.

Ele não pode ir deitar muito tarde esta noite. Só mais um teco, uma taça de champanhe e depois naninha. Albert King, "Breaking Up Somebody's Home". Vernon é demais. Kiko grita DJ REVOLVER IN DA HOUSE. Ele sabe que isso é muito brega, mas foda-se, está em casa, pode fazer o que bem entender. Não é possível, o cara deve ter um sexto sentido. Assumiu o controle e sua nave espacial está decolando. Tudo faz sentido, as pessoas os corpos as luzes e o som — tudo em cima. Vai falar com ele e põe a mão em seu ombro. Puta que o pariu, que do caralho, tá foda demais a tua música, inacreditável, o teu som é muito bom. Você é um filho da puta do caralho, fodástico. Da pior espécie. Está sendo bem tratado nesta casa? Qualquer coisa é só me pedir, sacou? Quer que eu arranje uma gata pra você? Já recebi uns setecentos e cinquenta mil DJs, eles no máximo têm um estilo, mas você é muito foda. Olha o que você tá fazendo com essas vagabas, daqui a pouco vai ter putaria no salão. Kiko decide que agora até a cara do cara lhe cai bem. Vernon não é tímido, é misterioso. Na primeira vez que viu o cara achou que fosse tímido. Detesta esse tipo de gente. Os delinquentes são violentos, ou pelo menos metem medo. Encaram qualquer coisa. A timidez é a marca dos sonsos. Da classe média, dos playbas. Dos que não valem nada mas se levam a sério. A timidez atesta o complexo, o complexo atesta a traição. A pessoa tem que selecionar o que entra em sua casa se quer que o ambiente flua numa boa. Tem que filtrar. Administrar um apartamento é como administrar um país. É preciso bloquear os indesejáveis, ser implacável, só admitir quem sabe se divertir. Pago minha festinha, portanto seleciono. Esse Vernon é péssimo, mas vira outra pessoa quando assume as carrapetas. Um artista. Tem um quê de artista. É sempre bom ter alguns por perto. Esta noite, por exemplo, está faltando atriz. Elas dão um toque especial à festa. O pessoal da TV, não. Eles pesam o ambiente. Têm um ar deprê. Te puxam pra baixo. Igual aos humoristas. "So Weit Wie Noch Nie", a clássica eletrônica. Todo mundo está dançando, é um transe coletivo. Esse cara é realmente gênio. Não dá pra saber como ele faz isso, mas quando o cara tem alma, todo mundo percebe. Olha só a música que ele botou bem na hora que Kiko estava indo pra cama. Uma morena está rondando ele já faz um tempo, ela acha que ele não está percebendo então se esforça cada vez mais. Daqui a pouco vai estar dançando sem roupa procurando os olhos dele. Seu nariz é tão fino que ele se pergunta como ela faz pra mandar uma sem se desintegrar. Vai ver é prótese, vai ver ela vai tirar o nariz antes de chupar o pau dele e revelar sua cara de zumbi. Mexe o corpinho, baby, mexe. Vou cuidar de você. Não vou te foder esta noite, estou muito cansado, mas vou te levar pra cama. A gente vai dormir de conchinha. Biancha dança de olhos fechados, Marcia a agarra pelas costas. Um showzinho lésbico, vamos meninas, pega fogo, cabaré. Isso aqui está parecendo o inferno. Tribal, tribal. Amo. Ele pega a morena pela mão. Ela tem cara de dezesseis anos. Vou dormir com dois dedos enfiados na tua bocetinha raspada, mas não vou te comer, estou sem energia pra isso hoje, talvez você me chupe mas eu nem vou gozar. Dentro da casa dele o pornô acontece na cama. Ele é um deus. Seu quarto é afastado da sala o suficiente pra que as pessoas continuem se divertindo. Ele é um príncipe. Não se despede de ninguém, faz um sinal pra garota acompanhar ele e ela obedece. Elas são todas iguais, e quem se acha e não obedece ao primeiro sinal para ir pra cama que vá pra casa do caralho, vai ter sempre outra safadinha a postos. Porque, amanhã, quem sabe eu lembre de você e te dê um presente. Tudo depende de você, do teu desempenho.

Não tem nada de cocaína nesse pó, se você esfrega na gengiva não acontece nada. Ela está com dor de cabeça e a rebordosa já começa a atacar seus ossos, mas ainda está bem louca, amanhã de manhã a coisa promete. Marcia tem uma sessão de fotos às três da tarde, vai dar tempo de descansar. A noite não está tão boa assim, teria sido melhor ir pra casa dormir. Sempre as mesmas pessoas. Conversas que se repetem. Quando chegou abriu um maço e já fumou tudo. Mais do que o álcool ou as drogas, é a nicotina que está acabando com ela, de manhã tem a impressão que não consegue respirar. Precisa parar. Sua pele estava ficando um horror, então passou pro tabaco sem adição de conservantes, Gaëlle disse que isso fazia toda a diferença, mas ela não sentiu nada. E agora essa dor de cabeça. Já deve fazer uma hora que está no mesmo lugar, sentada ao lado de Framboise, que enrola, um atrás do outro, um baseado de erva pura. Uma hora falando que vai dormir. Ruído branco nas gengivas, superdesagradável, ela conhece isso de cor. Amanhã vai ter que descansar.

Aos primeiros acordes, sua consciência se abre em duas,

"Construccíon". A versão espanhola de Viglietti, uma série de imagens em movimento, com seus cheiros e sons, aquilo que seu corpo experimentava então, naquele momento preciso. Quando a gente folheia um livro ao acaso não escolhe o que aparece. *Amó aquella vez como se fuese última*. Ela se chamava Leo, tinha imitado o corte de cabelo de Isabella Rossellini. Belo Horizonte. As árvores na cidade, imensas, de um verde intenso, como nos países do Sul, crescem mesmo no cimento e de repente galgam o céu num único movimento. Bairro Floresta, casa térrea, o toca-discos da casa dos pais de Silvio, que não estava lá, e essa música tocando sem parar durante dias, estavam obcecados por ela. Iam ao cinema assistir *Betty Blue*. Várias vezes no mesmo dia, e voltavam no dia seguinte. Tomavam cerveja na rua, sentiam o inebriante perfume das damas-da-noite. Leo usava os tênis Radley que tanto amava. A cidade estava cheia de Volkswagens, eles não tinham carro. Era sempre o mesmo grupo, os cinco. Usavam jeans azuis, bem clarinhos. *Besó a su mujer como si fuese única*. Nenhum deles ficou por lá. O amanhecer era tão luminoso que feria os olhos — fornadas de pão de queijo, o sabor de mandioca, seus corpos jovens, incansáveis. O walkman azul da Sony, do qual tinha tanto orgulho. Escutava Cazuza, "O tempo não para", a aids ainda não existia pra eles. Lula havia perdido as eleições presidenciais, ela era jovem demais pra votar, não tinha dezesseis anos. Mas já então Europa, Europa, Europa de qualquer jeito. Não Estados Unidos, mas Europa. Estava apaixonada por um professor de literatura da escola mais chique da cidade. *Sus ojos embotados de cemento y lágrima*. Era louca por essa música. Escutar em espanhol era um pouco esnobe. A turma dava uns rolês pela Broday, assim mesmo, sem "w", assistiam shows de hip-hop, dos Racionais MC's, não tinha nenhum branco, era tão excitante estar ali entre os corpos dos meninos, meninos maus. E os cigarros Free, o elegante maço branco com duas listras, uma azul e outra vermelha. Todas essas coisas que os faziam ser quem eram, os acessórios do jogo deles. Naquela sala, no oitavo andar, com um terraço dando para o triângulo de ouro de Paris, ninguém teve quinze anos como ela. Ela se dividiu em duas. Quis ir embora para a Europa. Se naquela época alguém lhe tivesse dito o quanto seria maravilhoso — será que a impaciência que a devorava seria diferente? *Por esa arpía que un día nos va a anular y escupir y por las moscas y besos que nos vendrán a cubrir.* Era fascinada pela música — sua espiral trágica. Todo seu país — uma tensão em direção à tragédia, cambaleante.

Desde o começo da noite Kiko não para de repetir "esse cara é excelente, você não acha? Ele é excelente", referindo-se ao sujeito que se ocupa do som. Kiko tem seus caprichos quando gosta de alguém. Às vezes pode ser um amigo lcal. Marcia não passou uma noite boa. Achou a atmosfera carregada — as pessoas não se suportavam mais, precisavam ferir o nariz pra simular uma felicidade plena. Ainda não amanheceu totalmente, é aquela hora estranha em que a noite vai embora sem que o sol tenha nascido. Em vinte minutos vai amanhecer, nesse momento a cidade tem o cheiro mais gostoso. A música chega ao fim, o esqueleto de Marcia abalado pelo impacto dessa memória viva — sua cabeça dá voltas e ela levanta os dois braços pro ar. "Pronto, DJ Revolver, você acabou de me dar meu primeiro orgasmo da noite." Só então repara nele, ainda não tinha olhado direito. Com um sorriso discreto ele dá uma piscada pra ela e toca Prince — "Sexy Motherfucker". Boa, DJ. Agora outras imagens lhe vêm à cabeça. Está em Paris — ninguém mais a chama de Leo, ela usa shorts curtos, meia-calça preta de lycra, salto agulha vermelho comprado numa loja em Château d'Eau chamada Ernest —, começa a trabalhar como cabeleireira. Sua vida é como um disco de vinil, várias faixas já foram gravadas. As imagens se abrem, ela volta pra elas. Agora já está em Paris, naqueles primeiros anos chove todos os dias, o que condiz exatamente com a ideia que uma sul-americana tem da cidade. O cinza dos edifícios combina com o cinza do céu. Paris, no início dos anos 90, vibra pelo Brasil, os franceses adorariam saber dançar, eles se esforçam pra rebolar ao som de músicas das quais não entendem palavra. Balançam os pés, os ombros, mas os quadris não respondem. Chegou a Paris e a primeira coisa que viu na televisão foi Johnny Hallyday, e logo percebeu que muita coisa ia lhe escapar. Tinha que ter nascido ali pra entender tudo. Mas Paris amava o Brasil, e das garotas da moda, como ela, eles queriam o sotaque, o requebrado, o exotismo. Uma brasileira trans, pobre, ia parar nos arredores da estação Nation, direto, era quase obrigatório. O trajeto não era imediato, mas praticamente. As garotas que Marcia encontrava olhavam pra ela com dó quando ela dizia: "Não, não vim aqui pra fazer programa". A calçada não era uma opção, era o lugar dela, estava escrito. As brasileiras soropositivas chegavam aos montes, sabiam que na França seriam bem tratadas. Mas Marcia não queria fazer programa porque era fascinada por Scarlett O'Hara, e achava que Scarlett resolveria as coisas de outra maneira. Que Scarlett não fosse pobre contava um bocado, mas ela não pensava nisso. Marcia não tinha dinheiro mas havia nascido com o cu virado pra lua. Certa noite, no Gibus, fez amizade com uma garota de Bogotá que tomava estrogênio, assim como ela. A garota era cabeleireira e traficante, o tempo todo passava gente pra encontrá-la, um corte de cabelo e dois ou três gramas. Foi assim que aprendeu. A cortar cabelo. No início ela só tingia, no banheiro. Tirava de letra. Sublocava um quarto no salão do Fabrizio, que era a única louca que ela conhecia que dizia ser da máfia. E Fabrizio a adorava, dizia que ela era tão linda quanto Dalida — e a introduziu no meio. Aprendeu a ser cabeleireira. Fez suas primeiras sessões de foto de moda. Fazia todo mundo dar risada, era isso que esperavam dela. Bom humor. As garotas que conheceu quando chegou começaram a morrer, algumas se matavam antes que a aids acabasse com elas. A epidemia também levava os veados parisienses. Havia, pela primeira vez, certa igualdade. A epidemia era a mesma pra todos. Era uma coisa bizarra, a sensação de pertencer à mesma casta. Todo mundo. E a vida seguia — em volta deles a morte não dava trégua. Mas estavam se lixando pra isso. A Act Up Paris organizava protestos, mas a luz só acendeu quando os héteros entenderam que a aids também lhes dizia respeito. Quando a epidemia pegou geral é que a doença começou a existir. Marcia tinha sido salva pelo gongo. Tinha trabalho e não tinha aids. Com o tempo começou a ter remorso por passar ilesa, mas também sentia uma gratidão sem tamanho. Como a vida foi e continuava sendo generosa com ela. Depois vieram os amantes que a enchiam de mimos. Viagens, palácios, jet set. Os anos 90 na moda foram totalmente mágicos. Evangelista, Campbell, Crawford, Schiffer, Casta, Alek Wek, Herzigova, Banks... Ela se acostumou com o luxo, a fazer parte de um mundo ao qual nunca teria pertencido. A pequena sereia: aquela que tem muita dificuldade para dar um passo, mas que anda com graça e sempre sorrindo. Nunca cogitou voltar para o Brasil, mesmo quando ouviu falar sobre o milagre econômico. Ama a Europa. A riqueza do velho continente, a opulência de suas classes inferiores, a despreocupação dessas pessoas que puderam esquecer a humilhação da pobreza, das ditaduras, convencidas de que estão protegidas por serem mais merecedoras, mais trabalhadoras, mais inteligentes. Adora que tenha aquecimento em todos os lugares, até os correios são limpos, todo mundo queria ter nascido na França. Mas eles mesmos não se dão conta disso. Quem sabe isso também vai acabar mudando, como tantas outras coisas que pareciam eternas.

É a primeira vez em vários anos que pensa em Belo Horizonte com vontade de voltar atrás. Pegar o jovem menino-menina que era e lhe sussurrar ao ouvido não faça isso não vai cair nessa de acreditar em tudo, você vai ver, um dia vai perceber que está ficando blasé com tanto luxo e com a vida fácil, vai ficar tão cheia dessa vida que vai reclamar de tédio. Como uma verdadeira princesa.

Subutex. Kiko gritou seu nome a noite inteira. Ela não tinha prestado atenção nele, mas agora que o olha acha alguma graça. Tem as mãos lindas. É calmo. Maduro. Rugas de quem já riu muito. Deve ter aproveitado bem a vida. Ela se aproxima. "Que música é essa?" Cochicha a pergunta no seu ouvido, tocando com a ponta dos dedos a parte interna do cotovelo dele. Ele olha pra ela, encara sem sorrir. Seu olhar é duro. Foi um soco no estômago. Ele responde "Freddie King", tem uma voz bonita, profunda, diz o nome da música bem perto da sua orelha "Please Send Me Someone to Love", para um francês, até que tem boa pronúncia do inglês, não é nada afetado. É seguro. Gosta dele. Um pouquinho. Ele está absorvido na música. Troca o som. "Tostaky", Noir Désir. Uma aurora cinzenta espalha um pouco de luz na sala. Ela apoia os pulsos sobre a cabeça, acompanha o som da guitarra com os olhos semicerrados. Sempre conseguiu tudo o que queria dos homens dançando pra eles. "Tostaky", ela conhece bem esse ritmo francês, pesado. O quadril grudado na guitarra, de costas para a bateria. "Tostaky." Vernon deve ser um belo de um filho da puta. Isso é uma coisa que ela reconhece com os órgãos: se sente tesão é porque o cara não vale um puto. O drama corre em seu sangue, só goza com homens perigosos. Os que querem te matar são sempre os amantes mais atenciosos, senão você não deixaria que eles fizessem o que fazem. Ninguém aceita o primeiro tapa a menos que ele venha acompanhado de uma torrente de desculpas, de promessas, de um desejo intenso de não te perder, de não poder nem pensar em te perder. Os que são capazes de te matar são os que mais dependem de você. Ela sente tesão pra valer quando percebe que poderia ser morta. Não precisa olhar pra saber que ele está olhando pra ela. Quando dança, precisa conter os gestos, passou da idade de dar show, agora poupa energia. Flexiona os pulsos, puxa o ar, seus dedos enrijecem a cada nota, depois atrás da nuca, ela gesticula como se tivesse deixado cair algo no chão, perto da cintura. "Tostaky." A beleza extraordinária desse cantor francês — o mais latino de todos. Acompanhando o ritmo crescente, seus saltos batem no chão, devagar — em Paris todos se contêm, mesmo quando dançam, a intenção não é se entregar ao transe, e sim nunca esquecer de sorrir. Até quando dançam Noir Désir nos salões dos bairros bacanas. Não há frenesi, pelo menos não no corpo. Em Paris o corpo não tira a máscara. Vernon bota outra na sequência, Rihanna — agora os corpos à sua volta são outros. Mas ela não está nem aí. Dança só pra ele, ele a ignora, isso a irrita. Mas a excita. Ela gosta de todo tipo de homem. Não importa idade, corpo, raça, crença, grana, caráter. Gosta de todos, mas fica melhor ainda quando resistem ao balanço de seu quadril. Ela vai transar com ele.

 Sai pra fumar no terraço. O ar gelado castiga sua pele, é um choque agradável. Respira fundo — agora sim a droga bateu. Agora ela a sente, uma energia das primeiras horas do dia. Jérémy e Biancha estão falando dos problemas do UMP desde que Sarkozy saiu do partido. Fragmentos de argumentos, eles repetem dez vezes a mesma coisa, falam por falar. Conversas do amanhecer. Ela odeia. O speed a deixa de mau humor. Deveria ter tomado MDMA. Todos estão calibrando a dose agora. Não bebeu o suficiente, não tem forças pra continuar. Volta para a sala, Vernon não saiu do lugar, está concentrado na música, ele se basta. Ela gosta desse cara. Esbarra nele ao ir embora e diz: "Até amanhã, DJ. Você sabe que ninguém vai dormir aqui, você pode ir pro seu quarto quando quiser. Ninguém está escutando mais nada". Ele sorri e não responde. Gosta cada vez mais dele. Foi ele quem deu o tempero da noite, que fez com que a balada não fosse uma merda completa.

De manhã ela não cruza com ele antes de sair para a sessão de fotos. Gaëlle ainda não dormiu, continua cheirando, sozinha na frente da televisão, tomando chá Genmaicha. Ela não pergunta a que horas ele foi se deitar. Assim, do nada, poderia levantar suspeitas, e Gaëlle não sabe segurar a língua. Kiko não iria gostar de saber que ela estava afins de um cara que ele está hospedando. Faz anos que eles não flertam, mas ela nunca traz amantes pra casa dele — é um acordo tácito, ela tem um refúgio em Paris mas vai transar fora dali.

É estranho ver Gaëlle tomando distância para ler algo. É coisa de gente velha. Para os parasitas como elas, a presbiopia é uma praga. Conservar o charme ao perder o frescor é um exercício raramente bem-sucedido. Apesar de gostarem de se sentir úteis e generosas, as pessoas têm horror aos corpos envelhecidos, aos rostos enrugados e ao lado patético dos esplendores do passado. Elas vão virar ruínas — o que já foi sublime não vai passar de um monte de escombros. Como se pudesse ler seus pensamentos, Gaëlle corrige o foco se espreguiçando, um movimento leve, e lhe dirige um sorriso malicioso que sempre lhe cai bem. Lentamente acende um cigarro com classe e desenvoltura, depois comenta, olhando em seus olhos:

— Você dançou bastante ontem.

— É, dancei mesmo… estava moída, deveria ter ido dormir.

— Você está achando que nasci ontem, querida… e não me venha falar do Subutex. Estava na cara que você deu em cima dele como uma piranha.

Marcia se esforça pra não dar bandeira. Está nas nuvens. Apaixonada. Quer ouvir o nome dele, quer saber mais sobre ele, quer que Gaëlle lhe diga que estava na cara que ele estava a fim dela... Nada poderia ser tão excitante quanto esses dias — os dias que antecedem a coisa em si.

Gaëlle olha pro céu fingindo decepção:

— A gente se conhece há quanto tempo? Você acha que consegue me enganar?

— Não sei do que você está falando.

— Não é uma má escolha. Ele é um cara legal. Se eu gostasse de homem também ia querer transar com ele. Só tem um porém: você vai fazer ele sofrer, baby.

— Ele tem umas mãos lindas, mas para por aí.

— E onde você acha que as mãos dele vão parar?

— Eu gosto do amor... por acaso isso é crime?

— O amor, o amor... eu diria que você gosta mesmo é de fazer com que te tirem a roupa, igual à cadelinha safada adormecida dentro de você... Mas olha só, digo de novo: você vai fazer ele sofrer.

Marcia quer tê-lo. É uma porta entreaberta, vontade de espiar do outro lado. *"It may be wrong but it feels right to be lost in paradise."* Ela não o achou especialmente atraente, ela deseja que ele a deseje e a coma até acabar com ela. Ela o quer. É um capricho, ou uma urgência.

Na obra que está sendo feita ao lado do mercado La Boqueria, um imenso guindaste levanta uma betoneira acima da cabeça dos pedestres. A Hiena passou muito tempo sentada na frente do computador, sua lombar está contraída e dolorida. Ela caminha pra relaxar.

Duas meninas de shorts e sandália plataforma, com as mochilas no peito, cruzam a praça Sant Agustí consultando um mapa. Têm os ombros tatuados e conversam numa língua tão estranha que a Hiena se pergunta se não estariam inventando. Um barbudo empurra um carrinho com carne. Turistas com capacetes de cores chamativas passam de bicicleta. Moradores de rua estão sentados em volta da fonte. Eles têm cerca de cinquenta anos e usam cabelo moicano. Táxis buzinam nos engarrafamentos. Bandeiras catalãs florescem nas fachadas, e também cartazes "queremos um bairro digno". Num canto da calçada, fora da vista dos transeuntes, uma gaivota despedaça uma pomba morta.

Ela chegou a Barcelona na noite anterior. A televisão noticiou que uma sexagenária havia se atirado da janela do apartamento quando vieram despejá-la.

Gaëlle telefona de Paris. Parece irritada.

— Como assim, você não pode vir agora?

— Não estou em Paris, flor.

— Mas por que você não me avisou antes? E eu faço o quê, agora?

— Fica distraindo o cara. Em três dias estou de volta.

— Volta hoje à noite.

— Impossível.

— Você tá tirando com a minha cara? Estou cumprindo o prometido. Se amanhã Vernon der o fora, você vai ter que me dar o que prometeu, tá ligada, né?

— O que foi que eu prometi?

— Duzentos euros.

— Nós nunca falamos de grana, flor.

— O Alzheimer está destruindo seus miolos. Você me propôs o dobro, mas eu te fiz um precinho camarada.

Parece justo. A Hiena reclama só para não perder o hábito, então agradece e promete voltar logo. Depois de desligar, fica segurando o telefone. Está quase ligando para Dopalet. Deveria informá-lo que localizou o cara que ele está procurando. Ele diria "mas, já?", e a cumprimentaria, aliviado. Diria pra ela voltar o mais rápido possível.

Ela guarda o celular no bolso de trás do jeans. Fazia tempo que não saía de Paris. Não tinha se dado conta de como sentia falta de ver outras paisagens. Ela não tem vontade de seguir à risca o combinado. Dopalet está levando essa história a sério demais, todo dia liga pra saber se ela tem alguma novidade. A Hiena lhe dá o mínimo possível de informação.

Não encontrou na internet nenhuma referência a uma eventual relação entre eles. Dopalet normalmente é truculento, mas um pouco de pesquisa sempre acaba revelando a ligação entre ele e o objeto de sua obstinação. Dessa vez, não.

Quando soube que deveria encontrar uma pessoa que conheceu Alex Bleach na juventude, pensou em Sélim na hora.

Eles tinham morado no mesmo prédio durante quatro anos, no bairro de Lilas, quando eram mais novos. O que Sélim nunca soube é que se a Hiena estava o tempo todo na casa dele é porque ela se entendia bem com a sua mulher, que gostava de pó, e a Hiena sempre lhe levava um pouco, naquela época costumava preparar uma carreirinha para a garota antes que o marido voltasse pra casa. O que não era muito honesto, a jovem não tinha nem vinte anos. Não era para encher o saco com lições de saúde, era pra fazê-la feliz. Ela era muito nova. Nem era tanto por uma questão de idade — Sélim e a Hiena tinham só sete anos a mais do que ela —, mas de inexperiência. Tinha acabado de chegar do interior e não sabia nada da vida. Era bronca, mas tão suave que parecia um pardalzinho preso numa cozinha. Todo seu charme vinha dessa energia. Era difícil imaginar um sujeito mais legal do que Sélim, mas ao mesmo tempo ele não deixava de ser um homem: não era exatamente perspicaz. Tinha casado com aquela garota por quem estava perdidamente apaixonado e não via motivo pra ela enjoar da vida que ele estava construindo para ela. Ele gostava de Roland Barthes, de filmes russos e dos discos de Barbara. Ela, com vinte anos, só queria saber de sair pra dançar. Ele então pensou que, se lhe desse um filho, tudo ficaria bem. Ela surtou. E um dia foi embora, tinha se envolvido com o mandachuva do conjunto residencial vizinho. Só Selim não conseguia entender por quê — mas dava vontade de dizer: "Não é possível que você não percebia o quanto ela ficava de saco cheio na cozinha". Sélim criou a pequena Aïcha com um cuidado decuplicado devido ao abandono materno. Foi só quando se viu sozinho com a criança que ele e a Hiena se aproximaram — se ele precisava sair pra fazer compras, levava o carrinho para o apartamento da vizinha. Sentia-se à vontade naquele universo constituído exclusivamente de meninas, e naquela época ele era engraçado e comunicativo o bastante para ser aceito.

Alguns meses depois da partida de sua mulher, Sélim estava na videolocadora e deu de cara com a capa de um filme pornô. A Hiena nunca perguntou por que ele estava fuçando naquela prateleira. A pequena Faïza tinha virado Vodka Satana. A Hiena nunca mais tinha visto Vodka Satana até a história com Bleach, e aí as fotos dela se espalharam por todo canto.

Depois do encontro com Dopalet, ela ligou imediatamente para Sélim. Ele não se mostrou muito animado com a ideia de encontrá-la num café. Mas a convidou para passar em sua casa, com um tom de voz gélido.

Ele mudou bastante. O entusiasmo que caracterizava seu temperamento tinha desaparecido, sua exuberância tinha se convertido em amargor. Ele parece não se incomodar com isso, muito pelo contrário. Está decidido a deixar bem claro que não está bem, com uma determinação equivalente à que tinha, quando jovem, para seduzir quem cruzava seu caminho. Sélim era um cara brilhante, aonde quer que fosse ele monopolizava a atenção, centralizava as conversas e conferia à noite uma animação bem particular. Tinha sido um cara bonito, elegante, descontraído. Agora está careca, barrigudo, veste roupas de cores ingratas. É o tipo de cara com quem as pessoas evitam conversar, sua raiva se transformou em ranço.

A Hiena sentou na sala, todos os móveis da Ikea, parecia que ele havia escolhido a mobília a dedo para não dar nenhum charme ao ambiente. Ela ficou esperando que ele falasse alguma coisa tipo temos tantas lembranças boas, estou muito feliz de te ver, mas depois se retraiu — calculou trinta minutos um tempo razoável para escapar educadamente. Não sabia bem o que tinha ido procurar na casa dele que pudesse ajudá-la a decidir se aceitava a missão de Dopalet ou desencanava, mas assim que sentou teve certeza de que ir até lá tinha sido um erro.

Sélim agora dá aulas na Paris 8, e ela achou que isso poderia lhe dar certa satisfação — ser professor universitário é o tipo de coisa que dá para dizer num jantar sem passar vergonha. Pelo menos é o que ela achava. Mas, segundo Sélim, hoje em dia todo mundo despreza as universidades. Os intelectuais. Pessoas como ele.

Ele, de quem ela se lembrava como um sujeito que se interessava pelos outros, não fez nenhuma pergunta sobre o que ela estava fazendo, nem por que tinha vindo encontrá-lo. Ela tentou puxar conversa:

— Lembrei de você quando Alex Bleach morreu... Naquela época a gente não conversou sobre isso, mas deve ter sido horrível ver Faïza com ele...

— De todas as escolhas dela, essa não foi a mais difícil de digerir.

— Você se incomoda de falar sobre isso?

— Não. Pensei muito nessa história quando ele morreu. Ela estava apaixonada. Quando tudo aconteceu, é claro que me senti humilhado, mas ao mesmo tempo fiquei aliviado... achei que ele talvez pudesse ajudá-la a se reestruturar. Acho que ele também estava apaixonado.

— Não era exatamente a pessoa mais indicada para ajudar alguém a se reestruturar.... Que desperdício, esse cara.

— Não sabia que você gostava tanto de música francesa.

— Eu gostava dele.

— Se foi pra falar de Faïza e dele que veio me ver, está perdendo seu tempo. Seria mais proveitoso procurar as amigas dela daquela época, as Pamela Kant ou as Debbie d'Acier — eu não posso te ajudar em nada.

— Pamela Kant... é verdade, tinha esquecido dela... elas ficaram amigas?

Sélim se inclinou, olhou bem em seus olhos e ficou em silêncio. Parecia um ator de filme policial das antigas.

— Eu perguntei se foi por isso que você veio me procurar.

— De jeito nenhum. Não sabia que você ia ficar tão incomodado por eu querer saber da sua vida... não sabia que estava com tanta raiva. Mas tenho uma pergunta pra fazer — já que você conhece tão bem a panelinha do cinema... estou atrás de um roteirista francês chamado Xavier...

Ele ergueu uma das sobrancelhas, claramente surpreso com a incongruência da pergunta, mas não teve tempo de responder. Aïcha entrou na sala, mal-humorada, sem cumprimentar ninguém, e foi logo perguntando: "Vamos pedir uma pizza hoje à noite?". A genética não lhe fez grandes estragos. Tinha o aspecto robusto do pai e um nariz fabuloso, que não herdou nem do pai nem da mãe, devia vir de algum outro membro da família, e que dava à sua expressão uma particularidade interessante mas incompatível com alguma harmonia. Aïcha usava hijab, porém isso não lhe acrescentava nenhum charme — só se via o nariz.

Sélim não concordou com a pizza, nada de farinha branca à noite — pareceu ser um princípio bem consolidado na casa —, a garota não protestou, só bufou para registrar seu descontentamento, mas tampouco insistiu. Sélim fez as apresentações:

— Você não está reconhecendo essa moça, mas ela morava no andar de cima quando você era pequena. Ela sempre tomava conta de você.

E a Hiena fez que sim, olhando-a com aqueles olhos de adulto que passou talco no seu bumbum quando você era bebê, e se controlou para não dizer "quando eu te conheci você era desse tamanhinho" ou "nooossa, como o tempo passa, quem diria", só que sua expressão dizia exatamente isso, porque sempre é um mistério para os adultos como uns bichinhos que engatinham de chupeta na boca em tão pouco tempo podem se transformar nesses monstros calçando quarenta e dois. Aïcha desfilou seu mau humor na sala alguns minutos, depois se trancou no quarto: "Tenho coisa pra fazer".

— Ela está estudando?
— Direito tributário.
— E está indo bem?
— Quanto a isso, não posso reclamar.
— Você tem sorte. Muitos jovens não têm a menor noção do que vão fazer da vida.
— O problema é o Profeta.
— Como assim?
— Ela fica martelando o dia inteiro sobre o Profeta. Está me deixando louco.
— É preciso se adaptar aos novos tempos.
— Você fala isso porque não é sua filha.
— Imagino... fico pensando se eu tivesse uma filha e ela fosse hétero... Seria um pesadelo horrendo, não gosto nem de pensar.

Pela primeira vez ele riu de alguma coisa que ela disse. Ela ficou ouvindo Sélim reclamar de como era difícil, para um pai, educar uma filha sozinho. Depois se despediu.

Ele ligou na manhã seguinte.

— A gente acabou sendo interrompido ontem. Você viu se o roteirista que você estava procurando era o Xavier Fardin?

— Não sei quem é.

— Lembra daquele filme no começo dos anos 90, *Ma seule étoile est morte?* — não envelheceu bem, mas quando foi lançado todo mundo enlouqueceu.

Com o telefone apoiado no ombro, ela pesquisou no Google Xavier Fardin e Alex Bleach — sim, eles se conheciam. A Hiena deu um assobio de satisfação.

— Boa dica.

— Quando quiser saber alguma coisa é só perguntar pro papai aqui. Mas me diga: você conhece bem a cabeça das mulheres?

— Cara, essa é a minha maior especialidade.

— Para de besteira. Estou falando da minha filha. A gente pode se encontrar?

— De novo? Ontem você nem queria tomar um café comigo e hoje já quer casar, é isso?

Na verdade, Sélim só queria que ela acompanhasse a filha a Barcelona por oito dias. "Para uma avaliação." A Hiena demorou pra acreditar que ele estivesse pedindo algo tão inusitado. Mas ele falava sério. Ficava mamando sem parar no cigarro eletrônico, como um bebezão contrariado.

— Sua filha? Você quer que eu a avalie sob quais aspectos?

— Terrorismo. Luta armada.

— Ela está procurando alguma passagem de avião para o Irã?

— Não. Não sei o que ela está fazendo. Também não quero espionar. E mesmo se quisesse nem saberia por onde começar. É isso. Mas estou com a impressão de que tem alguma coisa errada. Receio que ela esteja vivendo uma vida dupla...

Era difícil culpar Sélim por alimentar pensamentos paranoicos. Sintoma dos tempos. Se um sujeito casa com uma árabe toda bonitinha, tímida e engraçada e de um dia pro outro ela o abandona pra assumir um pseudônimo russo-satanista e inundar o mundo de vídeos pornô de dupla penetração... mais tarde esse sujeito tem o direito de desconfiar que as mulheres são capazes de tudo. A Hiena guardou o pensamento para si e tentou acalmá-lo:

— Eu estive com ela só por cinco minutos, mas sinceramente não achei que ela tem cara de mártir de complô... você está noiado porque ela usa hijab?

— Não. Ela é obcecada por religião.

— Isso é melhor do que se estivesse usando crack.

— Não sei. É exatamente esse o problema. Fico me perguntando até onde isso vai. Nós não conversamos.

— O.K. Mas você sabe que vai passar, né? Ela é jovem, é só uma fase... Como você quer que eu a acompanhe até Barcelona? Não posso dar uma de espiã...

— Claro que não, você vai só viajar com a Aïcha. Foi ela que teve a ideia. Eu não queria deixá-la ir sozinha. Ontem à noite, depois de você sair, ela propôs que você tomasse conta dela. Ela justificou: "Assim você fica tranquilo". E é verdade... como você já fez tanta coisa bizarra... e ainda por cima conhece tão bem as mulheres, do seu jeito... depois de passar uns dias com ela, vai poder me dizer o que acha do seu comportamento... trata-se apenas de prestar bastante atenção.

— Como que ela teve uma ideia dessas?

— Ela não tem nenhuma referência feminina.

— Sou uma referência feminina meio especial, não? Sapatão. Ela sabe disso?

— Não quis contar detalhes da sua vida pessoal...

— Com todo respeito, Sélim, isso que você está me propondo é uma completa idiotice.

— Eu te ajudei com Fardin, não foi? Então me ajuda com isso, por favor.

* * *

    A Hiena seria incapaz de dizer exatamente como os detalhes foram resolvidos, mas em menos de uma hora estava tudo acertado: ela acompanharia a garota até Barcelona. Muitas vezes as decisões mais extravagantes podem parecer racionais.
    Ela não pode esquecer que Sélim a ajudou com o roteirista. Xavier Fardin. Descolou seu telefone com duas ligações — e organizou o encontro no mesmo dia, em frente à casa dele. O tipo de hétero ridículo, satisfeito consigo próprio e com suas opiniões, reproduzindo clichês do arco da velha convencido de estar inventando a roda, se achando, sem que houvesse algum motivo para tanto — e ela sacou seu olhar bovino e lúbrico despindo-a descaradamente. Estava todo animado porque alguém tinha se interessado por ele. Assim que ela disse que trabalhava para um produtor, ele começou a declamar seu curriculum vitae, enfatizando que adoraria trabalhar num filme sobre Alex Bleach. Por outro lado, não sabia dizer onde ela poderia encontrar esse tal de Vernon Subutex que tinha os teipes — ela poderia procurá-lo no Facebook, mas parece que ele estava se escondendo, problemas com uma ex particularmente virulenta. Era um cara simpático que durante anos teve uma loja de discos de rock em Paris.
    Ao voltar pra casa, a Hiena ligou pra Gaëlle — sim, ela conhecia Subutex, o cara da Revolver, que, aliás, era um cara bem simpático, sim, ela podia tentar entrar em contato, sem problema.
    Não era mais uma história que caminhava, mas uma história que alçava voo como um balão de hélio. A Hiena não disse nada a Dopalet, no telefone ela ficava enrolando — "É complicado, você sabe como é, mas já tenho várias pistas, pode deixar que te mantenho informado". Se você diz para o cliente que o trabalho é fácil, depois fica difícil justificar que vai custar o olho da cara. Além disso, era agradável vê-lo se desesperar — é sempre

bom sentir que esses pequenos diretorezinhos déspotas sofrem de vez em quando.

A Hiena atravessa a praça da Universidade e sobe pela Aribau em direção ao apartamento. Barcelona continua sendo essa prostituta encantadora que sempre sorri quando recebe uma gorjeta, parece que nada pode ofuscar sua beleza, nem os turistas, nem os letreiros das lojas, nem os edifícios de arquitetura moderna. As lixeiras estão alinhadas na calçada e vez ou outra os homens as abrem e espiam dentro. São, cada um deles, diferentes uns dos outros. Um cara da globalização alternativa encontra um jeans do seu tamanho, um cara do Leste Europeu passa empurrando um carrinho de compras e resgata um rolo de fio elétrico, um homem mais velho não acha nada que lhe agrade, um africano consegue pegar uma cesta de vime que ele enche de livros e jornais.

Para tomar o trem noturno, a Hiena se encontrou com a pequena Aïcha no café da estação Austerlitz, pouco frequentado às nove da noite. A Hiena não anda de avião. Aïcha estava preocupada porque ia chegar muito cansada.

— Por causa disso eu tenho que sair um dia mais cedo e chegar morta. Vou assistir um seminário lá, não vou nem conseguir descansar.

— Sabia que todos os muçulmanos pegam esse trem? É um trem famoso por isso.

A menina olhou ao redor, surpresa com o rumo que a conversa estava tomando. Mas a Hiena na verdade tinha razão, o trem estava cheio de barbudos com a testa marcada pelas rezas.

As malas de Aïcha pesavam tanto que não seria de estranhar se ela estivesse transportando armas. Mas eram só fichários e livros. Ela deve ter pensado: "Já que vou passar oito dias em Barcelona, por que não levar minha biblioteca inteira?".

Não parece o pai. Puxou seu lado estudioso — ele tinha sido um estudante aplicado e talentoso, e essa combinação tende a resultar em estudantes felizes. Foi depois dos estudos que as coisas se complicaram. Ele conhecia bem as regras da universidade, mas o caos da vida fora dela primeiro o deixou perplexo, depois desmotivado. Aïcha não herdou seu temperamento fantasioso. É uma garota decidida, com uma expressão séria e sobrancelhas que se franzem rapidamente, parece estar o tempo todo irritada. Não histérica, do tipo vou quebrar a cara de alguém, mas tão concentrada que dá a impressão de ser ríspida.

É extremamente educada, reservada a ponto de parecer fria, e desde o primeiro minuto em que a viu a Hiena foi com a cara dela. A menina não chega a ser bonita, no sentido clássico. É muito carrancuda, falta-lhe graça. Mas é exatamente disso que se constitui seu charme. Uma impressão de inteligência e força, sem nenhuma amabilidade feminina. Apesar do hijab, Aïcha não parece muito moderna, tem o rosto e a expressão de uma moça de outros tempos. Cara de mulher dos anos 70. Talvez seja o nariz. Com o qual a gente acaba se acostumando.

Elas mal se falaram antes de entrar no trem. A plataforma da estação estava deserta àquela altura, os passageiros mais pareciam fantasmas. A Hiena já tinha viajado nesse trem dezenas de vezes, adorava essa atmosfera anacrônica. Os vagões eram de outro século e não haviam mudado. Ela estava feliz em fazer essa viagem uma última vez. Logo o trem noturno iria sair de linha. Era caro demais.

— O que você pensa do seu pai se preocupar a ponto de pedir que alguém que te acompanhe até a Espanha, sendo que você já tem quase vinte anos?

— É triste, né?

— E você não fica com raiva dele?

— Não. É meu pai. Amo meu pai como nunca poderei amar nenhum outro homem.

Era um papo reto, tudo estava muito claro na sua cabeça. A Hiena estava entendendo melhor o que preocupava o pai dela, poucas vezes havia encontrado pessoa tão determinada. Uma grande tristeza tingia suas palavras — Aïcha estava decidida a levar a sério aquele amor.

— Mas você não fica com vontade de se rebelar contra essa vigilância toda?

A garota manifestou surpresa e pela primeira vez sorriu, desviando o olhar.

— Não, não vou me rebelar.

E o modo como virou a cabeça não deixou dúvidas: rebelar-se contra a autoridade talvez fosse uma atitude de quando você era jovem, há muito tempo. Olha onde vocês foram parar. Minha geração prefere agir de outro jeito.

Elas sentaram uma ao lado da outra no minúsculo compartimento para duas pessoas. Depois a controladora dos bilhetes passou e transformou os assentos em leito enquanto elas esperavam no corredor. O espaço exíguo exigiu que as bagagens e as bolsas fossem arrumadas metodicamente. Aïcha pegou um caderno de anotações de aula, da disciplina de tributos empresariais — ela falava sobre aquilo como se estivesse se referindo a um curso de inglês, a algo banal. E mergulhou nisso. A Hiena consultou todas as manchetes de notícias importantes no celular antes de puxar conversa.

— Você faz faculdade do quê?

— Estou no segundo ano de direito tributário.

— Era isso mesmo que você queria fazer?
— Ninguém me obrigou.

A Hiena aproveitou o silêncio pra se perguntar por que havia se metido nessa história. Mas ao menos estava feliz por estar no trem — fazia tanto tempo que não viajava.

— Então quer dizer que você conheceu meu pai quando ele estava com a minha mãe?
— Eu morava no andar de cima de vocês.
— Você conheceu minha mãe?
— Sim, éramos vizinhas. Eu tomava café na casa dela, ela vinha me pedir azeite emprestado...
— Até você ir em casa, na semana passada, eu não sabia que minha mãe era puta.
— O quê?
— Ninguém nunca tinha me dito que ela era atriz pornô. Eu ouvi você falar o nome de Pamela Kant enquanto conversava com o meu pai. Daí fui procurar quem era. Foi sinistro. Escrevi pra ela pra saber se conhecia minha mãe, e ela tentou me enrolar. Fiquei vendo as fotos dela. Demorei bastante pra reconhecer minha mãe.
— Você contou pro seu pai?
— É uma situação constrangedora.
— Então você estava esperando pra falar sobre isso comigo?
— Exato. Foi por sua causa que fiquei sabendo, então pensei que você poderia me contar tudo o que eu quisesse saber.

Plam. Plam. Esse é a porra do som da realidade sacudindo sua porta. Plam. Mas não a realidade de todo dia, não a de ontem. Plam. Não a realidade familiar. Nem algo terrível ou alguma novidade inacreditável, um terremoto, um acontecimento que exigiria decisões urgentes. Plam. Plam. É mais tipo uma loucura, leve como uma sombra sob um sol escaldante. É o passado que passou, algo que não pode mudar metido bem no meio dela, a partir de agora nada será como antes.

Aïcha é um quarto em cujo piso esvaziaram todo o conteúdo dos armários, está tudo de cabeça pra baixo. Nada pode mudar o passado. Ele é teimoso. Sua mãe era puta. Todo mundo sabia. Ninguém lhe disse nada. Filha de uma puta. Uma mulher pública. Como um mictório, mas em forma de puta. E seu pai, marido de puta. Seu pai está ofendido porque ela descobriu. Que merda, pai. Merda, merda, merda. Por que você não a matou.

Ela ama o pai. É muito doloroso amar tanto assim. Uma navalha nos pulsos. Perderia sangue por ele. Sabe que é injusto o que os afastou há dois anos. Quando ela encontrou o islã, era um outro modo de declarar que amava o pai acima de tudo. Ninguém lhe havia ensinado religião em casa. A avó morreu cedo demais. Na escola, não tinha ninguém com quem pudesse conversar sobre isso. Um dia teve a oportunidade de ouvir o imã e tudo o que ele dizia lhe soava muito familiar. As coisas finalmente entravam em ordem. Era questão de pensar a vida de outra forma, sem entregá-la completamente ao altar do consumo. O que seu pai lhe havia ensinado, ela agora encontrava, ampliado, em cada fragmento do islã. Tudo o que ele desprezava, as coisas contra as quais lutava, o ensinamento do Corão desprezava também. Tudo o que ele respeitava, a consciência do outro, o esforço para fazer o bem, que devemos colocar na frente de tudo, a caridade, o amor-próprio, o ensinamento do Corão dizia que era justo.

A primeira vez que levantou da mesa, numa noite de junho, dizendo "vou rezar", seu pai empalideceu: "Será que eu entendi direito?". Aïcha não esperava que ele fosse atacar. Achava que conversariam, que ele aceitaria sua fé e se sentiria orgulhoso da filha, pois entenderia que era uma escolha justa e necessária. Ele não a deixou falar. Serrou os dentes e lhe deu as costas, apoiou-se na pia e fez um gesto com a cabeça: "Saia daqui, não quero mais te ver".

Era injusto. Não guarda mágoa. Lamenta que ele sofra por isso. Mas tem paciência. Sabe que um dia ele vai entender que ser devota é seu modo de ser digna dele.

Quando sua avó morreu, eles enfiaram as coisas dela em grandes caixas de papelão, e nelas Aïcha encontrou fotos que nunca tinha visto. Seu pai jovem, dando gargalhadas. Ele com a cabeça inclinada para trás, os olhos fechados, rindo com o corpo inteiro. Ela nunca viu aquele homem rir assim. Nas caixas, Aïcha encontrou sua dissertação de mestrado, sobre o cinema de Bergman, os editoriais de Claude Julien cuidadosamente recortados do *Le Monde Diplomatique*, um projeto de tese sobre Victor Serge. As meninas com quem estuda são todas francesas; têm os cabelos curtos como os de Jean Seberg, são magras e vestem roupas ousadas. Quem era aquele rapaz? Ele tem outra expressão, um olhar confiante, espontâneo. Ainda não carrega essa cicatriz, essa tristeza que parece uma fenda pela qual se esvai qualquer traço de alegria.

A França fez seu pai acreditar que, se abraçasse sua cultura universal, ela o receberia de braços abertos, como faz com qualquer um de seus filhos. Belas promessas hipócritas, os árabes diplomados continuaram sendo os mouros da República e são discretamente mantidos nas soleiras dos portões das grandes instituições. Nada pode ser mais insuportável para uma filha do que perceber que seu pai foi ludibriado — exceto, talvez, descobrir que ele acreditou nessa história. Enganaram seu pai. Fizeram com que acreditasse que, na República, o que vale é o mérito, que a excelência é recompensada, fizeram-no acreditar que num estado laico todos eram iguais. Para depois baterem as portas na cara dele, uma por uma, proibindo-o de reclamar. Nada de comunitarismo aqui. E sempre chega o momento em que é preciso escrever o próprio nome — um entrave, os apartamentos não estão mais para alugar, as vagas para inscrição já não estão mais disponíveis, a agenda do dentista está lotada, sem hora para uma consulta. Eles diziam integrem-se, e aos que tentavam se integrar, diziam veja bem, você não está vendo que não é um de nós?

Ela olhava para as mãos do pai nas fotografias, mãos de intelectual, impecáveis e bem cuidadas, brincando com uma piteira, essas mãos desenhavam ideias no ar. Somente a fé é capaz de frear a raiva que devora as entranhas da garota. Ela se recusa a ser um bloco de raiva, um animal ferido e ameaçador. Assim como se recusa a vender o corpo para o mercado. Se recusa a renunciar à sua humanidade. Apenas a fé a tranquiliza, a estrutura e reconhece sua dignidade.

As relações com o pai passaram a ser conflituosas sem que Aïcha pudesse evitar. Ele diz: "Você só está fazendo isso para me deixar puto", referindo-se à sua fé. Ele recusa qualquer tipo de diálogo. Mesmo assim ele a adorava.

Ela não se zangou por ele não a ter deixado ir sozinha para Barcelona, mesmo que a estudos. Sabe que ele se preocupa. Gostaria que alguém pudesse tranquilizá-lo. O islã que ela pratica não tem nada a ver com aquele que os jornais ressaltam quando querem vender notícias.

Quando ouviu a lésbica coroa falar de Pamela Kant e de sua mãe, não sabia de quem se tratava, guardou o nome porque era divertido. Depois foi procurar no Google. Ficou revoltada quando entrou em contato com Pamela Kant no Facebook, mas achou melhor pensar em outra coisa. A história a atormentava, passou por cima do ódio pra se aproximar do caso Kant, essa mulher com quem sua mãe gostava de sair para dançar. Vodka Satana. Ela demorou para ligar os pontos. E nunca teria conseguido se não fosse o olho de Hórus tatuado no ombro.

Deveria ter desconfiado da curiosidade. Podia prescindir da verdade sobre atos que não cometeu. Ela não responde por atos censuráveis que não são seus. Alá sabe perfeitamente tudo o que fazemos. Que merda. Ela teria preferido costurar os olhos a ver o que viu.

Sabe que a França não foi fácil para as mulheres da geração anterior à sua. Destruíram-nas em pleno voo. Elogiaram-nas pela beleza e depois as fizeram se oferecer à cobiça. Afaste-se de

Alá e despreze seu legado. Elas demoraram pra entender onde aquilo iria dar. As máquinas de lavar roupa, os trabalhos bem pagos, as roupas indecentes e a promessa de uma vida fácil. As mães de algumas amigas suas pintam o cabelo de loiro, mostram a bunda e ficam por aí se exibindo nos bares. Aïcha era mais pragmática quando não se tratava da sua própria mãe. Pagou a língua. Por que isso foi acontecer logo com ela?

Quando cumprimenta os garotos, ela nem os beija no rosto. Seu comportamento é sempre muito decoroso. Evita a promiscuidade, consciente de que se você se expõe a coisa pode sair do controle.

Ficou agradecida à Hiena por ela não ter fugido da questão. Aïcha lhe disse que sabia. A outra ficou calada por um momento, depois acendeu a luz:

— Você está me enchendo o saco, cara. Não acha que seria melhor falar disso com seu pai?

— Jamais teria coragem.

E também não falaria sobre isso com ninguém. Nem com suas amigas, nem com o imã. Isso não a afeta, não a desonra — ela mantém distância e pronto.

O que ela acha mais repulsivo? Ela mesma. Sua mãe. As imundícies com que ela conviveu. Uma cultura que leva as mulheres a fazerem isso. Não apenas as autoriza como ainda as encoraja. São sempre as mesmas vacas que torcem o nariz pro seu hijab. O que a enoja mais? Por que sua mãe não foi buscar refúgio junto ao pai, quando se sentiu em perigo? Será que sua própria família a rejeitava a esse ponto? Seu pai a teria salvado. Por que ela não soube se proteger? Quem fala dentro de Aïcha?

Quem está raciocinando? Suas ideias são rápidas, contraditórias e inconclusivas.

A Hiena é demente, demente total. O que no fundo é bom pra fazer perguntas na lata.

— Sua mãe foi uma mulher incrível.

— As mulheres incríveis vão trabalhar com outra coisa, você não acha?

— É preciso contextualizar cada caso...

— Eu mataria minha mãe. Se ela ainda estivesse viva. Pra vingar meu pai, por mim e por ela.

— Isso é o que você diz. Você iria encher sua mãe de beijinhos, você a amaria. Todos adoravam sua mãe.

Aïcha reprovou tamanha leviandade e cinismo. Completamente devota à glória pagã, ao supremo culto monoteísta do dinheiro soberano, a mulher não se dava conta do que dizia, ela blasfemava a cada vez que abria a boca. Mas Aïcha também sentia certo prazer em ouvir que dissessem, com convicção, "sua mãe era adorável". Jamais escutara isso. É insuportável mas agradável ao mesmo tempo.

Conversaram sobre o assunto boa parte da noite. Aïcha estava no leito superior. A Hiena, no debaixo, dava uns pontapés no estrado quando a garota dizia alguma coisa que a desagradava. A lésbica coroa é maluca mas divertida. Reage às questões morais com a alegria característica de certos hereges que se creem uns hedonistas e acham que dá para ter prazer infringindo as leis sem que haja consequências. Se durante a discussão Aïcha se recusou a aceitar que a mãe era uma mulher digna de respeito, ela também gostou que alguém a enfrentasse.

Chegaram destruídas à estação dos trens franceses, o sol era uma tela ofuscante. Não tocaram mais no assunto.

É um dia de greve geral na Espanha. De manhã não tem rádio nem TV, elas saem na sacada e há menos carro na rua do que num domingo. A maior parte das lojas está fechada, as tabacarias os cafés os bares os restaurantes. Só a orxateria está aberta, quer dizer, meio aberta — a porta de ferro está levantada pela metade. Aïcha não vai à aula, a universidade está fechada. Seus colegas catalães sugeriram que ela fizesse compras na véspera, pois nada abriria. Os comerciantes que prefeririam trabalhar mudaram de ideia, temendo represálias. No momento de dissolução de outras manifestações, dizem, a cidade pegou fogo — motos cestos de lixo carros, tudo o que podia queimar ficou em chamas.

A rua está com uma atmosfera pesada, acentuada pelo céu cor de chumbo. Aïcha está a fim de caminhar. A Hiena sugeriu que fossem ao cinema, mas o cinema também está fechado. Por volta das dez da manhã, a polícia se instala nos cruzamentos, furgões pretos sobem a rua. A Hiena pergunta se ela não quer aproveitar pra fazer as lições de casa. "Não acho uma boa ideia sair hoje, seu pai está contando comigo para tomar conta de você." Ela está sentada no sofá com o computador no colo, escreve comentários em sites de restaurantes parisienses e acompanha os acontecimentos do dia consultando as informações no *La Vanguardia*.

Primeira explosão, lá longe. A polícia dispara balas de borracha. Um ônibus sobe a rua, está cercado de grevistas. Em menos de trinta segundos seu para-brisa está cheio de adesivos. Os passageiros descem, os descontentes os indiferentes os solidários os animados e os indecisos. A polícia chega, ordena que a condutora vá circulando, o ônibus vazio, sem qualquer visibilidade.

Um helicóptero pousa do lado oeste, sobre o que devem ser Las Ramblas, à vista de todos. O barulho da hélice inunda a cidade sem tráfego. Os pedestres tocam a vida, embaixo um senhor careca de pantufas e moletom fuma um cachimbo enquanto fala sozinho, um casal passeia empurrando um carrinho de bebê. Sirenes de polícia, como as americanas, não param de passar, ambulâncias amarelas sobem a rua. Uma mulher cega puxa uma mala de rodinhas com uma das mãos e avança com uma bengala branca na outra. Estrangeiros procuram táxis, puxando malas de rodinhas.

Aïcha diz que precisa encontrar uma farmácia aberta, tem que comprar suco de alcachofra. A Hiena levanta a cabeça do computador. "Suco de alcachofra? Mas você já não comprou rabanete preto em cápsulas quando chegamos?" Sim, mas é que ela acha que sua vesícula biliar não vai dar conta da comida engordurada que vem ingerindo há dias. A Hiena suspira. "Nunca vi alguém tão jovem obcecado a tal ponto pela digestão. Como vai ser quando você estiver com quarenta anos?"

Ela esfrega o rosto com as duas mãos, como se estivesse se enxugando. "Você quer mesmo sair, tem certeza? Não está vendo que não tem ninguém na cidade? A manifestação é às seis horas, agora está todo mundo fazendo a sesta." "Só preciso encontrar uma farmácia." "Vou com você."

Elas não conversam enquanto andam. Não é um silêncio hostil. É conveniente para ambas.

Passam em frente a um Starbucks, um tranco no ombro desestabiliza Aïcha. Antes mesmo de se dar conta de que um homem levou sua bolsa, ela o vê se chocar contra um muro e ouve um estalo seco, a Hiena lhe acertou o joelho com um chute. Um outro homem avança sobre a Hiena e Aïcha o agarra pelo ombro, faz ele se virar e lhe acerta um soco no queixo. Ele cambaleia. A Hiena se abaixa pra levantar o ladrão, e num espanhol com sotaque meio troncho mas fluente solta: "Desculpa aí, você me assustou, acha que consegue andar?". Ela lhe dá um tapinha nas costas e olha à sua volta, preocupada. Ele resmunga, furioso, a Hiena volta-se para seu amigo, que ainda está se recompondo. "Leve esse cara embora, tem polícia por todo lado, as pessoas estão começando a olhar pra gente. O que você está esperando? Quer acabar no hospital?" O sujeito que veio socorrer o cúmplice encara Aïcha e cospe no chão, um transeunte lhe pergunta em francês: "Aconteceu alguma coisa?", e a Hiena sorri pra ele, mas com uma careta, tão tenso está seu maxilar: "Não, não foi nada, foi só um esbarrão". "Eles levaram alguma coisa?" "Não, foi só um acidente, estamos bem…" Ela se vira para o homem que continua no chão e que o amigo está tentando botar de pé bruscamente.

A Hiena e Aïcha se afastam sem esperar pelo fim da história. Aïcha sabe que deveria se envergonhar pelo que acabou de acontecer. Mas sente uma excitação que combina com aquele dia, com os helicópteros e com as explosões. Ela sussurra: "Você é muito rápida pra sua idade, eu nem tinha percebido que ele pegou minha bolsa e você já tinha acertado a cara dele". A Hiena para de repente. "Pra minha idade? Quer levar um também, Mike Tyson?" Ergue as sobrancelhas e estala os dedos como quem diz pra continuarem andando. "Rápido, tem polícia por todo lado." "Você tem medo que peçam pra ver teus documentos?" "Não. Por quê?" "Então por que estamos com essa pressa toda? Por que viemos de trem?" "Nunca dá pra confiar na polícia… se a gente for detida, o que é que eu digo pro seu pai? E você pode por acaso me explicar onde foi que aprendeu a dar esse gancho de direita?" "No boxe." "Você fez boxe?" "Quando eu era pequena. Mas depois meu pai teve uma namorada que achava que isso não ia ajudar muito meu lado feminino. Ele me aconselhou a parar." "Lado feminino?" "É, quando eu era pequena eu era um pouco... abrutalhada. Agora melhorei. Mas mantive meus reflexos. Vi a guarda baixa e não tive tempo de pensar duas vezes — *pow*. É a primeira vez que levanto a mão para alguém desde... o primário, eu acho." "Não é pecado uma menina lutar?" "Claro que não, quando você é agredida tudo bem se defender, mesmo que seja mulher. A gente não conhece eles." "E se conhecesse seria diferente?" "Sim, ia depender se a gente deve respeito a eles ou não. Mas eu não preciso respeitar esses caras, são ladrões. Não tenho culpa se a mãe daquele sujeito pôs no mundo um filho da puta fracote, francamente, ele não vai ter sucesso na carreira de delinquente." "Ainda bem que você melhorou e que hoje é menos bruta. Nem posso imaginar como seria sua versão que foi censurada."

Alguma coisa entre elas muda a partir de então. Tomam a direção de Gracia, cruzam pessoas que agitam bandeiras catalãs, outras empunham bandeiras amarelas de protesto, o abre-alas da grande manifestação.

— Quer continuar andando ou vamos pra casa? Posso cozinhar pra você.

— Você sabe que cozinha supermal, né? Levo uma eternidade pra digerir o que você prepara.

— Nunca ninguém me disse que eu cozinho mal. Mas não costumo cozinhar.

— Vai ver que é por isso.

Naquela noite Aïcha relê as anotações da aula e a Hiena decide ferver legumes sem nenhum tipo de óleo, prepara um caldo. Pensa que ele fará bem para as "funções hepáticas". A Hiena se aproxima da mesa e faz um gesto pra ela vazar: "Vamos jantar, empurra essa papelada pra lá, depois você continua", mas como Aïcha não obedece, ela dá um passo para trás, levanta a perna e exibe sua pantufa com a sola descolada, fazendo-a falar: "Olá, eu sou a pantufa Anda-Logo tenho fome de caldo de legumes". Então Aïcha morre de rir, porque aquilo é tão idiota que chega a ser engraçado. Em seguida passam à mesa e caem novamente na gargalhada na primeira colherada. O caldo está horrível.

Aïcha se sente culpada. Tira a mesa enquanto consulta o relógio, tem pressa de fazer a reza para se restabelecer. Ela não diz uma palavra, mas a Hiena comenta em voz alta: "Para de caraminholar, não é só porque a gente riu dois minutinhos que vai virar melhores amigas. Está pensando o quê? De qualquer modo, relaxa, o lesbianismo não é contagioso". E Aïcha olha bem em seus olhos — que bruxa, será que pode ler meus pensamentos? Mas não dá pra levar a mal, a tipa é tranquila, dá pra ver que não pretende corromper seu cérebro nem desviá-la do bom caminho.

Faz dois dias que Patrice está com a napa entupida de ranho. As asas do nariz estão em carne viva, sente dor ao se assoar. Está pingando cloreto de magnésio, um euro e noventa o sachê. O sabor da água diluída é nojento, dá diarreia na mesma hora, mas depois de vinte e quatro horas você está outro. Ele sente a vibração e o tremor dos intestinos, gosta de se esvaziar, apesar da dor. Sem contar que, na sua casa, o banheiro é o lugar mais bem decorado — ele cola todo de tipo pôster nas paredes, todo tipo... principalmente de mulher pelada, você se sente entrando numa caverna de peitos, barrigas tanquinho, peles bronzeadas e lábios carnudos. É relaxante. Ele guarda todas as revistas no banheiro. E passa boa parte do dia ali, principalmente quando está sozinho e pode deixar a porta aberta pra ouvir a música que chega da sala.

Ao acordar, Patrice ainda sente que está meio adoentado. Esqueceu que Vernon dormia no sofá-cama, por pouco não vai para a privada de bunda de fora e bolas ao léu. Diante do vaso sanitário, ele hesita — qual é a prioridade? vomitar ou cagar? Tem que escolher. Sempre pensou que num mundo mais civilizado os banheiros ofereceriam a opção de sentar e se debruçar, de se aliviar sem ter que trocar de posição. Pessoas que criam privadas não bebem o suficiente, não conhecem as situações cotidianas que realmente importam.

Na véspera Vernon apareceu com uma garrafa de rum, eles beberam como se não houvesse amanhã e agora todos os seus órgãos se rebelam contra o que lhes foi imposto. Dia seguinte a uma bebedeira com gripe, está imprestável. Já faz um tempo que seu corpo não está mais dando conta. Há menos de um ano foi parar no pronto-socorro com uma pielonefrite, chegou ardendo em febre, num delírio com alucinações animalescas. Via tartarugas gigantes, jacarés deitados em cima da sua barriga, a pele quente e viscosa deles, via cobras enormes se enrolando em suas pernas. Parecia uma viagem de cogumelos mexicanos. Levou mais de uma semana pra febre passar. Ficou num quarto com um velho que gemia e arrancava os tubos de soro e medicação durante a noite, o velho queria dar o fora, porém antes de chegar ao fim do corredor já tinha esquecido seu nome e as enfermeiras o levavam de volta, indiferentes, e acabavam amarrando o sujeito e ele continuava protestando. Os médicos estavam admirados com a demora de Patrice para tomar alguma providência — sério que você não tinha percebido que estava doente? Ele respondeu não, de manhã eu achava que estava com uma ressaca dos diabos, daí tomava outra cerveja e logo passava. Um médico jovem de olhos muito claros e um sotaque que parecia libanês, ou algo do tipo, explicou que ele teve um delirium tremens devido à abstinência alcoólica. Ele o aconselhou a parar de beber. Mas pra quê? Pra ir ao hospital mais tarde? Pra dormir melhor? O álcool ataca o fígado, o tabaco ataca a língua, a garganta e os pulmões, a gordura ataca as artérias — pelo menos uma coisa na vida ele ia conseguir: não morreria velho.

Vernon está roncando, dorme de lado. Pra ele também não será nada fácil voltar à realidade. Patrice enche de água uma garrafa, o barulho ressoa em suas têmporas como se intensos trabalhos de demolição atacassem o fundo do seu cérebro. Que merda, quando eram jovens saíam pulando por aí nos dias seguintes à bebedeira.

Patrice sintoniza a rádio e liga o computador. Como toda manhã. Sabe que isso está deixando ele louco. Nos anos 80, quando começou a comprar jornal e escutar rádio, era diferente. Tinha picos de raiva, mas também gostava de ler ou ouvir alguns jornalistas. Gostava de ouvir a opinião de alguns artistas. A relação com a mídia não se baseava apenas em desconfiança e hostilidade. Os comentários cretinos sobre a queda do Muro, a Praça da Paz Celestial ou Scorsese filmando Cristo aconteciam nos bares — entre pessoas que estão lá, se veem, discutem e se enrolam. As pessoas não falavam qualquer tipo de asneira, furiosas por serem anônimas, condenadas a vomitar cretinices lapidares, entregues ao silêncio ensurdecedor da própria impotência. Hoje ele adoraria pôr as coisas em ordem, mas não se sente capaz. Lê jornais que naquela época jamais teria comprado. Isso entra em seu cérebro como tentáculos envenenados, sem gerar nenhuma reflexão, apenas fúria. Tem vontade de rasgar o jornal, sente uma náusea profunda. Não quer fazer coro à multidão, não quer fazer um blog pra descarregar seu ódio, não quer acrescentar sua bosta patética à torrente de merda. Ao mesmo tempo é incapaz de se afastar das janelas abertas do computador. Toda manhã tem a impressão de sentar e assistir o mundo apodrecendo. E ninguém nas elites dirigentes parece ter consciência de que é preciso recuar com urgência. Muito pelo contrário, tudo o que querem é avançar o mais rápido em direção ao fundo do poço.

Ele lê a história do jovem Adam que invadiu uma escola americana e matou cerca de vinte crianças e uns dez adultos.

Gostaria de ter colhão pra fazer um troço parecido. Não numa escola — não faz parte da sua geração atirar em criancinha, precisaria de uma dose de niilismo. Ou de imbecilidade. Como qualquer pai, quando soube do ocorrido, lhe veio à mente a escola dos filhos. Seus dois estudam na mesma escola. Se alguém encostasse num fio de cabelo deles... na véspera, um pai americano tinha dito em entrevista para a TV que ele já tinha perdoado. O que era ao mesmo tempo comovente e revoltante.

O dia em que Patrice se tornou pai não foi o mais feliz da sua vida. Foi o mais angustiante. Ele trabalhava como substituto à noite, em Rungis, quando recebeu um SMS de Cécile avisando que estava a caminho da clínica. Sentia muita dor e não conseguia falar. Na época, SMSs eram novidade, aquele foi um dos primeiros que ele recebeu.

O chefe da sua equipe era um português sentimental que andava com os pés virados pra dentro, um verdadeiro filho da puta mas, como era pai, foi gentil e deixou ele ir embora sem encher o saco. Ninguém te conta o que é uma mulher dando à luz. Ninguém toca nesse assunto, só quando acontece você percebe que não sabe nada sobre aquilo, ainda bem. Quando chegou à clínica, gritavam em todos os quartos. Era noite de lua cheia. As parteiras repetiam isso com um arzinho entendido. Os berros vinham de todos os quartos, e as pobres mulheres diziam todas a mesma coisa: não vou conseguir. Deixa pra lá não conte comigo sai do quarto agora esquece tudo o que eu disse vamos deixar como está não vou conseguir. Todas diziam: não vou conseguir. E: me ajuda pelamordedeus eu vou morrer. Cécile e todas as outras. Ele chegou duas horas depois de ter recebido o SMS, o tempo de atravessar uma rodovia já engarrafada. Nem sombra da cabeça do moleque. Como se não bastasse não ouvi-lo mais, sua mulher estava encharcada de suor, os pés inchados havia três dias pareciam dois balões cor-de-rosa apoiados na barra da cama, ela não tinha mais força pra fazer força, já tinha sofrido demais. Já tinha se cagado inteira. E estava só começando. O parto durou cinco horas. A equipe médica julgou que tudo tinha corrido bem. Felizmente ninguém sabe nada sobre parto. Depois as mulheres se organizam rápido: elas esquecem. Mas os homens não. Antes de fazerem tudo de novo, os caras realmente se perguntam — será que é uma boa ideia? Cécile, um ano depois do primeiro filho, já falava no segundo. Tinha apagado da memória as cinco horas de inferno e só guardou uma única imagem daquele massacre: quando lhe puseram o bebê no colo, e como ela mesmo disse: "Entendeu pela primeira vez o que quer dizer o Outro".

Mas ele não tinha esquecido nada. Assistir o sofrimento de alguém que ele adorava foi a pior experiência da sua vida — perguntou se Cécile tinha certeza que, para o segundo filho, não gostaria de adotar. Ela não queria nem ouvir falar nisso. Bastava que ele desse um tapinha de nada, um apertão, pra ela passar seis meses de cara feia, mas se fosse para ter a barriga rasgada, estava pronta pra experimentar tudo aquilo de novo. Depois não me venham falar que homens e mulheres são parecidos. A pelve faz um estalo ao se dilatar para abrir passagem para o bebê. Crac. Mas ninguém fala nisso. Da segunda vez ele esperou do lado de fora, recusou-se a assistir o parto. Cécile compreendeu. O pior de tudo não era a merda ou o sangue, nem que o moleque quando nasce parece um monstrinho estridente. O mais difícil era vê-la sofrer. Quanto ao resto, tudo bem — cortar o cordão umbilical, o.k. Quando a criatura abre o focinho para berrar... A criança respira e pronto. As parteiras eram competentes, dirigiam-se a ele como se ele fosse um retardado, o que era bem adequado no caso. Também foram boas com Cécile. Participavam. Uma delas a chacoalhou durante o parto, ela achava que estava durando mais que o esperado e a encorajava: "É agora, força", e Cécile só chorava. Ele estava prestes a interferir, mas lembrou que a enfermeira passava o dia inteiro fazendo aquilo, ao passo que ele não tinha a menor ideia do que estava acontecendo. Sua mulher estava morrendo, eles tinham concebido um bebê satânico, uma criança cheia de abscessos, um infante com um crânio dotado de pontas pavorosas, o que justificava que ela sofresse tanto para fazê-lo sair.

Estavam exaustos. Quando ele olhou o relógio eram nove horas, eles não tinham pregado os olhos e até então ele não havia se dado conta do quanto aquilo tinha sido uma provação. Cécile adormeceu de mãos dadas com ele. Como a amava. Não pode nem lembrar disso. Como amou essa mulher. A sua mulher. Seus olhos. Algo em seu rosto o fazia se render, ele entregava a alma e uma sensação de êxtase o percorria da planta dos pés às pontas dos fios de cabelo. Ela adormeceu e ele olhou para Tonio. Passados uns segundos de incredulidade, sua vida mudou, para sempre. O medo. Ainda não conhecia o medo. Ele se instalou em suas vísceras e não se moveria mais. Medo que aconteça alguma coisa a essa pequena criatura. E bastava um segundo para que essa "alguma coisa" assumisse formas variadas: doença, ferida, agressão, acidente, contágio, violência, tortura, fome, abuso, bolinação, penetração, sequestro, encarceramento, incêndio, atentado, explosão, guerra, epidemia, tsunami, tufão, afogamento... "A menina dos meus olhos." A expressão não dá conta de definir o que liga o pai ao recém-nascido. A menina de seus olhos, seus olhos poderiam ser arrancados, sem que isso o matasse — a medula de meus ossos se aproximaria mais, pra dizer que aquilo percorre tudo o que somos, e que se trata de um elo que se estabelece antes mesmo que a gente seja capaz de distinguir nosso filho de outra criança. Ele mal tinha chegado e o terror já tinha tomado conta de Patrice.

Depois de Tonio, Patrice ficou mais centrado. Cécile, porém, não parava de chorar. Durante a gravidez, depois do parto, quando o pequeno deu os primeiros passos... só guardou lembranças de Cécile prostrada, inchada do choro, soluçando. No segundo, a equipe médica o mediu com desconfiança quando chegaram para o parto. Era um domingo. Dessa vez ele a levou de carro. Os médicos viram as marcas no corpo dela, ele percebeu alguns olhares enviesados. Mas logo essa sensação se dissipou, eles entenderam que não era aquilo que estavam pensando e ficaram mais simpáticos. Patrice tem um feeling em relação às pessoas. Ele as deixa à vontade. Sua história com Cécile era um pouco complicada. Não se tratava simplesmente de "um cara agressivo que bate na mulher grávida". Era uma coisa mais complexa. Ele era louco por ela, tratava-a como uma princesa. Só que de vez em quando perdia a cabeça.

Foi um pesadelo quando Cécile o deixou. Quando começou a assinar textos que outros escreviam por ela, dizendo que as coisas entre eles eram assim. Violência de gênero, esse tipo de asneira. Ela o traiu. Intimações judiciais, coisas medonhas. Traiu o amor deles do modo mais baixo possível. Estava cercada de velhas odiosas. E sua mãe, sua irmã, e sua amiga Mafalda a gorda retardada, feliz da vida em destruir uma história de paixão que ela só poderia experimentar numa sodomia. Umas bruxas que esperaram pacientemente a hora certa para expulsá-lo.

Cécile foi embora há sete anos. Tonio tinha três anos e Fabien dois. Mas a dor não passa. Às vezes ele acha que vai superar, não oferece resistência, no fundo ele também cansou de sofrer. Mas daí começa tudo de novo. Pensa e se tortura continuamente, mesmo quando está com outras pessoas ou trabalhando, não consegue parar de pensar nisso. Não que a bebida solucione o problema. Mas ficar sóbrio é ainda pior por causa da insônia.

Ele entendeu na hora que Vernon mentia quando disse ter vindo de Québec pra renovar uns documentos. Faz três meses que ele está todo santo dia no Facebook contando vantagem, e agora aterrissou na casa de um cara que ele mal conhece e que mora em Corbeil? Ele está na rua. Tem toda a pinta. Quando Cécile foi embora, Patrice passou mais de seis meses de galho em galho. Viu-se encurralado na casa de gente que, em troca da hospedagem, o obrigava a fazer compras e faxina. Ou que todas as noites largava as crianças sob seus cuidados. Tem aquelas que não entendem por que você não dormiria com elas, já que estão te hospedando. Tem os que são tão sujos que só de comer ou beber nas louças deles você sente enjoo e ainda tem que disfarçar. Achava que Cécile mudaria de opinião, não tinha pressa em procurar um apartamento. Já tinha acontecido outra vez e eles perderam uma grana preta. A troco de nada. Achava que ela mudaria de opinião, mas passados seis meses não suportava os sofás da casa dos outros. Conhecia um cara, um antigo colega de escola, que trabalhava no escritório dos conjuntos habitacionais de Corbeil. Telefonou pra ele, envergonhado por ter que pedir um favor, um apartamento o mais rápido possível. Só que em vez de mandá-lo tomar no cu, como ele mesmo teria feito no lugar dele, o cara ficou feliz em poder ajudá-lo. Em dois meses tudo estava resolvido. Ele morava em Corbeil. Um apartamento impecável. Num bairro que dá vontade de comprar uma pá pra cavar um buraco e se enterrar pra não ter que ver mais nada. O problema não é a ralé, é a impressão de morar numa prisão ridiculamente grande. Mas uma vez que a pessoa está dentro do apartamento, tudo bem. É alto, tem um monte de árvore em frente, vista pro céu e pro verde, muitas janelas. A gente fica bem. Se fosse menos infeliz, ele se acostumaria a viver ali. O bairro é feio, mas cheio de velhos e velhas, mesmo os piores delinquentes não têm coragem de ser violentos. Vão viver a vida um pouco mais distantes, a algumas ruas dali, onde não parece tanto uma casa de repouso.

Na sexta mensagem que trocaram no Facebook, sacou que Vernon ia pedir que ele o hospedasse, e topou. Mas ia ficar de olho, Sylvie se queixou que ele tinha roubado a casa dela. Bem feito praquela idiota daquela perua. Teve o que merecia. Mas mesmo assim, logo que abriu a porta deu um toque em Vernon: estou fazendo isso de coração, não venha me criar problemas, se você pegar qualquer coisa na minha casa sem pedir permissão vou te encontrar onde for e te arranco esses olhinhos azuis.

O físico de Patrice combina com esse tipo de discurso. Mesmo que, da juventude, só tenha mantido as tatuagens. Ele pode vestir terno e gola rulê e ainda assim elas estarão visíveis. Ele parou de usar camisa de time de futebol, encostou a moto e agora só escuta Coltrane e Duke Ellington. Cansou de dar uma de Hells Angels marxista. Muitas contradições para administrar. Continua marxista, abandonou o lance do Hells. E manteve o look. Que remédio. Por mais que troque de roupa, está sempre parecendo um presidiário. Tem tatuagem até no pescoço e nos pulsos, e não tem nada a ver com as tatuagens aveadadas que os garotos fazem hoje em dia. Costuma contrair a bunda quando entra em algum lugar. Manteve o cabelo comprido, os imensos anéis e a coleção de pulseiras de metal no pulso. Não perdeu o cabelo, que hoje é grisalho, como convém a um senhor. Tipo Gérard Darmon. Quando a vida te presenteia com isso, quem vai querer cabelo curto.

Vernon também tem cabelo. Contam ponto, na sua idade, os olhos azuis. Alguma coisa em seu rosto não se adulterou. Ele sempre foi um cara discreto, que não fazia mal a ninguém, sempre disposto a ajudar. Não era um azougue, como costuma acontecer no rock — Vernon tem uma ervilha no lugar do cérebro —, mas não é do tipo que um dia pode te apunhalar pelas costas.

Ao contrário de outros, Patrice não tem nenhuma saudade dos anos de músico. Era baixista dos Nazi Whores porque o titular pulou fora com a justificativa de que a mulher não queria que ele partisse em turnê. Mas na verdade ele estava puto da vida porque o baterista lhe roubava todas as mulheres, inclusive a oficial. Patrice aprendeu a encadear as três notas necessárias para substituí-lo, ideia de Alex. Mas nunca foi bom músico. Era uma vocação sem talento, por mais que praticasse não convencia. Mas adorava um palco. Seu gestual simiesco compensava a falta de feeling. Adorava dar uma de fodão. Coisa da idade. Foram dois anos de diversão, muitos quilômetros na estrada enquanto se aqueciam falando bobagem. Rodavam oitocentos quilômetros entre um show e outro, a empresária não tinha nenhum senso prático, e achava que não cabia a ela providenciar que eles comessem algo que não fosse tabule e que dormissem em outro lugar que não fosse no chão na casa de alguém. Fazia parte da viagem, a pessoa tinha que estar pronta pra isso se quisesse sucesso no palco. Tudo ia muito bem, até que encheu o saco. Três ensaios por semana, no mínimo, rock era coisa séria, com uns marmanjos que só faziam isso da vida mas chegavam uma hora atrasados, sem contar as pausas de trinta minutos e a zona no intervalo entre as músicas. A falta de disciplina foi acabando com ele. E todos os finais de semana em turnê pelo interior ou em casas italianas invadidas e devastadas pela droga, onde não sobrava vivalma sóbria o bastante para se concentrar no concerto... Ele se deslumbrou no primeiro ano, se cansou no segundo e saiu da banda no terceiro. Meses antes que ela se dissolvesse de vez. Existem três modos de acabar com uma banda. A extinção natural por tédio, o conflito escancarado ou um acontecimento traumático como a morte de um dos membros.

    Certo dia, ao descer ao porão para um ensaio, Patrice se deu conta de que aquilo não lhe dava mais prazer. Queria ficar assistindo TV no sábado à noite, queria arrumar um trampo fixo sem ter que se preocupar se estaria livre para tocar em Bourg-en-

-Bresse numa sexta-feira à noite. Avisou os outros. Tô indo nessa, pensem em alguém pra me substituir. Alex foi quem mais se ofendeu. O que só confirmou o que Patrice já sabia — ele não estava vivendo a mesma história que os outros. Alex não tinha escolha. Só lhe restava isso. Não tinha família, não tinha trabalho nem qualquer outra ambição. Era o único com um ouvido bom e a mínima noção de como fazer uma música.

Patrice não sentiu nenhuma falta daquilo. A sensação de alívio foi maior do que a de arrependimento. Estava cheio do rock, não aguentava mais a cena hard-core e o caralho a quatro. Não à toa que chamavam isso de subcultura. Uns filhos da puta que podem passar a noite inteira conversando sobre modelos de amplificador, pedais fuzz e golas de camisa. Os mais evoluídos são peritos em cabos, é uma cultura de mecânico subqualificado. Sua vida foi reconstruída em torno de paixões mais adultas, e sempre se surpreendia ao cruzar com pessoas daquela época e constatar que estavam estagnadas no tempo.

Vernon não era lá muito brilhante. Tinha charme. Boa-praça, um cara fácil de conviver. Poucos neurônios em circulação para que se preocupasse com alguma coisa. Quando abriu a porta, Patrice não planejava uma noitada. Só o recebia porque ainda não se sentia amargo o suficiente para se recusar a hospedar um chapa das antigas sob o pretexto de preferir ficar sozinho vendo TV.

Vernon chegou com uma garrafa de rum, parecia exausto e com vontade de se recuperar o mais rápido possível. Sentaram para assistir *Survivor*, um pacote de salgadinho nos joelhos, e o hóspede se revelou um bom parceiro de TV. Na ilha, a reunificação acontecia como todos os anos: da pior maneira para as minorias. Patrice e Vernon despejaram suas amarguras nos diferentes concorrentes e no próprio princípio do programa. No campo, todos os homens buscavam o colar de imunidade. As mulheres ficavam ao redor do fogo, preparando o que comer.

— Me pergunto o que é ser feminista. Você consegue me explicar o que é que impede essas mulheres de tentar salvar a pele? Você sempre assiste *Survivor*? Por caso já viu uma mulher tirar um colar da imunidade?

— Tô ligado, conheço o programa. Você já viu as mulheres se organizarem contra os homens?

— Não.

— Cá pra nós, se você fosse mulher, ia confiar nos homens para fazer uma aliança? Eu, não.

— Disse tudo.

E não seria o programa *Quem quer se casar com meu filho?*, logo depois de *Survivor*, que ameaçaria suas convicções sobre os atavismos da feminilidade. Eles chegaram às mesmas conclusões: em teoria concordam com a igualdade dos sexos. A única coisa é que, vamos combinar, as mulheres não parecem ter pressa em obter um mínimo de dignidade.

Se estivesse ali para ouvir aqueles argumentos, Cécile franziria levemente as narinas, naquela mímica de hamster que o deixava maluco, ela os chamaria de "capatazes". Entre filhos de operário, é um insulto prenhe de significado.

Patrice sempre sentou o braço nas namoradas. Todas elas. Até consegue sair uma ou outra noite com uma mulher sem ter vontade de bater, mas é só a coisa ficar séria que vem o primeiro tapa. Ele é quem fica mais machucado com esse primeiro safanão. A mulher à sua frente ainda não sabe que já começou.

Mesmo que já tenham tido dez histórias ou que tenham apanhado dez vezes, elas se recusam a admitir que sabem como aquilo funciona. Precisam acreditar que foi um acidente. O amor vai superar a violência e vai transformar o cara violento num companheiro atencioso. Nessas histórias a gente se encontra, a gente se procura e se encontra. Ele já não é mais um menino. Quando está com uma nova namorada, entrega-se às mais belas promessas, aos presentes e aos elogios. Ele se engana e ela se deixa enganar. Dessa vez encontrou a pessoa certa, ele mudou. Basta esperar. Primeiro tapa. Dois olhos arregalados de terror lhe dizem que não vai conseguir, e ele logo se convence do contrário. A raiva aparece sem ser convidada — conhece muito bem o caminho, chega quando bem entende. Ele vai disciplinar a garota. Ela vai acreditar quando ele jurar que não vai acontecer mais. Ele será sincero. Vai encurralá-la num canto para espancá-la, vai acabar com ela, até que ela o abandone. Se não abandoná-lo, ele a matará. E a cada vez que disser que está arrependido, estará dizendo a verdade. Procura desesperadamente o interruptor, o botão que lhe permitirá manter o controle sobre si.

A primeira vez que bateu em Cécile eles estavam juntos havia dez meses, ele tinha certeza que encontrara a mulher certa, a que combinava com ele. Com ela, tudo era diferente. O amor que sentia era uma mistura de confiança e excitação, de paz e intensidade — ela o tranquilizava e ele não se entediava. Não percebeu a coisa vindo. No entanto conhecia o roteiro. Começa logo de manhã, com monólogos incendiários — as coisas que Cécile não fazia direito, fosse para o casal, fosse para a vida dela. Eram uns argumentos absurdos que, na hora, pareciam fazer sentido. E que ele repetia sem parar até ter certeza de que estava convencendo. Um dia eclode, ela chora. Está surpresa que o homem que diz o tempo todo que a ama possa ter acumulado tantos rancores. Ela chora e ele se desculpa. Porque uma vez que ela está chorando, esses mesmos argumentos que o fizeram ficar puto perdem a clareza, ele nem lembra mais por que os considerou verdadeiros. Mas algo se instaurou ali, um sistema de pensamentos destrutivos do qual ele não sabe como se livrar.

Certa noite, ao voltar pra casa, ele propôs uma pizza delivery e Cécile começou a encher o saco, por que não desciam para comer um *bo bun*, boa, ele respondeu, e por quê, ela insistiu, por que a gente não pede um japonês, é mais caro mas se você quiser a gente dá um jeito de pagar, sim, mas então por que não descemos pra comer no japonês, ela continuou, a pizza também era uma boa ideia, ele tinha razão, mas se quisessem economizar de verdade ela podia preparar um macarrão, tinha ingrediente pra fazer um molho, mas, pensando bem, um *bo bun*, sem sujar prato nem nada, ela achava a ideia boa. Ela sempre fazia isso, a partir de uma simples possibilidade criava uma confusão sem fim. Isso já estava incomodando Patrice, mas não a ponto de ele perder a cabeça. Naquela noite ele a deixou delirar por dez minutos, depois lançou um "para com isso, está me dando no saco. Pede logo duas pizzas e fecha a matraca". Como Cécile ainda não o conhecia bem, ela não se sentiu intimidada e se irritou — "E você não me venha falar nesse tom tá entendendo ninguém nunca me falou nesse tom será que não vê a agressividade com que está falando comigo?". Pronto, *pow*, um soco na cara. Não com a palma da mão, mas com o punho bem fechado, e quase nas têmporas. Em seguida um outro, antes que ela pudesse entender o que estava acontecendo, para deixar claro que aquilo não era o começo de uma discussão. Quem nunca bateu em alguém não sabe como funciona. É como um animal à espreita dentro da sua barriga, mais rápido que o raciocínio. E uma vez que começa é como uma onda: não há boa vontade que a impeça de arrebentar. Ela precisa arrebentar. As coisas têm hora certa pra acontecer, isso ele já entendeu — o que ele poderia fazer seria ouvir o rumor da onda e se afastar antes que ela se formasse. Mas quando ele sente que está se irritando é tarde demais. Não tem tempo de seguir o conselho daqueles filhos da puta, ou seja, calçar um tênis e sair pra dar uma volta — é o mesmo que pedir prum vulcão segurar a lava... Ele tem que prosseguir, não pode se conter. O outro deve calar a boca. Se submeter.

    Mais tarde, na terapia de grupo — porque ele passou por uma dessas merdas de grupos de conversa que não valem um peido, porque queria tanto continuar com Cécile que estava topando qualquer parada —, eles o fizeram dizer que estava repetindo o que sua mãe tinha feito com ele. É verdade. Ela o subjugava. Subjugava ele e seu irmão. Uma mulher sozinha com dois filhos, e eles eram cabeças-duras. Levavam uns bons sopapos. Era uma época em que descer a cinta não criava polêmica. Ela batia neles de cinta. Patrice nunca tinha relacionado uma coisa com a outra. Se todos os meninos que apanharam dos pais se tornassem adultos violentos, todo mundo ia saber. Sua mãe não era alcoólatra, nunca batia sem motivo, ela não ficava mudando as regras da casa. Sua mãe impunha respeito, só isso.
    É uma serpente no peito, uma coisa que a gente tem no sangue. Não tem nada a ver com o passado. Tinha nascido assim. Se tivesse conhecido o pai, talvez concordasse com uma explicação biológica. O que se deseja nesse momento é a sensação de poder. Perceber o respeito nos olhos do outro. O pavor. Enquanto a mulher não estiver suficientemente apavorada, o cara

fica espancando. Ela precisa demonstrar total entrega para que a violência se aplaque.

Logo após o acesso de cólera ele se sentia esvaziado. Via sua mulher encolhida num canto, tinha vontade de apagar o que tinha acabado de acontecer, levá-la pra tomar sol, dar uma volta, ficar ao lado dela como se nada tivesse acontecido. Nenhuma palavra entre os dentes, nem murros capazes de partir as portas ao meio, nada de mão erguida nem tremores quando ele a encarava exigindo que o levasse a sério, pois enquanto seu rosto apresentasse o menor traço de resistência ele precisava continuar.

No início não é nada. Dois socos e pronto, a reconciliação. As coisas iam acontecendo aos poucos. Cada um precisa saber qual é seu papel. Se a mulher resiste, se não fica com medo na hora, se não obedece imediatamente, a coisa pode ir longe. É preciso criar terror, é preciso que o outro jogue a toalha. Totalmente. Ele reconhece sua culpa. Ele é um oco, um erro que só se corrige a tapa.

Cécile não foi feita pra isso. Ela não foi embora na mesma hora porque estava apaixonada. Eles ficavam tão bem juntos quando a besta dentro dele estava em paz.

Ele odiava vê-la chorar, o corpo dela desmoronava. O contrário do que ela era. Uma mulher alegre, vital, animada, tranquila. Como ele as amava. Ficou devastado quando ela se transformou em sua namorada: foi-se o viço, vieram olheiras permanentes e comissuras amarguradas no canto da boca. Mas a ideia de perdê-las fazia parte do prazer.

Cécile está melhor desde que não estão mais juntos. Dá pra ver. Até seus cabelos estão mais bonitos. Ela não tem mais medo. Continua apaixonada por ele. Mas não vai voltar atrás. Ele não consegue se acostumar, mas é melhor assim.

※ ※ ※

Depois que Tonio nasceu, ele não levantou a mão pra ela ao longo de um ano. Acreditaram que tinha cessado. Quando tudo voltou, ela preveniu: não na frente do menino. Mas estava de volta. A violência era um demônio que manteve distância por um tempo suficiente para Patrice acreditar que ele havia mudado. Depois o demônio reafirmou seus direitos, tranquilamente. Certas noites Patrice a espancava. Na frente do moleque. O menino não tinha nem dois anos e já sabia se esconder debaixo da cama e ficar lá, enrodilhado. Não chorava, fechava-se que nem uma ostra e passava vários dias assim. Patrice entendeu quem ele era ao ver o filho apavorado, agachado, as mãos tampando os ouvidos pra não ouvir nada, foi a melhor lição. Com Cécile ainda existia uma parte dele que conseguia inventar desculpas — que não era tão grave assim, que ela estava fazendo drama só pra ele se sentir culpado, que era coisa de mulheres que, por causa do feminismo, querem o homem mas não a surra que vem no pacote... ele não dizia isso em voz alta, mas no fundo era o que pensava — se fosse tão ruim como dizia, ela já teria ido embora. Mas o filho, aquele pequeno extraordinário cheio de graça e coragem transformado num animal assustado, encolhido debaixo da cama, precisando de vários dias pra se acalmar depois das crises. Que desculpa de merda ele teria que inventar pra se livrar dessa imagem — que o menino ainda não era homem o bastante, que logo ia se acostumar? Aos dois anos? Não, com dois anos seu filho ainda não era homem o bastante para ver o pai espancar a mãe daquele jeito. Quando fosse, ia pegar um fuzil e meter uma bala na nuca do filho da puta que o fez viver esse inferno.

Mas ele não conseguia evitar que recomeçasse. Cécile rindo com o mala do garçom. E aí, o que ele ia fazer? Deixar que o filho da puta pensasse que ia comer sua mulher na sua frente e que ele ia ficar quieto assistindo? Cécile achava que as mulheres podiam rir com os homens sem que isso tivesse consequências. Elas não têm colhões, isso é óbvio, senão saberiam o que passa na cabeça deles quando estão de piadinha. Cécile era incrível, mas tem coisas que as mulheres não entendem. Elas querem um troço que é uma utopia: amizade e harmonia com os caras. Isso não existe. Os homens querem foder, senão vão conversar com outros homens. Então Patrice enfiava a mão na cara do garçom, e, chegando em casa, ele aproveitava pra espancar a mulher.

Fizeram o segundo filho — acreditavam que trazendo de volta a casa tanto amor e tanta alegria a raiva retrocederia, por pudor. Mas a cólera é uma puta que não se deixa abater, e Patrice não parou seu show. A diferença é que, quando ela estava prenha, ele tomava cuidado pra não acertar muito a barriga.

Certo dia Cécile esperou que ele saísse pra trabalhar, pegou suas coisas e os meninos e deu o fora. Patrice ficou puto das calças quando soube que ela havia pedido ajuda a uma estrutura de acolhimento para mulheres que apanham. A história deles não era bem assim, não tinha nada a ver com o clichê de violência doméstica. Mas na verdade era. Uma história como qualquer outra. Ele não passa de uma caricatura.

Patrice detestou os grupos de conversa — ele não se parece com os caras que frequentam aquilo lá. Seu pai não lutou a guerra da Argélia, sua mãe não o abandonou, ele não tem problema em conversar com a mulher — mas o pior, quando ouvia o papo dos caras, era a falsa lucidez. Dava pra ver que o sujeito que organizava as sessões era um ingênuo. Engolia qualquer idiotice. Só Patrice não se deixava enganar. Todos os homens que frequentavam as sessões eram mentirosos. Diziam exatamente o que se esperava que dissessem. De modo geral, eram bons de lábia. O diabo é bom dançarino, caso contrário ninguém iria com ele pra pista. Os caras de lá eram habitués, buscavam desculpas e justificativas, faziam o tipo aliviado por conseguir exprimir suas emoções. Mas o único momento em que os canalhas se lamentavam com sinceridade era quando se apiedavam da própria sorte. Patrice conseguia ver suas almas.

Ele tinha adotado o lance do caderninho. Cada vez que erguia a voz ao longo do dia, cada vez que sentia a raiva saindo do controle, ele anotava, como um imbecil, o que tinha acontecido antes, o horário exato, e pontuava de um a dez a potência da crise. Recorria diariamente àquela merda de caderninho. De todo modo, ficou chocado: percebeu, com os próprios olhos, o quão filho da puta ele era. A frequência das crises de raiva, somada aos motivos que o levavam a perder a cabeça, compunham um retrato dele muito mais lamentável do que seria capaz de imaginar.

Puta idiotice aqueles grupos de conversa. Nunca chegavam ao cerne da questão: sem a raiva, o que seria dele? Um sujeito que abaixa a cabeça quando lhe roubam a vaga que está aguardando há dez minutos no estacionamento? Um cuzão que não responde quando um bostinha de quinze anos mexe com sua mulher na rua? Um paspalho que cala a boca quando o colega lhe deixa dez sacos de merda pra repartir, sendo que não é sua função fazer isso? Ele sentia que estava sendo enrabado o dia inteiro. Que atitude deveria tomar? Sair por aí assobiando, sabendo que pertencia à estirpe dos sacos de pancadas, dos capachos, dos mictórios? O sujeito do grupo sempre repetia isso — que não se devia confundir e botar no mesmo plano política, sentimentos e pequenas frustrações. É preciso fazer uma triagem.

Um dia ele tomou a palavra: se eu renunciar à violência,

o que vai sobrar de mim? Não sou um escroto de um dentista — dizia isso porque no grupo tinha um protético, um cara estúpido que fingia ser amável e sentir remorso, mas estava na cara que era um farsante. Não tenho status. Não tenho futuro profissional. Se eu renunciar à violência, quando é que vou ter controle sobre alguma coisa? Francamente, quem é que respeita o proleta servil?

Ele adora briga de bar. Gosta da pega desde moleque. No ano passado, no metrô, sentou ao lado de um garoto, um negro franzino, magrinho, uma criança. Quando as portas se abriram, dois outros carinhas da mesma idade, mas bem mais fortes, entraram e avançaram pra cima do garoto, tentando pegar o dinheiro dele e bater nele. Dois marmanjos contra um moleque, Patrice nem tentou entender. Partiu pra cima e encheu de pancada. Muito eficaz. Naquele dia, no metrô, ele foi um herói — as pessoas ficaram felizes em contar com um psicopata, não passou pela cabeça de ninguém enviá-lo a um grupo de conversa. Foi felicitado. Ovacionado. Em que outra situação iria se sentir tão vivo e tão bem em sua pele se não fosse pela raiva?

Os filhos da puta do grupo não passavam de uns desgraçados que batiam nas mulheres, mas muitos deles não ousavam bater em homem. Patrice, francamente, podia ser acusado do que fosse, menos de ser seletivo. Ele batia em qualquer um. Gostava disso — ninguém lhe dava medo. Quando acontecia, todos tinham que recuar, ele preferia morrer a admitir a derrota.

Puta sorte que essa porra dessa ressaca caiu bem num sábado. Não seria capaz de trabalhar hoje. Já está aguentando o tranco há quatro meses. É raro passar dos três. Tem um contrato temporário nos correios, distribui as remessas. Osso, uma cretinice. Ele se arrepende de todas as vezes que reclamou dos carteiros. Primeiro, é duro não roubar nada. Mas, mais do que isso, tem que andar pra caralho. É uma corrida de obstáculo descobrir onde as pessoas instalaram suas caixas de correio... Se alguém pedisse sua opinião, daria um jeito naquilo rapidinho — já que os filhos da puta têm direito a serviço postal gratuito, eles poderiam pelo menos instalar caixas de correio iguais em lugares determinados, respeitando uma norma. Seria muito mais fácil. É por isso que as pessoas deixaram de respeitar o serviço público: foram muito mimadas. Cada um deveria tomar pra si a responsabilidade de instalar a caixa de correio no lugar certo, para garantir que nenhum cachorro bravo impediria o acesso, todos deveriam ter consciência da sorte de ter um carteiro que vem diariamente, de manhã, até a casa deles. Senão vira uma zona, as pessoas vão se pegar.

O percurso diário é longo. Os mais velhos ficam passados ao ver a degradação dos correios. É assim em todo lugar. As pessoas se acostumam à destruição metódica de tudo o que funcionava, e além disso são obrigados a ouvir as palhaçadas dos cretinos recém-saídos das faculdades de administração que vêm explicar como a distribuição dos correios deveria funcionar, sendo que nunca, ao longo de seus caríssimos anos de estudo, eles se depararam com um armário de triagem. Para eles, nunca está nos trilhos. O pessoal sempre custa muito caro. Mandar para o espaço o que está funcionando bem é mais rápido. Estão felizes com seus resultados: esses filhos da puta sabem direitinho como fazer terra arrasada.

Vernon recolhe o sofá-cama, arruma suas coisas num canto, não deixa nada espalhado no banheiro, dobra bem a toalha e seca o piso do box. Dá pra ver que se esforça para atrapalhar o mínimo. Toma dois cafés e diz que precisa encontrar uns amigos, pergunta que horas pode voltar. Quer jantar aqui? Volta pra tomar um drink, que tal? Está chovendo. Se estiver à toa, às vezes vale a pena pegar um cinema ou dar uma volta no shopping. Enfim, ele que se vire — só porque está dormindo na sua casa não quer dizer que Patrice deva assumir o papel de mãe.

Patrice gosta de fazer faxina aos sábados. Baixou todas as temporadas de *Walking Dead*. Bota a segunda para rodar no projetor, de qualquer lugar da casa ele vê ao menos um pedaço da parede da sala. O projetor foi ideia de Sandrine, uma garota que ele conheceu num trabalho temporário fazendo o balanço da Muji. A irmã dela trabalhava numa empresa de informática, pegava os projetores e os repassava por cem euros, um sexto do valor nas lojas. Enfim, de qualquer forma, ele gosta de fazer faxina aos sábados e costuma assistir séries em vo pra não perder o inglês. Quando jovem, fez um mestrado em inglês. Adorava a universidade. As aulas, a cantina, o centro acadêmico, as festas e as provas.

Quer outro exemplo? Como teria conseguido vaga na cidade universitária se não fosse violento? Foi tocando o terror que conseguiu, na época, tudo o que era seu de direito. Sem isso teria patinado como tantos outros e abandonado os estudos. No grupo de conversa, a bichinha que comandava a sessão não gostou nada quando ele disse que se fosse rico não seria violento. E patati, isso não tem nada a ver com o meio social, patatá, não tem nada a ver com a posição que você ocupa no tabuleiro econômico. Vou enfiar a mão na tua cara de filho da puta mentiroso, você acha que não existe diferença entre um cara com emprego fixo e um desgraçado de um operário fodido? Por acaso você acha que não faz diferença? Se eu não tivesse que levantar a bunda todo dia de manhã pra me perguntar que porra de carta registrada preciso entregar, nem corresse feito um cretino todo santo dia pra resolver isso ou então não quebrasse a cabeça pra descobrir como pagar aquilo, você acha que não mudaria nada no meu humor? Eu me sentiria vulnerável com o rabo entupido de dinheiro? Tem certeza? Não teria menos medo? Você tá tirando com a minha cara? Se não tivesse que calar a boca o dia inteiro, com um corpo que sofre com o que eu imponho a ele, e mesmo assim sem conseguir pagar as férias de esqui dos meus moleques, você acha que eu seria a mesma pessoa? Eu acho que não. Muito pelo contrário, acho que faria um esforço pra não sair do carro e bater no vidro do motorista que tentou me dar uma cortada. Não daria a mínima se ele fosse um imbecil, e ia ficar pensando no próximo fim de semana, no meu novo terno, no meu filho jogando tênis, na minha ex-mulher, no apartamento de cem metros quadrados que dei pra ela de presente, em como negociar novos contratos. Teria menos tempo pra pensar em degolar os endinheirados que só vivem bem porque tiraram tudo de mim. De mim e dos meus. Levaram tudo.

Nas festas de fim de ano ele assistiu um documentário sobre animais na África. Um oásis, todos os animais bebendo água juntos. Zebras, girafas, avestruzes, hipopótamos, todos eles. Até chegar os leões, em grupo. Todos fogem na hora. Os bad boys estão na área. Ele preferiria ser um lobo. Solitário. Mas adora a sensação que isso gera — os mocinhos fugindo pra se proteger. Se tivesse grana, não ia se comparar a um animal. Ficaria na sua e nos dias em que experimentasse uma crise de identidade iria se divertir no bar de um hotel chique, e o staff o faria lembrar de que é alguém, que há muito mais do que o lugar reservado pra ele: tempo, conforto, pessoas zelando pelo seu bem-estar. Ele foi manobrista na Closerie de Lilas, faz tempo. Era obrigado a mimar os clientes. Olhava bem pra eles antes de entrar em seus carros com cheiro de peido, chulé e cinza de cigarro. Estacionava o carro para que os caras não tivessem que andar duzentos metros por conta própria. A gorjeta ficava a critério do cliente.

Do mais pão-duro ao mais pródigo — dependia da vontade dos caras. De como se sentiam, conforme o humor do momento. Ficavam muito satisfeitos com a própria generosidade. Boa parte da raiva veio daí, sem dúvida. A ideia de que esses filhos da puta que pagam milhares de euros de impostos todo ano ainda queiram espancar um fulano qualquer lhe parecia extraordinária. Por que não vão fazer massagem com prostitutas nas Ilhas Maurício? Quem sabe assim dariam um pouco de paz a todos.

Antes de morrer, adoraria ver esses sanguessugas devolvendo o dinheiro que roubaram do povo. Mélenchon no poder. Pela revolução. Adoraria ver a periferia pegando fogo, mas não para que erguessem uma bandeira verde e branca, o que ele queria mesmo era ver bandeiras pretas. Sua raiva tinha que servir pralguma coisa — se houvesse barricadas amanhã, ou uma guerra civil contra os oportunistas, ele seria visto como herói. Está ficando velho, está perdendo a força. Mas ainda dá pra aproveitar o que sobrou. Gostaria muito de ver o sangue correr. Dos banqueiros, dos diretores, dos que vivem de renda, dos políticos... Que merda, em tempos de guerra caras como ele são heróis. É por isso que fica tão puto quando lhe enchem o saco por ser violento. Tem certeza de que se houvesse uma revolta de verdade ele não ia ter que levantar o braço pra sua mulher. Cécile daria uma mulher de guerrilheiro maravilhosa. Ela é forte, tem a cabeça no lugar.

Ele fez sua faxina de fim de semana, grato por Vernon ter entendido que seria melhor deixá-lo em paz em seu dia de folga. No fim das contas, ficar vendo a cara dele a noite inteira o remetia a uma outra época. É impressionante como esses caras do rock ficaram velhos direto, sem passar pela maturidade. Dá pra ver que Vernon, assim como tantos outros, nunca se questionou sobre nada na vida. Ele, por exemplo, passou ileso pelos grupos de conversa, pelas sessões de análise e pelos danos da paternidade. Continuou o mesmo cara de quando tinha vinte anos, como se tivesse envelhecido no formol.

Vernon parece exausto ao chegar em casa. Insiste em preparar batatas gratinadas, tinha feito compras com o dinheiro contado. Patrice nunca vai entender essa paixão que as pessoas têm por comida. Bife com batata frita é o único prato cuja poesia ele entende.

— Lembra do Xavier? A gente tomou um café quando cheguei a Paris. Parece que está se dando bem, sabia que ainda é roteirista? Mora num apartamento enorme no centro de Paris, desses apartamentos de família.

— Xavier sempre foi um idiota, você não acha?

— De direita, você quer dizer?

— Também. Mas é um babaca. Ele sempre foi um babaca, não acha?

Na TV, Patrick Bruel, Garou e Raphaël fazem covers de Jacques Brel. No final do programa, Johnny Hallyday chega, de costas — Patrice e Vernon morrem de rir. A voz do ídolo, as pernas do ídolo, sua silhueta de animal pré-histórico, seu andar de puta poderosa. Capricha no vozeirão, decidido a fazer com que os colegas se reduzam a amadores anônimos. Eles riem bem-humorados, saudando o cara que não se deixou abater por nada, nem pelo excesso de droga, nem pelo ridículo, nem pelo sucesso. A fera. Vernon termina de descascar as batatas, há algo de operário em seus gestos, o modo como segura a faca, o movimento do pulso, sua eficácia — de filho de camponês que veio trabalhar na cidade. Mas aos olhos de Patrice ele tem charme, sempre teve. É bom estar com ele. As coisas ficam mais interessantes, mais fáceis — nunca reclama de nada. Como é que um cara como ele ainda não encontrou uma mulher pra cuidar dele? O que ele faz pra estragar a vida a ponto das mulheres o botarem pra correr, uma vez que elas são capazes de suportar qualquer coisa antes de fazer as malas e picar a mula?

Vernon junta as cascas, joga no lixo e passa uma esponja na mesa. Se esforça pra ser um bom rapaz. Patrice admira isso, ele, por exemplo, não consegue descascar uma batata sem deixar a cozinha destruída por uns dez dias. Vernon de repente fica triste, sua expressão muda. Ele diz:

— A última mulher com quem saí era brasileira, ela me falava muito de Johnny, dizia que se você não é francês não consegue entender o efeito que ele causa nas pessoas.

— Tem que ter crescido junto pra criar um vínculo. É o princípio do papai. Meus filhos nunca vão me amar como um pai de verdade, a gente não se encontra o suficiente… Como é que um cara como você ainda não casou? Já dava tempo de você ter tido filhos e o diabo a quatro…

— Eu só me apaixono por mulheres que me acham divertido por cinco minutos.

— Essa brasileira te largou?

— Ela não estava tão disponível quanto eu pensava. É meu tipo. As mulheres casadas. Com um cara montado na grana. Ela não precisou de muito tempo pra descobrir pra que lado seu coração batia mais forte…

— Você ainda sofre por ela?

— Sim.

— Não vai me dizer que era um traveco.

— Não, era uma trans. Linda. Chiquérrima.

— Você está me gozando?

— Não. Estou respondendo à tua pergunta.

— Sim, mas eu estava brincando, você diz que é brasileira e eu pergunto se é um traveco, mas era piada, não estava esperando uma resposta sincera.

— Então entendi errado. Tinha um pau maior que o meu. No começo também me surpreendi que isso não tivesse me incomodado. Você não vai acreditar a que conclusão eu cheguei, e olha que fui o primeiro a me assustar, mas tive que admitir: foda-se a boceta. Foda-se. Não é a boceta que faz uma mulher.

— Só pra fazer filhos.

— Estou falando de amor, não estou discutindo a creche.

O que desestabiliza Patrice nem é tanto imaginar que Vernon possa se apaixonar por uma brasileira/brasileiro. É que ele conte. Está a quarenta estações de metrô de Paris, não tem outro lugar pra dormir, e em vez de ser discreto e se esquivar da pergunta ele responde em alto e bom som: sim, eu dormi com uma travesti. Patrice não sabe como reagir. Fica tenso. Toda essa história, desde que Vernon chegou, de se sentir bem em sua companhia e gostar da presença dele etc., ganha um sentido que não lhe agrada muito.

— Mas por que você me contou? Está me deixando constrangido.

— Eu não tenho vergonha. Marcia é a mulher mais linda de quem já me aproximei, a mais feminina, a mais elegante, a mais chique... Tô te falando, foi só quando saí na rua com ela que entendi o que sente um cara que dirige uma Porsche. A gente acha que eles são uns babacas, mas é só porque a gente nunca andou de Porsche. E se você é um pobre coitado como eu, que nem dá conta de pagar uma dose de Jack Da num bar, então você ia pensar essa garota desfila ao meu lado como se eu fosse a coisa mais preciosa do mundo e tudo o que eu tenho pra oferecer em troca é amor e sexo... Tô te falando, cara, você se sente como se fosse a última coca-cola no deserto. Mas não é só ostentação, quer dizer... eu não me incomodo que seja superficial. Ela tem classe. Ela me deixa louco.

Isso muda o clima entre eles. Patrice não sabe o que pensar. Teria preferido não ter sabido. Está chocado. E se surpreende. Isso o faz pensar. No fundo, o que é que lhe importa o que Vernon faz ou deixa de fazer na cama... Sobretudo ele não quer nem imaginar a cena. Lembra de imagens de algumas mulheres brasileiras que já o deixaram com problemas de consciência... Elas são mesmo bonitas. Na televisão, Rihanna está cantando algo sobre diamantes. Eles escutam com reverência. Vernon continua cortando as batatas em fatias finas. É Patrice quem rompe o silêncio, afinal de contas não tem nenhum motivo pra se sentir tão desconfortável:

— Eu gosto da Rihanna, gosto de verdade, muitíssimo. Ela pode cantar qualquer coisa, regravar Carlos e Annie Cordy, e mesmo assim eu vou achar interessante.

— As mulheres que apanham podem agradecer a ela: agora vai explicar pra uma menina que ela não pode deixar que batam nela, sendo que uma demente dessas sai espalhando por aí que ama o namoradinho Brownie. Você viu a cara dela depois que apanhou? É linda, mas só sendo uma idiota, não acha?

— Foi por isso que minha mulher se separou de mim. Com meus dois filhos. Eu batia nela.

Patrice devolveu na mesma moeda. Não foi premeditado. Um gancho de direita que acertou em cheio. Você me diz que come homem de saia, eu te digo que bato na minha mulher. De novo um branco na conversa. Durante o qual Patrice percebe que oscila entre o desejo de agressividade e o reconhecimento. Ele tem essa lembrança do ambiente de rock, uma superficialidade sistemática. Duplos sentidos, piadinhas, discussões sérias só sobre capas de discos. Nunca confidência ou intimidade. Mesmo quando falavam de política, ninguém procurava ser sincero. Machinhos se fingindo de durões. Perdeu o chão quando Vernon lhe contou sobre a namorada brasileira. No fundo, até gostou de saber. Tem algo de corajoso em se apresentar despido dessa forma.

— Você batia na tua mulher? Mas ela te traía?
— Você não bate na mãe dos teus filhos porque ela fez alguma coisa errada. Bate porque é violento.
— Mas você achava isso ruim?
— Tem os caras que bebem, os que torram o dinheiro do aluguel no jogo, os que traem... no meu caso eu bato. Ela foi parar no pronto-socorro várias vezes. Mas não todo dia... também não chegava a ser um hobby.
— Você também batia nos filhos?
— Não. Mas Cécile falava que era questão de tempo. Não tenho certeza. Já dei uns chacoalhões, claro, tem dia que você está mais tenso que outros... mas nunca perdi o controle. Não muda nada. Os meninos entendiam tudo o que estava acontecendo. Não tenho a menor dúvida. Tonio fez xixi na cama até os cinco anos. Não precisei levar a um especialista pra saber por quê. Meu problema é que não sou suicida. Senão saberia o que fazer.

Vernon ouve atentamente enquanto dispõe as batatas numa grande travessa branca que Patrice nunca imaginou que pudesse ir ao forno, mas pensando bem é evidentemente uma travessa para gratinados.

— Você é muito sensível. Os caras violentos são sempre muito sensíveis.

— É o que as mulheres dizem.

— A gente nunca imaginou que chegaria a esse ponto, hein?

— Se soubesse, qual seria a diferença?

Vernon liga o forno, tira duas cervejas da geladeira e vai sentar na frente da TV. A noite está menos entediante do que Patrice havia previsto. Ele começa a sentir simpatia por Vernon. Depois da parte sobre o alto escalão, a TF1 apresenta jovens cantores contratados do canal e o programa de auditório perde a graça. Uma mulher canta de um jeito bizarro, Vernon suspeita que ela seja deficiente. Patrice diz que ela é corcunda, o que não configura deficiência.

Nolwenn Leroy e Patricia Kaas cantam Piaf — dessa vez os dois concordam que ambas são boas, mas têm uma preferência de velho por Patricia, da época em que ela cantava "Mon mec à moi" e eles até que gostavam, mesmo que não tivessem declarado aos quatro ventos. A beleza dela era como a das mulheres que eles conseguiam pegar, um pouco mais sublime.

— Então agora os cantores profissionais só querem saber de cantar em dupla, já que as pessoas trocam de canal quando eles cantam sozinhos.

— Verdade, eles podiam fazer um solo, não precisam exagerar.

As batatas crepitam no forno. O apresentador responde a uma pergunta tão imbecil que parece uma ofensa que alguém tenha perguntado. O nome do vencedor aparece na parte de baixo da tela. E o apresentador muda de repente de expressão e sua voz começa a ficar trêmula para evocar um amigo querido que faleceu há pouco, cedo demais. E a foto de Alex Bleach é projetada, em branco e preto, nas cortinas do palco. Vernon se curva como se acabasse de levar um soco invisível:

— Ah, não, que merda.

— É... Deve estar na vala das putas, como todos os outros VIPs... você continuava falando com ele?

— Sim. E você?

— No começo, bastante. Quando começou a fazer sucesso, ele não parava de me ligar, parecia que eu era irmão dele.

— Comigo a mesma coisa. Mas ele nunca aparecia nos encontros que ele mesmo marcava, um mala.

— Eu ainda estava com Cécile. Arrumava um jeito de encontrá-lo quando ela não estava em casa. Ele comeria a tua mulher, na tua cama, enquanto você estivesse dormindo, sem nenhum remorso. O desgraçado era uma ameaça para a paz dos casais. Mas não podemos negar que as mulheres gostavam dele... No enterro, ouvi dizer que elas não queriam saber dele quando estava sem grana. Mas ele ainda nem tinha gravado um disco e eu já escondia minha mulher. Volta já pra casa, não quero discutir, essa noite você não sai da cozinha. Era um perigo, esse cara.

— Você foi no enterro?

— A banda inteira foi. Quando o assunto é morte, eu volto a fazer parte do grupo. Ele te contou que a gente quase montou a banda de novo?

— Não. Quando a gente se via ele estava tão louco que só falava coisas estranhas, nunca tocava no assunto de trabalho... Ele pagou meu aluguel durante um ano inteiro. Acho que dois, pra falar a verdade. Mas não nos víamos tanto assim...

— Ele pagava o seu aluguel em Québec?

— Por transferência bancária, sim.

— Eu estava brincando. Fico feliz que você não se sinta obrigado a me dizer a verdade o tempo todo, senão eu me preocuparia...

— Eu não quis ir ao enterro. Tinha muita gente. E nem eram pessoas que eu conhecia.

— Foi bizarro. Tinha muita celebridade e todo os mortos de fome estavam lá, fingindo que estavam tristes, mas queriam mesmo era sentar ao lado da Vanessa Paradis.

— Acho que as batatas estão prontas. Faço uma salada? Você está com fome? Por que não deu certo retomar a banda?

— Eu achava ridículo, sobretudo porque não ouço mais esse tipo de música... mas quando me disseram o cachê tive vontade de voltar a tocar baixo na mesma hora. Eu teria dado cambalhotas de cueca pra ganhar aquela grana... E não estou falando isso só para te impressionar. Alex topou, fizemos um ensaio e depois ele nunca mais teve tempo. Entendo. Fiquei decepcionado por causa da grana, mas foi sórdido como as pessoas se comportaram. Dan ficava lambendo o saco dele, era constrangedor. E Vince o agredia o tempo todo. Puto da vida por não estar no lugar dele. Ninguém ali sabia tocar, mas mesmo assim tínhamos que calar a boca de Alex, impedir que ele fosse o líder e blá-blá-blá... ele nunca mais voltou.

— Você gosta do molho com muito ou pouco vinagre?

Sophie não gosta dos almoços de domingo, no restaurante, com a nora, o filho e a neta. Sempre que encontra eles fica no fundo do poço. Como de costume, eles encostam o carrinho da menina na mesa. Ela tem cinco anos. O que é que faz dentro desse carrinho? Sem contar a mamadeira de leite com chocolate. Dizem que é coisa de geração, mas à sua volta as crianças são muito mais educadas. Quando a menina resmunga à mesa, Marie-Ange tapa sua boca e continua falando. Não pergunta o que a menina quer, não ensina que não pode interromper os adultos, simplesmente estica a mão e lhe tapa a boca. Xavier sabe muito bem que não é assim que se trata uma criança que já fala e anda. Mas apenas evita o olhar da mãe e enterra a cara no prato. Seu pai também era um covarde.

A nora tem uma certa loucura que não é nada charmosa. Seu olhar queima por onde passa. Marie-Ange foi apaixonada por Xavier. Não é mais o caso, faz tempo. Ela não se esforça pra disfarçar o tédio quando está com ele, nem o desprezo quando ele abre a boca. Voltou do conto de fadas da princesa que se casa com um simples plebeu. Deve estar lembrando das palavras do pai, quando ela lhe anunciou os planos de casamento: "Nada pode ser pior para uma mulher do que dormir com alguém de nível inferior ao seu". E aquele velho filho da puta não se importou em repetir isso na frente da mãe do noivo. Marie-Ange não deixa a menina sozinha com a avó. Isso Xavier também não teve coragem de lhe dizer com todas as letras, mas Sophie entendeu. Ela deve ter feito alguma coisa errada. Seu filho deixa a neta com ela de vez em quando, algumas tardes, em segredo. À noite ele precisa mentir para a mulher, dando a entender que passou a tarde com as duas no parque. Ele se esquiva, fica enrolando. Ela não é a única mulher entre suas amigas que está decepcionada com o que o filho se tornou depois de adulto.

Não dá pra superar. Tem gente que supera tudo, cada um tem uma natureza. Houve aquele 13 de dezembro de 1986. Antes disso, uma lenta agonia — dois anos de um inferno horroroso, mas a vida ainda se mantinha de pé. Havia soluções a buscar, havia razões para acreditar. Iriam se sair bem. O filho mais velho tinha caído nas drogas. Acreditaram em todo tipo de coisa, acharam que estavam no limite de suas forças mas nunca desistiram. Enquanto Nicolas estivesse ali. Orações, plantas, psicologia, farmacologia, esporte, acompanhamento severo. Suportaram as insinuações dos terapeutas — quando existe um dependente no núcleo familiar, toda a família está envolvida. Nicolas não queria morrer. Pedia ajuda e queria sair dessa.

Então o 13 de dezembro, a polícia tocou a campainha. Eles não telefonaram. Vieram. Ela abriu a porta e soube. Fazia um sol esplendoroso, era um sábado, ela não trabalhava, seu marido estava em Toulouse a trabalho. Havia se levantado cedo e limpava os vidros com álcool, tinham convidado a família para o Natal e ela estava arrumando a casa. Evitavam viajar, tudo tinha ficado muito complicado. Xavier tinha passado a noite na casa de um amigo. Eles lhe permitiam fazer mais coisas que o irmão mais velho havia feito quando tinha a mesma idade. Um terapeuta os aconselhou, é muito difícil para o mais novo, vocês precisam deixá-lo respirar. Então obedeciam. Permitiam que o mais novo respirasse longe da casa deles. Xavier era seu preferido. O caçulinha. Era muito mais amoroso, mais tranquilo. Sabia fazer a mãe feliz. Depois ela se culpou. Talvez isso explicasse tudo. Ela se sentia tão mais à vontade com o segundo.

Sabia o que eles vieram lhe dizer. Mas as palavras, cada uma, se incrustaram nela sem que ela pudesse fazer alguma coisa para impedir que mudassem para sempre o curso das coisas. Encontraram o corpo de Nicolas dentro de um carro abandonado. Os policiais falavam de "overdose", mas a autópsia revelou que ele tinha injetado droga misturada com ácido de bateria. Nas veias do seu filho. Ácido de bateria.

Cai o pano. O mais impressionante era como tudo se desintegrou com tanta facilidade. Um *fade to black* numa velocidade tal que durante anos ela alimentou uma certeza absurda e obstinada que daria pra voltar àquele momento, que bastaria um gesto diferente pra que tudo continuasse como era. Um pensamento mágico do qual ela nunca conseguiu se livrar — deveria ser possível voltar àquele dia e reverter os acontecimentos.

Bastava Nicolas ter comprado de outro fornecedor, bastava que eles tivessem ido procurá-lo pela cidade e o tivessem trazido à força pra casa, haviam feito isso centenas de vezes. Mas não souberam protegê-lo de si mesmo. Sophie nunca entendeu como isso tudo começou, por qual interstício aquela infelicidade se infiltrou na sua casa. Tinham uma linda vida em família, nenhum problema de dinheiro nem de saúde. Enquanto as crianças eram pequenas, era uma casa alegre. Existia amor entre eles, cuidado, ela não descobria o que é que poderia tê-lo levado ao desespero. Por mais que revirasse a história do avesso, escrutinasse as biografias de todos os tios e avós, não encontrava sinal de depressão nem de dependência ... Nicolas tinha sido um menino inquieto, não era muito de estudar mas gostava de esporte, se saía bem em tudo que se dispunha a fazer. Era curioso e aberto.

Ela chegou à conclusão de que era algo químico — sua constituição não resistia à heroína. Viciou logo de primeira. Milhares de garotos experimentavam dar um tiro, vomitavam e passavam pra outra. Outros ficavam viciados e resolviam parar, podia ser difícil mas na época que estavam tentando ajudá-lo ela conheceu muitos que conseguiram escapar, sabia que era possível. A política, as meninas, os estudos, o esporte, a música... os filhos dos outros encontravam suas paixões. Nicolas só conheceu uma: a morte em pó. O pálido espectro da heroína escolheu seu filho. E ele não conheceu outra vida senão aquela, com a seringa e as pupilas cujo tamanho ela vivia monitorando. A pele acinzentada, as olheiras, as mentiras, o olhar esquivo e cheio de raiva, os cabelos colados nas têmporas, os sorrisos insossos, as marcas de cigarro no lençol. A vida com a droga. Só terminou quando o garoto morreu.

Xavier costumava chamar o irmão de Houdini e seus pais não podiam conter um sorriso. Meu irmão é o Houdini, ele disse quando Nicolas escapou do seu quarto no sexto andar sem passar pela porta, trancada, levando duas pulseiras de ouro que estavam dentro de um cofre e que ele vendeu pra comprar uma dose. Meu irmão é o Houdini.

Enterraram Nicolas e o rapaz que sofria desapareceu da memória da mãe. Ela só lembrava do menino. Tão encrenqueiro que ela conheceu todos os diretores e diretoras das escolas por onde ele passou. Gostava dos crepes da Festa da Candelária, dos velhos filmes de western que seu pai lhe mostrava, de subir no armário do quarto e anunciar que era o Goldorak, de colecionar quadrinhos de Rahan e construir naves espaciais com embalagens de papelão. Também gostava de pegar o irmão pelos cabelos e arrastá-lo pelo jardim.

Sophie vive com esse menino. Conversa com ele, volta diariamente ao passado pra lhe dizer que não o esquece.
Depois da sua morte, as coisas ruíram. Os protagonistas a princípio se mantiveram de pé. Conchas cheias de cinzas. Depois se desfizeram lentamente. O casamento. O bom humor de Xavier. O trabalho dela. Sophie odiava o sofrimento que se instalou no semblante de seus familiares. Ela não pertence a essa elite que amadurece com a experiência da dor. Não desejava o bem do próximo. Ficou estupefata com a pouca repercussão de seu apocalipse no mundo, ficou estupefata com a descoberta de que a vida continuava para os outros, como se nada tivesse acontecido. Serrava os dentes quando avistava mães contentes acariciando os filhos com o olhar, serrava os punhos ao cruzar com pessoas felizes no supermercado. Desejava que todos passassem pelo que sua família passou, desejava que todos soubessem o que significa um mundo partido ao meio. Antes e depois da perda. Ela gostaria de acreditar em Deus, só pra poder perguntar: por que eles?
Os objetos da casa se dividiam em duas categorias: os que existiam desde a época de Nicolas e os que vieram depois. Cada lâmpada trocada era mais um punhado de terra atirado sobre o caixão. Ia às lágrimas quando a cafeteira pifava. Logo a cafeteira que ele havia tocado. Uma xícara que se quebrava ao ser lavada era uma facada no estômago. Aquela xícara que ele lavou tantas vezes depois de tomar um café, de manhã.
Seu marido foi embora. No início era como se a tragédia os tivesse soldado, dois siameses colados por uma ferida. Depois ele não aguentou. Teve a coragem de admitir. Não tinha mais forças.

A atmosfera dentro da casa. Uma culpa enfurecida misturada a negação. Ele partiu pra outra história, com uma mulher que não estava destruída. Abandonou Sophie. Fugiu, literalmente. Ela nunca mais ouviu falar dele.

Sophie tem certeza que Xavier continua encontrando o pai. E que prefere não falar sobre isso. Ela também não conseguiu se recuperar da separação. Definitivamente, não está no time dos fortes. Nota certa impaciência no rosto das pessoas que conhece — depois de tanto tempo ela continua sofrendo? Deseja que todos passem pelo que ela passou.

Não existe a menor chance de se recuperar. Ela não tem o menor interesse. Talvez seja por isso que Marie-Ange não deixa a filha ficar sozinha na casa da avó. A velha está lelé. Ela ainda está de luto.

Poderia ter cuidado melhor de Xavier. Percebe sua hostilidade, sabe que ele se culpa por ter sido o preferido, sem contar o remorso de ter sobrevivido, e sabe que ela não soube dar conta do recado. Não pôde protegê-lo da frieza que se espalhou pela casa. Hoje ele é um homem. Ela se surpreende a cada ruga em seu rosto. Eles não têm muito o que conversar. Os almoços de domingo são um fardo para todos. A comida chinesa não lhe cai bem. Inventa uma consulta no dentista pra ir embora mais cedo. Marie-Ange, que acredita que essas poucas horas em família sejam a única felicidade da velha, se surpreende — dentista, em pleno domingo? —, arqueando uma das sobrancelhas. Xavier entende. Como sempre, ele se esquiva. Sophie confirma — sim, é um amigo dentista que me atende aos finais de semana.

Ela não tem nenhuma vontade de passar na casa deles pra ver a menininha brincar sem que ela possa chegar perto. Marie-Ange não confia na sogra, acha que ela é mórbida e doida. Talvez tenha razão. Se a deixassem criar um vínculo mais livre com a criança, não seria a criança que a confortaria, mas a velha que envenenaria o bebê. Será que agora ela é tóxica? Será que sempre foi? Será que é responsável por tudo o que aconteceu? Contamina as pessoas à sua volta? Talvez.

O sol está radiante, como às vezes ocorre em fevereiro. Faz um frio glacial mas a luz está linda. Ela vai tomar uma cerveja no Rosa Bonheur. Durante o dia, até as senhoras da sua idade podem sentar nas mesinhas do terraço sem que as olhem com reprovação. Por essas e outras, Paris é incrível. Ela bebe muito, que nem os alcoólatras — desde de manhã, em pequenas doses, escondido. Bem devagar. O álcool marca seu rosto. Uma nova expressão de derrota. O filho finge que não percebe. Tem medo dela. Teme ter que ouvi-la falar de outros assuntos que não sejam as radiografias de pulmão ou as reformas no metrô. De qualquer modo, ela enche o saco.

Normalmente evita os parques por causa das crianças. Essa lembrança nunca a abandonou. Ele continua presente. Está sempre presente. Sobe no escorregador pela parte de baixo, segurando nos corrimões como um endiabrado, e ao chegar ao topo dá um chute no peito dos meninos que se preparavam para descer pelo lado certo. Ficava possuído, era impossível soltá-lo no meio das outras crianças sem que ele as fizesse chorar. Seus olhos ardiam de malícia. Sophie o chamava e ele olhava pro lado oposto. Como ela corria. Se tivesse sabido, teria aproveitado todas as besteiras dele. Nicolas continua ali — o passado está incrustado, seus dois filhos agora brincam no escorregador, ela se preocupa que eles se machuquem ou que machuquem outra criança. Existe, para sempre, os gritos de suas brigas, suas gargalhadas — houve um momento de felicidade em sua vida, e ele está intacto. Nada aconteceu. Está louca. A gente se acostuma com mais facilidade do que imagina.

Nesta tarde, porém, tem vontade de ver as árvores de Paris, tomar uma cerveja nas mesinhas ao ar livre, longe do barulho dos carros. Ela se força a entrar no parque. No primeiro banco, vislumbra a silhueta de um morador de rua. Não presta atenção. Lembra do poema de Prévert, o desespero sentado num banco. Como muitos outros cidadãos, está vacinada, acostumada à miséria alheia, mas sempre fica um pouco envergonhada de virar a cabeça. Dá alguns passos mas não consegue tirar a imagem da cabeça. Pobre rapaz, é jovem, dá pra ver pela aparência que está na rua há pouco tempo, mas ainda assim a gente percebe que ele não tem onde morar. Então diminui o passo. Conhece esse rosto. Tenta identificá-lo. Conhece esse rosto. Hesita. Não é possível. Que absurdo. E dá meia-volta.

— Vernon? É você? Não lembra de mim? Sou a mãe de Xavier. Lembra? Eu passava suas camisas quando você dormia em casa.

Ela não deveria ter voltado. A tristeza que agora invade seu peito é mais insuportável que toda a raiva que tenha podido acumular. Meu menino, meu menininho. Meu docinho, meu tesouro. Pobre criança. Ele também é um homem agora. Ela não se atreveria a abraçá-lo. Como se as afrontas do tempo já não fossem suficientes. Teu rostinho. Seus olhos continuam magníficos. Seu rosto murchou. Meu filhinho. Ela sempre pensa nisso, Nicolas seria hoje um homem maduro, de rosto enrugado e corpo cansado. Sophie senta ao lado de Vernon, e ele responde:

— É claro que lembro. A senhora não mudou nada.

Ela sorri. Ele sempre foi muito educado. Nem tinha vinte anos e já havia algo de cortês em seu comportamento. Um legítimo cavalheiro. Ela gostava que Xavier tivesse um amigo que frequentava a casa. A família de Vernon morava no interior, ela o tratava como se fosse seu segundo filho. Ele lhe levava flores quando ia jantar. Demorou para Sophie entender que não eram seus pais que lhe diziam para levá-las, mas ele próprio as comprava com o dinheiro da mesada. Ele a ajudava a tirar a mesa e obrigava Xavier a lavar a louça. Enchia a casa de alegria. Ela vigiava suas pupilas, como vigiava as pupilas de todos os jovens com quem cruzava. Ele gostava de cerveja, mas não usava droga pesada. Ela gostava de sua influência sobre Xavier, das gargalhadas animadas, das gritarias, das brigas e das risadas dos rapazes se divertindo no quarto, enquanto ouviam discos sem parar. Todos os sons de uma casa normal, que não tinha sido aniquilada.

— Eu estava justamente com Xavier agora há pouco. Vocês continuam se falando?

— Claro. Cuidei da Colette não faz muito tempo... ele não contou?

— Não. Deve ter esquecido... você soube que a cachorrinha morreu? Xavier ficou péssimo... Fiquei preocupada em vê-lo naquele estado.

— Sinto muito. Era uma cadela e tanto. Lamento muitíssimo.

— Um câncer fulminante. Ele ficou muito abalado. E você, Vernon, o que conta?

Ele não está com a mínima vontade de falar com Sophie. Ela acha que sabe o que ele está sentindo. Quando você está do lado dos empesteados, uma fenda muito nítida separa seu mundo do mundo dos que foram poupados. Você não quer nem caridade nem empatia. Pra falar a verdade, você não quer nenhum tipo de contato. As palavras não têm o mesmo sentido dos dois lados da fronteira.

Suas mãos estão vermelhas, feridas pelo frio. Ele está encurvado. Suas roupas estão em bom estado. Ele está limpo. Ela não pode deixá-lo ali.

— O que aconteceu?

— Estou passando por uma fase difícil. Mas não se preocupe, de verdade... pode parecer que... mas é provisório, questão de dias...

— Quer ir pra minha casa? Tenho um quarto livre, você não me atrapalha em nada... e se diz que é só por alguns dias, é um motivo a mais. Estou acostumada a morar sozinha, não se preocupe: não vou querer ficar conversando a noite inteira!

— É muito gentil da sua parte. Mas não estou morando na rua... tive uma noite complicada, estou morando na periferia e não consegui voltar pra casa, daí, no dia seguinte... enfim, é uma longa história. Não vou chatear a senhora com isso. Mas está tudo bem, não se preocupe com minha aparência, está tudo bem.

Certos homens não mudam, mesmo depois de quinze anos. Ela conhece essa mania deles de mentir descaradamente, talvez partindo do princípio de que as mulheres sejam burras demais pra perceber a diferença entre uma informação plausível e uma história sem pé nem cabeça. Vernon está mentindo como mentia aos quinze anos, quando o quarto recendia a fumaça de cigarro de manhã e ele e Xavier diziam que o cheiro vinha de fora, sem dar o braço a torcer. Em questão de manipular a verdade, Nicolas monopolizava todo o talento disponível na casa. Xavier, ao contrário, sempre foi muito desajeitado pra mentir.

Vernon está mentindo, ela vê pelo estado de seus sapatos, pelo cheiro quando a gente se aproxima, pela grande sacola debaixo do banco, pela expressão abatida da qual ele não consegue se livrar por completo, mesmo que se esforce pra disfarçar. Tem fome.

— Estou com uma cara ruim hoje, mas não se preocupe, mesmo... Mande um abraço pro Xavier, diga que sinto muito pela cachorra, de verdade. Não se preocupe comigo.

O que pode ter acontecido para que um cara como ele se encontre numa situação tão dramática? Ao ver um morador de rua, todo mundo pensa esse podia ser eu, esse podia ser meu filho, mas Sophie percebe que ninguém acredita realmente nisso.

As pessoas também pensam que existe algum outro motivo, um problema mental, uma explicação. Mas ela tem bastante experiência pra saber que é uma loteria. Tornou-se especialista no exame da pupila, o rapaz não tem problema com droga.

Abre a carteira e lhe entrega a única nota de vinte euros que encontra — ela o obriga a aceitar e, como ele se esquiva, ela a enfia em seu bolso com autoridade. Recupera os gestos que lhe dirigia quando ele ainda era um rapaz e trazia um pouco de vida saudável para a vida de seu filho.

— Isso não vai me fazer falta. Pega, por favor. Não é nada, mas é o que tenho. Para de mentir para mim. Não quer comer comigo? Eu estava mesmo querendo comer alguma coisa... posso te convidar?

— Não, senhora, agradeço muito seu convite. Não tenho tempo.

— Vernon, olha só: se quiser ficar na minha casa por uns dias, sem que Xavier fique sabendo, não vou abrir a boca. Não vou fazer nenhuma pergunta.

Quando entende que ele não se deixará convencer, ela o faz prometer que vai esperá-la. Corre até o caixa eletrônico que fica logo na saída do parque e saca cem euros. Era tudo o que lhe restava até o início do próximo mês. Depois ela se vira. Essa noite não quer nem imaginar que ele vai dormir na rua com o frio que tem feito. Queria encontrar as palavras certas para convencê-lo a acompanhá-la, permitir que ela cuide dele. Conhece muito bem essa sensação — tentar ajudar alguém que não quer ser ajudado.

Já está pensando em como arrumar o quartinho onde passa roupa pra que ele se instale e ela possa ajudá-lo nos procedimentos administrativos. Não tem medo de ficar na fila das repartições burocráticas ou preencher formulários. Vai propor que vejam isso juntos. Vai lhe dizer isso, que eles podem ver tudo juntos.

Ela pode fazer alguma coisa por ele. Está precisando disso tanto quanto ele. Servir pra alguma coisa.

Ao voltar, o banco está vazio. Fica desamparada. Atravessa todo o parque procurando-o com os olhos. As pessoas que passam a encaram com um olhar surpreso. Ela sabe que deve estar parecendo uma louca. Está acostumada.

Sentado na mesma altura das bolsas e sapatos, Vernon precisa levantar a cabeça para enxergar os rostos. Não aguenta mais o desfile de bundas. Elas não param de passar rebolando no seu canto da calçada. Antes, ao cruzar com moradores de rua, tomava o cuidado de olhá-los bem nos olhos tipo eu te vejo você está aí eu me interesso. O que ele não sabia é que, uma vez no chão, você não dá a mínima se os transeuntes olham pra você. A única coisa que importa é se eles botam a mão no bolso. Já que atenção não alimenta nem esquenta ninguém, que a guardem para si.

Precisou de três dias até se decidir a sentar no chão e estender a mão. O primeiro, passou enfurnado no metrô. Percorria as linhas de ponta a ponta. Todas. Cochilou, leu os jornais que as pessoas largavam, viu as plataformas ficando pra trás, fez baldeações, ouviu os músicos. Escolhia uma estação ao acaso, se instalava, esperava que alguns trens passassem, depois entrava num e ia até a estação final. Despistava as pessoas. Mas ninguém dava a mínima para o que ele estava fazendo.

Subiu para a superfície quando o metrô fechou as grades. Estava na região de Passy. Dormiu sua primeira noite na rua ao abrigo de um caixa eletrônico. Nada podia ser mais insólito do que se flagrar procurando caixas de papelão no meio da noite pra isolar o frio do chão. Sentia uma estranha sensação de estar representando um papel. Não acreditava muito bem no que estava acontecendo. Aproveitou o passo cambaleante de um bêbado do XVIème diante do caixa eletrônico e entrou logo atrás dele, fingindo que aguardava sua vez, desenvolto e digno, com suas três caixas de papelão sob o braço. Depois se deitou no chão e apoiou a cabeça na bolsa, esperando que amanhecesse e que o metrô voltasse a funcionar. Um cobertor não seria nada mau. Ele ainda não está bem equipado. No dia seguinte, às cinco horas, já esperava o metrô abrir, tirou um cochilo na linha 8. Desceu na République, esforçando-se em parecer alguém que está indo para algum lugar. Ficou sentado algumas horas — ou alguns minutos, o tempo tinha deixado de ser evidente — em bancos desconfortáveis, com o olhar cravado na parede à frente, como um senhor preocupado com seus assuntos cotidianos. Esse tempo transcorrido entre uma e outra linha do metrô o cobriu de uma película de fuligem preta. Precisou tomar ar, saiu à superfície. Caminhou por muito tempo olhando as vitrines, como um pedestre qualquer. Na Opéra, se enfiou na loja da Apple para se esquentar. Os vendedores, vestidos de colete azul, não perceberam sua presença, havia muita gente. Foi dar uma espiada no Facebook para ver se Marcia havia deixado uma mensagem. Ela não deixou, ele saiu da sua página. Tentou ler o jornal mas penou para encontrar um artigo de seu interesse, assistiu clipes com mulheres. Depois seguiu seu caminho. Subiu até Pigalle, onde desceu de novo para o metrô, até a noite.

Dessa vez teve a sorte de conseguir entrar num prédio, atrás de um casal. Enquanto eles desapareciam na escada, ele fingiu procurar um nome nas caixas de correio. Sempre fingir que se tem um lugar na cidade. Subiu a pé até o último andar. Embaixo, a escada era larga, coberta por um carpete vermelho encardido, depois, no alto, ela ficava mais estreita e com a madeira aparente. Deitou no chão, o assoalho bem encerado lhe pareceu quente depois de dois dias de asfalto. Foi acordado pelo barulho das chaves de alguém que saía de casa e que passou por cima dele, sem dizer nada. Esperava que o expulsassem. Não aconteceu nada, ele voltou a dormir mais um pouco. Suportar o frio passou a ser uma atividade de tempo integral.

Não se sente triste nem desesperado. Trata-se de outro estado de humor, que ele não conhecia. Um ruído branco. A imagem da tela da televisão à noite, quando era mais jovem. Um chuvisco de pontos, um assovio. Só o frio lhe parece real. No terceiro dia desceu a pé até o Père-Lachaise, onde entrou no metrô, passando por trás de uma senhora de idade que o fuzilou com o olhar por ele ter relado nela. Seguiu um pouco a multidão que ia fazer baldeação, depois desacelerou o passo e descobriu com assombro que suas pernas não o sustentavam mais. A fome o torturava. Sentou na plataforma. Talvez tenha perdido a consciência, talvez só tenha caído no sono. Alguém sentou a seu lado. Um sujeito jovem, com o queixo protuberante, a pele bem marcada e as unhas negras de fuligem, uma sujeira que devia estar incrustada havia muitos anos, quase uma tatuagem. Segurava uma cerveja e uma parca forrada, limpa e em bom estado. Os sapatos, por sua vez, estavam no limite e deveriam ter sido trocados há muito tempo.

— Você está na pior?

Vernon quis responder, mas não conseguiu articular uma palavra. Laurent lhe ofereceu a cerveja:

— Toma um gole, é nutritivo. Está com hipoglicemia? Quer um pouco de açúcar? Não faz tempo que você está na rua, né? Está na cara.

— É provisório.

— Sempre é. Para mim faz dezenove anos que é provisório. Me chamo Laurent, e você?

— Vernon.

— Que nome é esse? De onde é?

A cerveja o reanimou, Vernon se sentiu um pouco melhor, mas não o bastante pra ficar conversando. Laurent não via nenhum problema em manter uma conversa sozinho. O tom com que se referia aos seus dezenove anos de rua não deixava a menor dúvida: tinha orgulho deles. Trazia na manga dezenas de anedotas para contar. Brigas, apreensões, viagens, invasões… Ele começou a narrar, por assunto, diversos feitos heroicos. Vernon tinha a impressão de conhecê-lo desde sempre — os shows de rock têm muitos desses caras que contam suas odisseias por episódios. Laurent era um falastrão que se gabava, na cara dos passageiros na plataforma, de ter escolhido viver livre, sem as aporrinhações e o servilismo dos cuzões dos assalariados.

Ele pegou duas outras cervejas da bolsa a tiracolo e partiu para uma diatribe indignada — que abrangia a administração os horários os reembolsos as contas os bancos os códigos os empregados os proprietários as obrigações as humilhações os documentos a vigilância… tudo o que caracterizava a escravidão consentida. Sua companhia levantou o moral de Vernon. Laurent lhe deu uma aula introdutória à mendicância — "Se você realmente precisar de dinheiro, pra pagar um hotel, por exemplo, você deve ficar de pé, não sentar, e pedir sorrindo, se te ocorrer uma piadinha, vai em frente, as pessoas pra quem você está pedindo levam uma vida de merda, não se esqueça, se você conseguir fazer com que elas sorriam, elas vão botar a mão no bolso, elas só sabem chorar, assim se distraem um pouco — elas adoram a ideia do pedinte fodido que não se deixa abater". Sua verborragia era revigorante, tirou cervejas da bolsa o dia inteiro, Vernon não entendia de onde elas vinham. Ficou bêbado muito rápido, seja dito. Segundo Laurent, Vernon tinha potencial. "Você tem uns olhos foda, um pobre bonito, você vai ver, sempre funciona. É só encontrar um local e ir lá todo dia, isso é importante, você escolhe um lugar e eles se acostumam. Só com esses olhos já dá pra pagar um albergue... Procura arrumar dois ou três livros, deixa eles ao seu lado e finge que está mergulhado na leitura. Eles enlouquecem. Um morador de rua que gosta de ler. Ou então fica fazendo palavra cruzada, também pega bem. Você vai encontrar suas coordenadas e vai bombar, pode crer, vai elevar seu moral..."

Anoiteceu, eles saíram do metrô e Laurent o acompanhou até a sopa popular de Saint-Eustache, onde lhe arranjou um cobertor antes de se despedir e lhe dizer que fosse visitá-lo no parque Buttes-Chaumont. "Amigo, se precisar de alguma coisa, é só me procurar."

Vernon desmoronou no canto de uma padaria, ao abrigo do vento, e dessa vez acordou no meio da noite, abatido por uma ressaca atroz e sem a menor ideia de onde poderia encontrar água. Subiu em direção à estação Pyrénées, parou perto do metrô Goncourt, exausto. Estava com dificuldade para respirar havia alguns dias. Sentou perto da igreja, pensando que podia se passar por um empresário meio bêbado à espera de um amigo no frio. Depois estendeu a mão. Não foi premeditado. Ele simplesmente fez o gesto — ainda sem acreditar que aquilo era verdade. Ao contrário dos prognósticos de Laurent, pedir esmola sentado funcionou melhor do que ele esperava — talvez porque ainda tivesse a aparência de um cara relativamente normal, as pessoas se identificavam. Nas três primeiras horas, embolsou vinte euros. Sorte de principiante. As silhuetas diminuíam o passo, apalpavam o bolso e soltavam alguma coisa na palma da sua mão. É claro que tinha uns bostões que assumiam ares de bom samaritano e deixavam cinco centavos, outros mais pródigos que não davam menos do que dois euros. Não existia nenhuma correlação entre a suposta riqueza dos transeuntes e o valor da doação. Foi assim que Vernon perdeu o interesse por seus rostos. Sua perna formigava quando se levantou, ele gastou o dinheiro num kebab e numa cerveja e demorou até encontrar um banco em que pudesse sentar e comer tranquilamente. Enquanto caminhava passou por um jovem rapaz que dormia na calçada cercado por três cachorros enormes, uma mestiça de cabelo crespo que falava sozinha, rodeada por um monte de sacolas, fechada dentro de uma cabine telefônica. Passou por um senhor que ouvia rádio numa calçada na frente de uns prédios, com tantos objetos insólitos à sua volta que dava a impressão de que havia montado seu apartamento na rua. Nunca tinha notado que eram tantos em sua situação. Alcançou a estação Jourdain, onde sentou novamente, longe de outros moradores de rua acomodados na frente da igreja e do Monoprix.

Quando se ultrapassa esse limite, o resto é silêncio, tudo acontece com leveza e numa rapidez desconcertante: pronto, atravessou o outro lado. O mundo dos trabalhadores já lhe parece distante. Estão com pressa de chegar a algum lugar e envergonhados pelo medo de terminar como ele caso não camelem. Laurent tem razão, eles levam uma vida de merda. Chegam a grunhir quando passam por ele. Vernon não está nem aí. Está aturdido. Chega a sentir uma estranha satisfação por ter caído tão baixo. Instintivamente, percebe que deve tomar cuidado. Esse deleite por seu próprio fim. Enquanto isso, o frio é o que mais o preocupa, e ele não se sente mal por não conseguir se concentrar no fluxo intenso de seus pensamentos.

O mais difícil é reconhecer alguém. Acaba de ter uma experiência dessas. Até a sra. Fardin, a mãe de Xavier, nada disso parecia realmente verdadeiro. Quando ela se aproximou para falar com ele, Vernon acreditou que podia fingir que estava tomando sol sentado num banco. Mas ela ficou com o coração partido. Porque dá pra ver na hora o que está acontecendo com ele. Quando ele era garoto, a sra. Fardin era como a vovó dos iogurtes Mamie Nova — estava o tempo todo na cozinha preparando alguma coisa, mas era uma versão viúva da Mamie Nova, sombria e inconsolável. Ao entrar naquela casa, a gente sentia o cheiro da morte. As lágrimas de adultos pesavam a atmosfera. A sra. Fardin era tão infeliz quando jovem que, vinte anos depois, parecia não ter mudado nada. Ele havia esquecido que ia jantar na casa da mãe de Xavier quando eles tinham vinte anos. A mulher tinha muita consideração por Vernon e ele às vezes se perguntava se ela não estava a fim de uma história com ele. Ninguém falava ainda de relações de mulheres maduras com meninos mais novos, mas *A primeira noite de um homem* marcou os jovens espíritos. Ele ainda estava naquela idade em que os meninos acreditavam que os homens, quando comiam direito as mulheres, podiam lhes devolver o gosto pela vida. Vernon parava para se olhar no espelho na frente do elevador, na entrada do prédio onde eles moravam, em Colombes. Examinava o corte do cabelo, os dentes, empertigava-se e ajeitava a gola do casaco. E sempre encontrava uma boa desculpa pra sair do quarto de Xavier e procurar algo na cozinha, fazer uma piadinha pra mãe dele quando se cruzavam. Queria fazê-la rir. Ela gostava dele. Estava feliz por conhecer um amigo do filho. Ele estava começando a trabalhar na Revolver, a sra. Fardin sempre o cumprimentava por sua seriedade e autonomia. Poucos adultos o elogiavam, ele gostava de receber os elogios dela e permanecer em seu radar. Ficou tentado a acompanhá-la agorinha há pouco. Mas não suporta a ideia de decepcioná-la a esse ponto. Ela já aguentou muito na vida.

    Vernon decide dar um tempo por alguns instantes. Estica

as pernas nas imediações do sindicato CGT, na avenida Secrétan. No local onde os empregados saem para fumar, ele avista várias bitucas e se agacha pra catar as mais compridas. Alguém se aproxima e em vez de espantá-lo aos chutes lhe dá três cigarros de seu maço. Vernon sorri, agradece e o sujeito lhe dá uma piscada. Vernon é mesmo iniciante. Teria jurado que esse tipo que o salvou tinha cara de filho da puta.

Vai acontecer naturalmente. Laurent avisou que em um mês ele veria as coisas de outra forma. As pessoas se acostumam a tudo. Se surpreende que o que mais o atormenta hoje é não ter uma escova de dentes. Esqueceu a sua na casa de Patrice. Sua boca o incomoda. Sua situação lhe parece histórias de prisão. Sem direito a visitas nem advogado. Na espessa névoa que retarda seus pensamentos há alguns dias, ele se sente cada vez mais na pele de outro. Só Marcia continua a obcecá-lo. Ela é tanto uma felicidade incorporada a seu sangue, radiante e estrondosa, quanto uma lâmina cravada em seu peito.

Na primeira noite, ele mal reparou nela. As garotas estavam deslumbrantes, um punhado de xoxotas de luxo dando sopa, perdidas, você tinha a impressão de poder ganhar uma delas com um único olhar. Marcia estava nesse lote. Assim que ela apareceu, dançando, ao amanhecer, Vernon admirou os elegantes movimentos de seus quadris, um modo especial de se exibir com discrição. Não se perturbou quando ela cravou os olhos nos dele — ao longo da noite ele tinha visto de tudo. Sentia-se tão bem ali, com a cabeça enfiada nas caixas de som feito um frangote imbecil, aquela balada era uma bolha de cálida suavidade que o fazia esquecer uma série de feridas abertas.

Foi só no dia seguinte, em plena luz do dia, que a beleza de Marcia o arrebatou. Ela estava segurando uma xícara de chá, o rosto contra a luz, sentada em frente à porta de vidro, de olhos fechados. A nitidez do contorno do seu queixo, o perfeito desenho dos lábios, seu rosto de rainha no exílio. Naquele exato momento ela se transformou em todas as mulheres que ele nunca havia tido. No rock, ele saía com as pinups, com as patricinhas depravadas, com as meninas do pornô ou com as intelectuais masoquistas... com as afilhadas de Patti Smith e de Madonna. Mas as outras, as herdeiras de J. Lo e Beyoncé, da Rihanna, da Shakira — essas nunca precisaram do rock. Elas atuavam num outro campo. Vernon não entendia como uma mulher como Marcia podia ver alguma coisa num cara como ele. No apartamento, porém, Vernon sempre sabia onde ela estava, ele passava por acaso nos cômodos em que ela estava, admirava sua desenvoltura, e tinha a impressão de que ela sempre ia ferver um pouco de água quando ele estava na cozinha, ou procurar sua écharpe justamente quando ele estava na sala. Eles se cercavam mas não diziam nada, ligados por uma corda tesa e invisível. Gaëlle, consciente da manobra dos dois, puxou conversa — "Não, a Marcia não nasceu mulher, pensei que você já tivesse sacado", e Vernon acusou o golpe. Ficou tão desconcertado que foi incapaz de manifestar o que isso representava pra ele. Ele nunca assistia pornô com trans. Nem era aquilo que o perturbava — isso não lhe dizia respeito.

Sobre a capa de um livro de fotografia, Marcia traçava com um cartão de crédito várias linhas impecáveis, de tamanhos iguais, espaçadas milimetricamente. Vernon lhe perguntou qual o truque para que as carreiras ficassem tão geométricas, ela contou que jogou muita *pétanque* quando chegou à França, no sul do país, e que isso acabou por lhe treinar os olhos. Vernon a observava, perguntando-se se ela teria estudado cada gesto da feminilidade para executá-la à perfeição. A cabeça jogada pra trás, logo depois de mandar uma, a mão nos cabelos para deixá-los em ordem, as pernas que se cruzam bem no meio de uma frase, tudo nela era sedutor. Ela falava sobre cocaína enquanto dava um tiro:

— A cada teco que mandamos pra dentro temos que pensar que estamos cheirando o narcotráfico, o capitalismo mais violento que se pode imaginar, cada teco tem o corpo dos camponeses que devem ser mantidos na miséria para que os preços não aumentem, cada teco representa os cartéis e a polícia, as milícias privadas, as extorsões dos Kaibiles e a prostituição que acompanha o negócio... os caras cortam cabeças com motosserra. Foi o dinheiro da cocaína que salvou os bancos, todo o sistema só serve pra lavar esse dinheiro. Você sabe onde essa droga foi inventada? Na Áustria. Não vai me dizer que não sabe aonde eu quero chegar. É a única droga que não tem nenhuma espiritualidade. Junto com seu priminho crack. Até o MDMA te aproxima do sagrado. Só a cocaína pode te deixar tão na merda, e se contenta em deixá-lo bem mais idiota do que você já é.

Em nenhum momento ela fez um gesto ou uma expressão que permitisse pensar algo como ah, aí está algo que uma mulher de verdade não faria. Muito pelo contrário, Marcia encarnava a feminilidade no que ela tem de mais perturbador. Ela foi se deitar e só voltou à noite. Vernon percebeu que ela estava na porta de entrada, pronta pra sair, e tinha uma elegância desconcertante. Primeiro ele se surpreendeu com seu sentimento — um ciúme que parecia um soco no estômago, pra quem ela havia se arrumado tanto? Esse deslumbramento esfregou uma evidência na sua cara: sentia tesão por ela. Foda-se a pessoa que ele sempre tinha sido — o cara que só come mulher de verdade. Aliás, a expressão "mulher de verdade" começou a soar ridícula: quem poderia merecer mais esse título do que essa criatura improvável?

Naquela noite ele passou um bom tempo conversando com Kiko. Falaram sobre música, Vernon estava levando muito a sério sua nova função de DJ de salão, fazer as mulheres dançarem era uma atividade que poderia interessá-lo e ele talvez se dispusesse a enveredar por esse caminho. Procurar a música certa pra tocar sempre foi, no fim das contas, a ocupação principal de sua existência.

Quando Marcia desceu pra almoçar no dia seguinte, ela vestia um lindo peignoir de seda branco, ou talvez fosse um quimono — e perguntou pra Vernon: "Mas que corte de cabelo é esse?", passando a mão na sua cabeça. Tudo que dentro dele estava destruído, dolorido ou vulnerável desapareceu naquele instante.

Eles ficavam se procurando. Davam um jeito de se debruçar ao mesmo tempo sobre o computador para que seus ombros se tocassem, de se cruzar nos corredores e terem que se esfregar um no outro pra passar, de escutar uma música com um único fone de ouvido para que seus joelhos estivessem em contato. E quanto mais se tocavam, menos dúvidas Vernon tinha. Esvaziaram uma garrafa de Jack Daniel's no dia em que se beijaram. Marcia era ao mesmo tempo reservada e pervertida. Seus quadris eram estreitos, suas coxas finas mas terrivelmente musculosas, ela se mantinha em equilíbrio em qualquer posição. Sem o álcool, Vernon certamente teria se perguntado se estava virando veado por comer uma mulher dotada de piroca. Mas estava completamente fascinado pela bunda de Marcia — nunca havia se aproximado de algo tão erótico. E sentia-se tão bem entre os seios de Marcia, sobre a barriga de Marcia, contra a bunda de Marcia, entre os lábios de Marcia — que tudo o que o corpo dela tinha de especial passou a ser exatamente o que tinha de mais gostoso. Vernon não lembrava de ter desejado outras mulheres antes dela. Uma cortina se abriu, tudo o que existiu antes de Marcia foram infantilidades, repetições. Futilidades.

E ela logo avisou. "Kiko não pode saber. Morre de ciúme." Foram fazer sua orgia num quarto pequenininho na água-furtada do hotel em frente, que Marcia parecia conhecer muito bem. De volta ao apartamento, Gaëlle o encarou com outros olhos. Entre zombeteiros e desconfiados. Vernon estava apaixonado.

Era uma maria-mole, praticamente. Tinha esquecido como fora possível uma vida sem Marcia. E ele se deu conta de que, com quase cinquenta anos, nunca tinha se apaixonado antes. Amar Marcia era uma coisa óbvia, à qual ele se entregava sem a menor dificuldade. Ainda que sua vida desenhasse uma espiral calamitosa, ele se sentia mais privilegiado do que nunca.

Certa manhã Kiko entrou no quarto de Marcia sem avisar. Vernon havia passado pra levar um café e tinha se enfiado sob as cobertas. Na hora Kiko se contentou em dizer Subutex nunca imaginei que você pudesse num tom surpreso que insinuava você é um ordinário, e que dizia Marcia o que você está fazendo dando pra esse cara não tá vendo que está se rebaixando. Foi embora sem dizer mais nada. Estava furioso — fazia quatro noites que dormia pouco e bebia muito. Depois que ele saiu, Marcia entrou em pânico. Nos últimos cinco dias eles só sussurravam somos que nem um ímã uma vida inteira não seria suficiente pra satisfazer esse desejo o tempo todo cada minuto estar com você conversar com você te tocar. Ele sentiu que ela saía desse estado. Como uma porta que se fecha. Ela disse "até de noite" quando o beijou e Vernon não quis entender o que estava acontecendo.

Gaëlle já estava por dentro de tudo quando Vernon entrou na cozinha. Tinha uma expressão contrariada, a coisa parecia séria. Ele perguntou: "Por que Kiko leva assim tão mal? A mulher nem é dele. Ele nunca me disse pra não tocar nela", e ela respondeu: "Às vezes ele pode ser um babaca, você sabe disso". Num tom que queria dizer mas com toda a grana que ele tem não conte comigo para criticá-lo. Quero mais é ficar fora dessa briga. No fundo era sincera, sentia muito por ele, mas como tinha sido ela que o trouxera estava se sentindo responsável — preferia que ele fizesse as malas imediatamente. Gostaria que mantivessem contato, deu a ele quarenta euros que pescou no casaco e nos bolsos do jeans. Queria saber se tinha alguém em mente, ou se queria que ela lhe arrumasse um outro esquema. Vernon disse: "Preciso ver isso com a Marcia". Depois brincou: "Nunca achei que iria pro paredão tão rápido", e Gaëlle sentiu-se grata por ele ter levado a situação com dignidade.

Mas ele ficou passado quando entendeu que estava sendo expulso. Se sentia tão bem no apartamento. Ainda não havia chegado ao ponto de não aguentar mais ver droga toda noite. Na verdade, tudo aquilo já fazia parte dos dias mais bonitos da sua vida. Além do mais, ele já tinha incorporado o papel de DJ residente. Disse "preciso ver isso com Marcia" e quando viu a cara que Gaëlle fez perdeu o chão.

Abriu uma cerveja, enrolou um baseado e foi pra frente do computador. Consultava sua lista de amigos com um novo olhar — precisava de alguém que topasse hospedar a ele e a Marcia. As coisas se complicavam. Naquele momento já tinha decidido acreditar que ela não iria puxar o carro. Gaëlle estava enganada. Não tinha entendido o que estava acontecendo. Não estava ali naqueles últimos dias.

No começo da tarde Kiko apareceu na cozinha, espumava de raiva. Pressionou Vernon contra a parede. "Vaza já, não quero te ver nunca mais." Deu-lhe um empurrão e um chute na bunda para que se apressasse. A casa parecia vazia, embora Gaëlle estivesse ali com uma amiga. Enquanto Vernon juntava suas poucas coisas, Kiko, às suas costas, subia pelas paredes, dava cabeçadas nas portas, tirava uma mesa do lugar com a canela e destruía um armário aos pontapés. "Agiliza seu mendigo de merda nunca deveria ter deixado você entrar aqui sinto nojo só de pensar que você se atreveu a encostar a mão nela vaza você me faz vomitar."

Gaëlle reapareceu no hall, estava triste e um pouco preocupada com o próprio destino — afinal de contas, tinha sido ela que havia introduzido Vernon na casa. Ela lhe entregou uma sacola na qual tinha enfiado às pressas uma garrafa de cerveja uma de rum um pen drive com várias playlists e uma lâmina de barbear, além de um perfume Hermès novo que não era dele. Vernon lhe disse: "Fala pra Marcia que eu espero a mensagem dela no Facebook, vou arranjar um computador", e Gaëlle balançou novamente a cabeça: "Ela não vai te escrever, você sabe. Ela não pode se dar ao luxo de abandonar o Kiko. Mas vou dar seu recado. E vou te escrever, Vernon, a gente fica em contato, tá?".

Ele perguntou aos transeuntes onde ficava a biblioteca mais próxima, ninguém sabia responder até que um adolescente solidário deu uma olhada no iPhone para orientá-lo. Vernon se conectou à internet, ficou aliviado por Patrice ter topado. Passou uma semana na casa dele. Marcia não respondeu nenhuma das suas mensagens. O ato de respirar era um sofrimento. Era difícil beber sem chorar, não se afundar no sofá de Patrice uivando, agachar-se e continuar soluçando e gemendo. Dormir era difícil, mas menos difícil do que acordar. Acordava no meio da noite e tinha um segundo de trégua durante o qual não lembrava de nada. Depois recomeçava. Sua situação era clara. Marcia estava pouco se lixando. Ele não conseguia acreditar. Como alguém pode abandonar uma travessia como aquela? O pior de tudo é que ela estava certa. O que uma mulher ia querer com um velho sem casa sem dinheiro sem amigos sem trabalho. Patrice foi um anfitrião excepcional. O cara não falava demais, não era muito intrusivo, gostava de assistir televisão. Eles se davam bem. No oitavo dia Vernon entendeu que tinha que dar o fora. Um velho amigo que se tornou vendedor de livros nas margens do Sena tinha dito passa em casa quando quiser vou deixar as chaves com você, fico muito pouco tempo lá. Mas ele não estava na banca quando Vernon chegou, as caixas estavam fechadas, trancadas com cadeados enormes. E foi assim que se deu a primeira noite na rua. O amigo também não estava lá no dia seguinte.

E Vernon se viu na rua. Finalmente chegou aonde seu caminho o estava levando havia algumas semanas. Lamentava que a degradação não fosse letal.

Vernon senta num canto da calçada. Laurent lhe havia recomendado as padarias, já que as pessoas pagam em dinheiro e saem com um trocado. Os melhores pontos, porém, já estavam tomados. Ele se instala numa praça, encostado numa parede, até que uma mulher pede educadamente que avance alguns metros: "Aqui é uma escola, sabe, logo será a hora da saída, o senhor pode atrapalhar — poderia fazer a gentileza de se afastar um pouco?". Ele senta um pouco mais longe, entre uma livraria e uma floricultura, a alguns metros de uma loja de produtos orgânicos. Estende a mão, apoiando o braço no joelho, com as costas coladas na parede. Seus pensamentos voam. Seu rosto coça, ele não está acostumado a usar barba. Seu cheiro se faz sentir. Não é desagradável. As bolsas que desfilam à sua frente não se parecem em nada nada umas com as outras — bolsas a tiracolo, cestas de palha, mochilas, pochetes de couro, sem falar nos sapatos, tênis usados, saltos plataforma, creepers, botas de couro... Vê quatro pares de sapatos masculinos se aproximando, diminuindo o passo e parando ao redor dele. O medo o paralisa, ele não se atreve nem mesmo a levantar a cabeça. De repente tem vontade de chorar.

— Bom dia, como o senhor chama?
— Vernon.

Respondeu rápido demais, deveria ter dado o nome do registro civil, o nome francês. Mas ele não apanha logo de cara. Três crânios raspados, cara de estudantes aparentados, pinta de torturadores, e um jovem loiro, um menino mais frágil do que os outros, os traços finos e harmoniosos, de uma beleza proporcional à feiura dos demais. Vistos de baixo, parecem gigantes. É o loiro que se dirige a ele, ajoelha-se pra ficar à sua altura e o encara com concentração:

— E eu sou Julien. Sabe, Vernon, se você fosse romeno teria uma casa pra dormir.

Julien apoia a mão no ombro de Vernon. Os três acólitos permanecem de pé, aquiescendo, todos superdesolados por ele não ser romeno, porque se fosse ele não se humilharia na calçada congelando as bolas. Vernon está encharcado de suor. Nunca ficou tão feliz por ser francês — tudo o que deseja é que os quatro babacas fiquem satisfeitos com suas respostas. Que saiam dali. Julien tira da bolsa um pacote de biscoitos e uma caixa de leite, entrega a Vernon e pergunta:

— Você tem o telefone do serviço social? Já tentou ligar hoje?

— Me disseram que está cheio. Mas pode deixar que eu me viro.

— Muito macaco no abrigo, né? Os africanos causam um problemão, não? Alguém te bateu?

Vernon tenta se convencer de que não há perigo, esses moleques devem ser uns militantes racistas que, do alto de seus belos sapatos engraxados, não estão a fim de lhe dar uma surra. Mas treme da cabeça aos pés. Está no chão. Teme despertar neles a vontade de lhe dar uns chutes. Deseja que se afastem para que possa retomar o fôlego. E é então que surge, numa torrente de gritos incompreensíveis, uma ruiva gigante que avança com os braços girando como moinhos de vento e os afasta, salivando:

— Vão seu foder com suas piroquinhas sujas de merda, deixem ele em paz, não estão vendo que estão apavorando o cara, hein? Carecas saídos do esgoto!

Ela abre passagem dando socos. Está descontrolada. E pela segunda vez consecutiva Vernon se pergunta, por quê, meu Deus, por que logo eu? Porque não vão bater nela sozinha, ele vai acabar apanhando de quebra.

— Vocês só enchem o saco de todo mundo com as suas babaquices — saiam já daqui. Vão dizer às putas das suas mães que elas deveriam ter costurado a boceta em vez de dar à luz umas merdas dessas. Vocês são um lixo radioativo, bando de cuzões.

Vernon se lembra da mulher estampada nas velhas cédulas de cem francos, aquela que está meio pelada e segura uma bandeira, e que parece medir quatro cabeças a mais que os caras ao lado dela, nas barricadas. A ruiva usa uma parca comprida cáqui, pequena demais pro seu tamanho, e tênis enormes novinhos em folha, verde e amarelo fluorescente. Mas Vernon não está a fim de criticar seu look. Muito menos de conversar com os quatro delinquentes contra os quais ela vocifera. A mulher talvez não tenha tamanho suficiente pra sair na mão com os quatro, mas enquanto isso deixa os moleques impressionados. Ninguém pode negar que isso ela sabe fazer muito bem.

Os quatro meninos estão perplexos: o que aquela maluca quer com eles? Um deles dá de ombros, debocha e se afasta, dando a entender que vai se mandar. A gigante lhe acerta um chute no meio das costas, com toda a força, ele tropeça e cai de quatro. O loiro bonitinho salta pra cima da enfurecida, mas ele é tão pequeno que, ao se pendurar nela, parece um sagui atacando um coqueiro. A brutamontes afasta seu agressor com uma única cotovelada. Vernon não teria acreditado que ela poderia controlar a situação por tanto tempo. Os quatro moleques cerram fileiras para lhe dar uma surra definitiva, mas ela os surpreende mais uma vez, batendo no próprio peito com os punhos fechados e se pondo a gritar a plenos pulmões. Difícil saber se inspirada em Scarface ou no Tarzan, sua reação deixa os adversários estupefatos. Não se sabe o que os paralisou — o medo o assombro o asco o respeito por uma energia tão fenomenal... o bairro inteiro pode ouvi-la, algumas pessoas diminuem o passo pra ver o que está acontecendo.

Então os meninos trocam olhares furtivos, o loiro cospe no chão: "Bora ela é maluca foda-se, não serve nem pro hospício é louca de pedra". E se afastam, de cabeça erguida, e antes de dobrar a esquina olham pra trás rindo, um lhe dá uma banana de longe, o outro gesticula como se tivesse tirando um parafuso das têmporas, pra deixar claro seu diagnóstico. Vernon os vê desaparecer e acha que foi chato da parte deles não terem proposto que os seguisse, pois no final das contas ele se sentiria mais protegido andando com os nazis do que com aquela "louca de pedra".

Ofegante, a gigante desmorona ao seu lado. Seus cabelos são superfinos, puxando prum ruivo alaranjado, provavelmente resto de alguma tintura, o rosto é redondo e achatado, os olhos são bem espaçados, algo em sua fisionomia lembra crianças com Down. Impossível adivinhar sua idade.

— Tem que matar esses filhos da puta. Dar cabo deles, um por um. Não dá mais. Que merda, a gente está em Belleville, o que é que eles têm na cabeça? Se sentem em casa em qualquer lugar. Na semana passada desceram a mão em dois pivetes que estavam batendo carteira. Ficam zoando em volta da Cruz Vermelha pra encher o saco dos africanos que vêm procurar alguma coisa. O que eles têm a ver com isso? É da conta deles? Eles dormem na rua, esses cuzões? Quem eles acham que nós somos? Uns merdas, é isso que eles acham. Só porque a gente está fora do sistema eles acham que podem vir aqui e cagar regras. Mas ninguém está de brincadeira aqui, não. Se não é a gente pra dar um pé na bunda deles, quem vai fazer isso, hein? Quem?

Ela repete esta última frase com um pequeno movimento do dedo, como se estivesse dando um pito. Vernon pensa pronto, eu estava querendo companhia, agora tenho. Aquela história dos pedidos realizados. A mulher levanta e decreta:

— Aqui não é um lugar bom. Vem, vamos pra frente do Franprix. É lá que eu trampo.

Trata-se mais de uma ordem do que um convite e Vernon obedece, incapaz de empreender uma discussão conflituosa com ela.

— Eu nunca te vi por aqui, você acabou de chegar, né?

— Fui despejado faz um tempinho, mas consegui encontrar lugar pra dormir aqui e ali. Até a semana passada.

— Semana passada? Ih, cara, você acabou de chegar. Eu estava mesmo desconfiada, você ainda cheira a sabonete.

Ela se acomoda na frente do supermercado e se dirige ao primeiro que entra:

— Doutor, doutor, por favor, compra uma coca-cola pra mim?

Ainda acrescenta, levando a mão à barriga: "É pro bebê", depois pergunta, voltando-se pra Vernon: "O que você quer?", e então chama o cliente, que olha pra ela antes de cruzar a porta do supermercado, e faz o pedido, com ar distraído: "E uma cerveja, por favor, é pro meu amigo".

— Você está grávida?

— Não, que horror. Mas meu público adora essa ideia. Estou com fome, ainda não comi.

Ela interpela uma mulher elegante e apressada que está entrando: "Bom dia, doutora, poderia trazer um salgadinho pra mim, por favor? É pro bebê". Quando se dirige a desconhecidos, ela se torna doce e infantil. Vernon percebe que sua voz, quando ela está calma, tem uma rouquidão agradável. Ela sorri para os pedestres com um ar inocente, esfregando a grande barriga, tem uma cara de palhaço, de lua.

— Alguém volta trazendo o que você pediu?

— Muitas vezes. Não custa muito pra eles me dar comida, eu peço amendoim salgadinho coca-cola... às vezes chocolate... Muitos deles, acabo conhecendo: todo dia estou aqui — eles têm o costume de me trazer coisas. Ficam contentes por me fazer um favor. No final das contas são humanos, não é?

Ela faz uma pausa. Um rapaz passa com um bebê no canguru, ela inclina a cabeça pro lado: "É bonito ver um pai com seu filhinho", e logo em seguida pede: "Oh, doutor, me traz um chocolate, por favor? É pro meu bebê".
Um outro homem que está saindo lhe entrega a coca e a cerveja, ela sorri e passa a lata para Vernon.
— Se quiser algo especial, é só falar que eu providencio.

Amendoim salgado e chocolate amargo de cozinha, esta é a combinação preferida de Olga. Tem um pé atrás com o álcool. Se não estivessem o tempo todo bêbados, seus colegas seriam mais toleráveis. Talvez até pudessem se sair bons revolucionários. Mas aqueles estúpidos enchem a cara até cair. Às vezes você está conversando com um deles e de repente sente um cheiro de xixi, o cara mijou na calça. Ou então eles te olham com uns olhos vidrados, parece até que vão te falar alguma coisa, e vomitam em cima de você. Não que ela seja um soldado da higiene, mas, francamente, isso é deplorável. De qualquer modo, assim que anoitece a convivência fica impossível, quando não estão roncando, estão arrumando briga ou coisa pior. Não dá pra confiar no que eles dizem quando estão bêbados. Depois de terem te comido como uma cabra, dizem que não lembram de nada. Se você dá na cara deles, eles reclamam, chamam todos os outros e dizem que você é mentirosa. Os homens se acobertam entre eles. É por isso que Olga gosta dos novatos, eles ainda sabem se comportar. Aquele ali é tão bonito, é alto, magro, ela sempre gostou desse tipo de homem. As mãos dele continuam brancas, foram poupadas. Logo vão estragar. Tudo estraga quando você está na rua.

Ela havia reparado nele na véspera, conversando com Georges, um dos gordos bêbados da igreja. Ela e Georges não se dão muito bem, ela não se aproximou. De início Georges parece um cara legal, mas logo a gente descobre seu verdadeiro caráter: tirano e manipulador. Se você não faz o que ele manda, ele fica puto da vida, já comprou muita treta, e mesmo velho o cara tem a maldade e a perversidade de um chacal.

Nesta manhã, quando avistou o recém-chegado cercado pelos cabeças raspadas, ela decidiu ir até lá. Quer que ele seja seu amigo. Agora divide a comida com ele. Vernon come com vontade, dá gosto. Ela pode lhe ensinar muitas coisas, mostrar onde ficam os banheiros públicos e quais os melhores dias para ir aos postos de assistência social para procurar roupas boas, pode aconselhá-lo sobre os centros de acolhimento. Ele não tem cachorro, é mais fácil. Ela gosta de cuidar dos outros. Quando deixam. Ela tenta fazer graça. É assim que arranja amigos. Ela os faz rir e os escuta. Quando era mais jovem, um médico a aconselhou a beber menos, disse que ela não se respeitava, que era uma latrina de confidências. Tem que ser médico pra ser idiota o suficiente para desprezar a empatia. Ela pede a um menino que passa para lhe trazer um pacote de Curly, o rapaz a manda à merda: "Vai trabalhar, sua porca imunda". Ela lhe roga uma praga: "Durante dez anos você vai pagar pelo que acaba de falar", assumindo uma expressão ameaçadora, ela sabe que ninguém gosta disso, as pessoas não sabem direito se ela é uma cigana ou uma bruxa muito poderosa. Vernon cai na risada. Ela gosta do nome dele. Ia ficar feliz se andassem juntos. Formariam um time. Faz tempo que ninguém quer andar com ela. E acrescenta:

— É assim que funciona... Estão todos a serviço do grande

capital e se espantam por que a gente se recusa a fazer parte dessa merda. Aqui no bairro, você vai ver, se uma loja fecha é porque vão abrir um banco. Ou uma ótica, está aí uma coisa que nunca entendi, por que será que existem tantas. Meu pai era comunista. Por isso, quando leio jornal, saco na hora a mensagem que vem junto: glória ao grande capital. Infelizes daqueles que não se submetem por completo. Nunca se viu dogma mais bem respeitado. A invenção deles, a dívida, é genial... que nem as putas sem documentos, vão passar a vida inteira dando duro pra pagar o que devem desde o nascimento. Ah, quando se trata de trabalho, ninguém aqui está de brincadeira... mas quer saber por que eles ainda nos toleram? Já arrancaram os bancos das calçadas, já gradearam as fachadas das lojas pra terem certeza de que ninguém vai sentar lá, mas ainda não nos recolheram pra nos jogar em campos, e não pense que é porque isso custa caro, não é isso... é porque nós servimos de contraponto. As pessoas precisam nos ver pra lembrar de obedecer sempre. Até eu trabalhei, durante dez anos. Revelava fotos num laboratório. Passava o dia inteiro debruçada sobre os tanques tendo como proteção só umas luvinhas, quando saí estava cheia de eczema. Disseram que não tinha nada a ver com os produtos e me deram um pé na bunda. Não me arrependo de nada. Levava uma vida de merda. Entre o aluguel e o carro, meu salário desaparecia, eu consultava o preço de cada produto antes de pôr no carrinho. Essas pessoas me fazem rir. Os marxistas de hoje me fazem rir tanto quanto o resto — o operário e a sua fábrica, criar emprego e o caralho a quatro... o que eu quero mesmo é não trabalhar nunca mais.

— Quer dizer que teu pai era comunista?

— Isso. Sou como que a filha de Zeus. Se você tivesse conhecido meu pai... ah, esse sim era um homem de verdade. Quando estava com raiva, o chão tremia. Não era um desses tiranos domésticos patéticos que atemoriza a cretina da mulher gritando com ela. Estou me referindo à raiva do justo. Quando eu era pequena, não tinha uma vez que a gente fosse à cidade e ele não impusesse a justiça. Não era sempre que fazia compras, mas quando isso acontecia — eu o vi esvaziar supermercados sem ninguém pagar nos caixas porque não havia empregados suficientes para um sábado, em cinco minutos os seguranças ficavam a seu favor, a moça do caixa também, e os clientes erguiam o punho. Eu o vi arrancar os cones de estacionamentos porque estávamos esperando muito tempo na fila. Em Longwy, eu posso te falar de Longwy, meu pai conseguia parar uma fábrica só no gogó. Enfrentava a tropa de choque, queria que os operários organizassem uma frente comum. Sabia que o inimigo nunca era um outro assalariado. Sabia impor o terror por onde passava. Que cólera, a dele, você tinha que ter visto, estou te falando… E as mulheres sempre com ele. Não era mulherengo, nem um sedutor de salão cheio de salamaleques a fim de conquistar uma mulher difícil, mas bastava chegar em algum lugar e as mulheres o rodeavam, passavam mal de tanto que gostavam dele. Ele não podia fazer nada, coitado. Era sua natureza. E quando você tem um pai desses e alguém vem te falar dos pais dos outros, "eles também são homens", dá vontade de se esconder pra rir. Você pensa, você viu o fulano que você chama de pai, a única coisa que ele sabe fazer é obedecer… são uns covardes, frouxos, irrelevantes, invertebrados, inúteis… é isso o que os homens são em geral. Mas meu pai, esse sim era um "homem de verdade". Olha as mulheres dos outros caras — elas só ficam reclamando, não têm o que precisam, está na cara. Pobrezinhas, aos vinte casam com um cretino que parece ser um bom rapaz e só depois de pôr dois filhos no mundo é que se dão conta de que elas não passam de empregadinhas de um pé-rapado. Não foi com um homem que elas casaram, mas com um pano de chão sujo de merda. São homens-refrigerante, como eles viam nos reclames dos bares quando eram meninos, eles gritam como homens, fedem como homens, mas só sabem obedecer e acumular ordens. Elas ficam furiosas. É assim que fabricam esses fascistinhas que nem aqueles que estavam aqui agora há pouco. São tudo uns moleques sem pai. Cresceram vendo suas mães malcomidas reclamando o dia inteiro, isso partiu o coração deles. Normal. Então eles tentam imaginar como são os homens que fazem suas mulheres gozarem direito. Mas podem continuar procurando, a receita não está na internet. Isso está nos genes. Se você tivesse conhecido minha mãe: radiante, elegante, descontraída, sempre feliz. Vamos falar a verdade, quando bem comidas, as mulheres são uma outra história. Ao contrário desses filhos da puta que não passam de uns moleques sem pai, que saíram de uma boceta comida por um pau mole fedendo a mijo. Daí vão atrás de um pai de adoção, se você quer um então fica com esse, não podem nem ver uma barba que já começam a choramingar dizendo papai, depois são adotados por esses fracassados... coitadinhos, nem sabem o que é virilidade. Ficam repetindo a mesma merda — engravidam umas mulheres patéticas que serão infelizes e que por sua vez criarão uns idiotas que não sabem nem como parar de pé. Pau mole em boceta embolorada, saca só o que eu estou te falando: é esse o problema hoje em dia... um país inteiro de lacaios que fodem mal, o que é que se pode esperar.

— E seu pai não pode te ajudar?

— Não. Ele casou de novo. A mulher dele já tem filhos. Estou sobrando nessa história. Não sirvo pra nada na vida nova dele, só dou dor de cabeça...

— Você não sente falta dele?

— Menos do que do meu cachorro. Attilinou. Attilinou, faz três meses que tiraram ele de mim. Você tinha que ver, ele era o máximo, um amor, um ursinho de pelúcia. Era um amstaff, sólido como um caminhão, uma beleza... filhos da puta, levaram ele. Ele não tinha feito nada, acredite... se tratam os humanos como a gente sabe, até parece que não vão fazer nada com os cachorros, ainda mais se é de um morador de rua... às vezes eles tentam adotar o animal. Mas Attilinou meteu medo neles. Você tá ligado que a gente dorme no parque, né? No Buttes-Chaumont.

— Conhece Laurent?

— Todos conhecem o Laurent. A gente não vai muito um com a cara do outro. Quando ele bebe, me enche o saco, é como um veterano de guerra, com sua dignidade, sua integridade e o diabo a quatro... mas pouco importa, a gente dorme na rua, não é que existe um concurso pra saber quem tem a pontuação mais alta... Mas é verdade, a gente dorme no mesmo canto, faz parte do mesmo bando — e está nessa porque quer. Somos felizes por não ter que trabalhar. Os bacanas ficam putos porque somos muito mais inteligentes. Eles sabem disso. É por isso que querem acabar com a gente. Quando estivermos mortos de fome, deformados por tumores e obrigados a matar pra comer, eles vão poder olhar pra gente e falar — estão vendo só? Pelo menos nós, os ricos, somos muito mais refinados.

— Você não se enche de morar na rua?

— Não. Sinto falta do meu cachorro. Isso sim. Attilinou. Ele dormia ao meu lado, era meu companheiro, tinha um cheiro bom, os cachorros não são como nós, eles não tomam banho e no fim do dia têm cheiro de bolo saindo do forno. Resumindo, um dia de manhã ele estava dando sua voltinha de sempre e eu não acordei — é por isso que não gosto de álcool, se não tivesse bebido na véspera eu teria percebido quando ele levantou. Enfim, ele estava passeando e os filhos da puta da polícia chegaram com a jaula e caçaram ele. Os policiais conheciam o Attilinou, me falavam para prender ele, e foi isso... É claro que o cachorro entrou em pânico, mostrou os dentes — passa, cachorro bravo, vamos dar um jeito agora mesmo. Ele usava chip e tudo, mas eu não tinha documento pra ir atrás, levou um tempo pra providenciar, e nesse meio-tempo eles mataram ele. Era tudo o que eu tinha, aquele vira-lata. Desde quando meu cachorro era bravo... não me venham com essa. Uns caras que você nunca viu tentam te tirar da tua dona, daí você se defende, quem não faria isso. Depois vem me falar que o cachorro é bravo. Vai tomar no cu. É o mesmo regime para homens e cachorros: eles escolhem, eliminam todo aquele que tenta se defender quando encurralado. É proibido se defender, você não pode impedir que te fodam. Nove anos, passei nove anos com Attilinou. Pode imaginar o vazio que eu sinto? Morro de saudade do meu cachorro. E de música.

— De que tipo de música você gosta?

— Adoro Adele. Não me canso de ouvir a música do James Bond.

— Eu tinha uma loja de discos. Muito tempo atrás.

— Mesmo? Vinil e fotografia analógica, somos dois sobreviventes de indústrias que naufragaram.

Ela adoraria roçar a mão no braço dele, só pra poder tocá-lo, como se ele fosse seu melhor amigo.

Xavier acaba de se dar mal no Zynga Poker pela terceira vez consecutiva. Tinha dois pares e perdeu para um sujeito metido a besta que estava em dúvida se participava ou não, mesmo com uma quadra. Tem dia que a sorte não ajuda. Não devia passar tanto tempo na jogatina. Prejudica seu trabalho. Os avatares dos outros jogadores são tão medonhos que chegam a ser fascinantes — carros esportivos, armas de fogo, babacas de bermuda num veleiro, cães de guarda, mulheres lindas e gostosas que supostamente são suas gatas, como se aquelas fotos fossem verdadeiras, e fotos de criança.

Quando não está maratonando nesses jogos idiotas, trabalha na cinebiografia de Drieu la Rochelle. Imagina Magimel como protagonista. Ou aquele loirinho, se precisar ser mais novo, Vincent Rottiers. Gosta dos olhos dele. Ele faria um Drieu bastante decente. Xavier sabe que é uma boa ideia, é o momento certo. Quando era mais jovem ria desse papo de página em branco e bloqueio. Bem, ele é a bola da vez. Fica paralisado que nem um mauricinho com prisão de ventre. Não pode marcar touca, vai que um diretor bacanudo tenha a mesma ideia e lhe passe a perna. Agora que a gente pode ser de extrema direita, ele não se surpreenderia se os diretores esquerdopatas se apropriassem de ícones que não lhes pertencem. Uma simples questão de subsídio — se tem dinheiro na parada, eles correm pra dar uma abiscoitada. Ele precisa se apressar. Mas o simples fato de ter uma boa ideia já o angustia.

O pânico de sua mãe incomodou Xavier. Em geral eles se limitam às conversas superficiais, a falta de sinceridade sempre foi característica da casa. Temem as grandes surpresas, conhecem a face nefasta da verdade. Preferem se valer das palavras para afastar assuntos que poderiam melindrá-los. Conversar se resume a definir horários, pontos de encontro, datas, dinheiro, idades. O resto eles evitam. Quando sua mãe telefonou pra dizer que tinha visto Vernon, ela estava transtornada. Xavier prometeu que ia dar uma passada no parque. Ela diz que não consegue mais dormir. Já contou que o condomínio conseguiu retirar os dois bancos da entrada do prédio porque os beleléus se instalavam ali. Os proprietários alegavam que isso reduzia o valor dos apartamentos. Ela tem razão em reclamar: seu bairro é tão "diferenciado" que não seriam dois mendigos que poderiam desvalorizá-lo. Tinham mais é que agradecê-los por toparem dormir num lugar tão nojento. Ela brigou com o condomínio inteiro por causa desses dois bancos, os responsáveis lhe explicaram que era a zeladora do prédio que cuidava do trabalho sujo, que mandava eles saírem para que pudesse limpar a urina em cima dos bancos, era ela que devia ficar de olho para eles não espalharem o lixo nas calçadas. É a quarta vez que Xavier ouve essa história, sem dizer francamente à mãe que ele apoia a retirada dos bancos. Pior que os mendigos, uns delinquentes poderiam se instalar ali. Ele nem gosta de imaginar sua mãe cruzando com uns marginais de manhã e à noite ao sair de casa. Cada um com seus problemas, mãe. Mas ela está obcecada por essa história — usar a zeladora como pretexto pra impedir que os mais carentes se instalem em algum lugar, ela fica enlouquecida. Na política, como em muitos outros âmbitos, sua mãe tinha estagnado nos anos 80.

Ele fica puto que sua mãe agora se preocupe tanto com Subutex. É sempre a mesma história. Basta bobear um minuto que ela aparece com a insígnia de enfermeira. Xavier a poupou de contar que seu queridinho depenou o apartamento de uma amiga que o hospedou. Ele nunca foi com a cara de Sylvie, herdeira filha da puta que jamais trabalhou, perua esquerdopata, praticamente uma groupie, sempre querendo dar lição de moral sobre assuntos que ignora. Mas ainda assim. É uma questão de princípios. Ele sempre odiou os caras que não cumprem a palavra. Se um dia Xavier se encontrar na rua, ele sabe que isso não o transformará num canalha. As pessoas são aquilo que querem ser.

Dito isso, nada impede que ele vá atrás de notícias de Subutex. A fulana que estava procurando por ele foi muito explícita neste ponto: aqueles que ajudarem a encontrar o cara serão recompensados. Uma mulher já meio passada, elegante o suficiente pra que não se diga com licença, não sei de nada. Disse que se chamava a Hiena. O tipo de apelido que a pessoa ganha aos vinte anos e que é difícil de carregar mais tarde. Falou que trabalhava para um produtor, evitou dar muitos detalhes, parecia séria. Pelo menos não era uma piranha. Daquelas que batem cabelo pra defender a dignidade da mulher, ficam mostrando a bunda e se espantam que todos só pensem em fodê-las. Era uma mulher de respeito. Que tinha ouvido falar das entrevistas de Alex. Xavier não entendeu como ela chegou até ele. Respeito.

A Hiena deixou seu telefone para ele entrar em contato caso tivesse alguma informação. Xavier frisou que adoraria trabalhar num retrato póstumo de Alex, e que a avisaria se soubesse do paradeiro de Vernon. Na verdade, seria um pé no saco assinar a direção de um retrato póstumo de um crooner para senhorinhas, mas alguém precisa pagar as contas.

    Alex Bleach, puta merda, como se não o tivessem ouvido o suficiente. Pediam a opinião dele pra tudo: da mudança climática à menopausa de Tina Turner, queriam saber o que ele achava. Ele não tinha absolutamente nada pra falar. Ou nada que todo mundo já não soubesse. Não corria o risco de perder o emprego por declarar que era contra o racismo, contra os testes nucleares, contra o estupro, contra as pessoas que morrem na estrada, contra o câncer, contra o Alzheimer. O que ele dizia não fazia nem marola, quando alguém se dirigia a ele tudo o que tinha a dizer era "meu trabalho não é dar entrevistas". Isso pra deixar bem claro que seu trabalho era a música. Quanta merda. Mas de qualquer forma era bonitão e mandava bem no palco. Se um dia Vernon lhe confiar a tal entrevista — e Xavier tem algumas ideias dos argumentos que usará para convencê-lo —, ele certamente vai ter material. Quem sabe isso não alavancaria sua carreira. Seria um pouco difícil de assumir, mas, visto o quanto embolsa um diretor da sociedade de autores que emplaca filme na tv, ele faria isso de cabeça erguida.

    Ele digita "deixar a mesa" e abandona a partida de pôquer. Marie-Ange sai mais cedo do trabalho, é ela quem vai buscar a menina na escola. Elas têm ficado sempre juntas nesses últimos dias. Marie-Ange não está muito bem. Lembra um pouco o filme *Caos calmo*. Eles não falam a respeito, mas a verdade é que a morte da cachorra deixou os dois muito abatidos. Ele tem plena consciência disso, Marie-Ange não se conecta bem com suas emoções, não consegue formular o que está sentindo. Ele adoraria que isso os aproximasse, mas por enquanto cada um curte sua dor em seu canto.

    Nunca imaginou que uma pessoa pudesse ficar tão desestabilizada com a morte de um cachorro. Marie-Ange não quer que ele conte para a filha. Xavier acha importante falar sobre a morte com as crianças. Ao longo das semanas que durou o tratamento com cortisona, a cachorra mijava na casa inteira. Ele botava luvas de plástico azul, molhava uma esponja vermelha na água quente e saía limpando atrás dela. No final ela não conseguia ficar de pé por muito tempo pra se aliviar. Caía de barriga sobre a própria urina e era preciso limpá-la com uma toalhinha de mão. Ele falava você está velhinha tá vendo logo logo você vai partir e tudo isso vai acabar. A gente não pode fazer nada. Depois ela começou a arfar incessantemente. Ele dormia a lado dela, que se aconchegava nele, estava morrendo de medo. Xavier não podia fazer nada por ela. Certa manhã ele chamou o veterinário para aplicar a eutanásia, fazia um lindo dia de inverno. A filha foi para a escola, ele lhe disse pra fazer um carinho em Colette e logo em seguida telefonou. Ele não queria ir até o veterinário. Marie-Ange achava que ia sair caro demais, mas ele não cedeu. Não iria. Já fazia um mês que a cachorra não conseguia mais andar sozinha, ele tinha que carregá-la nos braços pelo apartamento, enquanto ela ainda aguentava, ele a levava pra rua para fazer suas necessidades e tomar um pouco de ar. Ele não disse, mas além de tudo ela estava pesando treze quilos e às vezes ele se cansava. De manhã ele fazia flexão de braço e trabalhava a lombar. Recuperou um pouco a forma física pra poder carregá-la o máximo que conseguisse. Aproveitava para abraçar aquele corpinho tão amado, aquilo ia acabar. Era terrível saber que ela estava condenada, Colette confiava nele e não havia nada que ele pudesse fazer.

 O veterinário levou o corpo num saco de lixo. Xavier pediu pra guardar as cinzas. Mentiu pra Marie-Ange sobre os custos da operação. Estava pouco se lixando. Quando passou pra pegar as cinzas no veterinário e viu o nome "Colette" na caixinha, entendeu que tinha sido feito. Guardou a caixa no meio dos livros, entre a biografia de Lemmy e a de Mesrine. Não consegue se acostumar com o silêncio quando volta do trabalho. Nunca viu aquele apartamento tão vazio.

Ao abrir a porta da frente, ele congela, mesmo, sente um frio assassino. Foi Vernon quem procurou, ninguém pode negar, mas mesmo assim seria muito estranho descobrir que um cara com quem você tanto andou morreu de frio à noite, sozinho, na rua. Se cruzar com ele, vai cumprir o que prometeu à mãe: vai acompanhá-lo até um hotel. Assim ela saberia onde ele estava, poderia cuidar dele esquentá-lo alimentá-lo e o diabo a quatro.

Xavier faz baldeação na estação République. Só no seu vagão ele conta: três brancos, dez negros, cinco chineses e oito árabes. Pra uma cidade como Paris, é normal. Mas ninguém tem o direito de tocar nesse assunto, senão os politicamente corretos vão te chamar de racista. Ele gostaria de saber, por exemplo, quem vai defender a senhora branca que acaba de fazer compras na Tati se ela for agredida. Não me venham falar que os chineses iam esquentar a cabeça com isso uma vez que moram aqui, nada do que é francês lhes diz respeito.

Mais um mendigo pedindo esmola debaixo da escada. Um garoto com um gato no colo, o bichano está dopado, claramente, senão já teria fugido. É muito mais fácil drogar um gato do que aprender a tocar violão, isso é óbvio. Xavier lembra do peso e do volume de Colette, um contato que ele nunca mais vai sentir. O mais difícil é admitir que um dia a gente esquece. Um dia ele vai olhar para um cachorro sem lembrar dela.

Sai do metrô, não anda nem duzentos metros e de longe reconhece Vernon. Ele está sentado na frente do supermercado, ao lado de uma aberração, uma mendiga tamanho xxl. Isso lhe acerta o plexo como um gancho de direita. Aproveita que Subutex não o viu e se enfia no McDonald's logo em frente. Entra na fila, no balcão um garoto, pirulão de três metros, está comprando hambúrgueres aos montes, na sala ao lado ouvem-se os gritos de meninos que comemoram um aniversário. Xavier pede uma cerveja e um sundae de Kit Kat, vai sentar atrás do vidro. Não esperava ficar tão mexido quando o encontrasse. Pra falar a verdade, não esperava vê-lo.

Seu cérebro regurgita episódios aleatórios, de quando eles eram adolescentes, são sempre imagens disparatadas que costumam surgir nessas ocasiões, a cor de um carpete e o estojo dos Stooges sobre ele, as botinas de Vernon quando ele sai de detrás do balcão da loja, o sufoco pra voltar pra casa depois do último metrô, quando os dois estavam sob efeito de ácido e tinham que fazer o percurso a pé, a gratidão, ao chegar a Zurique, ao ver HR dividindo o palco com os Bad Brains e dando um mortal pra trás. É fisgado por outras lembranças — o irmão encontrado inconsciente num ponto de ônibus, entre os pedestres, babando sobre si mesmo com a cabeça inclinada sobre o tronco. Seu pai fingindo ler uma revista à noite, mas sem nunca virar a página porque na realidade só estava esperando Nicolas chegar. Sua mãe se aproximando do relógio pra ver se estava mesmo funcionando, ou tirando o telefone do gancho pra verificar se a linha estava livre. O filho da puta do irmão que só pensava no próprio umbigo, e na droga, sempre ela — qualquer traço de afeto tragado pelo vício. Xavier se calava. Surpreendeu Nicolas com a mão dentro da gaveta roubando as alianças dos avós falecidos pra trocar por droga. Desejou dezenas de vezes a morte dele. E quando aconteceu, o pouco que restava de vida concreta se decompôs na miséria familiar. Sua mãe nunca mais botou os pés na igreja. Enquanto o irmão estava vivo, ela rezava constantemente, o fervor e a esperança a mantinham de pé. Xavier continuou acreditando. Ele leva a filha à missa aos domingos, a fé terá sido o legado mais precioso que o pai dela lhe terá legado. Todo o resto reduzido a cinzas. Como a cachorra. Francamente, ele não precisa procurar um psicanalista pra entender por que está cagando de medo de ver seu velho amigo naquele estado. Quer salvá-lo. Quer que ele morra. Queria que nada disso estivesse acontecendo.

A criatura com quem Vernon está sentado na frente do supermercado é uma mulher amorfa que interpela os pedestres com gestos simiescos. Está suja e é uma degenerada. Xavier gostaria que ela se afastasse, mas eles estão bem juntos. Vernon, ao lado dela, parece frágil, o tronco encurvado para se proteger do frio, a barba que lhe sulca a bochecha conferindo a ele um tom acinzentado. Ele merece tudo o que pode acontecer de pior, como todos os idiotas da sua laia, mas isso em nada altera a desolação que o espetáculo provoca. Xavier sempre detestou a piedade, esse sentimento repugnante, ele prefere matar um homem a ter piedade dele. Mas essas afirmações não se sustentam.

Xavier hesita um longo momento. Às suas costas passa todo tipo de gente com bandejas que exalam aquele cheiro de fritura tão característico do McDonald's, um cheiro asqueroso que dá vontade de vomitar mas que também abre o apetite. Ele poderia muito bem voltar pra casa, poupar-se daquela merda toda e fazer sua mãe pegar o trem, ou seja, que ela mesma viesse fazer uma varredura no bairro, ela, que adora um drama, iria se deleitar vendo Vernon ali, poderia se ajoelhar e encenar a mesma cena primitiva que representava na casa deles, a cena da mulher adulta que ajuda o filho a se levantar. Que ela fique chafurdando ali e não saia nunca mais, mas que deixe seu filho fora dessa. Xavier não quer mais saber dessa chantagem, não quer sentir o estômago destroçado de dó porque um outro não fez nenhum esforço pra se salvar. A ideia de tentar recuperar a gravação de Alex agora lhe parece absurda. O fodido do Vernon deve ter tido a mochila roubada há tempos. É na mãe que Xavier está pensando. Ele não pode fazer isso com ela. Ela conta com ele. Ele deu sua palavra. Sai do McDonald's. Atravessa a rua e para na frente de Vernon. Ao vê-lo se aproximar, a mendiga abre um sorriso sórdido: "Ah, será que o senhor não teria um cigarro?". Vernon põe a mão no braço dela para fazê-la se calar. Sem dizer nada, os dois homens se desafiam com o olhar. Existe medo nos olhos de Vernon, mas existe raiva também. Xavier não esperava esse tipo de recepção. Em seguida o homem que está no chão toma a palavra, no mesmo tom que a gente emprega quando cruza com alguém num bar e tudo parece normal:

— Eu vi sua mãe anteontem. Ela me contou da cachorra. Sinto muito.

Xavier responde no mesmo tom, está desacorçoado:

— Foi um tumor no cérebro. Descobrimos tarde demais. Morreu muito rápido.

— Você também perdeu sua cachorra?

Xavier se recusa a responder praquele traste. Caridade cristã ainda vai. Mas está fora de questão impelir esse conceito até os rincões do absurdo. Os olhos da gorda se enchem de lágrimas e ele não tem tempo de dizer cala a boca porque ela já partiu:

— Eles levaram o meu, faz três semanas. Dói demais, né? Quando vivemos com eles, sabemos que um dia vamos perdê-los e não temos a menor ideia de que vai ser tão difícil… mas nada se compara com o que sentimos de verdade. De que raça era a tua?

— Buldogue francês.

— Ah, que gracinha. Cada vez a gente vê mais deles, os reaças adoram esse tipo de cachorro. O meu era um amstaff, é bem maior, mas é o mesmo princípio, são cães molossos. Nenhum corpo pode ser mais perfeito do que o corpo do seu cachorro. O meu tinha cílios lindos, eu podia ficar olhando pra eles o dia inteiro. Até nos pequenos detalhes o meu cachorro era sublime.

De longe Xavier poderia apostar que a monstrenga só se exprimia por grunhidos. Está perplexo que ela seja tão loquaz e articulada. Não está tão bêbada como havia imaginado. O mais surpreendente é a voz, que não tem nada a ver com a corpulência nem com a aparência. Ela tem uma voz de quem trabalha no rádio, uma bela voz. Xavier sabe do que ela está falando. Colette também tinha cílios bonitos. É preciso ser um dono do caralho pra perceber esse tipo de coisa. Ele não pode mandá-la à merda depois do que ela acabou de dizer. É o princípio básico de ter um cachorro: a gente conversa com pessoas às quais nunca dirigiríamos a palavra em circunstâncias normais. Ele concorda:

— Deve ter sido terrível pra você.

— A lista de todas as coisas cotidianas que você gostava de fazer e que não fará mais. Eu daria tudo — eu não posso dizer tudo o que eu tenho, pois não tenho nada, mas daria um rim pra beijar o focinho dele. Queria fazer carinho na barriga dele. Queria que ele olhasse pra mim quando acordo. Não dá para acreditar que ele não vai voltar. Attilinou. Você sabe do que estou falando, né? Fico esperando ele reaparecer balançando o bundão. Ele adorava dormir debaixo do cobertor, se aninhava ao lado da minha barriga.

— Você deu o nome de Attilinou pro teu cachorro?

Aquela orca tem senso de humor. Ou então é louca. Se não fosse tão imunda, ele diria que ela pertence àquela categoria de pessoas que não sabemos se são geniais ou completamente malucas. Ele se agacha a seu lado, fodam-se as distâncias.

— A minha, no final, mijava na cozinha todos os dias, eu esfregava, jogava água, depois passava produto e limpava, tomando cuidado pra não deixar nada nos rejuntes. E agora, todo dia de manhã, quando levanto e vejo o chão seco, isso me faz lembrar que ela morreu e eu não posso chorar. Tenho uma filha, tenho mulher, sou homem. Não posso chorar só porque minha cachorra morreu, mas não tem nada mais triste no mundo do que de manhã, quando preparo o café, ela não aparecer pra ver se tem alguma coisa pra beliscar.

As lágrimas escorrem silenciosamente pelo rosto da mulher, e Xavier sabe que ela não está fazendo cena só pra ele tirar uma nota do bolso. Ela se compadece.

— Faz onze anos que eu moro na rua. Attilinou tinha dez anos, não tinha nem um ano quando peguei ele, o dono foi preso e a mãe dele se viu com esse vira-lata, ela trabalhava o dia inteiro, não tinha tempo de cuidar, então deu pra mim. O filho cumpriu cinco anos, mas mesmo assim fez bobagem, foi preso de novo dez dias depois de solto, fiquei sabendo mais tarde. Quando levaram o Attilinou, pensei que se eu tivesse uma vida normal eles nunca teriam feito isso. Mas, ao mesmo tempo, se eu tivesse um trabalho não poderia ter passado tanto tempo com ele, nós não teríamos sido tão felizes juntos... você tá ligado né, se o dono do cachorro mora na rua ele vai ser o cachorro mais feliz de todos, porque ele é a única coisa que você tem, e como os abrigos noturnos não te aceitam com o cachorro, você nunca deixa ele pra trás, você come junto com ele, dorme junto com ele. Eu, por exemplo, nunca procuro o serviço social, não pode levar o cachorro. Então nem vou. Você não é louco de deixar um amstaff esperando do lado de fora. E não deixo o meu cachorro com um bêbado que pode perder o bicho. Ou vender, vai saber, não dá pra confiar nesses vermes dos meus colegas... Mas mesmo assim não consigo evitar o pensamento, que merda, se eu tivesse uma vida um pouco mais normal eles não teriam levado o meu cachorro. E daí eu me culpo, eu me culpo. Não consigo parar de pensar nele dentro da jaulinha, tenho certeza de que ele sabia o que iam fazer com ele, fico pensando na mesa do veterinário, no metal, e eu nem estava lá com ele. Alguém veio e ele deve ter pensado que tinha sido abandonado. Que eu não tinha cuidado dele. E você, estava junto quando ela morreu?

— Sim. Ela estava relaxada em cima do sofá. Mas se isso pode te tranquilizar, eu também me culpo. Depois pensei que deveria ter matado o veterinário quando ele tocou a campainha.

E pela primeira vez desde que tudo aconteceu Xavier sente que está a ponto de chorar. As pessoas podem olhar pra eles e pensar o que bem quiserem, que se fodam. As lágrimas de Olga desenham manchas de sujeira em seu rosto. Vernon fica escutando os dois sem se intrometer na conversa.

— Não entendi, quem é "a bonitona", é o cara?
— Olha pras fotos, vê bem: quem ia querer meter? Fala sério. Essa puta viciada encontra um babaca pra dar uma última enrabada nela e você acha que ela iria agradecer?
— Se me pedem com carinho, eu como de bom grado.
— Puta merda, você topa qualquer merda.
— Um dia você diz pra gente o nome de uma mina que você não tem vontade de foder, assim vai mais rápido.

Loïc sorri, ele gosta da pressão. Noël não está bem acomodado. Quando chegou só tinha sobrado a poltrona mais fodida da sala. Está contrariado. Pensava que Loïc não viria. Evita o olhar dele.

Não aguenta mais aquela situação. Se soubesse, teria ido direto pra casa. Está exausto. Passou o dia inteiro de pé, sem ver a luz do dia, pondo os cabides no lugar, dobrando blusas e percorrendo as prateleiras para arrumar as montanhas de roupa que os clientes deixam nos provadores. Sábado é foda. Bichinhas, bichonas, hipsters, negros pernósticos, a negrada em geral, drogaditos, estudantes, árabes, ociosos e bonitões de Paris estão na H&M experimentando as últimas fornadas da moda, toda a merda que o capital judeu tenta empurrar pra eles, fabricada por crianças do outro lado do mundo — e esses filhos da puta ainda pagam pra vestir isso. Que bosta, antes de trabalhar lá nunca tinha passado pela sua cabeça comprar um jeans ou uma camisa na H&M. Muito menos num sábado. Alguém deveria trancar a loja com as pessoas dentro, uma ou duas vezes por dia, e bombardear quem estivesse lá dentro. Sério. Os dementes que frequentam essa porra. Ter de passar o dia inteiro vendo as mulheres na frente do espelho fazendo pose de puta, gente, ninguém imagina que uma baranga fica rindo feito boba na H&M. Não bastasse a natureza não ter sido generosa com elas, você tem que cobrir essas balofas com umas marcas vagabundas — e ainda ouvir elas falarem da Bachelor Girl. Os homens não são muito diferentes. Ganhariam muito mais se fossem puxar ferro em pleno sábado, esses infelizes. Tão fraquinhos. Com vinte anos têm uma barriga extragrande, dá pra ver os pneuzinhos. Caralho, vai fazer abdominal antes de pensar no que vestir, vai cuidar do corpo, seu saco de banha. Você tem o sábado inteiro pela frente, podia sair com os amigos, transar com a namorada, pegar um cinema ou ficar só bundando na frente da televisão com uma cerveja gelada, mas não. Você vai à H&M. E o cretino que fica arrumando tudo atrás de você é o idiota aqui. É o Noël. O gerente fica cochichando na sua orelha, dez vezes por dia — sorria, por favor. Sem contar a música de merda que toca o dia inteiro. Sorria, por favor. Claro, chefe. Está coalhado de gente, Noël leva cotovelada nas costelas, pisam no pé dele, ele é atropelado pelas costas e nunca pedem desculpas — é sempre assim, os estagiários estão ali para serem pisoteados.

* * *

Ele devia ter voltado pra casa quando saiu do trabalho. Jantaria assistindo *The Voice*, daria uma causada nos tuítes, passaria duas horas vendo *No Man's Land*, e cama. Uma noite tranquila lhe teria feito bem. Precisa encontrar uma gata. Há quanto tempo está solteiro? Mais de seis meses? Não é nessa noite que ele terá a chance de encontrar alguém, nunca tem mulher na casa do JP. Quando não falam de bundas falam de futebol, isso não interessa muito às meninas. De todo modo, neste momento ele está sem sorte, cada vez que uma garota dá bola pra ele, ela pode até ser educada mas não é comível.

Loïc procura a sua cumplicidade o tempo todo. Faz piadas, olha pra ele, pega uma cerveja e lhe oferece outra. Isso acaba deixando Noël desconfortável. Na véspera, ele e Julien tiveram uma longa conversa sobre Loïc. Julien tem toda razão. É preciso escolher de que lado você está. Noël faz mais o tipo foda-se. Loïc é um cara engraçado, ninguém discorda. Vaidoso e provocador, tudo bem, mas quando ele não está as noites são bem menos engraçadas. Julien ficou puto com ele. Já faz algum tempo que isso tá rolando. Ele critica o cinismo de Loïc. Está certo. É um problema que está começando a incomodar. Essa noite mesmo, quando Noël chegou, Loïc estava justamente tirando uma com a cara desses moleques que desenharam as bandeiras da Geração Identitária, que no fim pareciam estandartes da Associação de Jovens e da Cultura de Fontainebleau no início dos anos 80, depois continuou zoando os caras do site que publicou as fotos dos sujeitos de cabelo comprido do projeto Apache, pra deixar bem claro que era uma mentira deslavada quando as feministas de esquerda os chamavam de cabeças raspadas. O post no site era bem engraçado, irônico, não tinha por onde zoar de quem fez aquilo. Mas Loïc venderia a mãe por uma boa piada, e como todos estavam morrendo de rir, é claro que ele não ia parar. É engraçado. Mas é de mau gosto. Não dá pra se engajar numa causa e ficar o tempo todo de gozação. O problema de Loïc é que ele acha que falando mal ele dá provas de lucidez, mas na verdade só está demonstrando sua fraqueza, recusando-se a levar o assunto a sério. Se a intenção é fazer política, você tem que se disciplinar. Nunca dá pra saber o que Loïc pensa de verdade. Quando o assunto é importante, ele se esquiva sistematicamente. Precisa mostrar que é o mais esperto, que não pode ser passado pra trás. Julien já sacou: Loïc fala de orelha. Tentou aconselhar umas leituras, queria ajudá-lo a se informar melhor. Mas Loïc só improvisa. Não tem convicção, densidade. Ação não exclui humor, mas não dá pra fazer como ele e ficar ridicularizando todos e tudo. A solidariedade é um valor que eles têm obrigação de defender. Aos inimigos, zero piedade. Um dia, Loïc fez uma imitação do pobre Soral que, sentado no sofá de seu apartamento no Marais, gravou um blá-blá-blá sobre sua herança de marxista *rouge-brun*, sensível às complexidades do patrimônio e da propriedade privada. Julien riu e eles então se tornaram amigos. A imitação era de mijar nas calças. Todos sabem que Soral não passa de um palhaço, não é nenhuma novidade. Mas você não fala isso para os amigos na internet. Trata-se de propaganda, e é preciso saber manter as alianças estratégicas, senão o inimigo se regozija ao te ver se afundando. "A Associação dos Antigos Veados Reconvertidos ao Catolicismo" não deixa de ser uma coisa engraçada. Mas isso não ajuda em nada a discussão, muito pelo contrário. Suas paródias de Frigide Barjot fazem qualquer um rolar no chão de rir, literalmente — "A drogadita das surubas que se converteu ao papismo está à deriva?". Mas o problema de Loïc é que ele não tem limites, é capaz de fazer isso na frente de qualquer um. E a militância pede seriedade, não egotrip.

No começo tudo corria bem entre os três. Loïc representando o comediante e o grande especialista em futebol, e Julien entrando com a verve, a cultura e a inteligência, os dois eram capazes de levantar defunto. Mas já faz um tempo que Julien vem se desligando de seu acólito, cujas limitações têm ficado cada vez mais claras. Recentemente ele foi a Rennes para a primeira ação beneficente do grupo Geração Identitária. Ele milita nesse campo. Transmite o saber, o discurso, está engajado. Se é preciso escolher um lado, Noël prefere estar entre os que têm coragem de se entregar.

Noël tem menos ego que os outros dois. É por isso que eles querem tanto a sua companhia. Tem personalidade pra ser um bom amigo, mas não uma necessidade imperiosa de dominar todas as conversas. É um bom companheiro, dá pra contar com ele, é um cara de palavra. Mas não tem predisposição para líder. Ele gosta mesmo é de musculação. Desde que comprou seu TRX está malhando, segue uma dieta estrita de proteína, trabalhou os membros inferiores, que ele tinha dificuldade em desenvolver. Odeia os caras que só fortalecem os membros superiores — porque acaba sendo muito mais fácil, e as dores musculares são mais maneiras. Mas está trabalhando pra delinear os músculos isquiotibiais. Essa noite ele trouxe pra todo mundo uma pequena dose de Napalm, um estimulante adreno-muscular que vai garantir algum ânimo. Já está rindo ao ver a cara dos amigos ficando vermelha, daqui a pouco todos vão se coçar e sentir calor, e logo depois vão se sentir cheios de energia. Tomar Napalm é beber lava derretida direto do vulcão.

Sua mãe era caixa de supermercado. Deu duro e tomou no cu a vida inteira, Nöel viu tudo. Ela vota socialista. Até hoje.

Vota mas não se ilude. Quando o *Le Nouvel Obs* traz na manchete a puta que recebe grana do ex-diretor do FMI, eles estão cuspindo na cara da sua mãe: estamos entre nós, podemos fazer tudo o que quisermos, o mais importante é garantir que a bufunfa não saia daqui. E quando chega a hora de entregar apartamentos em moradias populares, essas pessoas são mãos-abertas o suficiente pra passar os estrangeiros na frente da papelada da mãe, os estrangeiros e os amigos com pistolão. Pra gente que nem ele, a recomendação sempre é vamos ver isso mais tarde. E nunca rola, desde que a classe média passou a reivindicar sua parte sem deixar nada para os outros, mas botando banca de generosa e boa samaritana às custas dos cretinos que trabalham de verdade e com os quais ninguém nunca se preocupa. Seguros-saúde que custam o olho da cara. Trens que funcionam uma vez a cada dois dias e que mesmo assim devem ser pagos. Sempre pagos. A carne repugnante que a gente achava que tinha um gosto podre porque era halal mas no fim era carne de cavalo velho entupido de hormônio ou de frango doente, mas que você compra e come, seu proleta otário, quando você estiver saindo das quarenta e cinco horas semanais que estão te fodendo a vida dentro de um shopping nojento, antes de voltar pra casa lembra de dar um pouco do teu dinheiro para a indústria de carne romena. E começa desde já a economizar pra cuidar do teu câncer, seu boçal, porque os hospitais públicos foram invadidos por todos os imigrantes ilegais do planeta, que sabem muito bem que é na França que devem fazer a vida. Quando não são os norte-africanos que servem para achatar os salários dos operários, são as fábricas que foram se instalar em outra freguesia, onde vivem os mortos de fome. E por que não? Que punições lhes seriam aplicadas? Quem disse que falta de patriotismo é crime? Enquanto isso vendemos o país aos russos, aos catarenses e aos reprimidos. A quem remunerar melhor, a pátria-mãe, como a última das prostitutas, aberta ao primeiro que tem como pagar por um de seus orifícios. E tem que baixar a cabeça e aceitar? Os judeus controlam a economia, a única coisa que interessa a eles é quanto podem ganhar no lombo dos outros, e os maçons controlam a política e só querem saber de reservar para si as melhores colocações. O que fazem direitinho é torrar o dinheiro público. Enquanto isso a classe média fica chocada quando xingamos os romenos. É porque não moram ao lado de um acampamento de ciganos, alguém precisa dizer pra eles. Não, a classe média compra carne orgânica, carne com certificado francês, porque o corpo dos caras deve ser protegido das doenças. Pau no cu dos outros, os moribundos. E quando a cria entra na escola, o sujeito muda de bairro porque não quer que seu petiz seja chamado de branco de merda pelas legiões de ensandecidos. Quando o banqueiro judeu estupra uma empregada doméstica, basta ele mostrar o talão de cheques para que logo em seguida as putas da República formem fila para serem enrabadas por sua pica fenomenal. As mulheres adoram os babacas. Todos esses aproveitadores que tapam o nariz quando os proletários vão votar e que pensam que, mentindo nos jornais, nos programas de TV ou em artigos, ainda têm o direito de fodê-los. Eles se esqueceram da Comuna. O povo se preocupa mais com a nação do que seus dirigentes. A diferença é a honra. *Viva la muerte*. Não é porque estão desesperados, porque não têm nada a perder, que eles estão dispostos a morrer, mas porque têm um horizonte. A nação somos nós. O futuro da França depende da nossa determinação. Um povo, uma língua, um futuro. Ao contrário do que insistem em dizer, eles não estão condenados à impotência. Ele treme de impaciência para dar um fim na impunidade que protege os grandes deste mundo. Sem fraquejar ele cortaria a garganta dos filhos dos bacanas e empalaria suas cabeças imundas no alto de uma vara e sairia desfilando com elas pela cidade. Se preciso, morreria à bala pra defender seu país. Está preparado pra tudo. Se recusa a deixar a pátria ruir, se preocupando apenas em dar um jeito de pagar os impostos. Os privilegiados repetem nas entrevistas que somente os muçulmanos são motivados a ponto de se sacrificar. Desmoralização das massas. Estão dispostos a provar o contrário. Estão prontos. Preparados para a guerra. A honra, a pátria. Isso ressoa em seu peito, ele se sente atravessado e arrastado. Desse sopro resulta uma montaria poderosa, que ele sela com grande alegria. Juntos eles são uma bomba. Eles vão acabar com tudo.

É exatamente esse o problema de Loïc. Ele é amargo. Azedo. Não tem fôlego. Um dia, quando estava particularmente bêbado, disse a Noël: "Acabar com tudo? Tenho quase quarenta anos no lombo. Conheço muito bem a raça humana, não crio ilusões. Haveria três dias de festa e vários anos de ressaca. O máximo que vai acontecer são quatro pés-rapados que nunca foram nada ganhando uma boa colocação. A única coisa que vai mudar são as equipes dirigentes, mas o jogo continua o mesmo. Vão se contentar em fazer exatamente a mesma coisa que fizeram aqueles que estavam lá antes deles. Mentir, traficar, enganar e garantir que os cunhados tenham privilégios". A política, para Loïc, se resume a isso. Ao niilismo. Quando Noël ouviu ele dizer isso, entendeu que tinha chegado ao fim. Julien tem razão: não é hora de ser cínico. Tem que estar preparado para o combate. E ninguém vai pra guerra contando vantagem.

Terceira cerveja. Noël está inteiramente lúcido, mas alguma coisa começa a subir dentro dele. O Napalm espalha sua magia negra em seu corpo. Uma euforia, uma alegria furiosa. Um barato de energia. Loïc se aproxima. "Você está me evitando?" "Não. Preciso comer senão vou ficar muito bêbado." "Vamos descer pro McDonald's?" Noël não sabe como se livrar dele, mas agora que bebeu está a fim de dar umas gargalhadas, e com Loïc não tem jeito, merda, eles dão muita risada. "Tem certeza que não está me evitando? Estou te achando meio escorregadio. Foi o Julien que te proibiu de falar comigo?" Perguntou num tom cortante, tipo você não passa de um moleque que obedece ordens. Ele fica puto, mas ainda mais puto com Julien. É osso ficar entre os dois. Mas tudo bem, ele também não é mulherzinha. Dá de ombros e pega o boné: "Tá certo, vamos ao McDonald's", e o pequeno grupo se levanta para segui-lo. Nas escadas, eles se empurram e fazem barulho, é o bom humor do começo da noite. A dobradinha álcool e Napalm está batendo — estão prontos para se divertir.

Eles se sentem bem na rua. Ocupam a calçada inteira. Só um idiota não se espremeria contra a parede para impedir a passagem daqueles caras. Sem perceber, Noël exagera na postura de dono do galinheiro, está tenso, sente-se o máximo. Belleville, entre a classe média, os chineses e os africanos, eles gostam de ver os pedestres saindo da frente e abrindo caminho. Sentem-se em casa. Eles existem. Apesar das mesquitas que invadem Kebabcity, todos se lembram e se empurram — estão em casa. É claro que isso o diferencia da jornada de trabalho, quando ele precisa se vestir do jeito mais neutro possível, é obrigado a vestir as merdas da loja. Obviamente não eram roupas que ele teria escolhido e que levaria pra casa à noite, não, é obrigado a usar umas roupas de veado e antes de ir embora tem que devolvê-las. Ele sorri para o negro que cuida da inspeção antes da saída. Você acha mesmo que eu teria vontade de levar essas merdas da H&M pra casa... Aqui, ele e o negão falam a mesma língua. O velho segurança bota a mão no ombro dele, num gesto de reconhecimento, dá uma piscadela e um sorriso idiota — como se dissesse nós nos entendemos, jogamos no mesmo time. Você está certo, Branca de Neve... mas como diria algum colega seu africano: "Respeite-se, eu não faria isso pra você". Foi um alívio quando ele foi mandado embora, aquela situação era muito constrangedora. Na verdade, Noël não tem nada contra os pretos. Mas que eles cuidem do país deles em vez de fugir que nem ratos atrás das migalhas francesas.

Durante o dia, no serviço, não é ele quem dá duro. Seu corpo está ali, os gestos se tornam mecânicos, ele se fecha e desliga o cérebro. À noite, na cidade, com os amigos, eles são os donos da rua. As horas de servidão terminaram. É um ombro a ombro fluido, o barulho de suas pisadas na calçada e a desenvoltura do grupo, o jeito como passam arrastando tudo e olhando para as coisas com cumplicidade. É um som, uma energia comum. O orgulho de estar ali e o prazer de perceber que estão sendo vistos, temidos e respeitados. O futuro da nação a postos.

Quando chegam à altura do McDonald's, JP diminui o passo, algo chama a sua atenção do outro lado da rua.

— É isso mesmo que estou vendo? Madame Elefanta!

Seu jeito de assobiar, sorrindo com um ar malvado. Loïc se aproxima dele — o que ele tinha visto? JP cantarola Napalm Death com uma voz de defunto e depois começa a rir. Então conta do chute naquela mesma manhã, em Julien, da doida varrida, aquele monte infecto de gordura que de mulher só tem a boceta mas a única coisa que merece é ter as tripas furadas. A terra não precisa suportar uma merda daquela. E ainda por cima encrenqueira. Ah, é, ela gosta de treta? Riem. Noël lembra do conselho de Julien. É importante se antecipar ante os mais desamparados, fazer o que o Estado francês se recusa: meu pirão primeiro. Primeiro alimentar os nossos e só depois pensar na miséria dos que não amam seu país o suficiente pra ficar por lá e lutar todos juntos pra sair da merda. O que também significa que não procuramos problemas com os miseráveis só pra manter a imagem, sobretudo quando eles falam a nossa língua. Julien se emputece com os comentários numa ortografia caótica que são deixados nos sites franceses. Não é por acaso que dizemos que a língua é materna, é ela que faz de nós um país. Noël comete muitos erros. Só posta comentários depois de conferir a ortografia. Fica louco quando lê os comentários babuínos que os caras deixam. Até ele percebe que estão coalhados de erro. Fala sério.

Esta noite, naquele exato momento, é sobretudo a cerveja e o Napalm que falam, a leveza do movimento quando se aproximam em grupo da mulher que fodeu com seus amigos — só querem deixar um recadinho. Eles não batem em mulher. E aquela ali, mesmo se estivessem de porre, risco zero de descambar prum estupro coletivo. De qualquer modo, mesmo se fosse uma loira lindona, ela não faz o gênero da casa. Julien não precisa se preocupar — *it's just for fun*. Uma voltinha pra avisar que eles estão na área. Perguntar, só pra confirmar: quem é que manda aqui? Quem é que dá as ordens?

A mulher tem os olhos vermelhos e inchados, o velho ao lado dela parece mamado e espavorido quando eles se aproximam. Com aqueles dois seria mera formalidade. O problema é o armário que está conversando com eles. Um hipster do bairro que quer ficar com a consciência limpa está agachado entre os dois pra mostrar que respeita os mendigos, mas tudo bem, esta noite ele vai dormir bem quentinho enquanto os outros dois morrem de frio. Vai, tio, volta pra casa. Você sabe muito bem que não está à altura disso aí. Mas o cretino, em vez de analisar a situação com pragmatismo, demonstrando respeito e voltando pra casa sem criar problema, se empertiga e encara o bando, as mãos no bolso e o queixo erguido. O filho da puta não tem a manha da rua, mais um que não apanhou o suficiente, por isso quando vê uma manada de touros se aproximando contorce a bundinha classe média e esboça um sermão:

— Vocês estão com algum problema?

— Ai, o mané viu muito filme de ação.

— O que foi? Você é tira, por acaso? Não? Então vaza, a gente precisa conversar com a tua amiguinha.

— Chispa, a gente tem uma história pra acertar com a tua mulher.

— Fora, seus pirralhos. Vão se divertir longe daqui. Tenho certeza que vão encontrar adversários à altura de vocês. Caiam fora.

— Será que a tua gorda pensou nisso antes de vir pra cima da gente hoje cedo? Tá vendo, cara, tem que botar ordem na cidade. A gente tá passando só pra dar o recado: tem que botar ordem.

No entanto, quando Loïc fica assim, muito perto de alguém, com sua cara de psicopata, ninguém ousa responder. Querem que aquilo acabe logo. Se o carinha quiser dar uma de herói ele vai se dar mal. Em vez de baixar a cabeça e dar o fora, ele insiste:

— Vai curar tua ressaca pra lá, você está me dando no saco.

Noël olha ao redor, procura a cumplicidade dos amigos com um ar de satisfação. Eles sabem que o prognóstico não é nada bom praquele sujeito. Ele fez tanto treino de perna que não sente mais nada quando precisa subir cinco andares — tem a impressão de estar sendo carregado. Não gostaria de estar no lugar do cara que vai levar na cara essas séries de TRX.

— Tô com cara de bêbado, tiozão?

Ouve-se uma bofetada, um estalo. Se o tipo tivesse o mínimo de bom senso ele tomaria aquilo como um aviso. Deixaria a gorda levar uma enxurrada de xingamentos, a surra que ela merece, e pronto, todo mundo pro McDonald's que a noite continua. Se é pra sair brigando, que seja com negões — senão fica difícil botar banca ao voltar pra casa, seis contra dois estropiados e uma louca, era melhor resolver logo aquilo lá.

Mas então o cara cospe na cara de Loïc, olho no olho.

Noël costuma frequentar os estádios e meter porrada. Sabe que seu chute é mortal. Mete três em sequência, cabeça, barriga, cabeça. Nessa ordem. Maravilha, não errou um, todos perfeitos. "Isso é pra você aprender a calar a boca, seu burguês cretino de merda. Vocês estão ouvindo, seus piolhentos, deem o recado pra ele: dá próxima vez ele fecha os olhos e já era. Isso aí foi pra ele aprender".

Uma chuvinha fina e gelada empapa suas costas. O toque da cidade. Vernon se contenta em caminhar, sem se fazer perguntas. Passa em frente a um cinema com as luzes apagadas, poucos carros circulam a essa hora, ele cruza a Place Gambetta e não para na calçada antes de atravessar a rua, não seria tão ruim sentir o choque violento da lataria quebrando alguns ossos. Não lembra ter sentido um vazio tão grande em toda sua vida. O sinal foi ouvido e nada acontece. Ele vê a persiana abaixada da floricultura, os três meninos que avançam cambaleando, uma silhueta esparramada no banco de um ponto de ônibus. Os acontecimentos da véspera desfilam em sua cabeça sem lhe suscitar a menor reação. Ele apagou. É um espectador, um penetra de si mesmo, um clandestino. Porque finalmente aconteceu: o vazio o engoliu.

O pior foram os minutos em que Xavier ficou deitado de lado, imóvel, com os olhos entreabertos e um fiozinho de sangue escorrendo do nariz, uma linha vermelha que se deteve na cavidade logo acima dos lábios, pareceu hesitar, depois acompanhou o contorno da boca e escorreu em direção ao queixo. Quando Vernon levantou a cabeça para pedir que alguém chamasse os bombeiros, não encontrou os olhos de nenhum transeunte. Eles entravam ou saíam do supermercado sem olhar para a cena. E no entanto algumas pessoas assistiram a briga do outro lado da calçada. Olga grudou nas suas costas e puxou Vernon pela manga, num gesto infantil, desajeitado e insistente: "A gente não pode ficar aqui, amigo. A polícia vai chegar, a gente não pode ficar aqui", com uma voz doce e obstinada, sem soltar seu braço. Vernon interpelava os pedestres: "Alguém precisa chamar os bombeiros", mas, como num pesadelo, ele tinha se tornado invisível. Não deve ter durado mais do que um minuto, mas ele foi a pique nesse minuto, como se tivesse deslizado para dentro e desaparecido, pelo menos sua alma tinha sido engolida. Então o segurança do Franprix saiu e imediatamente sacou o celular. Vernon já tinha notado, ao longo do dia, que o sujeito lhes lançava uns olhares assassinos, como se estivessem degradando a entrada de seu local de trabalho, e ele tinha achado o homem de uma feiura perturbadora, ainda mais porque dele emanava a impressão de uma estupidez fenomenal. Apesar das maneiras de um cretino de primeira, o cara tinha sólidas noções de primeiros socorros, manipulou o corpo com confiança, virando-o sobre um ombro, ajeitando uma perna, levantando cuidadosamente a cabeça, e os bombeiros chegaram muito rápido naquele tumulto que parece surreal quando te diz respeito diretamente.

Nesse meio-tempo Olga desapareceu. Uma viatura de polícia estacionou ao lado do furgão dos bombeiros. Fizeram algumas perguntas a Vernon, a princípio distraídos, como se as respostas que ele poderia dar já fossem mais ou menos previsíveis, depois o comportamento deles mudou sensivelmente quando entenderam que não se tratava de um acerto de contas entre bêbados. O homem caído tinha endereço e cartão de crédito.

De gentis e simpáticos, de repente os homens uniformizados se transformaram em profissionais tensos e atarefados. Vernon teria que ir com eles até a delegacia para prestar depoimento. Ele insistiu em entrar na ambulância para acompanhar Xavier, mas estava fora de questão. "Você o conhece?", num tom desafiador, como se suspeitassem que Vernon queria tirar proveito das refeições oferecidas no pronto-socorro. Vernon respondeu sim, eu o conheço há muito tempo, deu o nome, o endereço, mas não, não sei o telefone da mulher dele para avisá-la. "Só levamos familiares com o ferido." Puseram o corpo desfalecido sobre uma maca, Vernon pediu para acompanhá-lo, mas não foi ouvido. Não houve hostilidade. Agora que passava os dias sentado na frente do supermercado, ele era menos real que antes.

Então aconteceu uma reviravolta extraordinária: Pamela Kant desceu de um táxi. Vernon a reconheceu imediatamente. Ele a viu hesitar e varrer a rua com os olhos na sua direção. Quando veio direto até ele, não reagiu. Não entendeu que era ele que a interessava naquela cena toda. Não foi o único a notar a presença dela. Percebeu que os bombeiros, sem parar de trabalhar, se acotovelavam aos cochichos, e dois dos policiais ficaram literalmente paralisados, com um sorriso incrédulo nos lábios.

— Vernon Subutex? Faz uma semana que estou atrás de você... O que houve? Você está com algum problema?

As circunstâncias não eram exatamente propícias ao sublime. Vernon, sob o efeito do choque, não soube tirar proveito da situação... Ficou em silêncio. Foi assaltado por pensamentos selvagens como meteoritos em chamas, e pra falar a verdade ele não fazia a menor ideia de onde eles vinham, nem de como ele supostamente deveria agir naquela porra toda. Mas Pamela aguardava uma resposta, que ele por fim deu:

— Um amigo meu acabou de apanhar numa briga. Está desmaiado.

— É o Xavier Fardin?
— Você conhece ele?
— Claro, assisti *Ma seule étoile* mais de cem vezes quando eu era menina...

A aparição de Pamela Kant, por si só, já não era muito verossímil, mas Pamela Kant falando sobre o filme de Xavier como se se tratasse de um clássico, no meio de tiras e bombeiros alucinados — Vernon pensou, que merda, Xavier, acorda, você não pode perder isso tudo, é bom demais.

Em seguida ela assumiu as rédeas com uma naturalidade desconcertante, como se o papel de líder do grupo coubesse a ela por direito — muito bem, ela fazia questão de acompanhar Vernon, precisava conversar com ele, um depoimento, claro, será que ela podia deixar seu telefone com os bombeiros, assim eles a manteriam informada do paradeiro de Xavier quando eles tivessem sido liberados na delegacia? Pronto, nada mais representava um problema pra ninguém. Ela poderia pedir que eles ligassem a sirene e os levassem para ver as vitrines das lojas de departamentos e os rapazes teriam respondido, mas é claro, você também quer que façamos alguns disparos para o alto no caminho? O chato daquilo tudo era perceber a exagerada demonstração de solidariedade masculina e se sentir totalmente excluído. Ele nunca tinha experimentado isso antes — mas um morador de rua, mesmo acompanhado por Pamela Kant, não passa de uma tralha aos olhos dos que trabalham, ele não estava mais do lado dos homens de verdade, era uma pessoa à parte, e caso seu olhar encontrasse o de um bombeiro, não haveria nenhuma cumplicidade, só uma curiosidade desconfiada. Como assim, a tara dela é dar prum mendigo?

Ninguém perguntou sua opinião, mas ir até a delegacia

prestar depoimento não estava nos seus planos. Uma vez dentro da viatura de polícia, só dava Pamela Kant, que representava em grande estilo o papel de devassa. Levava os homens no cabresto, eles estavam deslumbrados. Vernon a deixou à vontade na recepção da delegacia e acompanhou um jovem policial até um cubículo esquálido.

— Eram brancos, jovens? Se referiram a alguma facção?

— Não. A gente não falou muito... Não reconheci os rapazes, não acho que seja exatamente o mesmo grupo que passou por nós hoje de manhã. Pra falar a verdade, não olhei direito pra cara deles.

— Eles estavam atrás da mulher?

— Não conheço ela. Fui despejado há muito pouco tempo, ainda estou em estado de choque...

— Entendo. Sinto muito.

A delegacia se encontrava num estado de degradação tão avançado que soava irônico que os caras que passam a vida trabalhando ali se compadecessem de quem dorme na rua. O roto falando do rasgado.

O tira era um garoto, devia ter uns vinte e cinco anos, o que aumentava a impressão de irrealidade que invadia Vernon de modo cada vez mais perturbador. Ele respondia às cegas, sem saber muito bem o que esconder ou revelar. O homem à sua frente logo abandonou a desconfiança que marcou o início da entrevista. Vernon não tinha nada de suspeito. Em quinze minutos terminou o depoimento — o inspetor só queria saber a raça dos agressores, e então mostrou um pequeno dossiê com fotos de militantes da extrema direita, não, nenhum daqueles rostos lhe dizia alguma coisa. Antes de liberá-lo, o policial anotou cuidadosamente num post-it amarelo, com uma letra desajeitada mas cuidadosa, telefones de vários alojamentos de urgência, com os endereços de onde ele deveria se apresentar para solicitar a admissão. Ele sentia muito, os tempos não estão fáceis, não é?, então antes você tinha um trabalho, era vendedor de discos, ah, nossa, que merda, não é nada fácil se recolocar. Nós aqui na polícia, as coisas ainda não degringolaram, mas por exemplo meu irmão, que trabalha com a educação pública, não acho que ele vai conseguir se aposentar... Viu que acabaram de fechar a televisão pública na Grécia? Fomos nós, a polícia, que tivemos que resolver isso... sabe por que por aqui ninguém está falando disso? Porque também vai acontecer com a gente, é inevitável. Não que eu queira me vangloriar, mas a polícia é a única que não corre o risco de ser privatizada agora.

Depois teve que aguardar Pamela na sala de espera, os homens a rodeavam como se ela fosse uma chama de alegria, nenhum se comportava de modo inadequado, estavam contentes como meninos hospitalizados que recebem a visita de uma princesa, com direito a autógrafos e selfies. Ela deitava e rolava, e Vernon, ao observá-la, concluiu que só uma mulher muito bonita poderia causar com uma legging deplorável, um moletom com capuz e botas de esquimó que pareciam pantufas. Mas Pamela Kant se saía bem, eram seus olhos, seu corpo minúsculo de proporções impecáveis, mas sobretudo um jeito próprio de brilhar. Esperou dez minutos junto a tiras que não tinham o menor interesse por ele, porque o delegado queria um particular com Pamela Kant.

Dentro do táxi, o número acabou. Ela era outra pessoa. O motorista, um chinês que estava ouvindo a rádio France Bleu, não a reconheceu. Sem a máscara, Vernon notou em seu rosto marcas de cansaço, certa decadência. Ela falava rápido, evitando seu olhar, como se o simples fato de estabelecer um contato visual pudesse levá-lo a perder a cabeça. Vernon perguntou o que o delegado queria, mas ela deu de ombros e respondeu num tom neutro:

— Queria me contar como seria se ele tivesse nascido mulher... Teria sido uma gostosa, sem dúvida, cheia de curvas e muito safada, os caras perderiam a cabeça, ele puxaria todos pela braguilha, seguraria pelo saco e conseguiria tudo o que desejasse, seria rico, poderoso, teria poder absoluto... A fantasia de um imbecil, clássico... o que se pode responder? De onde ele tirou que as vadias se dão melhor que as outras? Em que planeta as putas têm poder? De qualquer forma, se ele fosse uma mulher, seria uma mulher feia. O que passa na cabeça dele? Bem... não abri a boca.

— Ainda não entendi por que você apareceu.
— Você falou de uma entrevista de Alex que estaria na sua casa... É verdade essa história?
— Ela não pode estar na minha casa, mesmo porque eu não tenho mais casa. Mas quanto à entrevista, sim, é verdade. Você é fã de música francesa?
— Guardou essa gravação?

Sentia-se exausto com tantas perguntas, não sabia muito bem se deveria responder a verdade estrita, meio distorcida ou completamente falsa.

— Mas por que você quer saber disso?
— Sou a primeira pessoa a te procurar sobre esse assunto?
— É.
— *Yes!* Sou a mais rápida. Sou a melhor. Não sou a única atrás dessa gravação. Mas sou a *number one*.
— Você está louca. Não tem nada de interessante nessas fitas, se quer saber. Ele estava bêbado e se filmou, só isso. Mal sabia o que estava falando... Eu quis dar uma de esperto quando falei sobre isso. O que eu ainda não entendo é...

— Você ouviu a gravação?

— Não.

— Por quê?

— Eu estava dormindo. O pó sempre me relaxa. Mas com Alex era o contrário. Ele sempre falava demais quando a gente se encontrava. Falava o tempo todo, o filho da puta. Eu é que não ia continuar ouvindo a voz dele quando ele não estava mais ali.

— E será que eu posso recuperar isso?

— Mas por que você está me enchendo o saco com essa história?

E então se cala. É óbvio: Vodka Santana. É claro. Elas devem se conhecer. Talvez não sejam amigas. Dois portentos desse calibre, isso deve complicar os laços de amizade. Só pode existir um número um no topo. Mas é exatamente isso, ele diz: "Vodka Satana?", e Pamela se endireita, sorri, vira pra ele e o encara. Esforça-se para seduzi-lo. Apesar de perceber, de querer evitar e de amar outra pessoa, isso funciona cem por cento com ele. Adoraria fingir que está só um pouco desestabilizado, mas na verdade se sente como uma minhoca querendo se aproveitar de estar num anzol: basta ela decidir que ele se submete. Tem uma ideia do que ela poderia fazer pra agradecê-lo, mas está muito impressionado pra formular isso claramente. Queria saber um pouco mais:

— Quem te falou dessas fitas? É uma loucura isso...

— Foi você quem falou delas.

— Um pouco. A princípio eu queria vendê-las. Foi a Lydia Bazooka que te mandou aqui?

— Não. É complicado. Várias pessoas estão envolvidas nisso. E eu sou a primeira a te encontrar. Mereço uma recompensa, não acha?

Quando quer, aquela filha da puta sabe transformar a voz num caramelo que derrete na orelha, quando ela falou "recompensa" não é que ele teve uma ereção, ele se tornou uma ereção. Não era o melhor estado pra pensar com calma.

Naquele momento ele não saberia dizer se foi a chuva que engrossou ou se era ele que começava a partir, esvanecer em direção às trevas. Pamela Kant pegou sua mão e pediu desculpas:

— Estou sendo egoísta. Você está passando por dificuldades, com seu amigo no pronto-socorro e seus próprios problemas, e eu só estou pensando em mim. Não sou sempre assim.

Ele quase respondeu, sim, eu sei, sempre te vi nos filmes, no resto do tempo você não é nem um pouco assim, você se veste muito melhor e faz coisas superinteressantes, e com certeza é o tipo de mulher que se divertiria com um pouco de sacanagem. Mas ele estava com um nó na garganta. Xavier deitado na maca, nem mesmo o carisma de Pamela foi capaz de apagar o impacto daquela imagem. Então a lembrança de Alex o invadiu bruscamente, nunca ter dedicado um tempo para ouvir o que ele lhe havia confiado, porque até aquele momento isso não lhe havia ocorrido, mas, quem sabe, se ele tivesse se interessado pelas fitas quando ele as recebeu talvez pudesse ter feito algo por ele. Ter mudado o rumo das coisas. Ele se deixou levar, não lhe passava pela cabeça reagir. Ouvia os mortos partindo, já estava do lado deles. Naquela noite experimentava um remorso pavoroso por ter abandonado Alex. E por ter metido Xavier nessa história toda. As duas emoções estavam relacionadas — que tipo de amigo você se tornou. Mas logo a violência dessa sensação cessou e não sobrou mais nada. Durante um bom tempo Vernon encarou Pamela Kant em silêncio, incapaz de falar alguma coisa. As coisas não lhe diziam mais respeito. Entre ele e a realidade se abria um fosso abissal — estava extenuado. Rodaram um bom tempo pelos pátios do hospital, passando por ambulâncias, doentes que iam fumar um cigarro arrastando os suportes para soro, enfermeiras que imitavam uma dança hindu. Antes de sair do táxi ele disse:

— Deixei a mochila com as fitas na casa de uma garota chamada Emilie. Se conseguiu me encontrar, acho que também consegue encontrar ela. Enfim, boa sorte... vou ficando por aqui.

— De jeito nenhum. Não vou te deixar sozinho.

Ele queria ter respondido "prefiro assim", mas no último momento lembrou que sem ela certamente não o deixariam entrar no hospital. Quem o visse naquele estado não teria a menor dúvida de que era um cara que viu as luzes e entrou pra se aquecer.

O hospital era um prédio muito antigo, de quando os hospitais eram construídos como conventos, tudo parecia calmo, e depois quando a gente atravessava a soleira nada mais era bonito. Mobiliário anos 70, iluminação a neon, funcionários de avental branco com a aparência ainda mais cansada que a dele.

Pamela se encarregou de tudo, apoiou os cotovelos no balcão à espera de que alguém viesse lhe dar informações. De vez em quando Vernon parecia recobrar uma expressão de lucidez.

— Mas como você descobriu onde me encontrar?

— Você tem uma hashtag na cabeça, sabe, primeiro foi a mulher que brigou com você, a Simone de Boudoir da internet, mas eu não sei o verdadeiro nome dela...

— Sylvie?

— Você foi na casa dela, comeu ela feito uma cachorra no cio e depois deu o fora. Não sei se seu histórico tem outros episódios como esse...

— Sylvie.

— Em todo caso, agora a hashtag serve prum monte de

gente. Você passou a ser o cara mais procurado da internet. Mas, sem querer me achar, tenho mais seguidores do que todos os outros juntos. E daí que um fã meu te viu no banho público do XIXème, é isso mesmo, cara, eu tenho um fã que trabalha lá. E ele te reconheceu pelas fotos que eu postei... Não sei se você sabe, mas a Simone de Boudoir postou um milhão de fotos suas no Facebook... Você não escolheu a mulher certa, velho. Nunca deveria ter deixado ela plantada como um saco de merda... enfim, não tenho nada a ver com isso, mas vamos falar a verdade, alguém que tem o teu sucesso não deveria dormir na rua. Acho que você está sofrendo de falta de ambição... porque você virou uma estrela na internet: todo mundo está atrás de você.

Uma negra altiva e pouco sensível ao charme de Pamela acabou se deixando convencer e lhes indicou a ala em que Xavier estava internado. No corredor, Vernon reconheceu a sra. Fardin, com a bolsa no colo, os sapatos gastos, o corpo prostrado, a cabeça apoiada nas mãos entrelaçadas. Sentiu que seu cérebro e seu coração estavam anestesiados, era uma sensação idêntica àquela que precede o momento em que te arrancam um dente. Seu corpo estava ali presente, acompanhava e registrava as informações: a expressão dela ao olhar para eles indicava que as notícias não eram boas. Mas as emoções de Vernon estavam desconectadas. Marie-Ange apareceu, acabada, ela cerrou os dentes ao reconhecê-lo: "O que aconteceu, puta merda", mas quem respondeu foi Pamela, porque nenhuma palavra saía dos lábios de Vernon. Ele achou que Marie-Ange não tinha reconhecido Pamela, o que não era o caso de vários enfermeiros e médicos, homens de branco, que se aglomeravam para dar mais informações. Estava em coma. E Vernon conseguiu perguntar onde ficava o banheiro. Tomou a direção que lhe indicaram. Encontrou a saída. Não foi uma decisão pensada fugir do hospital à noite debaixo de chuva, ele simplesmente começou a andar, no escuro, em linha reta, observando detalhes que não faziam sentido. O peso de seus braços, por exemplo. Ele estava com a mão no bolso e era incapaz de tirá-las de lá — seus braços pareciam de chumbo.

Vernon era incapaz de segurar as rédeas de sua própria história. Era uma mistura de vontade de pôr fim em tudo, raiva feroz, asco de si mesmo, medo do que ia acontecer, asfixia, desespero e confusão. Sente queimar, seus pulmões queimam, está encharcado e seu rosto pega fogo. Caminha horas como um zumbi. Sente vertigens. Mas continua de pé. Sobe escadas, no escuro, sobe rapidamente, está sem fôlego, acelera. Lembra da letra de uma música *"c'est l'histoire d'un garçon qui ne pouvait pas s'arrêter de danser"*, continua subindo, o fôlego curto, insiste. Revê todo o alfabeto, logo ele, que nunca esqueceu o nome de uma banda, precisa se esforçar e, pela primeira vez naquela noite, consegue se concentrar. É da banda Liaisons Dangereuses. *"C'est l'histoire d'un garçon qui ne pouvait plus s'arrêter de danser et bien sûr il finit par crever c'est normal aujourd'hui."* Informações totalmente inúteis se acumulam, sempre uma bagunça, uma cacofonia, 1981, banda alemã, D.A.F., Einstürzende Neubauten, "Mystère dans le brouillard". Ele continua subindo, as escadas não acabam nunca, tem a impressão de estar subindo ao longo de um prédio, de deixar a cidade lá embaixo. Não diminui o passo, insiste, sente a cabeça estourar. Ouve os primeiros compassos de "Los Niños del parque", uma sequência feita no sintetizador, sampleada e com vozes femininas ao fundo.

Desmoronado sobre um banco, é incapaz de retomar o fôlego. Já não ouve mais os carros, a chuva está duas vezes mais forte e umas alfinetadas de chumbo atingem seu rosto voltado pro céu.

Amanheceu sem que ele lembrasse ter dormido. Mas sonhou que Robert Johnson estava sentado no banco em frente e tocava gaita. Vernon não reconhece a rua onde desabou, quando pensa em sentar o corpo se recusa a obedecer, ele apoia as costas e vira a cabeça com cuidado. A chuva deu lugar a um frio cortante como uma navalha, mas ele deve estar com febre, sob o frio gélido sua pele arde. Um pensamento lúcido o atravessa: faz quanto tempo que ele não come? Se pelo menos pudesse apagar, assim, naquele instante — pensa na chama de uma vela que treme, depois se apaga, e o pavio preto, um pontinho vermelho e depois mais nada. Mas ninguém morre de desespero, pelo menos não tão facilmente.

A presença de um gato que procura se aninhar entre suas pernas o acorda em sobressalto. A chuva recomeça na noite escura, o gato foge. Seus pensamentos estão infectos. É na boca que sente o cheiro dcles, pútrido. Cadáveres em decomposição. Adoraria vomitar mas só consegue regurgitar a bile que lhe arranha a garganta, está fraco demais pra virar a cabeça e cuspir no chão, a gosma desliza pelo queixo, a água gelada limpa, ele vê luzes nas janelas, elas dançam. Fecha os olhos. Flutua, formas incandescentes sob suas pálpebras, respirar é doloroso outra vez. Será que acabou de chegar naquele banco? Não consegue sentar direito. Bastaria um gesto. É capturado pelo sono, incapaz de resistir.

Mais tarde naquela noite, passadas algumas horas, ou talvez um minuto, ele não sabe, bate os dentes de tanto frio. Foi acordado pelos primeiros compassos de "Voodoo Chile". Jimi Hendrix tosse, na verdade é a introdução de "Rainy Day". Não é a versão de *Electric Ladyland,* Vernon não conhece essa versão, mas ela soa tão límpida como se ele a ouvisse com fones de ouvido ou estivesse nas melhores cadeiras de um concerto ao ar livre. Abrir os olhos exige um esforço doloroso. O céu está cheio de estrelas.

Amanhã fará um dia lindo. A música não para. Sabe que delira mas não se preocupa. Fecha os olhos e volta às formas quiméricas que se projetam por trás de suas pálpebras. A introdução de "Voodoo Chile" é mais longa, ele ouve Eddie Hazel entrar no groove, acha incrível, depois tem certeza de reconhecer James Jamerson desenvolvendo longos trechos no baixo, por fim é a voz de Janis Joplin que surge, de uma pureza absoluta. Um arco de sons se criou sobre seu corpo. O órgão de Steve Winwood dilata o espaço, de Vernon resta apenas uma tensão maravilhosa em direção ao prazer, uma expansão no escuro, ele é a cidade inteira, está transbordando, Jimi e Janis fazem um show inacreditável e ele é o único ouvinte. Acima dele as estrelas brilham com uma intensidade insólita no céu de Paris.

Mais tarde — nesse meio-tempo ele voltou a dormir — sente uma onda de luz rolando sobre um riff de guitarra, a voz de Janis perfura a dor como se esvaziasse um abcesso purulento, ele se entrega. Dedos hábeis e invisíveis pressionam por trás dos ossos de suas clavículas, ele retoma o fôlego, o calor se espalha, a caixa torácica se abre. O prazer invade cada partícula da sua pele, a canção se eterniza.

Quando cai o silêncio, ele se surpreende por ainda estar vivo. Suas roupas estão encharcadas, ele se sente fraco mas agora consegue sentar. Não tem a menor ideia de onde está. Precisa de um pouco mais de tempo para entender que a sensação de estranheza tem mais a ver com o silêncio do que com o cenário. Ninguém passando. A cabeça dá voltas. Nunca sentiu calma tão agradável. Todo seu ser foi invadido. A heroína não provoca isso. Nem cogumelos, LSD, datura provocam ilusão sonora tão perfeita quanto a que ele acaba de ouvir. Não está morto, ao contrário, uma dor muito forte na altura da garganta lhe prova que está bem vivo. E doente. Mas feliz, puta merda, feliz como um louco, de uma felicidade demencial. Descobre à sua frente uma vista desobstruída, vê Paris inteira do alto.

Sou um homem solteiro, tenho cinquenta anos, estou com um furo na garganta desde que tive câncer e fumo charuto enquanto dirijo meu táxi, com as janelas abertas, nem aí para o que os passageiros pensam.

Sou Diana, o tipo de mulher que ri o tempo todo e pede desculpas por tudo, meus braços têm cicatrizes de cortes.

Sou Marc, tenho seguro-desemprego e é minha mulher que trabalha pro nosso sustento, cuido da nossa filhinha todos os dias e hoje pela primeira vez ensinei ela a andar de bicicleta, e lembrei do meu pai, de quando eu era criança e ele tirou as rodinhas da minha bicicleta.

Sou Eléonore, a mulher por quem estou interessada está tirando fotos de mim no Jardim de Luxemburgo, sei que vai rolar alguma coisa e que vai ser complicado, já que as duas estão em um relacionamento, mas vale a pena tentar.

Estou na minha cama quando me avisam que Daniel Darc morreu, penso no celular dele que está registrado na minha agenda telefônica, tenho vontade de ligar mas a lembrança de que agora isso é impossível me provoca um arrepio na espinha.

Sou um adolescente obcecado por perder o cabaço e a ruivinha que xaveco há meses acaba de me dizer que podemos ir juntos ao cinema, não acho que esteja tirando com a minha cara, e ao me olhar no espelho me dou conta de que não tenho mais nenhuma marca de espinha, o Roacutan está fazendo efeito e uma nova vida se abre pra mim.

Sou uma jovem violinista virtuose.

Sou a puta arrogante e esfolada viva, sou o adolescente soldado à sua cadeira de rodas, sou a moça que janta com seu pai amado que morre de orgulho dela, sou o clandestino que pulou a cerca de Melilla estou indo em direção aos Champs-Elysées e sei que essa cidade vai me dar o que vim buscar, sou a vaca no abatedouro, sou a enfermeira que ficou surda aos gritos dos doentes por força da impotência, sou o imigrante ilegal que consome dez euros de crack toda noite pra trabalhar sem registro na faxina de um restaurante em Château Rouge, sou o desempregado de muitos anos que acaba de encontrar um trabalho, sou o traficante que se mija de medo a dez metros da alfândega, sou a puta de sessenta e cinco anos encantada ao ver seu cliente mais antigo chegar. Sou a árvore de galhos nus maltratados pela chuva, a criança que esperneia no carrinho, a cadela que puxa a coleira com força, a carcereira com inveja da vida despreocupada das prisioneiras, sou uma nuvem carregada, uma fonte, a noiva abandonada que revê as fotos de sua vida pregressa, sou um beleléu em cima de um banco dependurado numa colina, em Paris.

ESTA OBRA FOI COMPOSTA PELO GRUPO DE CRIAÇÃO EM ELECTRA E IMPRESSA PELA LIS GRÁFICA EM OFSETE SOBRE PAPEL PÓLEN SOFT DA SUZANO S.A. PARA A EDITORA SCHWARCZ EM AGOSTO DE 2019

MISTO
Papel produzido a partir de fontes responsáveis
FSC® C112738

A marca FSC® é a garantia de que a madeira utilizada na fabricação do papel deste livro provém de florestas que foram gerenciadas de maneira ambientalmente correta, socialmente justa e economicamente viável, além de outras fontes de origem controlada.